改革百论

王瀚林◎主编

人民出版社

目　录

前　言 001

一、兵仲文 | BINGZHONGWEN

沿着习近平总书记指引的道路奋勇前行
　　——写在习近平总书记考察新疆兵团四周年之际 003

向更为广阔的天地铿锵迈步
　　——写在习近平总书记考察新疆兵团三周年之际 017

将奋斗书写在广袤大地上
　　——写在习近平总书记考察新疆兵团两周年之际 030

激荡在兵团大地最强劲的旋律
　　——写在兵团全面深化改革两周年之际 045

改革风起　春潮澎湃
　　——写在兵团深化改革元年 058

坚定不移的信念　始终不渝的选择
　　——写在改革开放 40 周年之际 072

辉煌历史映照美好未来
　　——写在新疆维吾尔自治区成立 60 周年之际 084

改革百论

站在新的历史起点上

　　——写在兵团成立 60 周年之际 096

高举兵团精神的伟大旗帜 105

转变，兵团实力的历史性跨越 116

用担当书写新辉煌

　　——一论新时期如何更好发挥兵团作用 127

用奉献精神再创新伟业

　　——二论新时期如何更好发挥兵团作用 137

用理想照亮前行路

　　——三论新时期如何更好发挥兵团作用 147

绿色浪潮，在兵团大地奔涌不息

　　——兵团生态文明建设的观察与思考 154

打造党报核心竞争力

　　——写在深化改革系列评论百期之际 171

二、兵团深化改革 | BINGTUAN SHENHUA GAIGE

深入推进兵团改革　提升履职尽责能力 179

领导干部要勇挑改革重担 181

突破重要领域　打通关键环节 183

凝聚各方力量　共绘改革蓝图 185

改革经验要边改边总结 187

深化改革没有局外人 189

让改革成果更好惠及职工群众 191

紧紧围绕总目标　履行好职责使命 193

确保改革取得实效 195

试点贵在提供可复制可推广经验 197

摸清情况，不打无准备之仗 ……………………………… 199

谋全局者方能谋一域 …………………………………… 201

关键是要更好发挥特殊作用 …………………………… 203

细化措施才能推进到位 ………………………………… 205

"关键少数"要发挥关键作用 ………………………… 207

统筹抓好改革发展稳定各项工作 ……………………… 209

坚持把新型工业化作为主战略 ………………………… 211

为南疆发展增添新力量 ………………………………… 213

既要遵循"设计"也要"敢闯" …………………… 215

保持昂扬奋进的精神状态 ……………………………… 217

全面深化改革需要增强学习本领 ……………………… 219

全面深化改革要增强改革创新本领 …………………… 221

全面深化改革需要增强政治领导本领 ………………… 223

全面深化改革需要增强科学发展本领 ………………… 225

全面深化改革要增强依法执政本领 …………………… 227

全面深化改革需要增强群众工作本领 ………………… 229

全面深化改革需要增强狠抓落实本领 ………………… 231

全面深化改革要提升驾驭风险能力 …………………… 233

深化改革要让创新成为常态 …………………………… 235

以自我革命精神推进改革 ……………………………… 237

更加积极主动参与向南发展 …………………………… 239

三、深化团场综合配套改革 | SHENHUA TUANCHANG ZONGHE PEITAO GAIGE

全面深入推进团场综合配套改革 ……………………… 243

要有"咬定青山不放松"的定力 …………………… 245

把握好改革的"时度效" ……………………………… 247

改革要有争先恐后的紧迫感 249

建立完善容错纠错机制 251

既要敢于突破又要稳扎稳打 253

坚持以人民为中心的改革导向 255

改革要真心依靠群众 257

牢牢扭住组织优势和动员能力这个根本 259

把握好团场改革的价值尺度 261

解好团场综合配套改革的方程式 263

让思想观念转入改革"轨道" 265

把坚持党的领导贯穿改革全过程 267

改革只有进行时没有完成时 269

搞好"四清"夯实基础 271

充分发扬民主　选好连队"两委" 273

坚持"三位一体"　推进确权颁证 275

取消"五统一"　交还自主权 277

让团办企业真正成为市场主体 279

努力提升职工群众的获得感 281

积极稳妥推进团场精简纳编和人员精准管理工作 283

充分发挥职工群众的主人翁作用 285

贯彻好全面深化改革这项基本方略 287

着力突破利益固化藩篱 289

坚决破除过时观念和体制机制弊端 291

改革要紧紧把握社会主要矛盾新变化 293

用全面深化改革为兵团各项工作增活力添动力 295

调动各方积极性、主动性、创造性 297

"再解放""再深入""再抓实" 299

深化改革释放动力　促进社会公平正义 301

做好订单农业　增强大农业优势 …………………… 303

让河长制真正成为治水良方 ……………………………… 305

打破体制藩篱　激活人才"春水" …………………… 307

从群众中汲取改革力量 …………………………………… 309

优化区域布局　发展现代农业 …………………… 311

团场综合配套改革要坚持"三个导向" …………… 313

牢牢把握改革的正确方向 ………………………………… 315

职能部门要发挥好"信息员"作用 ………………… 317

压实团场综合配套改革责任 ……………………………… 319

全面落实团场综合配套改革各项任务 ………………… 321

以推进团场"四分开"为主线深化改革 …………… 323

团场综合配套改革要加强社会监督 …………………… 325

坚持以强化连队基层组织建设为切入点 …………… 327

坚持农业基础地位　培育壮大新型经营主体 …… 329

坚持以提升维稳戍边看家本领为目标 ………………… 331

以全面自查促改革各项措施落地生根 ………………… 333

以大督查为契机推动改革向纵深发展 ………………… 335

改革快马再加鞭 …………………………………………… 337

有效应对前进道路上的各种风险挑战 ………………… 339

进一步健全和转变"政"的职能 …………………… 341

进一步确立"企"的市场主体地位 ………………… 343

确保改革始终朝着正确方向前进 ……………………… 345

扎实深入推进"放管服"改革 ……………………… 347

四、深化国资国企改革 | SHENHUA GUOZI GUOQI GAIGE

坚决打好国资国企改革攻坚战 ……………………… 351

国资国企改革要解决政企不分问题 353

国资国企改革要解决好发展质量不高的问题 354

国资国企改革要解决好不按市场规律办事的问题 356

国资国企改革要解决好激励约束不足的问题 358

国资国企改革要解决好违规担保问题 360

国资国企改革要解决好监管不力问题 362

国资国企改革要解决党组织作用不彰问题 364

国资国企改革要抓住企业家这个"关键少数" 366

确保国资国企改革各项任务落实到位 368

推动国资国企改革需调研先行 370

坚定不移把国资国企改革推向纵深 372

用"政"的思维和行为推进国资国企改革 374

推进"四个一批" 优化国有资本布局 376

牢牢守住不发生系统性风险的底线 378

推进混合所有制改革 激发国企活力 380

前　言

兵团日报社党委书记、总编辑王瀚林

改革永无止境，探索未有穷期。深化兵团改革，是党中央作出的重大战略部署，是增强兵团生机活力、提升核心竞争力、更好履行特殊使命的内在需要。

兵团 60 多年的发展史，就是一部改革史。从推行家庭联产承包责任制、兴办家庭农场到农牧团场实行党委领导下的团场长负责制，从大力发展庭院经济到加快农牧团场改革与发展、加快团场小城镇建设、加快国有企业改革和发展，从加快"三化"建设到推进农牧团场一二三产业融合发展，再从加快推进"互联网＋政务服务"到今天的全面深化改革，正是不断探索、改革完善，才使得兵团综合实力不断壮大、履行职责使命有了坚实根基。可以说，没有改革，就没有兵团事业的顺利发展；没有改革，就没有今天兵团各项工作的生动局面。进入新时代，兵团内外形势发生了巨大变化，肩负的任务更加繁重，要解决的矛盾问题更加复杂，更好履行维稳戍边职责使命，真正成为稳定器、大熔炉、示范区，继续深化兵团改革刻不容缓。

以习近平同志为核心的党中央对兵团改革发展念兹在兹，对兵团深化改革作出了具体部署要求，为兵团推进各项改革指明了方向、划明了重点。牢记总书记殷殷重托，两年来，在党中央的关怀指导下，在自治区和兵团党委的坚强领导下，兵团深化改革全面推进，特别是团场综合配套改革、国资国企改革等重点领域改革力度空前，使兵团面貌发生了

—001—

巨大变化，广大干部群众的获得感、幸福感、安全感全面提升，深化改革成为激荡在兵团大地上最强劲的旋律。

《兵团日报》作为兵团党委机关报，全面传达党中央、自治区和兵团党委的声音，全面反映垦区大地的巨大变化，为兵团深化改革鼓与呼，是其重要职责。在实际工作中，《兵团日报》党委提出"一个中心，三个支点"的办报理念，支点之一就是能够起到举旗定向作用的言论。在兵团全面深化改革推进过程中，《兵团日报》下大力气狠抓评论言论工作，把评论言论作为报纸宣传的"排头兵"，在与时俱进中更新评论思维，形成了兵仲文、鲍平、社论、本报评论员、短评、时评、快评、微评八位一体的、具有鲜明自身特色的党报评论格局，"兵团深化改革系列谈"就是其中最有影响力的系列评论之一。自"系列谈"第一篇于2017年8月23日面世，之后一篇接着一篇，每篇都着力在阐释改革精神上见深度，在理论和实践结合上下功夫，在吸引读者上想办法，发挥了引导舆论、指导实践的重要作用。

系列评论刊发后，受到了方方面面的关注和肯定，中宣部《新闻阅评》指出："《兵团日报》刊发的'兵团深化改革系列谈'，阐述充分、文风新颖、站位高远、聚焦问题，对坚定信心、统一思想，推动兵团深化改革和实施维稳成边战略发挥了积极作用。"兵团团改办还把当时已刊发的评论集结印发全兵团学习、指导各项改革工作，起到了解疑释惑、指导实践的重要作用。

随着时间的推移，此系列评论目前已刊发了113篇，涉及的领域更广、写作的内容更加丰富。为了提供更全面的材料，我们特把目前已刊发的113篇文章集结成册出版，这既是对兵团改革轨迹的记录，也是对前期改革经验的总结，同时也期望通过此书进一步统一思想、凝聚力量，形成上下同心、推动兵团改革取得新成就的磅礴伟力，为完成党中央交给兵团的任务、维护新疆社会稳定和长治久安贡献力量。

此书的顺利出版，离不开人民出版社的大力支持，离不开相关人员的艰辛付出，在这里表示特别感谢！我们也希望，此书的出版，能够让更多人了解兵团改革、支持兵团改革、参与兵团改革，为兵团发展注入更强劲的动力。

改革百论

一、兵仲文

BINGZHONGWEN

沿着习近平总书记指引的道路奋勇前行

——写在习近平总书记考察新疆兵团四周年之际

兵 仲 文

一

时间是伟大的作者，在历史的关键节点，总会写下影响深远的壮丽篇章。

2014年4月29日，中共中央总书记、国家主席、中央军委主席习近平专程来到新疆生产建设兵团六师五家渠市，就做好新形势下兵团工作进行考察。

脚印串串，步步情深。4年来，总书记在兵团的每一个足迹，都深深镌刻在绿洲大地上；每一声殷殷嘱托，都牢牢铭记于职工群众心中。关于兵团职责使命和前途命运，总书记的话语更是掷地有声：

"兵团的存在和发展绝非权宜之举，而是长远大计。新形势下兵团工作只能加强，不能削弱"；

"要把兵团真正建设成为安边固疆的稳定器、凝聚各族群众的大熔炉、先进生产力和先进文化的示范区"；

"新形势下，兵团也要以与时俱进的精神深化改革"；

"我们各民族之间要更加热热闹闹、亲亲热热地交往起来"；

……

如同一粒种子拥抱沃土，一座灯塔照亮前路，一个深邃思想启迪心灵，一段奋进征程矢志不渝。朴实的话语和殷切期望，如同每天如约升起的朝阳，普照着天山南北的山山水水、角角落落。

在习近平总书记考察新疆兵团 4 周年之际，当我们再次追寻总书记在兵团的足迹之光，恍然发现，从过去到今昔，这一段岁月的剪影，因为高瞻远瞩的蓝图擘画，因为兵团儿女的奋进身姿，在这片土地上留下了不朽的诗行，如大河行船，劈波斩浪，描绘出一幅波澜壮阔、气象万千的动人图景。

远山近岑，切换的只是视角，一脉相承的是清晰可见的蓝图。4 年来，作为共和国"独子、宠子、娇子、赤子"的兵团始终对标习近平总书记对兵团的定位要求，以实际行动体现高度的政治自觉、思想自觉和行动自觉。广大干部职工群众牢记职责使命，聚焦发挥兵团特殊作用，沿着总书记擘画的科学路径，攻坚克难、奋发有为，兵团各项建设风劲帆满、百舸争流、乘风破浪、捷报频传，为维护新疆社会稳定和长治久安作出了新的贡献。

4 年的时间很短，那些激动人心的场景依旧清晰可见、历历在目。当日月流转，唯有快马加鞭、奋勇向前。

4 年的时间也很长，殷殷嘱托已融入这片土地，成为兵团儿女奋斗的底色。当时光的列车再一次停驻在 4 月的兵团，到处都能听到澎湃的发展强音。

二

"快看，快看，你又上《人民日报》了。"2017 年 9 月 19 日一早，戍边模范马军武的妻子张正美捧着手机，兴奋地把马军武拉到自己身边。马军武是兵团的戍边楷模，他"一生只做一件事，我为兵团当卫士"的誓言，是许许多多兵团民兵忠诚卫国、护边安疆的生动写照。

"信仰、荣誉，祖国、人民，集体、责任"，对于兵团人来说，每一个词都分外凝重、生动！

进入新的历史时期，兵团特殊作用愈加显现。党中央对实现新疆社会稳定和长治久安作出重大部署，赋予兵团维稳戍边事业新的更高要求，兵团的任务更加艰巨、责任更加重大。

维稳戍边力量从何而来？一个兵团人就是一分维稳力量。

4年来，兵团坚决贯彻落实习近平总书记关于新疆稳定工作的一系列指示精神，紧紧围绕新疆工作总目标，强化组织优势和动员能力，全面推进改革，土地、职工、民兵"三位一体"战略落地生根。天山南北，只要有兵团人的地方，就有"兵"歌嘹亮。

维稳戍边能力如何增强？兵团始终把民兵练兵习武抓得紧而又紧、实而又实。

当兵团人、走屯垦路、铸戍边魂，练精兵是首要！为加强基干民兵正规化建设，兵团军事部严格落实日常战备制度，规范基层建设，创新编组方式，优化力量体系，一流民兵队伍建设迈出坚实步伐，兵团民兵在军事训练考核中多次取得优异成绩，涌现出马军武、魏德友、宝汗·埃恩赛根等忠诚戍边典型；多次组织民兵参与重大维稳行动和抢险救灾，组织民兵长时间开展跨区维稳和驻地执勤，锻炼了队伍、震慑了违法犯罪分子、彰显了兵团民兵的威力。

秣马厉兵，枕戈待旦。

4年来，兵团党委始终把维稳戍边作为政治责任和第一责任，全面加强维稳力量建设，"看家本领"不断提高，铁打的"营盘"越发牢固。

三

2017年12月14日，伴随着六师垦区的一场瑞雪，芳草湖农场二十二连职工杨振华在自己的身份地界址前郑重签字，从六师五家渠市领导手中接过标明承包面积、位置和承包年限的兵团首张国有农用地承包经营权证。这一天，与杨振华一同成为土地"主人"的还有26名该场职工。

兵团团场综合配套改革是兵团深化改革的基本单元和基础工程，是深化兵团自身改革的重要内容。

2014年，习近平总书记考察兵团时指出"要全面深化兵团改革"；同年召开的第二次中央新疆工作座谈会上，总书记要求，新疆生产建设兵团要科学处理屯垦和维稳戍边、兵团和地方的关系，在事关根本、基础、长远的问题上发力。2017年3月10日，总书记在参加第十二届全国人大五次会议新疆代表团审议时强调，要积极稳妥落实各项改革发展任务，把兵团的特殊优势和发展活力充分释放出来。

一切发展，都与改革相连；所有变化，都靠创新催生。深化兵团改革是以习近平同志为核心的党中央作出的重大战略部署，是实现新疆社会稳定和长治久安总目标的重要举措，是释放兵团体制特殊优势和发展活力的迫切需要。

4年来，兵团党委以落实党的治疆方略、推进兵团长远发展的高度政治自觉，以刀刃向内、壮士断腕、自我革命的大无畏政治勇气，增强主体意识和责任担当，把有利于实现总目标、增强兵团组织优势和动员能力作为衡量兵团深化改革成效的根本标准，以丰富完善党政军企合一特殊体制内涵及实现形式为方向，以建立完善既使市场在资源配置中起决定性作用，又有利于更好发挥兵团特殊作用的体制机制为主线，坚持正确处理好屯垦与维稳戍边、特殊管理体制与市场机制、兵团与地方的关系，突出改革重点，精心制定方案，推动各项改革任务不折不扣得到落实。改革的号角从天山北坡蔓延至塔克拉玛干沙漠边缘，从腹心城镇到边境团场，澎湃的活力正在无限释放。

改革，是历史的必然；将改革进行到底，是时代的最强音。对此，兵团坚定不移，矢志不渝。

四

2018年3月8日，南疆三师图木舒克工业园区内，新乡白鹭投资集团有限公司化纤厂区机器运转、工人忙碌，一根根短绒棉经过精细加工后，成为粘胶纤维，很快被运往内地市场。

这片土地，曾经一片荒芜，沙土随风弥漫空中，牛羊留下稀稀落落的脚印。而今，这里已成为厂房密布、人口集聚、生产工艺先进的兵团级工业园区。

新疆一盘棋，南疆是"棋眼"。历史与实践证明，南疆稳则新疆稳，盘活新疆一盘棋，助力中华民族伟大复兴，南疆工作举足轻重。

千难万难也要向南。兵团向南发展是习近平总书记的重托，是新疆稳定形势的客观需要，是实现新疆社会稳定和长治久安的关键一招，是兵团必须完成好的重大政治任务。如何盘活"棋眼"？兵团给出了答案："举全兵团之力集全兵团之智""扭住根本抓住关键""以深化改革为强大动力""将新型工业化作为推进兵团向南发展的主战略"……

4 年来，兵团坚持把向南发展作为当务之急、战略之举，闯险滩、涉深水，紧密结合实际，发展壮大南疆特色产业，营造拴心留人环境，壮大人口规模，不断增强兵团在南疆的承载力、带动力和影响力，为新疆的长期发展和社会稳定打下坚实基础。

"作始也简，将毕也钜。"随着时间与速度的累积，向南发展已驶入快车道，一曲曲向南发展的高歌唱响在垦区大地，一个全方位、多层次的立体帮扶体系，在兵团逐渐形成。

五

这是一个激动人心的时刻：2017 年 9 月 29 日，兵团与烽火科技集团有限公司战略合作结硕果——六师五家渠经济技术开发区烽火产业园一期项目投产仪式隆重举行。项目生产车间内，松套、绞合、护套等程序有序进行，一根根纤细的光纤"变身"光缆，兵团生产的第一批光缆问世，兵团战略性新兴产业发展实现重大突破。

战略性新兴产业是培育发展新动能、获取未来竞争新优势的关键领域，新疆产的第一根光缆正是兵团加快产业转型升级的体现。

发展是兵团增强综合实力、实现拴心留人、履行特殊使命的关键。兵团上下深刻认识到综合实力对履行维稳戍边职责使命的重要性，始终朝着壮大综合实力的目标奋力前行。

坚持"发展为上、投资为本、工业为先、招商为要"的理念，用招商引资第一要事推动发展第一要务，2017年，兵团共实施招商引资项目3095个，到位资金1757.1亿元，同比增长42.4%；

新型工业化作为主战略不断推进，围绕工业转型升级，把精力向工业集中、资源向工业汇集、政策向工业倾斜、人才向工业流动，以新型工业化带动新型城镇化和农业现代化；

城镇化是兵团综合实力壮大的有力见证，目前，兵团管理着9座城市、10个建制镇，具有兵团特色的城镇体系初步形成；

……

面对经济发展新常态，4年来，兵团党委带领兵团上下以"等不起"的紧迫感、"慢不得"的危机感、"坐不住"的责任感，不断更新思想观念，厘清发展思路，明晰发展路径，按照高质量发展要求，深化供给侧结构性改革，全面参与丝绸之路经济带核心区建设，推动质量变革、效率变革、动力变革，坚决打好防范化解重大风险、精准脱贫、污染防治攻坚战，实现工业大发展、城镇大提升、农业大增效，经济实现更高层次、更高水平、更高质量发展，综合实力再上新台阶。

从额尔齐斯河之滨到昆仑山下，从巴里坤草原到伊犁河谷，快速发展的大潮在兵团垦区大地涌动。

六

"路通财通，感谢兵团！"行走在门前的柏油路上，哈密市二堡镇四队农民吴显明说，自从有了这条路，收购农产品的客商每年都能把车开到家门口，农产品外运难的日子一去不复返。

十三师红星二场投资 1600 万元修建起的连接二堡镇四队的柏油路，使吴显明的农产品运输难销售难问题得到解决。

同顶一片蓝天，共拥一方热土。兵地融合是兵团作为新疆组成部分的重要体现，也是发挥兵团特殊作用的重要途径。习近平总书记在考察兵团时指出，"兵团是促进民族交流交往的重要力量"，要求兵团"促进兵地融合发展"。

兵地融合才能推动跨越发展，兵地一体才能促进长治久安。近年来，兵团始终牢固树立"兵地一盘棋"思想，坚持兵地一家亲、兵地心连心，兵地双方建立 80 多个经济联合体，兵团实施科技帮扶项目 400 多个；兵团向地方大力推广现代农业技术，农业科技辐射带动各种项目近 300 个，带动了地方 6100 多户农民增收；兵团 2090 所医院、社区医疗机构全面向地方开放，诊疗地方群众 134 万人次，帮扶困难少数民族群众 1553 人，减免地方群众看病就医费用 80 万元。

紧扣"共同生活、共同工作、共同学习、共同维稳、共同致富，促进各民族交往交流交融"主题，兵团发挥优势特色，推进兵地合作向"内容更丰富、形式更多样、领域更广泛"升级。

他山之石，可以攻玉。兵团还积极主动学习借鉴地方在适应市场经济、推进依法行政、维护社会稳定等方面的好做法好经验；利用兵团集约化管理、城镇化建设、新型工业化发展等优势，辐射带动周边地方发展和各族群众增收致富，争取和凝聚人心。

4 年来，兵团上下不断探索新形势下深化兵地融合发展的新途径新举措，对推进兵地融合发展的认识更加统一，对加强同地方党政各级各部门沟通协调的行动更加自觉，兵地共建、融合发展覆盖面不断扩大、势头更加强劲。

七

"感谢党的好政策，我们有信心甩掉'穷帽子'，把日子过红火。"2

月3日，正忙着将新采摘的大棚蔬菜装车的三师四十四团原种场贫困职工玉素甫江·阿不都热依木说。

2017年，在兵团驻三师四十四团原种场"访惠聚"工作队的帮助下，玉素甫江·阿不都热依木新建了一座蔬菜大棚。2018年春节临近，大棚里的蔬菜刚采摘完就被销售一空，一家人对脱贫致富充满信心。

为让职工群众共享改革发展成果，兵团把脱贫攻坚作为重大政治任务和第一民生工程，在精准施策上出实招、在精准推进上下实功，越来越多像玉素甫江·阿不都热依木一样的贫困职工群众梦圆新时代。

利民之事，丝发必兴。关注民生、重视民生、保障民生、改善民生，4年来，兵团党委始终把民生问题摆在突出位置，坚持一件事情接着一件事情办，一年接着一年干，做到民有所呼、我有所应，民有所需、我有所为。全面落实团场学前3年免费教育，新建、改扩建幼儿园93所，做到团场适龄儿童"应入尽入"；继续把就业摆在更加突出位置，动态消除零就业家庭，大力实施"青年创业增收引领计划"，帮助青年就业创业；实现全民健康体检全覆盖，实施团场范围内贫困人口住院先诊疗后付费；脱贫攻坚取得阶段性成效，2014年年底至2017年，2.2万户、5.92万贫困人口实现脱贫，占贫困人口的七成以上，贫困发生率由4.2%下降到1.2%，贫困团场从30个减少到20个……以办好惠民"十件实事"为抓手，从各族职工群众最关心、最直接的就业、医疗、教育、社会保障等问题入手，扎实打好精准脱贫攻坚战，加快推进少数民族聚居团场经济社会发展，着力攻坚克难，让广大职工群众切实享受到更多改革发展红利。

4年来，职工群众对美好生活向往的不断满足，成为民生改善最直接、最生动、最温暖的诠释。

八

2017年，在第十三届中国（深圳）国际文化产业博览交易会上，来自广东、北京、江苏等地的文化产业公司共签约三师图木舒克市农业观光及文化旅游度假村建设项目、十三师红星华艺青少年文化艺术培训及影视拍摄基地、电视剧《三五九旅》拍摄等 34 个文化产业项目，签约金额近百亿元。透过交易会这扇窗，可以感受到兵团文化走出去的铿锵步伐。

"国民之魂，文以化之；国家之神，文以铸之。"文化是民族的血脉和灵魂，是人们的精神家园。实现新疆工作总目标，既要发展经济改善民生，也要用先进文化凝聚民心。

4 年来，兵团深刻领会文化对履行维稳戍边使命的特殊重要性，以高度的文化自觉和文化自信，大力传播先进文化，积极弘扬中华文化。

百花齐放，满园芬芳。歌曲《屯垦爹娘》、纪实文学《西长城——新疆兵团一甲子》、豫剧《大漠胡杨》、杂技剧《楼兰寻梦》、古装秦腔《未生缘》等一批体现社会主义核心价值观、弘扬中华文化、传承兵团精神、反映现实生活，有筋骨、有温度、有高度的文艺作品成为人们的高品质精神食粮。

文化为核，产业赋能。全面落实《关于加快推进兵团文化产业发展的意见》《兵团文化产业发展规划（2014—2020）》，加快文化产业发展，加快现代文化市场体系建设，加强文化市场监管，提高文化产业增加值占兵团经济的比重，多个有鲜明兵团地域特色的文化产业园生机勃勃、文化项目效益显著。

春风化雨，凝心聚力。在以习近平同志为核心的党中央领导下，兵团积极履行先进文化示范区功能，兵团先进文化已经成为一张灿烂的名片，文化自信正在为实现新疆工作总目标提供源源不断的强大精神动力。

九

2017 年 8 月 16 日，十二师有关部门接到群众反映，三坪农场宝青碧园小区冬天锅炉燃烧产生的烟尘影响居民日常生活，两个小时后，10名工人和一辆大型起吊设备就到达指定地点，开始拆除锅炉。"为中央环保督察点个赞！今年冬天将告别粉尘，窗户也敢开了，我们打心眼儿里高兴！"该小区居民侯帮钧说。

2017年8月11日至9月11日，中央第八环境保护督察组进驻新疆、兵团。兵团上下化压力为动力，以环保督察为契机，推动形成加强兵团生态文明建设的强大动力。

习近平总书记在兵团考察时，明确要求兵团把生态文明理念贯穿始终，殷切希望兵团当好生态卫士。4年来，兵团人始终牢记习近平总书记的嘱托，着眼建设美丽兵团、当好生态卫士，大力开展生态环境保护工作。

为了青山绿水，为了蓝天白云，"十二五"期间，兵团编制了《生物多样性保护规划》《兵团生态脆弱区保护规划》《兵团生态功能区划（修编）》《兵团生态十年调查报告》等一系列生态保护规划，为保护生态环境提供了顶层设计。兵团各团场坚持有序退耕还林还草和植树造林，积极探索绿色发展道路，一次次向黄沙宣战，一次次向沙尘进击，在天山南北、在戈壁荒野，数不清的树苗被栽下，绿色浪潮，在兵团垦区大地奔涌不息。

久久为功，必有回响。一项项举措，一年年推进，让天更蓝了，山更绿了，水更清了，生态环境正悄然成为兵团的一张"绿色名片"。在快速发展的同时，兵团职工群众切实感受到，周围的环境变得越来越美了，获得感、幸福感不断提升。

十

2017年10月11日凌晨，在塔克拉玛干沙漠西北边缘的喀什机场，飞往乌鲁木齐的航班待时起飞，经过登机廊道时，兵团党委组织部副部长、兵团人力资源和社会保障局党组书记、局长李永康突然晕倒，因劳累过度造成心跳呼吸骤停,历经 2 个小时的抢救,仍然没能挽回生命……

这一次,他永远地倒下了,倒在了路上,倒在了赴南疆检查维稳工作和改革调研的途中。

李永康同志是新时期弘扬兵团精神、传承优良传统的先进典范,是用生命践行忠诚、干净、担当的时代楷模,是党员干部群众心中的好党员、好干部。

习近平总书记指出,"实现新疆社会稳定和长治久安,关键在党"。党的事业继往开来,需要源源不断造就德才兼备的执政骨干;兵团职责使命的有效发挥,需要像李永康这样在政治上坚强有力、经得起风浪考验、适应新形势的高素质干部。

4 年来,兵团上下牢记总书记的嘱托,不断加强领导班子和干部队伍建设,统筹推进各类人才队伍建设,坚持强基固本,加强基层党组织建设,扎实开展"访民情惠民生聚民心"工作……一项项务实创新的举措,使党和职工群众的血肉联系更加紧密,党组织的吸引力感召力与日俱增。

大海之所以伟大,除了它美丽、壮阔、坦荡外,还有一种自我净化的功能。4 年来,兵团党委把加强作风建设作为从严治党的治本之策,保持战略和政治定力,破除反腐败斗争可以松口气、歇歇脚的思想,力度不减、节奏不变、尺度不松,严字当头、实字托底,继续盯住重要节点,持续发力,紧盯老问题新动向,坚决防止"四风"反弹,推动管党治党走向严、紧、硬。

4 年的从严治党实践试出了人心向背,厚植了党的执政根基,一个更加坚强有力的党,正领航着兵团号巨轮劈波前进。

十一

一切伟大的成就都是接续奋斗、接力探索的结果,一切伟大的事业都需要在承前启后、继往开来中推进。

我们回顾过去的 4 年，不是为了从成功中寻求慰藉，而是为了总结经验、把握规律，增强开拓前进的勇气和力量。

2018 年，是贯彻党的十九大精神的开局之年，是改革开放 40 周年，是决胜全面建成小康社会、实施"十三五"规划承上启下的关键一年。躬逢伟大时代，兵团唯有继续沿着总书记指引的道路奋勇前行，深入贯彻落实以习近平同志为核心的党中央治疆方略和对兵团的定位要求，才能更好履行"三大功能"、发挥"四大作用"、更加有力维护新疆社会稳定和长治久安，创造出无愧于历史、无愧于时代的新业绩。

"维稳戍边是兵团的看家本领""建设一流的民兵队伍，加强基干民兵正规化建设"，4 年前总书记在六师五家渠市冒雨视察检阅民兵时的话语犹在耳边。加强兵团维稳戍边能力建设，是新疆反分裂斗争的需要，也是履行屯垦戍边使命的必然。我们要坚定不移沿着总书记指引的道路，着力提升兵团维稳戍边看家本领，扎实抓好一流民兵队伍建设，持续深化严打暴恐专项行动，切实消除各种不稳定不安全因素，确保兵团辖区稳定，积极参与地方维稳。

要壮大综合实力，为发挥特殊作用奠定物质基础，这是总书记对兵团经济社会发展的殷切嘱托。有什么样的实力，才能有什么样的作为。我们要坚定不移沿着总书记指引的道路，扎实推进兵团现代化经济体系建设，坚决打好防范化解重大风险、精准脱贫、污染防治三大攻坚战，深化供给侧结构性改革，激发各类市场主体活力，大力发展实体经济，牢固树立大抓投资、大抓招商引资导向，推动援疆工作取得新成效，推动形成全面开放格局，深入实施乡村振兴战略，推动兵团实现高质量发展。

"要处理好屯垦与戍边、特殊管理体制和市场机制、兵团和地方三个重要关系，探索完善既使市场在配置资源中起决定性作用、又有利于更好发挥兵团特殊作用的体制机制。"总书记对兵团改革"改什么""怎么改"提出明确要求。发展无穷期，改革无止境。我们要坚定不移沿着总书记指引的道路，坚决打好团场综合配套改革攻坚战，打好国资国企改革攻坚战，做好承接和依法行使"政"的职能工作，精心做好财政管理工作，统筹推进其他各方面改革，奋力实现兵团深化改革重大突破。

"南疆是实现新疆社会稳定和长治久安的重点，也是难点。"总书记对南疆发展念兹在兹。兵团向南发展，是实现新疆社会稳定和长治久安的关键一招。我们要坚定不移沿着总书记指引的道路，进一步强化"棋眼"意识，聚焦履行职责使命，在事关根本、基础、长远的问题上发力，加快南疆兵团产业升级发展步伐，深入推进南疆兵团城镇化建设，带动人口集聚和增长，发挥好调节社会结构、推动文化交流、促进区域协调、优化人口资源的特殊作用。

"兵地融合是兵团作为新疆组成部分的重要体现，也是发挥兵团特殊作用的重要途径。"总书记的话语兵团人不敢忘。兵地融合发展，事关全局、事关根本、事关长远。我们要坚定不移沿着总书记指引的道路，着力促进各民族交往交流交融，深入开展"五共同一促进"创建活动，探索创新兵地融合发展体制机制，深入推进兵地各方面融合发展，加快少数民族聚居团场经济社会发展，不断巩固深化兵地融合民族团结局面。

"高素质干部职工队伍是兵团发挥作用的根本保证，要采取有力措施建设一支政治上坚强有力、经得起风浪考验、适应新形势兵团履行职责的高素质干部群众队伍。"总书记在考察兵团时对干部队伍建设提出殷切期望。做好兵团的一切工作，干部是关键。我们要坚定不移沿着总书记指引的道路，全面贯彻落实新时代党的建设总要求，用习近平新时代中国特色社会主义思想武装党员干部，推动形成风清气正的政治生态，建设高素质专业化兵团干部队伍，全面加强基层组织建设，持之以恒正风肃纪，坚定不移推进反腐败斗争，推动全面从严治党向纵深拓展。

时序轮替中，始终不变的是奋进者的身姿；历史坐标上，始终清晰的是实干者的步伐。今天，兵团各族干部职工群众意气风发、豪情满怀，天山南北垦区大地上生机勃发、春意盎然。行进在新的长征路上，兵团将以习近平新时代中国特色社会主义思想为指导，全面贯彻党的十九大精神，接续奋斗，不断进取，以更加坚定的信心、更加昂扬的斗志、更加务实的作风，决胜全面建成小康社会，切实履行兵团职责使命，充分发挥兵团特殊作用，撸起袖子加油干，为实现新疆工作总目标作出新的更大贡献。

巍峨绵延的天山见证，兵团儿女的辛勤耕耘和累累硕果；扎根边疆的胡杨倾听，兵团与时代同频共振的有力脉搏。我们相信，只要沿着总书记指引的道路奋勇前行，兵团的明天一定会更加美好！

（2018 年 4 月 28 日 《兵团日报》 三版）

向更为广阔的天地铿锵迈步

——写在习近平总书记考察新疆兵团三周年之际

兵 仲 文

（一）这是一个值得铭记的日子。

2014年4月29日，绿洲沃野、垦区大地被春风染醉、春雨洗净，人们欢呼雀跃，奔走相告：来了，来了，亲人来了！怀着对新疆各族人民的深切牵挂，中共中央总书记、国家主席、中央军委主席习近平来到了兵团，把稳疆兴疆的种子播撒在干部群众的心田。

时间飞逝，记忆犹新。

这个日子，每分每秒，都显得弥足珍贵；一言一行，都值得永远铭记。

这是一次民心的凝聚——

民惟邦本，本固邦宁。新疆离北京很远，但在心理上同北京相系相连。对兵团广大干部职工群众，党中央、习近平总书记更是高看一眼、厚爱三分。

人民，始终是总书记心中最深的牵挂。三年前的4月29日，太多的感人瞬间让人难忘：在工厂车间，总书记视察农业机械化设备，当得知中国工程院院士陈学庚只有中专学历时，总书记称赞他"英雄不问出处，一切人才都要在战场上见分晓"；在同援疆干部马小军握手时，总书记勉励他"为建设新疆贡献力量"；在听了马军武夫妻哨所的感人事迹后，总书记由衷感叹"了不起""好样的"……

亲密好像石榴籽，幸福犹如雪莲花。时间虽短暂，习近平总书记所到之处，真心倾听呼声，真情回应关切，和职工群众既像老朋友，又像走亲戚，总有说不完的心里话、难割舍的手足情。

这是一次信心的提振——

甘露沐者，华实必茂；信念胜者，光澜必章。

"兵团的历史贡献不可磨灭，兵团的战略作用不可替代""新形势下兵团工作只能加强，不能削弱""做好新疆工作，必须把兵团工作摆在重要位置，在事关根本、基础、长远的问题上发力"……三年前的4月29日，总书记关于兵团的系列重要论述，思想深邃，立意深远，时隔三年，依然回荡在垦区大地，铭记在人们心中。总书记的重要讲话既是治疆方略的大手笔，也是指引兵团勇往直前的风向标，让人备受鼓舞，给人自信力量，催人担当有为。

这是一次决心的彰显——

"维稳戍边是兵团的看家本领""建设一流的民兵队伍，加强基干民兵正规化建设""确保一旦有事拉得出、用得上、干得好"……三年前的4月29日，总书记冒雨视察检阅民兵，与指战员逐一握手，询问训练战备情况，寄语大家提高综合素质和训练水平，更好履行肩负的特殊使命。言谈举止间，寄予着殷切希望，浸透着殷切嘱托，彰显出维护新疆社会稳定和实现长治久安的坚定决心。

时间深处蕴藏着"公平的尺度"，一分一秒里都留下了奋进者的坚实足迹。三年的时间并不算长，但三年的变化非比寻常。习近平总书记考察兵团以来，广大干部职工群众在兵团党委的团结带领下，把思想和行动统一到总书记考察兵团时的重要讲话精神上来，沿着总书记擘划的科学路径，牢记使命、勇挑重担、攻坚克难、奋发有为，兵团各项建设风劲帆满、起锚远航、乘风破浪、捷报频传。三年前的句句嘱托早已融入血脉、化为行动，三年前的粒粒种子已经落地生根、开花结果。

（二）兵团是什么？外界很多人不甚了解。但它所传承、担当的屯垦戍边这一神圣使命如"定疆神针"般地存在,已经在中国历史长河中延续了两千多年。

4000公里外的上海,南京路上熙熙攘攘,人流络绎不绝,无不展现着国际大都市的繁华。在问到对兵团的了解时,几位年轻人摇摇头,一位老者凑过来,语气略带豪迈激动,"兵团你们不了解啊?那可是我们国家的功臣,没有兵团,就没有我们祖国西北边疆的稳定!"

一语落下,掷地有声。

"愿得此身长报国,何须生入玉门关""铁衣远戍辛勤久,玉箸应啼别离后""黄沙百战穿金甲,不破楼兰终不还"……戍边将士们屯戍西域、安边定疆。

《西域图志·屯政》记载:自汉代实行募民徙塞下的屯田之法后,"屯政"日升,"凡有军兴,必修屯政",然而汉唐之屯政,专为养兵,而未能"兵民并济","师行则举,师旋则废"是其屯田的局限所在。只有清代的屯田"战守兼宜",更注重对边疆的开发和建设。从历代王朝西域屯田的历史中,我们可以得出结论:屯垦兴则西域兴,屯垦废则西域废。

新中国成立后,党中央在总结历史经验的基础上,毅然决然作出重大战略部署,决定成立新疆军区生产建设兵团,开启了兵团屯垦戍边的新征程,翻开了新疆发展的历史新篇章。

1981年,邓小平同志曾高度评价了兵团不可替代的重要作用,指出:"新疆生产建设兵团,就是现在的农垦部队,是稳定新疆的核心。"

兵团的发展历程,伴随着成就和辉煌,也承受过杂音和非议。社会上一些人狭隘地认为当今和平时代,兵团没有存在的必要;一些人对兵团党政军企合一体制提出质疑和批评;境外势力也借机炒作扰乱视听,企图否定兵团的历史,扼杀兵团的未来。2014年,习近平总书记在考察兵团时掷地有声地指出:"兵团的存在和发展绝非权宜之举,而是长远大计。"

铿锵有力的声音一锤定音，不仅强化了兵团的地位和作用，也坚定了兵团人继续献身维稳戍边事业的信心和决心。

（三）一位哲人曾说过："我们不是为自己而生，我们的国家赋予我们应尽的责任。"

对于以身许国的兵团人，国家利益永远高于一切、重于一切。为了这一至高无上的利益，他们可以舍弃内地的机会，可以淡视外界的繁华，可以承受条件的艰苦，可以甘守边境的寂寞。

维稳戍边是兵团安身立命之本，也是兵团的看家本领。习近平总书记三年前考察兵团时要求兵团"提高维稳戍边能力""真正成为安边固疆的稳定器"。孙金龙政委强调，"要时刻牢记党中央和习近平总书记的重托，始终把维稳戍边作为对兵团的根本定位和检验兵团工作的根本标准。"

看好家是本职，看不好家就是失职。兵团人对此有着深刻的认识，三年来一直为当好"稳定器"而不懈努力。

2014年以来，兵团不断彰显"军"的属性，提升"兵"的能力，维稳戍边职责使命教育辐射到连队、企业、社区，渗透到干部、群众、居民，兵团的"军"味更足、"兵"味更浓。持续强化维稳政治责任，牢固树立维稳工作没有局外地区、没有局外单位、没有局外人的思想，增强各级的责任意识、岗位意识、阵地意识。魏德友半个多世纪的执着坚守，刘前东在昆仑山上的无悔扎根，生动诠释了兵团人的职责、使命和价值。

三年来，兵团着眼建设一流民兵队伍，把练兵习武抓得紧而又紧、实而又实，不论烈日当头，还是寒风扑面，全员大练兵如火如荼，技术战术水平不断提升，训风演风更加务实。狠抓重点力量建设，重点民兵应急营、民兵轮训备勤连如期形成战斗力，完善了融生产、训练、执勤、应急于一体的民兵常态化轮训备勤机制。兵团党管武装出真招、见实招，严密组织职工普训、赴边合训、联演联巡、维稳执勤，营造了爱武管武、兴武强武的浓厚氛围。

三年来，兵团坚持"兵地一盘棋"思想，强化沟通协商机制，完善兵地联动维稳机制，加强联防联控和群防群治，织密了维稳防控网络。在"三个确保"基础上，积极参与地方维稳和"网格化"巡逻防控，配合默契、应对及时、处置有力，圆满完成多起暴恐案件处置任务。不断健全边境防控体制机制，完善师管面、团控片、连守线、民兵哨所卡点的边境管控网，形成军、警、兵、民"四位一体"戍边守边合力，维护了边境安全。

（四）庄子有言，"夫水之积也不厚，则其负大舟也无力""风之积也不厚，则其负大翼也无力"。有什么样的实力，才能有什么样的作为。

"要壮大兵团综合实力"，三年前总书记的重要指示，一直在兵团人的耳边回荡。

铁门关市、可克达拉市、昆玉市、金银川镇、草湖镇……这些具有不同特色、各有活力的城镇，在加速建设中不断成长，正发展为一个个现代文明的聚集地、一座座维稳戍边的堡垒。三年来，兵团推进城镇化建设、进一步设市建镇的决心从未动摇，步伐从未停歇。

3月27日，计划总投资480亿元的七师2017年"建设之春"96个重大项目在七师和一师同步集中开工，其中新开工项目35个，总投资240.33亿元。

3月29日，在享有"戈壁明珠"美誉的石河子市，总投资40亿元的90万锭数字化智能化纺纱项目正式启动，建成后预计可实现年产值50亿元、年利税5.3亿元以上。

……

兵团着力用招商引资第一要事推动发展第一要务，把注意力和主要精力放到招商引资上来，坚定不移大招商、招大商、招成商。在不同地域、不同角落，投资建设的火热场景每天都在上演。放眼望去，"到处都是活跃跃的创造，到处都是日新月异地进步。"

世上的人，有奋发者，有追悔者，有恻然叹息者，有泫然流涕者。唯奋发者，能酬其壮志、成其大业。兵团人深刻认识到综合实力对履行维稳戍边职责使命的重要性，自觉把总书记的要求转化为推动兵团发展的具体行动，始终朝着壮大综合实力的目标奋力前行。

勇者总是善于凝聚破浪前行的磅礴力量，在搏风击浪中御风前行。兵团第七次党代会报告提出，兵团要集中力量发展工业，更加注重大增量和大提升并存。今后一个阶段，要以纺织服装、农副产品精深加工等产业为重点，大招商、招大商，想方设法使兵团真正成为内地产业资本落户新疆的洼地，打造一批百亿元城镇、百亿元企业、千亿元园区、千亿元产业集群、千亿元城市。

新猷业已擘划，兵团发展的宏伟蓝图正在边疆大地徐徐展开……

（五）一个人像一块砖砌在大礼堂的墙里，是谁也动不得的；每一块砖紧密相依，才成就了大礼堂的坚实与辉煌。

"你看，这是去年我在新疆兵团军垦博物馆参观时拍的照片，旁边这个是我的汉族妹妹连洁，长得漂亮吧？"每逢家里来了客人，阿拉尔市金银川镇新皇宫社区居民阿依仙姆·那卖提就要给大家讲讲她去乌鲁木齐探亲的故事。

发放连心卡、走亲串户、打扫庭院、照全家福、吃团圆饭……从去年冬天开始，在天山南北，在村庄连队，在大街小巷，"民族团结一家亲"活动热潮奔涌，各族干部群众亲如一家的场景真切感人。

三年前，习近平总书记指出，"民族团结是发展进步的基石""新疆的问题，最难最长远的还是民族团结问题"，兵团要成为"凝聚各族群众的大熔炉"。"民族团结一家亲"活动，作为贯彻习近平总书记治疆方略的抓手，作为增进民族团结的重要举措，着眼于聚人心、打基础、利长远，已在全疆遍地"开花"，渐结"硕果"。

事成于和睦，力生于团结。三年来，兵团深入开展党的民族宗教理论政策和民族团结宣传教育，广泛开展"五共同一促进"创建活动，集中力量加快少数民族聚居团场发展，扎实推进双语教育，深入推进"访惠聚"工作，民族团结大树枝繁叶茂：手把手传授技术给地方少数民族兄弟的尤良英，各族群众相亲相爱、守望相助的十四师一牧场……他们无论是倾其所有的无私帮助，还是像石榴籽那样紧紧抱在一起的日常生活，都在展示着兵团各族群众团结友爱的不变主题。

"同在一片蓝天下，同饮一河水，同走一条路。"兵团特殊的地理分布、特殊的职责使命、特殊的功能作用，决定了兵团必须要兵地融合、民族团结，你中有我、我中有你。三年来，兵团牢记总书记"促进兵地融合发展"的重要指示，牢固树立"兵地一盘棋"思想，坚持兵地一家亲、兵地心连心、兵地攥紧拳头，找准兵地融合切入点、兵地同频共振契合点，积极推进兵地在经济、文化、社会、干部人才和维稳等方面的交流协作，努力打造兵地命运共同体、利益共同体，共同开创新疆更加美好的未来。

面向未来，我们相信：当一股股最真挚的力量汇集起来，兵团大熔炉中的炭火就会烧得更旺，新疆社会稳定和长治久安的基础就会更牢固。

（六）2016 年 5 月，深圳，中国国际文化产业博览交易会，兵团展区人头攒动……

一位 78 岁的老者默默矗立在展区内一幅油画前，久久不愿离去，这幅描绘一位山东支青女兵的油画让他陷入了沉思，"我姐姐当年出嫁时，跟她的扮相神情几乎一模一样"。老者名叫陈勉，他的父亲是当年进军新疆、扎根天山南北、屯垦戍边的第一代兵团人，他和姐姐生在兵团、长在兵团。20 世纪 80 年代因工作调动，陈勉离开了兵团，但依然情系这里。在参观完 211 个兵团参展项目后，他感慨道："这些年，兵团的变化实在太大了，文化发展的速度让我这个老兵团人感到特别自豪！"

纵观人类历史，文化的发展离不开大河流域的滋润，尼罗河畔、黄河流域都孕育出古老的文明。但在这片辽阔的戈壁荒漠上，文化并不意味着荒芜，相反，它却如戈壁荒漠上的明珠，璀璨炫目。一位学者曾说过，"人与文化是一种共在关系，即人是有文化的人，文化是人的文化，人的存在离不开文化的存在，文化的存在也离不开人的存在"。兵团人来自五湖四海，兵团文化这朵"花"也汲取了中原文化、齐鲁文化、湘楚文化、巴蜀文化等营养，融合了民族文化、红色文化和军旅文化等元素，有了这些营养、元素的滋润和精心培育呵护，"花"才开得如此绚丽，如此引人注目。

这就是为什么中央电视台播出的《戈壁母亲》《奠基西部》《西上天山的女人》等影视作品能赢得国内群众广泛好评的原因，这也是为什么话剧《兵团记忆》、舞剧《戈壁青春》在全国巡演能备受各地群众热捧的原因。

文化的力量是强大的，正如一位思想家曾说过，"有如语言之于批评家，望远镜之于天文学家，文化就是指一切给精神以力量的东西"。古代的屯垦戍边，军队不可或缺，能御进犯之敌；当今的屯垦戍边，文化不可或缺，能御思想之敌。在新疆这个反分裂、反恐怖、反渗透的前沿阵地，先进文化就如同清风，能吹散宗教极端思想的迷雾。三年来，兵团贯彻落实习近平总书记提出的要成为"先进文化的示范区"的要求，大力弘扬中华文化，用现代文化抵御宗教极端思想，着力推动文化交流交融，传播社会主义核心价值观，增强各族群众"五个认同"，筑牢新疆社会稳定和长治久安的共同思想基础。在构建各民族共有的精神家园中，兵团坚持用文化的力量引领各族群众"民相亲""心相随"，涌现出十四师一牧场等民族团结典型。

视线转向乌鲁木齐市西北郊的十二师五一农场，在朝阳的映照下，几栋傲然挺立的大厦，正在等待新主人进驻，这里是新打造的兵团文化传媒发展基地，它将集中兵团文化优势资源，融新闻出版、广播影视、演艺服务、休闲娱乐为一体。可以预见，在不久的将来，这里将成为推动兵团文化事业和文化产业发展的引擎。

（七）梦想照亮前方，奋进正当其时。2016 年 2 月 26 日，共和国最年轻的城市——昆玉市正式揭牌成立，从此，"大鹏之翼"变得更加丰满，展翅高飞变得更有力量。

就在昆玉市挂牌前不久的 2016 年 1 月 19 日，阿拉尔市双城镇、沙河镇挂牌成立；2016 年 2 月 29 日，铁门关市博古其镇、双丰镇挂牌成立。城镇建设奏响发展的强音，一曲兵团向南发展的高歌开始唱响在这片沉寂许久的辽阔沙海上。

南疆与北疆同属大美新疆，稳定与发展更需一路同行。推动兵团向南发展，是以习近平同志为核心的党中央站在新的历史起点上，着眼于历史与现实的坐标、立足于发展与稳定的交叠所作出的重大战略部署。

近年来，党中央一直高度重视、始终关注着兵团向南发展的进程，特别是第二次中央新疆工作座谈会再次要求对南疆发展要从国家层面进行顶层设计，实行特殊政策，打破常规，特事特办。2015 年 12 月，兵团党委南疆工作会议召开，对南疆工作作出全方位、多领域战略布局，提出要全面落实中央加强兵团在南疆发展战略决策及自治区党委南疆工作会议部署，全力推进兵团在南疆发展。向南发展，指引着兵团前进的方向，三年来，兵团在南疆的首个民用机场——图木舒克市民用机场项目正式开工建设；喀什经济开发区兵团分区高起点谋划、高标准建设、高强度开展招商引资工作，成为区域发展新的增长点；十四师皮墨北京工业园区建设项目启动，阿拉尔产业园、库西经济工业园等聚集效应显现……

2016 年 12 月，初冬的草湖镇落叶飘零，略显萧条，但草湖产业园区内机器轰鸣，繁忙异常，是一片勃勃生机的景象。

三年前，这里还是一片戈壁荒滩，三年后的今天，这里已是厂房林立的产业园区。由喀什经济开发区兵团分区管委会统一管理、统一建设、统一招商的兵团级园区，定位为全国一流、世界先进的纺织业基地，目前，200 万锭集纺纱、织布、服装为一体的纺织项目正在顺利推进，建成后可吸纳 5 万人就业。草湖镇拟发展成拥有 15 万人口左右的示范性现代化小城镇。三年的时间，见证了一座园区的崛起与发展，也见证了兵团推动向南发展的决心与力量。

没有兵团南疆师团的快速发展，就没有兵团的全面发展。加快南疆师团尤其是少数民族聚居团场发展，不仅仅是经济发展问题，更是政治责任！为此，兵团党委突出把 14 个南疆少数民族聚居团场作为扶持重点，确保到 2020 年兵团集中连片特困片区与全兵团同步建成小康社会……三年来，在中央的宏观布局、自治区的整体把握、兵团的全力推动下，南疆经济社会发展驶入快车道，民生持续改善，脱贫攻坚成效凸显，人口不断集聚，基层基础不断巩固，维护社会稳定的能力明显增强。

（八）曾几何时，兵团的改革到底怎么改，从何着手，究竟改到什么程度，是兵团一些干部群众心中的困惑，但这种困惑并未持续多久。

以习近平同志为核心的党中央高度重视兵团深化改革，2014 年，总书记考察兵团时指出"要全面深化兵团改革"；2017 年新年伊始，党中央、国务院对兵团推进深化改革作出了顶层设计，提出了一系列部署要求，为兵团全面深化改革明确了路径、指明了方向。3 月 10 日，习近平总书记在参加十二届全国人大五次会议新疆代表团审议时强调，兵团是新疆经济社会发展的重要力量。要积极稳妥落实各项改革发展任务，把兵团的特殊优势和发展活力充分释放出来。

"坚决把中央关于兵团深化改革决策部署落实到位""把深化兵团改革作为重要政治任务""确保各项改革措施迅速推进、落实到位、取得实效"……改革的时代强音，在垦区大地阵阵回响。

从三年前肩负使命的探索，到如今聚力前行的攻坚，兵团各项事业的改革既谋全局，也谋一域，既有完成时，也有进行时。兵师国资委监管企业公司改制基本完成，团场综合改革试点工作进展顺利，供给侧结构性改革取得突破，财政管理体制改革稳步推进，大刀阔斧的简政放权工作成效明显，兵师两级行政服务中心和公共资源交易中心人头攒动，大众创业、万众创新的火越烧越旺……从全面播种、次第花开，到全面发力、纵深推进，再到立柱架梁、击楫勇进，兵团人在改革的征程中砥砺前行。

把握正确方向，聚集体智慧，提升整体效能，兵团在深化改革中着力强化党的核心地位，健全和转变"政"的职能，彰显"军"的属性，确立"企"的市场主体地位；探索完善既使市场在资源配置中起决定性作用、又有利于更好发挥兵团特殊作用的体制机制，努力把兵团建设成为职能定位明晰、体制机制健全、综合实力雄厚、作用发挥有力的坚强集体。

"物有甘苦，尝之者识；道有夷险，履之者知。"站在新的起点，小的改革我们已是"轻舟已过万重山"，大的改革有的还"无限风光在险峰"，需要我们不断去探索跋涉，以"虽千万人吾往矣"的闯劲，"咬定青山不放松"的韧劲，推动治理变革闯关夺隘，促进改革画卷徐徐铺展。

（九）邓小平同志在《建设一个成熟的有战斗力的党》一文中指出，"建立一个什么样的党的问题，这不仅是我们这一代的问题，也是下一代、再下一代的问题"。对肩负特殊使命的兵团而言，治党严不严，关乎着维稳戍边事业的兴衰成败，关乎着贯彻落实习近平总书记对兵团系列重要指示精神的成效。

"生在井冈山，长在南泥湾，转战数万里，屯垦在天山。"老一辈军垦人铁的纪律和优良作风一直为人们所敬仰、所乐道。在新的历史时期，如何进一步传承好、发扬好这种作风，永葆兵团人的本质不褪色，如何建设一支政治上坚强有力、经得起风浪考验的高素质干部队伍，以更高的标准、更严的要求、更实的作风推动总书记考察兵团时的重要讲话精神落地生根，都需要兵团推进全面从严治党。

从强化"四个意识"，加强和规范党内政治生活，全面落实党内监督责任，加强领导班子和干部队伍建设，到巩固拓展党的群众路线教育实践活动、"三严三实"专题教育成果，推进"两学一做"学习教育常态化制度化；从深入落实中央八项规定精神，开展"访惠聚"工作，进一步改进领导干部工作作风，继续抓好群众反映强烈的突出问题的整改，到扎实深入开展"学讲话、转作风、促落实"专项活动，严厉整顿"四风""四气"，严防"四风"反弹回潮……三年来，兵团坚持"从严治党"不放松，抓思想、建规章、明党纪、严治吏，全面从严治党就如同浩荡的春风，不断洗礼着广袤的垦区大地。

三年来，兵团坚持有腐必反、有贪必肃，始终保持惩治腐败的高压态势，使不敢腐的震慑作用充分发挥，不能腐、不想腐的效应初步显现。党的十八大以来，兵团各级纪检监察部门加大查处力度，2100多名党员干部受到党纪政纪处分，160多人被移送司法机关，共查处违反中央八项规定精神问题369起，处理466人。

1945年，毛泽东同志在《论联合政府》一文中这样发问："难道我们还欢迎任何政治的灰尘、政治的微生物来玷污我们的清洁的面貌和侵蚀我们的健全的肌体吗？"

72年前的发问，今天听起来依然振聋发聩。兵团党员领导干部要保持"清洁的面貌"和"健全的肌体"，依然需要时常"拂灰拭尘"……

（十）《墨子·亲士》有云："是故江河之水，非一源之水也；千镒之裘，非一狐之白也。"办好兵团的事情，关键在人，关键在人才。

习近平总书记高度重视兵团人才工作，在考察兵团时强调，要"建设高素质兵团队伍""对兵团干部职工要从政治上多关心、工作上多支持、生活上多关爱，吸引更多地方各族干部人才到兵团工作""将来还是应该动员更多的人才到新疆、到兵团来创业。要坚持行政推动和市场手段相结合，出台特殊政策吸引和留住人才"。

说起为期一年的博士服务团工作，留美博士王忠敏深有感触："既然来了，就割舍不下。我已接受了石河子人民医院为期5年的聘任。"王忠敏博士留在兵团的背后，是他对这片土地的一往情深，是兵团对优秀人才的渴盼。

从世界民族发展和历代治疆经验看，人口、人才、人气是长治久安的重要支撑。兵团组建以来，国家动员和吸引内地优秀人才、精壮劳力支援边疆，特别是 20 世纪五六十年代，全国大批青壮年、支边青年、转业军人投身兵团，使得兵团人口规模迅速壮大，兵团人口从组建之初的 17.5 万发展到今天的 283 万。

三年来，兵团各级在"引人"和"留人"两方面花大力气、下大工夫，把"聚天下英才"作为事业发展的根基工程，千方百计补齐人才短板，想方设法提升人才素质，吸引大批的优秀人才"不辞长做兵团人"。

去年，十四师昆玉市面向社会引进 23 名急需紧缺人才，除工资及其他待遇外，兵团人才发展专项资金还给予昆玉市引进的人才每人一次性支持资金 14 万元。昆玉市的引进人才政策，只是兵团实施人才战略的一个缩影。

三年来，兵团各级多次组织浩浩荡荡的招聘队伍，千里迢迢奔赴内地高等院校，招录各类专业技术人才。同时，从资金、人力配备，从平台搭建、工资报酬，从政策制定、运行机制、资源配置等方方面面给予支持，让人尽其才。

"玉在山而草木润，渊生珠而崖不枯。"人才就是能使"草木润"的"玉"，能使"崖不枯"的"珠"。在工厂车间、在广袤田野、在科研基地、在学校课堂、在手术台前……兵团人才的作用在凸显，光芒在四射。群英荟萃，千帆竞发，兵团的人才队伍建设已经在路上，未有穷期。

三年时光，不忘初心，砥砺前行。

三年时光，栉风沐雨，沧笙踏歌。

今天，我们站在新起点上，回望 1000 多个静水深流的日子所汇聚起的波澜壮阔的发展景象，不仅是为了采撷几朵晶莹璀璨的浪花，更是为了汲取奔腾不息、一往无前的前行力量。因为，我们还需要向更为广阔的天地铿锵迈步，续写更为壮美的春天华章！

（2017 年 4 月 28 日　《兵团日报》　一版）

将奋斗书写在广袤大地上

——写在习近平总书记考察新疆兵团两周年之际

兵 仲 文

一

这一天，中国工程院院士陈学庚一定记得——在由他研制的大型精密播种机前，总书记看得十分仔细，称赞他很不简单，并说"英雄不问出处，一切人才都要在战场上见分晓。"

这一天，戍边卫士马军武一定记得——在他说出"我会一生一世在桑德克哨所守护下去，一生只做一件事，我为祖国当卫士"的誓言时，总书记带头鼓掌。

这一天，大学生志愿者文晨霞一定记得——在她表示愿意扎根新疆后，总书记高兴地说，"很好，大学生在这里大有作为"。

这一天，很多兵团人一定记得——总书记掷地有声的话语"兵团的存在和发展绝非权宜之举，而是长远大计。新形势下，兵团工作只能加强，不能削弱。"

这一天，就是 2014 年 4 月 29 日，中共中央总书记、国家主席、中央军委主席习近平专程来到新疆生产建设兵团六师五家渠市，就做好新形势下的兵团工作进行调研。时间是衡量事业的尺子。习近平总书记在新疆、兵团考察调研以来，两年飞逝的光阴，标注出一段新的奋斗征程。

两年来，在党中央和习近平总书记的亲切关怀下，在自治区党委和兵团党委的坚强领导下，在全国对口援疆省市的大力支援下，兵团干部群众牢记维稳戍边职责使命，聚焦担当"安边固疆的稳定器、凝聚各族群众的大熔炉、先进生产力和先进文化的示范区"，努力发挥调节社会结构、推动文化交流、促进区域协调、优化人口资源等特殊作用，为维护新疆社会稳定和长治久安作出了新的贡献。

二

作为边疆地区，新疆的社会稳定、长治久安和民族团结息息相关。习近平总书记站在历史和现实的高度，深刻指出："新疆的问题最长远的还是民族团结问题。"

"天山雪松根连根，各族人民心连心"。如果民族团结是郁郁葱葱的天山雪松，那么兵团人促其枝繁叶茂的努力就从来没有停止过。

兵团的辉煌历史，既是履行屯垦戍边使命的历史，也是促进民族团结、调节社会结构的历史。60多年来，从硝烟炮火中走来的兵团人牢记毛主席的嘱托，担当起工作队的职责，为新疆各族人民大办实事好事。尤其是近年来，兵团人像爱护自己的眼睛一样爱护民族团结、像珍视自己的生命一样珍视民族团结，不断加快少数民族聚居团场发展步伐，加大对地方各族群众服务力度，把民族团结的物质成果写在新疆大地上，把民族团结的精神成果写在各族人民笑脸上。

鲁迅说："无穷的远方，无数的人们，都和我有关。"在兵团这样一片民族团结的肥沃土壤上，涌现出一个个民族团结的新典型、新名片。他们当中有把民族团结精神传播到千家万户的尤良英，有把大爱洒在昆仑山下的"喜喜连长"张永进，有结了一帮汉族"亲戚"的乌买尔塔依·阿细木……他们用实际行动为民族团结进步事业贡献力量。他们高擎起民族团结的火炬，用真情照亮着每一个人，引领着大家在民族团结的道路上阔步前行。

3月31日，自治区"民族团结进步年"动员大会闭幕后的第三天，兵团党委召开常委（扩大）会议，研究部署兵团同步开展"民族团结进步年"活动。经过33年的积淀，"民族团结教育月"正式升格为"民族团结进步年"。从"月"到"年"，不是简单的数量变化，而是思想的转变，是观念的转变，是从理念思想到方法手段的全面跨越和提升。

"新疆有多大，兵团就有多大"，这句话是对兵团发挥调节社会结构作用的生动注解。兵团所属的170多个农牧团场星罗棋布地散布在天山南北，兵团人来自天南地北、五湖四海，既高度统一又深度融入新疆社会。

作为党政军企合一的特殊组织，兵团集政治、经济、社会、文化、军事等功能于一身，有集中力量办大事的优势，能够在恶劣的自然条件和复杂的社会人文环境中有效地整体嵌入，并发挥生产建设、社会治理、文化交融和社会稳定等功能，从而形成各族群众共同生活、共同工作、共同学习、共同维稳、共同发展的良好格局，促进各族群众交往交流交融，在共同生产生活和工作学习中加深了解、增进感情。

三

悠扬的歌声响起，那动人的歌词让无数观众泪湿眼眶。年轻人从这首歌中听到了兵团历史的回响，中年人从这首歌中看到了父母的青春，而那些白发苍苍的老军垦们，则从这首歌中穿越到当年激情燃烧的岁月。歌曲词作者郭黎的母亲是位老军垦，当老人躺在病床上听到这首歌的第二句时，便潸然泪下，因为，那是一个时代的记忆。

这首歌曲叫《屯垦爹娘》，2014年底光荣入选第十三届全国精神文明建设"五个一工程"。《屯垦爹娘》只是两年来兵团文化建设发展的一个缩影。

文化的交流是最根本的交流，是我们民族团结传承的基因。习近平总书记要求兵团真正成为"先进文化的示范区"。为贯彻落实总书记的指示，兵团人在行动。

——规划实施了环塔里木文化共享工程、边境文化长廊工程、基层文化阵地建设工程、基层文艺骨干队伍培养工程，在凝聚人心、巩固阵地、抵御渗透、筑牢根基上下功夫；

——加大力度实施东风工程、农家书屋、广播电视连连通、文化信息资源共享等公共文化服务工程，推进团场博物馆等"四馆一场"建设，构建覆盖兵团、带动周边、辐射地方的现代公共文化服务体系，打造具有中华文化特色、体现兵团精神的文化高地；

——不断打造文化精品，重视文化产业发展，将文化产业纳入整体发展规划，出台兵团文化产业发展的意见和规划，设立文化产业发展专项资金，立项建设兵团文化传媒发展基地，着力培育具有竞争力的骨干文化企业集团；

——广泛宣传社会主义核心价值观，传播先进文化和中华文化，占领思想文化阵地，增强各族群众的"五个认同"。发扬兵团精神，让兵团精神融入一代代兵团人的血液中并成为精神支柱。把老兵精神宣传教育作为唱响兵团精神、培育社会主义核心价值观的重要内容，大力宣传老战士的光辉业绩和可贵精神，让老兵精神代代相传……

物质文明是基础，精神文明是更高的追求。兵团大力发展先进文化，注重以先进文化为引领，就是为了满足各族群众日益增长的文化需求，把兵团建设成为先进文化、中华文化和现代文明生活的传播高地，增强对周边各族群众的辐射影响力，示范带动新疆各族群众向现代文明生活和先进生产方式挺进，构筑起各民族共有的精神家园。

四

总书记指出：南疆是实现新疆社会稳定和长治久安的重点，也是难点；张春贤书记强调：要形成举全疆之力、集全疆之智支持南疆的局面；孙金龙政委表示：加强兵团在南疆发展，是党中央从战略全局作出的重大部署，要全力以赴加快南疆师团发展。

从新疆看，长期以来，受自然、历史等诸多因素制约，南疆生态环境脆弱，社会发展较北疆缓慢。近年来，南疆更是暴恐活动频发，使各族群众的生命财产安全受到威胁，社会稳定和长治久安面临挑战；从兵团看，兵团整体实力也是"北强南弱"，南疆师团少，无论是人口还是经济都占比较低，布局也不完善，一些地方还存在力量空白点。

新疆一盘棋，南疆是"棋眼"。做活这个"棋眼"，才能全盘取胜；加强南疆建设，实现南北疆协调发展，让各族群众共同过上幸福安康的生活，是一个关乎新疆未来发展大局的重大课题，党中央、自治区党委、兵团党委一直念兹在兹。两年来，在深刻认识新疆工作在党和国家工作全局中的特殊重要性、深刻认识新疆发展稳定形势、深刻认识南疆战略地位的基础上，一系列促进南疆发展稳定的重大决策和战略布局相继推出。

第二次中央新疆工作座谈会的召开，要求对南疆发展要从国家层面进行顶层设计，实行特殊政策，打破常规，特事特办；自治区党委南疆工作会议召开，指出做好南疆工作是自治区乃至全国的大事，要牢固树立"一盘棋"的思想，调动和凝聚各方面的力量，共同推进南疆社会稳定和长治久安；兵团党委南疆工作会议召开，强调要全面落实中央加强南疆兵团建设战略决策及自治区党委南疆工作会议部署，全力推进兵团在南疆的发展……一项项重大战略格局宏大，一条条路径举措意义深远。

下好产业发展的大棋。用好产业、园区和援疆平台，大力引进培育发展各类企业特别是大企业，全面提升南疆兵团产业发展的水平。草湖200万锭纺织服装产业园一期30万锭、阿拉尔市洁丽雅高档毛巾等重点项目加快推进，大众创业万众创新的大潮正在南疆起势；

下好城镇发展的大棋。加快阿拉尔市、图木舒克市、铁门关市和昆玉市基础设施建设，打通城市对外联接通道，聚集产业和人口，发挥城市增长极作用，辐射带动周边发展，打造维稳战略支点。在城镇规划建设管理中，坚持以人民为中心的发展思想，不仅看地标建筑撑起的天际线，更看万家忧乐拼成的地平线，让群众生活得更方便、更舒心、更美好；

下好民生发展的大棋。高度重视少数民族聚居团场、边境团场、贫困团场的脱贫致富工作，制定特殊政策，实施民心工程，把人、财、物更多向贫困地区倾斜，使贫困人口大量减少，贫困地区面貌显著变化。把脱贫攻坚作为"十三五"期间头等大事和第一民生工程来抓，在精准施策上出实招、在精准推进上下实功、在精准落地上见实效，确保贫困团场和贫困人口一道迈入全面小康社会……

展望未来，兵团向南发展的时间表和路线图格外清晰："力争到2020年实现南疆师团整体实力明显增强、经济发展速度高于同期兵团平均水平。""到2030年形成较完善的战略布局、兵地融合嵌入式格局基本形成、人口及产业集聚加快、民族团结兵地融合更加深入、稳定器大熔炉示范区作用得到充分发挥。"

五

细心的你也许会发现，同两年前的中国地图相比，现在的中国地图的西北角悄然增添了几个红点。这红点就是兵团人建成的现代化城镇。

城镇是现代化建设的重要引擎，是经济发展的增长极、全面小康的火车头。对兵团而言，城镇还是维稳戍边的新堡垒、现代文明的聚集地、人口人才的蓄水池。城镇化在兵团综合实力中的重要位置不言而喻。

增强兵团综合实力，打牢发挥特殊作用的物质基础，是总书记的殷切嘱托。两年来，兵团人抓住发展这个增强综合实力、实现拴心留人、履行特殊使命的关键，"三化"建设书写了精彩答卷——在城镇化建设方面，随着可克达拉市、昆玉市，草湖镇、沙河镇等相继成立，设市建镇的步伐不断加快,兵团已成立9市10镇,城镇化率已经达到65%,较2010年提高15个百分点,兵团城镇化率既高于地方,也高于全国。

在新型工业化方面,兵团初步形成食品医药、纺织服装、氯碱化工和煤化工、特色矿产资源加工、石油天然气化工、新型建材和装备制造六大支柱产业,工业化发展质量得到提升。昔日新疆现代工业的奠基者,在掸去历史的灰尘之后,再度焕发出青春和活力。

在农业现代化方面,国家节水灌溉示范、现代农业示范、农业机械化推广"三大基地"稳步推进,高标准农田、农机标准化服务区、现代农业示范区及示范带建设不断推进,兵团膜下滴灌栽培技术惠及西北干旱水稻生产区、东北水稻主产区和太湖流域水稻主产区……

"三化"建设作为转变发展方式、调整经济结构、拓展对口支援内涵、统筹经济社会发展、大力改善民生、实现又好又快发展的结合点、总抓手、总路径,是新形势下兵团实现跨越式发展和长治久安的正确抉择,是屯垦戍边新的实现形式,是被实践证明了的科学跨越发展之路。同时,兵团依托现有资源优势,敢于"无中生有",把招商引资同转变经济发展方式、调整经济结构紧密结合起来,加快引进培育一批新兴产业和高新企业,加大劳动密集型产业扶持力度,形成有区域特色和竞争力的产业集群。抢抓丝绸之路经济带核心区建设等机遇,充分发挥兵团的优势特色,不断推进向西开放、向内地开放,当好推进新疆丝绸之路核心区建设的排头兵。

塔克拉玛干沙漠北缘,大片甘草、红柳、杨柴在风中摇曳。一年多前,这里还是寸草不生的荒漠,如今,10余种林草药植被已覆盖30平方公里的区域,沙漠染绿,生机盎然。

"有效治理塔克拉玛干沙漠,曾被称为科学狂想、世纪难题。一师荒漠化治理获如此成效,标志着塔克拉玛干沙漠生态治理取得重大突破。"结束一师荒漠化治理考察之行的中国林业科学院荒漠化研究所研究员丛日春说。

"没有环境保护的繁荣是推迟执行的灾难",保护环境是我们应有的唯一选择,也是我们能有的唯一出路。在当好先进生产力的示范区的同时,兵团人义不容辞地担当起生态卫士的职责。

两年来,兵团人正确处理好金山银山同绿水青山的关系,把生态理念全面融入"三化"建设全过程,转变粗放型发展方式,积极发展循环经济,做好节能减排工作,立下军令状、倒排时间表,把各项节能减排目标和措施具体化,设定并坚决落实门槛挡住一批,技术改造提升一批,落后产能淘汰一批,加强监督处理一批的节能减排硬任务。如今,满眼田园风光、望见蓝天白云、留有军垦记忆、洋溢现代气息的生产生活生态环境正逐渐成为现实。

六

4月15日清晨,十师一八六团六连诺亚堡哨所民兵陈振旺带着妻儿,在哨所的楼顶将一面五星红旗高高升起。那一抹鲜红在蓝天的映衬下显得格外醒目。

随着天气转暖,近日常有外地游客来到这个偏远的哨所参观。当游客们看到哨所墙壁上写着的"面对蜿蜒的界河,背靠伟大的祖国,我们种地就是站岗,我们放牧就是巡逻"时,无不被兵团人的担当所震撼。

"屯垦兴则西域兴,屯垦废则西域乱",这是被历史一再证明的边疆治理铁律。党中央在新疆组建兵团,既是对历代治疆方略的科学借鉴,也是基于底线思维的制度设计,是国家边疆治理体系的有机组成部分。"维稳戍边是兵团的看家本领",总书记明确指出。

加强兵团维稳戍边能力建设,切实发挥好维护祖国统一、维护民族团结、维护新疆稳定的特殊重要作用。这是新疆反分裂斗争的需要,也是履行屯垦戍边使命的必然。

"维稳戍边是党中央成立兵团的初衷,也是兵团的第一使命和历史职责。要按照总书记提出的建设一流民兵队伍的要求,坚持思想政治教育和实战能力建设两手抓、两手硬。"孙金龙政委在六师五家渠市调研时强调。

对兵团而言，维稳戍边能力的提高关键在"兵"。兵是兵团存在的基础，也是兵团赖以发挥特殊作用的基石。

特殊时期要发挥特殊作用，非常阶段要拿出非常举措。新疆反恐维稳已进入"三期叠加"的特殊时期，不能有丝毫的迟疑和犹豫，必须立即行动起来。面对中央的要求，兵团上下闻令而动，以高度的政治自觉和历史自觉，切实加强维稳戍边的能力建设。

为发挥维稳戍边的特殊作用，兵团全面动员、全面部署。持续强化"全民皆兵"意识，让"军"的属性、"兵"的意识辐射到连队、企业、社区，渗透到干部、群众、居民，"亦兵亦民、劳武结合、兵民合一"的特殊身份持续被强化。努力建设一流民兵队伍，突出基干民兵重点，着力把民兵打造成为反恐维稳的尖兵、戍边守防的堡垒、抢险救灾的主力、全面建设小康社会的先锋、民族团结兵地团结的模范，确保关键时刻能够拉得出、冲得上、打得赢。

为练就维稳戍边的看家本领，提升"兵"的能力，兵团上下冬练三九、夏练三伏。不论寒冰百丈，还是骄阳似火，兵团全员大练兵声势浩大、如火如荼。演兵场上，指战员士气饱满、豪情冲天，基地轮训、赴边合训、岗位自训、职工普训让民兵综合素质不断提升。组织一茬比一茬扎实，规模一次比一次宏大，成效一年比一年明显。兵团党管武装出真招、见实招，党委班子站排头、领导干部当标杆，训练作风和战斗精神显著增强。

为担负起维稳戍边的职责使命，兵团民兵冲在维稳第一线、战在巡防最前沿。哪里最危险，哪里就有兵团民兵的身影；兵团民兵走到哪里，就能给哪里带来安宁。"一体化"维稳处突、"网格化"巡逻防控，兵团民兵主动摆位其中、配合默契、应对及时、处置有力。乌鲁木齐"5·22"、莎车"7·28"等暴恐事件发生后，兵团充分发挥熟悉情况、就近就便的优势，快速反应、迅速出击，为有效控制事态发展发挥了举足轻重的作用。

提高维稳戍边能力，"兵"是核心，但也离不开基层基础这一重要依托。兵团按照总书记"两个坚定不移"的指示，着力加强基层组织建设，特别是抓好连队党支部班子建设，整顿软弱涣散基层组织，选好配强党组织带头人，切实提高基层党组织的凝聚力、战斗力，让基层党组织成为凝聚人心、反恐维稳的战斗堡垒。不断深化"访民情惠民生聚民心"活动，帮助连队加强基层组织建设，打造一支永不走的工作队。

回顾过往，兵团负重而行、孜孜不辍；展望未来，兵团使命如山、道阻且长。反分裂斗争具有长期性、复杂性、尖锐性，维稳戍边必将是一场持久战。对兵团而言，这是一次意志和信念的严峻考验。"唯其艰难，才更显勇毅；唯其笃行，才弥足珍贵。"提高维稳戍边能力，兵团一直在路上，一直在行动。

七

山水相依情意长。2015年7月3日，巴音郭楞蒙古自治州若羌县委、县政府向兵团党委发来感谢信，代表全县5.6万名各族干部群众，衷心感谢兵团党委支持地方发展的好政策，感谢二师、华山中学无私的支持和帮助。

兵地联手打造南疆教育发展高地，兵地共同创造南疆教育发展传奇，利于兵地命运共同体的发展，利于各民族交往交流交融，利于新疆社会稳定和长治久安。

"兵地融合是兵团作为新疆组成部分的重要体现，也是发挥兵团特殊作用的重要途径。"总书记的话语在兵团人耳旁不断回响。

兵地融合才能共同建设美丽新疆，兵地一体才能携手维护长治久安。对于兵团和地方来说，讲融合就是讲大局，讲融合就是讲发展，没有融合就没有共同繁荣的景象。自治区和兵团的各级决策者们越来越清晰地认识到：区域经济一体化程度越高，区域综合竞争力越强，只有坚持兵地融合发展才能在创新与突破中，实现历史性跨越。

七师大力推进兵地融合发展，位于奎屯市城区北部"三地四方"相互交叉地带的天北新区，由昔日的破旧棚户区变为欣欣向荣、充满生机的新城区，被誉为"兵地融合的样板"。

十二师与自治区、乌鲁木齐市许多单位积极探索产业融合实现途径，以战略政策为支撑、优势资源为依托，合理规划布局优势产业区、产业带和产业群，在产业发展共联上，统筹配置资源，合理布局项目，探索园区共建、利益分成的有效模式，取得了显著成绩；十三师与哈密市逐步革除融合发展的体制弊端，共建联席会议制度，完善兵地综合治理联调机制，各团场与二堡、五堡、陶家宫、大泉湾等乡镇结对共建，实现了融合发展新突破……

两年来，兵团和地方坚持"有事无事常来往，大事小事勤商量"，深入推进经济、文化、社会、干部人才、维稳等方面的融合，加强重大生产力布局、市场体系、基础设施、公共服务等方面的统筹规划，形成经济融合发展、文化交融共建、维稳责任共担、民族团结共创的局面。

兵团党委在深入学习领会中央和自治区党委部署要求的基础上，不断探索新形势下深化兵地融合发展的新途径新举措。2015年12月，兵团党委举行兵地融合发展工作推进会，提出要推动形成维稳责任共担、向南战略共举、产业发展共赢、城镇建设共推、社会服务共享、文化交流共融、生态文明共建、民族团结共创、干部人才共用的良好局面。

兵地融合发展关乎人心的凝聚，承载发展的希冀，昭示美好的未来。兵地融合发展使命光荣、责任重大、任务艰巨。兵团正是站在算政治账、算战略账、算人心账的高度，想双赢之招、想互惠之招、想长久之招，才把兵地融合往实里做、往深里做、往根上做，不断开拓兵地融合发展的新境界，在维护新疆社会稳定和长治久安的伟大征程中展现更大作为！

八

2016年1月22日，新疆中基实业股份有限公司发布公告称，已接到兵团批复，兵团同意该公司进行深化国企改革试点，先行先试、深化改革，着力在完善现代企业制度、提高资本运行效率上下工夫；依法落实董事会行使高级管理人员选聘、业绩考核和薪酬管理的职权；探索完善中长期激励机制与员工持股计划。此举被认为是为兵团国资国企改革探索途径、提供经验。新疆中基实业股份有限公司的改革是兵团改革乐曲的一个漂亮音符。近两年来，类似的改革已经汇聚成滚滚波涛。

"兵团也要以与时俱进的精神深化改革，要处理好屯垦与戍边、特殊管理体制和市场机制、兵团和地方三个重要关系，探索完善既使市场在配置资源中起决定性作用，又有利于更好发挥兵团特殊作用的体制机制。"两年前，总书记对兵团改革充满期待。

兵团所实行的党政军企合一体制，与兵团所履行的职责使命基本是适应的，但是，时代在发展，形势在变化，兵团也面临一些与新形势新要求不相适应的滞处，需要进一步改革。如何处理好"三大关系"，这是兵团面临的重大课题，是改革必须答好的答卷，也是兵团念念在兹、不断攻坚克难的行动所向。

两年来，兵团不断丰富创新党政军企合一体制内涵和实现形式，强化"党"的领导核心地位，健全和转变"政"的职能，彰显"军"的属性，确立"企"的市场主体地位，扬长避短，探索完善既发挥市场在配置资源中的决定性作用、又有利于更好发挥兵团特殊作用的体制机制，力争把兵团体制的特殊优势和发展活力充分释放出来。

刚刚过去的"十二五"，兵团党委落实中央全面深化改革决定意见的出台实施，重点领域关键环节改革有序推进；国企改革步伐加快，兵团、师国资委一级监管企业改制面达到90.7%；29个团场综合配套改革试点深入推进，整师改革试点启动；行政职能转变加快推进，简政放权力度加大，成立了兵团、师两级行政服务中心和公共资源交易中心，兵团层面取消行政审批事项190项，非行政审批事项全部取消……

歇脚是为了赶路，回顾是为了展望。两年时间匆匆而过，我们欣喜地看到，在党中央的关怀支持下，在自治区党委和兵团党委的坚强领导下，通过兵团干部职工群众齐心协力的努力，兵团已经进入到综合维稳戍边能力显著提升、经济社会持续健康发展、职工群众生产生活条件改善最大、兵团恢复以来兵地关系最好时期。这里面有改革的一份功劳。

"改革是兵团事业发展的不竭动力和根本出路，兵团各级要进一步解放思想、更新观念，以攻坚克难的决心、勇气和智慧推进团场改革，把兵团特殊体制的优势和发展活力充分释放出来。"孙金龙政委如是说。练兵是为了战斗，拼搏是为了赢取未来。经过数度改革，好啃的骨头已经啃完，兵团人正坚定地树立起"敢于闯险滩、敢涉深水区、敢啃硬骨头"的信心决心，着手眼下新的改革。

九

2015年12月，兵团党委、兵团决定，授予刘守仁、陈学庚等32名同志"兵团首批有突出贡献优秀专家"荣誉称号，进一步营造了尊重知识、尊重人才、尊重劳动、尊重创造的社会氛围，也激励兵团广大人才在兵团发挥稳定器大熔炉示范区作用中创造更大业绩。

兵团事业发展靠队伍，完成使命靠队伍，发挥特殊作用靠队伍。总书记考察兵团时指出，高素质干部职工队伍是兵团发挥作用的根本保证，要采取有力措施建设一支政治上坚强有力、经得起风浪考验、在兵团新形势下能履行职责的高素质干部群众队伍。

在干部队伍建设上，兵团按照中央和自治区党委的要求，着重提升各级领导干部的维稳戍边能力，把坚定不移与民族分裂主义及其活动做坚决斗争作为第一要求，把遏制宗教极端思想渗透、坚决防止暴力恐怖案件发生、维护社会稳定作为第一责任，切实增强领导干部的政治敏锐性和政治鉴别力。按照"三严三实"标准和"四强"干部的要求，坚持把政治上强作为检验干部和选配干部的首要标准，对关键时刻能够经受考验、靠前指挥、敢抓敢管、表现突出的提拔重用；对政治上不坚定、不敢发声亮剑、临阵退缩、失职渎职的严肃追究责任。

在人才队伍建设上，兵团深入实施人才强兵团战略，积极创新人才政策和体制机制，努力培养大批适应兵团改革开放和现代化建设需要的高层次人才。兵团党委多次召开人才工作领导小组会议，统筹协调人才队伍建设，实施重点人才工程，强化人才引进和培养。各级积极出台引人优惠政策，普遍设立人才发展专项资金，加大人才引进力度，创造条件吸引内地高素质人才和劳动力落户兵团，吸引兵团子女扎根兵团，吸引地方各族干部人才到兵团工作。并依托对口援疆优势，大力引进柔性人才，组织兵团各级人才赴援疆省市进行交流培训，积极发挥援疆省市的传帮带作用，为兵团培养一批带不走的人才队伍。

十

"壮思风飞冲情云上，和光春霭爽气秋高"，站在新的历史起点上，以"冲情云上"的创业精神砥砺前行，迎接兵团的才会是更加绚丽的"和光春霭"。为了更好地擎起维稳戍边的大旗，更好地发挥稳定器大熔炉示范区作用，更好地维护新疆社会稳定和长治久安，更坚实有力地描绘中华民族伟大复兴中国梦的兵团篇章，兵团还需要继续努力，还将不懈奋斗。

今天，兵团将进一步贯彻落实总书记系列重要讲话精神，以"四个全面"战略布局为统领，以维护新疆社会稳定和长治久安为总目标，认真贯彻落实五大发展理念，切实加强维稳戍边能力建设，全力推进兵团在南疆发展，积极参与丝绸之路经济带核心区建设，加快经济发展和民生改善步伐，不断推进兵团治理体系和治理能力现代化建设，全面推进"五位一体"建设和党的建设。新的形势使命，新的目标任务，迫切需要兵团广大干部群众坚守理想，坚持奋斗，不断进取，敢于担当，把时代赋予的梦想与光荣，铭刻在兵团事业发展的里程碑上。

我们坚信，兵团的明天会更好！新疆的明天会更好！

（2016 年 4 月 29 日 《兵团日报》 一版）

激荡在兵团大地最强劲的旋律

——写在兵团全面深化改革两周年之际

兵 仲 文

一

前进的里程碑上，总会刻下一个个标志性的细节。

2017 年 12 月 14 日，兵团第一张国有农用地承包经营权证在六师芳草湖农场二十二连颁出。随着首批国有农用地承包经营权证的颁发，王忠和等 27 名职工对土地的生产权升级为经营权。

"给职工颁发国有农用地承包经营权证，这是兵团成立 60 多年来的头一回，历史意义深远。"兵团党委推进团场综合配套改革领导小组办公室相关负责人说。

"苟日新，日日新，又日新。"改革，是兵团发展进步的动力之源，是奔涌不息的历史潮流。党的十八大以来，以习近平同志为核心的党中央始终高度重视兵团改革发展事业，对兵团的改革发展念兹在兹。2017 年 1 月 17 日，时任中共中央政治局常委、全国政协主席的俞正声就兵团深化改革进行调研，并就兵团深化改革作出重要指示：积极稳妥落实各项改革任务，强化党的核心领导地位，健全和转变"政"的职能，改革财政管理体制，深入推进国资国企改革和团场综合配套改革，确保广大干部职工切身利益，使兵团更好发挥稳定器大熔炉示范区的作用。

2017 年 1 月 18 日，兵团党委常委迅速召开会议，传达学习中央关于兵团深化改革部署要求，自治区党委副书记、兵团党委书记、政委孙金龙强调：俞正声同志在兵团深化改革动员会上的讲话，对深入贯彻落实习近平总书记重要讲话精神和中央关于兵团深化改革的部署要求，推动兵团改革和新疆、兵团各项工作具有重要指导意义；兵团各级各部门各单位和广大干部群众要深刻体悟和感恩以习近平同志为核心的党中央对兵团的高度重视和特殊关怀，坚定坚决落实改革各项任务，更加扎实做好兵团各项工作。

嘱托，声声入耳；壮志，念念于心。

两年来，在以习近平同志为核心的党中央重视关怀下，在自治区党委的统一领导下，在兵团党委的安排部署下，包括团场综合配套改革在内的各领域改革不断提速，一些多年来难啃的硬骨头啃下来了，呈现全面发力、多点突破、蹄疾步稳、纵深推进的良好态势，兵团全面深化改革成为激荡在兵团大地最强劲的旋律。

二

党政军民学，东西南北中，党是领导一切的。

党的领导是中国特色社会主义制度最本质的特征，党的十八大以来，习近平总书记多次强调"党领导一切工作"的思想。他形象地说，这就像"众星捧月"，这个"月"就是中国共产党。在国家治理体系的大棋局中，党中央是坐镇中军帐的"帅"，车马炮各展其长，一盘棋大局分明。

兵团实行党政军企合一的特殊体制，党是排在第一位的。确立了兵团各级党组织的领导核心和政治核心地位，兵团的各项工作就有了"主心骨"；党组织是个"纲"，纲举目张。有了这个"主心骨"，有了这个"纲"，我们就能理顺兵团党政军企合一的特殊体制与地方的关系，以及党政军企之间的关系，就能既完成好维稳成边使命，又适应市场机制要求，就能更好地履行"三大职能"、发挥"四大作用"。

对兵团深化改革而言，抓好重点领域和关键环节改革，重点是强化党的核心领导地位，充分发挥兵团党委的领导核心作用。

加强党的集中统一领导。事在四方，要在中央。只有确保党始终总揽全局、协调各方，才能确保兵团深化改革总的方向不迷失、各领域的改革不走偏。两年来，兵团党委紧跟形势变化发展、紧贴经济社会发展和发挥兵团特殊作用的需要，不断健全完善各级党委中心组学习制度，教育引导各级党组织和党员干部牢固树立"四个意识"，坚决维护以习近平同志为核心的党中央权威和集中统一领导，让全体党员干部在信念上、思想上、行动上更加坚定、统一、自觉。针对兵团各级党委的核心领导地位在一些单位和部门存在程度不同的弱化、虚化、边缘化等问题，下足功夫强化各级党委的核心领导地位，使党的领导核心作用显著增强，为兵团深化改革提供了坚强的政治保证和组织保证。

推进基层党建工作走向更严更高。求木之长者，必固其根本；欲流之远者，必浚其泉源。党的基层组织是确保党的路线方针政策和决策部署贯彻落实的基础。两年来，兵团全面加强党的建设向基层延伸，坚持不懈加强基层基础工作，统筹推进各领域基层党组织建设，党组织覆盖社区、连队、企业，哪里有党员，哪里就有党组织；哪里有党组织，哪里就有党的工作。把标准化建设作为基层党建工作的重要抓手，发扬严实作风，坚持落细落小，以科学的制度保障党的建设，以科学的方法推进党的建设，不断提升基层党组织建设制度化、规范化、科学化水平。

从严从实加强党的建设。不虑于微，始成大患；不防于小，终亏大德。作风上出现问题，如果不及时纠正，任其发展，就会像一座无形的墙把党和人民群众隔开。两年来，兵团各级坚持抓"关键少数"和管"绝大多数"相统一，既对广大党员提出普遍性要求，又对"关键少数"特别是高级干部提出更高更严的标准。深化干部选拔任用工作专项检查，切实整治选人用人突出问题；强化日常管理监督，严格执行提醒函询诫勉制度，使"咬耳扯袖""红脸出汗"成为常态；持续开展突出问题专项整治工作，切实纠正干部管理工作中的突出问题。把严肃党内政治生活、净化党内政治生态摆在突出位置，认真落实中央八项规定精神，大力整治"四风"，坚决查处和纠正党员、干部违法违规行为，严厉惩处腐败分子，不断完善党内法规制度，扎紧制度笼子，党风政风焕然一新。

沧海横流显砥柱，万山磅礴看主峰。两年来，兵团党委以上率下、层层推进，全面加强党的领导，深入推进党的建设，进一步增强党的凝聚力、战斗力、领导力、号召力，一个更加坚强有力的党，正领航着兵团号巨轮在实现伟大梦想的征程中劈波前进。

三

2018年7月，有一件事引起了兵团上下广泛关注，那就是《兵团机关行政部门权力清单和责任清单》（以下简称《清单》）公布。

《清单》共2325项，明确了兵团及其职能部门拥有哪些权力、有何依据、该如何行使，厘清了兵团依法行政的权责边界。翻看《清单》，兵团各部门的职权名称、实施依据、实施对象等信息一目了然。

推行权力清单和责任清单制度，是兵团深化改革的重要内容，是丰富和完善党政军企合一特殊体制内涵和实现形式的重大举措，是深入贯彻落实党中央治疆方略和对兵团定位要求的实际行动。《清单》的公布，对于推进兵团治理体系和治理能力现代化具有划时代的制度意义、经济意义和社会意义，在健全和转变"政"的职能改革中具有里程碑意义。

长期以来，兵团党政军企合一的特殊体制虽然发挥了集中力量办大事的优势，但其还不能完全适应社会主义市场经济的要求，行政职能越位、缺位、错位现象还不同程度存在。一方面，还在管一些不该管、管不了、也管不好的事；另一方面，一些该管的事，却没有管住、管好。

健全和转变"政"的职能，把兵团特殊体制机制的优势充分发挥出来，是兵团深化改革的重要内容，是兵团真正落实"自行管理内部行政司法事务"的一次全新改革。

思想是行动的先导，有思想上的"破冰"才会有行动上的"突围"。

2017年7月，"兵团发挥特殊作用大学习大讨论"活动在兵团掀起热潮，其间，关于健全和转变"政"的职能始终是讨论的热点。从"为什么要转变职能"到"如何转变职能"再到"转变职能应该怎么做"，在大讨论过程中，各级党员干部对于健全和转变"政"的职能的必要性、重要性有了更深刻认识：健全和转变"政"的职能，是新时代兵团实现治理体系和治理能力现代化的必要之举。

深化政企分开和"放管服"改革，是全面深化兵团改革特别是健全和转变"政"的职能的重要内容。

2018年8月，兵团办公厅下发了《关于进一步压缩企业开办时间的通知》，要求2018年年底前，一师阿拉尔市、三师图木舒克市、六师五家渠市、八师石河子市要将企业开办时间压缩至8.5个工作日以内，2019年6月底前，兵团辖区要统一将企业开办时间压缩至8.5个工作日以内。

以前，创办企业需要跑几个部门，用个把月时间，有时甚至陷入"审批转圈"的僵局，创办企业显得"遥遥无期"。如今，这种干预正在随着改革的深入而不断减少，从破除"审批关卡"到打破"证明围城"，从减少"公章旅行"到结束"公文长征"，简政放权成效显著，事中事后监管不断加强，政务服务水平日益提升，极大地激发了市场活力和社会创造力，改善了兵团营商环境。

从思想解放到行为变革，从观念转变到服务升级，两年来，兵团各级干部尤其是师团干部"政"的意识正在强化，"政"的行为正在养成，依法行政、依法办事的能力正在提升，为兵团在社会主义市场经济条件下推进治理体系和治理能力现代化奠定了坚实基础。

四

财政管理体制改革是兵团深化改革的重要部分。

中央对兵团财政管理体制改革提出明确要求:中央财政对兵团参照地方管理,改革兵团内部财政管理体制,实现差别化财政政策,切实加强财政监管。

上有所呼,下有所应。兵团党委深刻认识到,深入推进兵团财政管理体制改革,责任重大,意义深远,是增强兵团组织财政收入能力和财政统筹能力的重要举措,是兵团事业发展的需要,是兵团更好履行职能、发挥特殊作用的保障。

一系列关系根本、影响深远、力度空前的改革方案和举措随之落地见效。

2018年年初,兵团开始进行财政管理体制改革,兵团财务局和14个师的财务局全部取消,新成立兵团财政局和14个师(市)财政局以及33个大型团场财政局。从财务到财政,虽仅有一字之差,但带来的是财政理念、税源意识、财经纪律、财政与财务规范管理、预算执行约束、财政监管的6大转变,标志着兵团开启了现代化财政管理的新时代。

2018年6月底,兵团各师市和33个大型团场设立国库,财税库运转顺利,同时,加大了对师市和团场银行账户清理力度,强化资金监管。建立兵团本级国库,进一步明确了兵团、师、团场3级财政事权和支出责任,规范财政资金存放行为,提高资金绩效,标志着兵团财政管理体制改革取得了突破性进展。

2018年10月底,兵团首次成功发行60亿元政府债券。其中,一般债券5年期16亿元、10年期24亿元,专项债券20年期20亿元。首次成功发行亿元政府债券,对于支持兵团经济社会发展,打好防范化解重大风险、精准脱贫、污染防治攻坚战,回应民生关切具有重要意义，这是兵团深化财政管理体制改革的重要成果，标志着兵团在从财务到财政的转变中又迈出重要一步。

在推进财政管理体制改革中，兵团党委坚定坚决贯彻落实以习近平同志为核心的党中央关于兵团深化改革的决策部署，把其作为深化改革的核心和突破口，为贯彻落实兵团深化改革、向南发展、维护稳定等重大战略部署提供了有力的财政保障。

五

2018 年 9 月，来自 19 个国家的 22 家海外华文媒体来到兵团，开启为期 6 天的"行走中国·2018 海外华文媒体走进新疆兵团"主题采访活动。

2018 年 9 月 13 日，采访团一行走进位于一师阿拉尔市的三五九旅屯垦纪念馆，感受兵团艰苦的屯垦戍边史。

"当时一声令下，老军垦们就地转业开荒造田，一般人根本做不到，这就是伟大与平凡之间的差距。"在兵团艰苦创业的建设发展史展板前，采访团成员、德国《欧洲新报》总编辑范轩感叹道。

兵团来源于"军"，特色为"军"，优势是"军"，作用在"军"。一部兵团史，就是一部为戍边使命而生，为维稳大局而复，为新疆发展而强的历史。

牢记职责使命，抓住"兵"这个关键，在两年的改革实践中，兵团紧紧围绕新疆工作总目标，不断创新维稳戍边机制，强化维稳戍边本领，发挥维稳戍边作用，在深化改革大潮中，"军"的属性越改越凸显、"兵"的能力越改越强。

强化"兵"的意识。深入学习习近平新时代中国特色社会主义思想和党的十九大精神，深入学习习近平强军思想，深入学习习近平总书记关于新疆和兵团工作的重要讲话和重要指示批示精神，学习兵团精神和老兵精神、胡杨精神，深刻体悟彰显"军"的属性对履行兵团职责使命的重要意义，切实增强责任感使命感紧迫感，强化军事作风养成和服从服务意识。通过学习，切实把思想统一起来，时刻在改革中从"兵"的角度去想问题做事情，更好地坚持和彰显"军"的属性。

提升"兵"的能力。认真落实自治区党委维稳组合拳部署，不断深化严打暴恐专项行动，加强社会面管控，维护边境安全，深入开展扫黑除恶专项斗争、意识形态领域反分裂斗争，确保兵团辖区稳定，有效维护新疆大局和谐稳定。着力提升日常维稳处突能力，加大军事训练力度，定期组织会操、实弹射击、军事比武，练好军事基本功。着力提升应急战术支援能力，抓好民兵拳头力量建设，做到一旦有反恐维稳任务就能迅即处置。着力提升战略维稳威慑能力，做到"人人是兵、全民皆兵"，做到听党指挥、步调一致。

加强民兵队伍建设。持续推进一流民兵队伍建设，坚持思想政治教育和实战能力建设两手抓、两手硬，努力打造一支在反恐维稳中当尖兵、在戍边守防中当堡垒、在抢险救灾中当主力、在全面建成小康社会中当先锋、在民族团结兵地团结上当模范的民兵队伍。建立土地、职工、民兵"三位一体"管理新体制，建立基干民兵实名制，健全民兵训练机制，兵团民兵队伍结构不断优化、规模不断扩大、正规化专业化水平不断提高，"兵"更实了，"兵"更优了，"兵"更快了，"兵"更强了。

牢牢扭住增强组织优势和动员能力这个根本，把彰显"军"的属性、提升"兵"的能力贯穿于兵团深化改革具体任务中，贯穿于发挥兵团特殊作用上，贯穿于实现新疆工作总目标上，一个更加坚强有力的兵团正向我们阔步走来。

六

国资国企改革一直是经济体制改革的中心环节，几乎伴随着改革开放的整个进程。

在2018年的政府工作报告中，"推进国资国企改革"被放在了深化基础性关键领域改革的首位，其重要性、紧迫性可见一斑。

对于兵团来说，深化国资国企改革是处理好兵团特殊管理体制与市场机制关系的关键环节，是增强兵团生机活力、提升兵团核心竞争力的内在需要，是壮大兵团综合实力、更好发挥兵团特殊作用的客观要求。

很长一段时间，兵团政企、政资不分，一些师团习惯把国有企业作为行政附属物，直接干预企业生产经营活动；一些企业负责人抱有"等靠要"思想，遇到困难时不想着用市场的方式解决，而是第一时间去找师团领导……行政干预和行政依赖现象并存成为阻碍兵团企业做大、做强、做优的"绊脚石"，严重阻碍国有企业前进的步伐。

"兵团国资国企已经到了非改不可、不改就难以为继的历史关口！"在 2018 年 3 月兵团党委召开的深化国资国企改革推进大会上，自治区党委副书记、兵团党委书记、政委孙金龙深刻指出。

在会上，孙金龙强调："要以重点领域和关键环节为突破口，全面扎实推进兵团国资国企改革""要统筹推进行政体制和国资国企改革，切实解决好政企不分问题""要扎实推进供给侧结构性改革，切实解决好发展质量不高的问题""要加快建立完善现代企业制度，切实解决好不按市场规律办事的问题"……清晰确立了兵团国资国企改革的战略目标、方向路径和关键环节。

如同春雷唤醒兵团大地，兵团党委深化国资国企改革推进大会打响了新一轮国资国企改革的发令枪。

兵团上下闻令而动，迅速行动起来。

——在摸清详细家底，理清改革思路的基础上，围绕优化布局结构加快供给侧结构性改革，淘汰落后产能，加快僵尸企业退出；

——按照"四个一批"促进国有资本向重要领域和关键环节聚集；

——加快战略性重组步伐，放大国资功能；

——加大企业内部调整力度，该转让的转让，该退出的坚决退出，国有企业的活力不断释放。

"子规夜半犹啼血，不信东风唤不回。"两年来，兵团围绕确立"企"的市场主体地位，瞄准短板、聚焦痛点，坚持重点突破和整体推进有机结合，在政企不分、发展质量不高、不按市场规律办事、党组织作用不彰等关键问题上持续发力，推进国资国企改革不断走向纵深。

七

团场是兵团经济发展、民生改善、集聚人口、兵地融合、发挥作用的重要载体。团场综合配套改革是兵团深化改革的基本单元和关键环节，是兵团自身改革的重头戏，是兵团深化改革的重中之重，事关兵团改革成败。

2017年9月28日，自治区党委副书记、兵团党委书记、政委孙金龙在兵团党委推进团场综合配套改革动员会上强调，深入落实中央关于兵团深化改革部署，坚决打赢团场综合配套改革攻坚战。

把是否有利于实现总目标和兵团的职能定位作为衡量改革成效的根本标准，兵团上下迅速行动起来，各族干部职工群众鲜明地感受到团场综合配套改革带来的巨大变化。

充分发扬民主，选好连队"两委"。实行连队"两委"选举，意味着连队管理人员不再由上级委任，而是改为民主选举，让连队党员和职工群众真正拥有自主选举"当家人"的权力。这在兵团是破天荒的事情。"两委"选举通过发扬民主，选贤任能，把真正想干事能成事的人请到"台"上来。改革后，连队班子结构进一步优化，党员比例进一步提升；职数设置更加合理；大学毕业生干部比例明显提升，连队成为培养干部的"蓄水池"。

国有农用地确权登记颁证，让职工成为土地的"主人"。在原有的土地承包过程中，团场代表国家行使土地所有权，同时又是土地的使用者和经营者，仅给职工让渡部分土地使用权和经营权，且承包合同期限不固定，职工生产经营自主权有限、积极性难以被调动。国有农用地确权登记颁证，为职工获得承包经营土地权提供了法律依据，进一步明确土地承包经营权归属，等于给土地上了"户口"，极大地激发了职工群众生产经营积极性。

全面取消"五统一"，交还自主权。原来兵团搞的"五统一"，生产成本高，经营效益低。全面取消"五统一"，就是坚决落实承包职工生产经营自主权，彻底改变团场以往大包大揽的农业生产管理方式，取消团场统一种植计划、统一农资采供、统一产品收购等。全面取消"五统一"后，职工种什么、不种什么，买谁的农资、不买谁的农资，用谁来服务、不用谁来服务，把农产品卖给谁、不卖给谁，都由职工说了算，任何单位、个人都不得干预；行政部门开始转变角色，为企业和职工牵线搭桥，加强对生产技术环节的指导，督促订单合同的履行，加强对农业生产资料市场的监管，真正做好"服务者"的角色。

实行土地、职工、民兵"三位一体"管理新体制，强化组织优势和动员能力，提升维稳戍边看家本领。在改革中，围绕"拉得出、用得上、干得好"的要求，推进民兵编兵、打造新时代一流民兵队伍；各师市按照要求，构筑以35岁以下农牧一线职工为主体、辖区内其他适龄人员为补充的基干民兵队伍，形成有效编组格局，实行严管严训；坚决落实土地、职工、民兵"三位一体"要求，确保职工权利和义务相统一，把职工享有身份地的权利和履行民兵义务联系起来，明确团场连队的土地就是职工的"自主经营田、民兵义务田"，职工履行民兵义务的自觉性明显增强。

一项项新举措、新制度相继出台，不分昼夜的团场综合配套改革成就了一段波澜壮阔的兵团奇迹，铺展开一条条通往美好未来的康庄大道。

八

"你在这里跺一跺脚，扬起的尘土一半是兵团的，一半是地方的。"

一位干部对自治区和兵团关系打的这个形象比喻，道出了兵地一家亲的成度。

兵地融合是兵团作为新疆组成部分的重要体现，也是发挥兵团特殊作用的重要途径。在任何时候，兵团与地方之间从来不是你争我夺的竞争关系，而是休戚与共的命运共同体，不存在"零和博弈"。

两年来，兵团党委始终高度重视、积极推进兵地融合发展，在深入学习领会中央和自治区党委部署要求的基础上，不断探索新形势下深化兵地融合发展的新途径新举措，深入推进兵地在经济、文化、社会、干部人才、维护稳定等方面的融合，形成经济融合发展、文化交融共建、维稳责任共担、民族团结共创的局面。

牢固树立"兵地一盘棋"思想。深化兵地融合发展，既是长期的战略任务，也是紧迫的现实需求。兵团坚持党中央对兵团的性质定位和大政方针不动摇，坚持国家利益就是兵团利益、新疆大局就是兵团大局，自觉服从自治区党委统一领导，在新疆大局中找准兵地融合切入点、兵地同频共振契合点；坚决摒弃"守住一亩三分地""井水不犯河水"的错误认识，打破"画地为牢、隔线而治"的思维方式，切实把新发展理念贯彻到位，破除兵地融合发展的思想阻力，努力打造兵地命运共同体、利益共同体。通过两年的改革实践，兵团上下对推进兵地融合发展的认识更加统一，对加强同地方党政各级各部门沟通协调的行动更加自觉，兵地共建、融合发展覆盖面不断扩大、势头更加强劲。

丰富创新兵地融合途径抓手。俗话说"三分战略，七分执行"。兵地融合发展，绝不只是在本子上记记、开会时说说就能实现，而要通过具体的途径抓手来实施。两年来，兵团把兵地融合作为新疆团结稳定的长远之谋来抓，深入开展"五共同一促进"创建、"兵地结对子""民族团结一家亲"和民族团结联谊活动，积极参与"访惠聚"驻村工作；完善经济发展深度融合机制，加强兵地发展规划衔接协调，坚持兵团生产力布局、市场体系、基础设施、公共服务、资源开发与地方统一规划、同步建设、分区管理、共同受益；积极融入国家"一带一路"建设，围绕丝绸之路经济带核心区功能定位，加强兵地协同，加快构建全方位对内对外开放格局；鼓励兵团医疗机构与地方共建"医联体、医共体"，2018 年年底实现社会保险保障一卡通。一系列举措抓手，推动兵地走向更高、更广、更深的融合。

兵地融合发展是兵团履行维稳戍边职责使命的有效形式，是贯穿兵团事业的重要任务，是兵团需要不断探索深化的重大课题。站在新起点上，让我们以更强的责任感和紧迫感，推动兵地合作向"内容更丰富、形式更多样、领域更广泛"进阶提升，不断创造"1 + 1 > 2"的无限可能。

九

时间新故相推一往无前，奋斗接续发力永不止步。转眼进入 2019 年；转眼兵团全面深化改革已是两年。

两年，并不算长。但回望这两年，从财税、水务管理体制改革到精准扶贫、团场机构改革，再到教育、医疗等领域的改革，一系列重大改革的扎实推进，使全面深化改革成为兵团最显著的特征、最壮丽的气象。

回首来路，不忘初心；展望未来，奋楫争先。

当今兵团，面对全面深化改革的时代命题，任务更加繁重，挑战更加巨大。时光进入 2019 年，前进路上还有很多"雪山""草地"需要跨越，有很多"娄山关""腊子口"需要征服，各级各部门各单位和广大干部群众需要继续努力，跑好我们手中的"这一棒"，进一步增强深化改革的使命意识、忧患意识、担当意识，进一步增强履行兵团职责使命的自豪感、自信心，不忘初心，牢记使命，将改革进行到底，在新时代创造新的更大奇迹！

改革风起　春潮澎湃

——写在兵团深化改革元年

兵 仲 文

12月14日，目光聚焦在准噶尔盆地南缘——六师芳草湖农场，数名土地测绘人员正在职工的身份地里测绘打桩时，冬雪翩翩而至，撒下一地洁白，并随着界桩一同化入土壤深处。

人们仿佛听到了雪水在土壤中滋养哺育的低喃，好像在说，这里正孕育着一个更有活力的春天。

站在自家身份地界桩前，芳草湖农场二十二连职工杨振华，接过六师五家渠市党委书记、六师政委齐新平手中标明了承包面积、位置和承包年限的国有农用地承包经营权证，一笔一划写下了自己的名字。

"有了经营权证，以后我家的地种什么卖什么，怎么种怎么卖可不就我说了算！"杨振华竖起大拇指冲着胸口戳了戳。

高兴之余，杨振华听说，当天，在他的身份地里，打下的是兵团国有农用地承包经营权确权颁证后的第一根界桩；而他的签名文件，是兵团自成立以来，颁发给职工的第一张《新疆生产建设兵团国有农用地承包经营权证》。

当《兵团日报》第一时间刊登出这个消息时，千千万万颗心为之欢呼雀跃——诞生于杨振华家地里的两个"第一"，标志着兵团团场综合配套改革迈出了重要一步。

这一步，迈得豪情万丈，凝聚着千千万万职工群众的心愿，携着兵团人"敢叫沙漠变良田，能让戈壁化明珠"的壮举；

这一步，迈得英明果敢，既有 60 多年来屯垦戍边所积淀下来的智慧，又不乏刮骨疗毒、壮士断腕之决心；

这一步，迈得铿锵有力，坚实的脚印下明明白白印着的，是兵团人贯彻党中央精神的赤诚之心。

"苟日新，日日新，又日新。"改革，是兵团发展进步的动力之源，是奔涌不息的历史潮流。新形势下，如何处理好特殊管理体制和市场机制的关系？如何有效聚集人口？如何进一步壮大综合实力？全面深化改革——已成为兵团发展前进道路上所必经的一场大考。

2014 年 4 月 29 日上午，习近平总书记冒雨来到六师共青团农场，围绕改革与干部群众座谈并发表重要讲话，强调："兵团工作只能加强，不能削弱。"

紧接着，中央对兵团深化改革作出了顶层设计，提出了一系列部署要求。

一分部署，九分落实。

至 2017 年 1 月 18 日，兵团党委常委会传达学习中央关于兵团深化改革部署要求，凝聚最大共识、汇聚强大动能，坚定坚决落实深化改革各项任务。

万事俱备，兵团深化改革元年就此开启。

贯彻党中央的治疆方略，谱写新的时代篇章。从天山北坡蔓延至塔克拉玛干，从腹心城市到边境团场，澎湃的活力正在无限释放，新春的气象正在努力萌芽。

激情、信心、希望、梦想，乘着改革的东风，正在同舟启航。

新的征程　扬帆起航

戍边一甲子，她创造了人进沙退、沙漠变良田的奇迹，荒凉、贫穷、落后望而生畏，富庶、繁华、现代蜂拥而至，大漠边陲在她的手上逐渐演变成"一带一路"的核心枢纽。

屯垦兴则西域兴，屯垦废则西域乱。历史充分印证了屯垦戍边在国家统一大局中的地位、作用。

回顾近年来，兵团体制之所以能在新中国屯垦戍边史上大显身手，关键在于兵团坚定不移贯彻落实党中央、自治区党委的部署要求，顺应时代需求推进改革。

习近平总书记说过："旧的问题解决了，新的问题又会产生，制度总是需要不断完善。"改革，从来不是一蹴而就的，需要不断更新理念，带来制度上的完善与创新。

面临着国内国际格局深刻变动，中国社会深刻变革，社会思想深刻变化，"三期叠加"形势严峻的历史性考验，旷世奇迹，如何保持？

唯有解放思想、更新观念，进行体制变革和创新。

2017年3月31日，兵团第七次党代会便从改革破题。

"改革是一场革命，兵团改革也是如此。要深入学习贯彻习近平总书记关于兵团深化改革的重要讲话、俞正声主席在兵团深化改革动员大会上的重要讲话精神和中央对兵团深化改革的部署要求，加强对深化改革的领导，加强宣传和舆论引导，把握正确方向，凝聚改革共识，形成推进改革的强大合力。要积极主动地与中央、自治区有关部门加强汇报沟通和工作协调，推动各项支持政策落实。要把改革与解决职工群众最关心、最迫切、最现实的利益问题结合起来，充分调动和发挥广大干部职工群众参与改革的主动性、积极性、创造性。"自治区党委副书记、兵团党委书记、政委孙金龙在报告中指出，发挥兵团特殊作用，深化兵团改革，必须要形成强大合力。

作为中国当前唯一一个省部级计划单列的兵团，因其特殊体制和在新疆的特殊地位，改革的一举一动都为各界所关注、所期盼。

张程利，六师一〇二团梧桐镇四连职工，泉水地种植专业合作社负责人。

2013 年，泉水地种植专业合作社整合了连队 6000 多亩土地，占全连种植面积的三分之一。

"以前，农资必须要用团场指定的产品，农资供应商不愁销路，往往会在价格上高出市场价不少，服务方面却跟不上，这样，合作社经营起来就没有优势。"张程利认为，合作社就是要集合社员的力量，形成规模闯市场。而现实是，他们的脚被绳子拴住了，刚要抬腿迈门框，就被绊倒了。

毛泽东在《新民主主义论》中指出："不破不立，不塞不流，不止不行。"不破除旧的，新的就建立不起来，凡事要遵照辩证发展规律。

六师五家渠市团场综合配套改革试点工作开始以来，连队农业生产"五统一"、涉农公司不规范的收费和不合理不适当的利润指标等全部取消，收购农产品时的扣水杂比例得到严格监管……一系列惠民改革措施相继出台。

"不合理的规定取消了，合作社今年生产时，就是直接从厂家购进的生产资料。化肥每袋就比市场价格便宜 15 元，地膜每公斤也少了 8 元左右，一算账，入社的 80 多户职工一下子节省了 120 余万元。"张程利笑着说，这省下的钱啊，就是赚到的。

从六师试点的实践来看，全面深化改革以来，不仅职工致富增收的动力越来越足，如今，不少去外地打工的职工家属也开始"反流"，愿意回来报名做职工、承包土地。

六师新湖农场三十连退休职工李新民就是"反流"大潮中的一员。他和妻子在团场种了一辈子地，以前觉得种地又累又不挣钱所以就鼓励孩子去了乌鲁木齐市工作。退休后，原来种植的土地退给连队，老俩口也搬去乌鲁木齐市。

今年，听到兵团全面深化改革的消息后，李新民为一家人的未来又重新做了规划。这不，新湖农场三十连换届选举当天，他专程从乌鲁木齐市赶回来，除了要投上庄严的一票，还有一件重要的事情是：帮自己的孩子报名加入团场职工队伍。

"很自然的道理，水往低处流，人往高处走嘛。对我们普通职工群众来说，自然是哪里的政策好、挣钱多、生活优越就去哪里。"李新民说，"现在团场要招录新职工，正是赶上了好时候，增加职工身份地面积，不收土地利费，这些在过去是想都不敢想的事，团场未来发展潜力大，一定要让孩子继续在团场干"。

挑战机遇　接踵而至

临界，物质由一种状态变成另一种状态前所应具备的最基本条件，是从"现在"跨向"未来"的必经状态，是突破"未知"实现升华的过程，有如化茧成蝶。

毛虫在破茧化蝶的过程中，需要经历常人难以想象的痛苦挣扎和坚持不懈的努力，才能走出困境、重获新生。

"这些吃下的苦都是值得的。"说话的是豆丙昌，八师石河子总场退休职工，作为兵团历史上最早一批万元户，他对破茧成蝶的体会格外深刻。

根据 2014 年国务院新闻办公室发布的《新疆生产建设兵团的历史与发展》，20 世纪 80 年代，兵团对国有农牧团场进行了大包干责任制、兴办职工家庭农场、企业承包经营责任制、发展多种经济成分等方面的改革，开启二次创业。那时，豆丙昌带着家人在石河子总场一分场承包了近 200 亩地成立了家庭农场。

"压力很大的，承包了这么多地，借了不少钱，还让儿子放弃了去外地发展的机会，可谓背水一战。"豆丙昌说，当年，经常夜里睡不着觉，反复问自己，这么做到底值不值。

"这一年，什么大风、低温，全都挨过了。幸好我打理得好，秋收后能对外卖农产品，一下子挣了一万多元，那个时候万元户可稀罕着哩！"豆丙昌说起话来声如洪钟、精神抖擞，一点也看不出是年过八旬的老人，"当年一分场只有两个万元户，我们还去石河子市开了表彰大会，戴了大红花呢。用现在时髦的话来讲，我当年可算是第一个吃螃蟹的人！"

豆丙昌当时经历的主要是经济制度的变革，而如今，这条路已经不好走了，要想取得更大发展，还必须强化"党"的领导核心地位，健全和转变"政"的职能，彰显"军"的属性，确立"企"的市场主体地位，科学处理好屯垦和维稳戍边、特殊管理体制和市场机制、兵团和地方三大关系，继续全面深化制度改革，如此才能释放更大的发展能量。

俗语云，穿袄提领子，牵牛牵鼻子。

全面深化改革，是一场硬仗，一路走来，机遇与挑战如影随形，若想取得最终的胜利，除了解放思想，破除一切阻碍科学发展的桎梏外，还要有科学的方法。

在全面深化改革过程中，涉及的问题错综复杂、相互牵连，如何抓住"牛鼻子"？

就在党的十九大召开之际，六师五家渠市公布的试点改革方案引来不少上市公司高管手动点赞。

方案显示：国资国企人员一律取消行政级别，取消干部身份，不再参照党政机关的规定套改工资，实行年薪制，推行管理人员选聘、经营决策、薪酬待遇、绩效考核的市场化改革。团场经营性有效国有资产纳入师市有关集团公司承接管理，团场工业园区划归至五家渠市经济技术开发区。

"薪酬待遇的市场化改革不仅是留住高管的关键之举，更回归了企业本质，意味着国企的管理模式将发生革命性的变革。"天富集团党委书记、天富能源董事长赵磊认为，不搞行政参照，其效果如快刀斩乱麻。

赵磊曾经在工业大师——八师石河子市担任过发改委主任，并在多家上市公司任过职。他透露，今年，天富集团已经在调研的基础上实施高管薪酬差异化，分、子公司管理层持股基本完成。集团下属的新三板公司天科合达管理层已经实施了高管薪酬改革，其薪酬高于集团管理层。"重赏之下必有勇夫"，目前，各个分、子公司的管理层积极性被充分调动了起来。

"兵团国资国企改革的根本问题是三项制度，即与市场经济相适应的国企内部人事、劳动和分配制度欠账较多，此次兵团团场综合配套改革连队'两委'选举工作现场观摩会所透露的兵团国资国企改革方向可谓抓住了'牛鼻子'。"赵磊说。

清晰的界定，严格的约束，从根本上解决了改革的问题。

可以看出，牵住"牛鼻子"，核心要素就是抓好重点领域和关键环节改革，通过重点领域和关键环节的改革突破和牵引，使市场在资源配置中起决定性作用和更好发挥政府作用，打破长期存在的农垦企业思维，推动兵团整体经济转型升级、做优做强，夯实新时期兵团的经济基础和组织基础。

新的奇迹　悄然萌芽

这是一条承前启后、继往开来、续写辉煌的道路；

这是一条凝聚全疆各族群众团结奋斗、不断创造美好生活、决胜小康的道路；

这是一条戮力同心，通往中华民族伟大复兴中国梦的道路……

今天，我们的改革站在一个新的历史起点上，改革进入新阶段。

新阶段，改革不只是修修补补，而是要聚焦新时代的新职责、新定位、新作用、新任务，在全面建成小康社会、全面深化改革、全面推进依法治国、全面从严治党战略布局下的整体推进。

顺应新时代，首先要听听老百姓的心里话。

改革伊始，七师一二八团并未急着出台政策、下发方案，而是先分成两个调研组，针对职工日常管理、职工权利和义务、职工退出与招录、职工的教育与考核、职工的奖励与惩处等，通过职工大会、职代会、座谈会、入户走访等形式，记录采纳党员干部、职工群众反映的热点难点问题。

"大的道理我也说不出来，但我有个感觉，来征求我们普通职工的意见，说明这次改革很公平、很民主，真的是为了我们基层群众好，觉得特别靠谱。"七师一二八团职工余水花说。

塔里木盆地西南部的十四师昆玉市，2016 年 2 月 26 日挂牌成立，是共和国最年轻的一座城。

昆玉市所在的和田地区南依喀喇昆仑山，与西藏自治区相连，北部深入塔克拉玛干沙漠腹地，与喀什、阿克苏、巴音郭楞蒙古自治州相邻，西南与印度、巴基斯坦实际控制的克什米尔接壤，边境线长 210 公里，战略地位极其重要。

专家指出，兵团改革，经济账要算，政治、战略账更要提前算好。必须把兵团发展放到新疆长治久安大局中、放到国际国内尤其是中、西、南亚地区稳定的大环境、大背景中考量和谋划，聚焦履行兵团特殊使命，践行维稳戍边政治责任和第一责任，使其真正成为安边固疆的稳定器、凝聚各族群众的大熔炉、先进生产力和先进文化的示范区。

三师四十一团草湖镇，三师图木舒克市"飞地"镇。

当地职工开玩笑说，过去的草湖镇，确实只有草和湖，如今，镇里有了广东最大援疆项目——兵团草湖广东纺织服装产业园，有了宽阔笔直的马路，现代化的学校、医院，环境优美的公园等配套设施，在经济社会方方面面都发生了翻天覆地的变化。

这样的变化，来自于兵团把向南发展置于全面深化改革的重要位置。

新疆一盘棋，南疆是"棋眼"。受自然环境、历史等多方面限制，兵团综合实力、经济发展、产业结构、生态环境、人口总量等方面均呈现北强南弱的局面。要想全面深化改革在新时代夺取最大胜利，就必须补齐南疆发展短板，壮大南疆师团实力。

今年 6 月 10 日，在兵团、广东省双方的通力合作下，东莞组团式合作共建草湖镇工作正式启动，双方干部采取整建制组团式双向挂职 3 年，四十一团草湖镇机关 19 名干部到东莞市挂职，广东省国资委、东莞市、佛山市、中山市 20 名援疆干部接手四十一团草湖镇全盘工作。

此外，为支持四十一团草湖镇在发展和管理体制上创新，兵团党委研究决定：四十一团草湖镇在兵团实行计划单列，由兵团直接管理。

广阔天地，大施拳脚。

东莞援疆工作队一方面全力推进兵团草湖广东纺织服装产业园的建设；另一方面推动三师和云南昭通签订劳务协作，促成了草湖镇产城融合的新发展，成为兵团城镇改革的一个样本。

拨云睹日　耐人寻味

唯改革者进，唯创新者强，唯改革创新者胜。

我们不难发现，正是因为改革，造就了兵团前所未有的活跃景象。

从"一主两翼"政策拉开团场改革序幕，到党政军企合一体制在市场经济大潮中不断探索完善，再到今天全面深化改革，正是通过不断向改革要动力要活力要红利，才使得兵团综合实力不断壮大，履行职责使命有了坚实根基。

改革，使兵团进入一个又一个主战场，踏上一个又一个新高地。从兵团改革的探索实践中，我们深深感悟到：改革，是一场继往开来的深刻革命，一条永不停歇的进取之路。

启示一：深化兵团改革，既要顺应时代发展要求，又要牢牢把握一个根本。

成功，需要正确的指向。改革亦是如此。

自治区党委副书记、兵团党委书记、政委孙金龙多次强调，要坚持党中央对兵团的性质定位和大政方针不动摇，把有利于实现总目标、增强兵团的组织优势和动员能力作为衡量兵团深化改革成效的根本标准，为深化兵团改革定了调、明了向。

面对新疆"三期叠加"的特殊形势和现阶段党中央对兵团的定位要求，今天的兵团改革，不只是为了短期目标，更为了图之长远；不只是时代要求，更是历史责任。只有自觉把兵团改革放到新疆大局中把握和谋划，深入思考兵团存在为什么、兵团责任是什么、兵团应当做什么，牢记"兵"的责任、彰显"军"的属性，才能更好履行"三大功能"，发挥"四大作用"。

作为履行职责使命的制度保障，党政军企合一体制具有组织化程度高、集团化特点突出、能够集中力量办大事的优势。深化兵团改革，不是把这一优势改没了变少了，而是要通过不断强化党的核心领导地位，健全和转变"政"的职能，彰显"军"的属性，确立"企"的市场主体地位，把这一体制的特殊优势和发展活力充分释放出来。

总之，深化兵团改革，必须把握一个根本，无论怎么改，兵团的组织优势、动员能力不能改没了、改弱了。

启示二：深化兵团改革，既要坚持顶层设计，又要摸着石头过河。

蜜蜂建筑蜂房的本领使人间的许多建筑师感到惭愧。但是，最蹩脚的建筑师从一开始就比最灵巧的蜜蜂高明的地方，是他在用蜂蜡建筑蜂房以前，已经在自己的头脑中把它建成了。

画家作画，未曾动笔，胸有成竹。改革也是一样，全面深化兵团改革，顶层设计至关重要。尤其是对那些制约发展的全局性、关键性问题，顶层设计的重要性更为突出。

当然，有了顶层设计，并不意味着所有难题都有了现成答案。改革开放没有完成时，推向纵深的改革没有成例可循，还有很多领域充满未知数，需要不断探索试验、总结经验。

顶层设计和摸着石头过河就像全面深化改革的"两条腿"，"两条腿"走路才能走得稳健。破除思想观念束缚之阻，挣脱利益固化藩篱之绊，不但需要坚决贯彻中央、自治区党委、兵团党委的各项决策部署，更离不开大胆试、大胆闯，通过不断探索总结经验，推动顶层设计更加合理可行。

实践证明，改革要想改得准、改得好，必须坚持顶层设计与摸着石头过河的辩证统一，"贤路当广而不当狭，言路当开而不当塞"。

启示三：深化兵团改革，既要坚持社会主义市场经济改革方向，又要坚持以人民为中心。

在马克思主义经典理论中，人向来是全部哲学的核心。共产主义的宏伟构想，正是为了"每个人的全面而自由的发展"。

我们党的服务对象是人民，一切工作的出发点和落脚点是人民。全面深化改革的根本目的，是让改革成果更多、更公平地惠及全体人民。因此，深化兵团改革尤其是经济改革，既要使市场在资源配置中发挥决定性作用，又要以促进社会公平正义、增进群众福祉为出发点和落脚点。

要回应群众呼声，了解职工群众的期盼是什么，要求改的是什么？我们的改革措施怎样才能满足这样的期盼、体现这样的要求？要从职工群众反映最强烈的问题入手、从社会发展最突出的矛盾入手，在广泛汲取职工群众智慧中，探寻为民谋利的更好思路、更好举措。

要读懂人民期待，不断校正改革的准星，让那种"为了改革而改革"的浮躁偃旗息鼓；反过来，让职工群众真欢迎、发展真需要的改革举措往前排、往实干；要经常听取职工群众对改革的评价，看看他们赞成什么、期盼什么、反对什么，进而找准改革工作的改进方向、纠正之处，使改革各项工作始终体现群众要求，实现群众利益。

一片土地的历史，就是在她之上的人民的历史。正在全面推进的兵团改革大业，谁是最大的受益者？谁是最终的评判者？答案只有一个——人民。

启示四：深化兵团改革，既要统筹推进，又要重点突破。

改革开放的伟大实践证明，改革需要一往无前的勇气，要敢啃硬骨头、敢于涉险滩，而如何啃硬骨头、怎样顺利过险滩，则需要饱含激情的理性、冷静务实的办法。

时至今日，兵团改革已不是某个领域某个方面的单项改革，而是一场深刻而全面的社会变革，是"牵一发而动全身"的系统工程。随着改革越深入，各领域各环节改革的关联性互动性越强，每项改革都会对其他改革产生重要影响，又都需要其他改革予以支撑。如果各领域改革不配套、各方面改革措施相互牵扯甚至相互抵触，全面改革就很难推进下去。

改革是一项复杂的系统工程。只有坚持统筹协调、整体推进，才能让各项改革举措在政策取向上相互配合、在实施过程中相互促进、在改革成效上相得益彰。

同时，"物有本末，事有始终，知所先后，则近道矣"，改革不是撒胡椒面，不是平均用力，在统筹协调推进的同时，也要重点突破，注重抓主要矛盾和矛盾的主要方面，注重抓重要领域和关键环节，把要啃的硬骨头找出来，把要涉的险滩标出来，在节骨眼、要害处用力，做到"一子落而满盘活"。

启示五：深化兵团改革，既要突出"关键少数"，又要人人参与。

"关键少数"就是最关键的部分，虽然数量少，但作用大，是引领事物发展的最大优势。

毛泽东同志早就讲过："政治路线确定之后，干部就是决定的因素。"领导干部作为执政兴国的骨干部分和中坚力量，毫无疑问是"关键少数"。深化兵团改革，领导干部这一"关键少数"必须发挥关键作用。

领导就是责任，责任就要担当。领导干部必须有"明知山有虎，偏向虎山行"的勇气，必须有"不得罪拦路虎，就得罪人民群众"的考量，必须有"一代人有一代人的使命，走好我们的长征路"的壮志雄心，牢固树立"四个意识"，不忘初心，砥砺奋进，让改革红利惠及全体人民。

同时，面对波澜壮阔的改革大潮，没有人可以置身事外，遗世独立。因为，改革的成败，可谓"牵一发而动全身"，与我们每一个人都息息相关。

在兵团全面涌起的改革春潮中，只有认清改革大势、顺应改革大势，不当看客，人人参与，做到组织有号召、我们有行动，组织有指示、我们有举措，自觉与改革合拍合力，才能找准自己的坐标，才能有效履行职责使命，为兵团改革事业贡献自己的力量。

启示六：深化兵团改革，既要重点破解当下难题，又要永不止步。

历史是过去的现实，现实是未来的历史。回顾兵团60多年的发展经验，可以用9个字概括："穷则变，变则通，通则久。"

改革是决定当代中国命运的关键一招，也是决定兵团命运的关键一招。兵团改革只有进行时，没有完成时。

"只有进行时"，就是要以只争朝夕的精神，破解当下现实难题，为兵团将来发展蓄势；"没有完成时"，就是要看到改革的长期性、艰巨性、复杂性，既不盲目追求"毕其功于一役"，又能够"小步走、快步走、不停步"，最后积小胜为大胜，积跬步致千里。

当前，兵团党委带领280多万名职工群众高擎改革旗帜，以披荆斩棘的勇气、勇往直前的毅力、雷厉风行的作风推进改革，兵团全面深化改革正坚实行走在天山南北，辉映在职工群众的笑脸里。

然而，世界上唯一不变的是改变，发展永无止境，改革未有穷期。走好全面深化改革的新长征，还有许多"雪山""草地"需要跨越，还有许多难关需要征服。

时至今日，前进道路上的"拦路虎"仍在虎视眈眈。兵团还存在着诸如体制机制与新形势新任务不够适应，"北强南弱"格局没有改变，发展不足、不强、不优问题没有根本解决，有效集聚人口紧迫感不强、手段不多、方法有待创新等问题。这些来自各个方面的挑战，无一不是艰巨的课题、难啃的硬骨头。

发展为题，改革作答。面对不断变化的新形势，我们唯有继续高举改革旗帜，以披荆斩棘的勇气、勇往直前的毅力、雷厉风行的作风推进改革，才能让发展取得更多新成就，让职工群众有更多获得感。

没有比脚更长的路，没有比人更高的山，再高的山，再长的路，只要我们每一步，都精心布局、运筹帷幄；每一步，都谋定后动、蹄疾步稳；每一步，都踏石留印、抓铁有痕，兵团改革之船定能激流勇进，发展之路必会海阔天高。

（2017 年 12 月 27 日　《兵团日报》 三版）

坚定不移的信念　始终不渝的选择

——写在改革开放 40 周年之际

兵 仲 文

一

2018 年，是改革开放 40 周年。

1978 年 12 月，党的十一届三中全会召开，拉开了改革开放的大幕，自此，改革开放成为中国 40 年始终不渝的选择，也成为兵团始终不渝的选择。

40 年改革开放，构成了中国 40 年经济发展和社会进步的基本背景，对中国社会各个角落包括兵团产生的巨大影响，远远超出了寻常的想象。

从"一主两翼"拉开团场改革序幕，到不断探索完善党政军企合一体制，再到全面深化改革，40 年改革开放，犹如一道道曙光，点亮了兵团各族职工群众的生活，照亮了兵团前进的步伐，给兵团带来了翻天覆地的历史性变化。

二

走什么路，从来都不是一道简单的选择题。

历史是过去的现实，现实是未来的历史。1978 年，党的十一届三中全会召开之时，我国生产力发展缓慢，人民温饱没有解决，科技教育落后，旅客列车的平均时速仅为 43 公里。面对伤痕遍地、远远落后于时代的国家，邓小平同志疾呼："如果现在再不实行改革，我们的现代化事业和社会主义事业就会被葬送。"

这样的判断，现在听来，依然振聋发聩。可以说，从 40 年前揭开大幕的那一刻起，"改革"二字就与社会主义的命运紧密相连。在改写中国历史的转折点上，那一代共产党人，正是带着"完善社会主义制度"的深刻思考，顶着"不改革就死路一条"的巨大压力，开启了激荡中国、震撼世界的伟大变革。

小岗破冰，深圳兴涛，海南弄潮，浦东逐浪，雄安扬波……40 年改革开放，我国经济总量位居世界第二，人民生活总体上达到小康水平，时速 300 公里的高铁穿梭于大江南北。站在改革开放 40 周年的时间节点，仰望星空，看一看风流云散，才更明白，路走对了，我们不畏遥远，又何惧风雨。

时间是常量，也是奋进者的变量。当答案揭晓，高擎改革开放大旗的中国共产党人，再一次掷地有声地回答道：改革开放是决定当代中国命运的关键一招，也是决定实现"两个一百年"奋斗目标、实现中华民族伟大复兴的关键一招。

字字珠玑，传递了斩钉截铁的决心；言之凿凿，传递出民族复兴的希望。

对兵团而言，改革开放的脚步同样从未停歇，从当年七师一三一团四连职工耿千里带领全家四代共 20 人创办了兵团第一个家庭农场，到党政军企合一体制在市场经济大潮中不断探索完善，再到今天的国资国企改革、团场综合配套改革，改革开放始终是兵团大踏步赶上时代的重要法宝。因为不断改革、不停完善，兵团综合实力不断壮大，履行职责使命有了更加坚实的根基。可以说，没有改革开放，就没有今天生机勃勃的中国；没有改革开放，就没有今天兵团事业的生动局面。

回顾过去，如果说，与时俱进是历史开出的药方，那么改革开放，就是被实践一次次证明了的最适宜的良方。

岁月的长河奔腾不息,改革开放的精神一脉相承。40年改革开放,成为印刻在百里雪山、千里戈壁上最耀眼的符号。

三

这是什么样的40年?

有人说,这是一段承载梦想和激情的岁月。从改革开放初期兵团恢复建制起,兵团人走出了一条与时俱进、不断探索、大胆创新之路。改革开放犹如一缕曙光,照亮了垦区大地,人们开始了梦的征程,直到今天,这场逐梦之旅仍在继续和接力,火热的激情没有半点消退。

有人说,这是一段充满欢笑和幸福的岁月。40年改革开放,兵团人的生活可谓发生了翻天覆地的变化,我们解决了温饱,奔向了小康;我们转变了观念,提升了自信;我们改善了民生,迈向了新生活。一张张幸福的笑脸,一个个幸福的家庭,成为这个时代最美的印记。

有人说,这是一段历经艰辛和坎坷的岁月。从最初的艰难摸索,到如今改革再深入,兵团人在试验、借鉴、推广中,让改革开放在各个领域全面展开、逐步深化。在改革开放的路上,虽然我们有过徘徊、有过忧伤、有过泪水,也有过失败,但兵团人不怕跌倒、从不认输,逢山开路、遇水架桥,没有什么能阻止兵团人前进的脚步。

有人说,这是一段勇于创新和奋斗的岁月。从荒凉走向繁华,从贫穷走向富庶,从落后走向引领,从边陲末梢走向开放前沿。40年风雨激荡,兵团各族职工群众用双手在天山南北书写时代传奇,实现西部崛起的梦想。奇迹背后,是兵团人奋斗的精神、奋勇的气质、奋进的追求。

……

不论怎么说,这40年都是极不平凡的。如果没有这40年的风雨征程、同舟共济,就不可能成就今天的生动面貌。

——生活之变，有目共睹。

40年改革开放，兵团人的衣食住行等方面发生了翻天覆地的变化。

过去，人们的穿着，无论从色彩、款式还是材料来看，都显得十分单调，而且一件衣服也是"新三年，旧三年，缝缝补补又三年"。现在，人们的审美和消费水平显著提升，服装的花色、款式变得更加多样化，我们很难用一种款式或色彩来概括当今的时尚潮流。

过去，食物匮乏单调、票证盛行，很多人饥一顿、饱一顿。现在，人们不但能吃饱，还可以吃好，营养均衡，绿色食品深入人心。食物不单单是生活的必需品，更变成一门艺术、一门学问。

过去，"楼上楼下，电灯电话"对于很多兵团人来说还是奢望。现在，绝大部分兵团职工已住进了宽敞明亮、设施齐全的新楼房。放眼华夏西陲，边塞绿洲，兵团城镇广厦摩天，当年杜甫渴求的"安得广厦千万间，大庇天下寒士俱欢颜"，已成为现实。

过去，地处偏僻的连队职工群众，到了冬天就"猫冬"，足不出户。现在，出行方式更加方便快捷，柏油路直接铺到家门口，职工群众农闲时节走出连队到城镇做生意、打工的，比比皆是，人们通过"家门口的路"走上了增收致富路。交通出行方面的巨大进步，使人们的生活全面改观。

——结构之变，拔得头筹。

改革开放以来，特别是党的十八大以来，兵团积极适应经济发展新常态，转变发展方式、破解发展难题，在新疆的建设中发挥了示范区作用。

过去，兵团主要以农业为主，单一的种植结构不仅不利于发挥比较效应，还减少了职工增收的渠道。现在，兵团人不再以传统的思维模式从事农业生产经营，而是紧紧跟随市场步伐，市场需要什么，便让土地提供什么，改革，始终贯穿在兵团农业发展脉络中。

过去，为支援新疆的经济建设，上百家军垦战士用血汗亲手创建的大中型骨干工商企业被无偿地交给了地方，兵团经济基础明显削弱。如今，随着各项改革不断深入，兵团在发展生产力上的成绩有目共睹，越来越多的兵团产品走出绿洲，销售到国内和国际市场，有的产品已在国际市场占有重要地位。

改革为兵团发展增加动力，开放为兵团经济注入活力。兵团人在天山南北充满希望的绿洲沃上，掀起阵阵改革开放的波涛让国人瞩目，令世界刮目相看。

——动力之变，释放活力。

兵团实行党政军企合一体制，毫无疑问，这种体制是符合兵团实际的，是有利于有效地履行维稳戍边使命的，是推动兵团经济社会发展的重要动力。然而，面对市场经济大潮，这一体制时而暴露出与经济社会发展不相适应的问题。为了适应新形势，更好履行职责使命，兵团紧紧围绕推进治理体系和治理能力现代化，不断丰富创新党政军企合一体制的内涵和实现形式，强化党的核心领导地位，健全和转变"政"的职能，彰显"军"的属性，确立"企"的市场主体地位，使党政军企合一体制的特殊优势和巨大活力充分释放。

——生态之变，感天动地。

作为兵团事业的开拓者，第一代军垦战士面对的是新疆一穷二白的落后面貌，团场连队大多分布在沙漠边缘、边境沿线、风头水尾。如今，兵团人"新栽杨柳三千里，引得春风度玉关"，一次次向黄沙宣战，一次次向沙尘进击，兵团人在天山南北的戈壁荒野上挖了数不清的渠道，种了数不清的树苗，"林涛涛，田莽莽，碧波千里拥牛羊"的良田沃野一寸一寸取代了"平沙莽莽黄入天"，寂寥西域成为"塞外江南"，一幅美丽的绿色图景，正在垦区大地徐徐展开，一场关乎职工群众福祉、兵团事业长远发展的绿色变革，已经开启新的征程。

……

40年飞跃万重山。沿着现实的脉络，我们看到改革开放是如此清晰地改变着兵团的面貌。

一路风雨兼程，一路澎湃前行。改革开放的浩荡浪潮，成功开启了新的壮阔征程，开创了新的前进道路，开辟了新的发展空间，兵团走向充满希望、充满生机的新天地。

四

40 年改革开放，何以能够除旧布新、改天换地？

伴随着 40 年沧桑巨变，不断发展壮大的兵团熠熠闪光，昂然屹立于祖国西部。在这条通往高山之巅的曲折道路上，我们看到，党中央的目光不曾离开过兵团，党中央的关怀陪伴着兵团一路慷慨前行。

加快新疆经济发展，维护新疆长治久安，必须尽快恢复兵团。以邓小平同志为核心的党的第二代中央领导集体深深牵挂着兵团。1981 年 8 月，77 岁高龄的邓小平前来新疆视察调研。

1981 年底，中央决定恢复新疆生产建设兵团。恢复后的兵团推行联产承包、统分结合的双层经营体制，迅速进入经济发展快车道。

数据表明，兵团恢复后的 10 年间，生产总值年递增率保持在 10% 以上。从经济严重亏损到实现两位数增长，无疑得益于邓小平同志恢复兵团的正确决策。

自此，"兵团脚步"铿锵有力，越走越稳，越走越自信。

洞察国际风云，着眼长治久安，以江泽民同志为核心的党的第三代中央领导集体一如既往地抓紧抓好兵团工作，在兵团成长的关键时期输入了重要的推动力。

1990 年 8 月、1998 年 7 月，江泽民两次来到兵团视察。其间，中央《关于继续贯彻国务院决定　进一步理顺和完善新疆生产建设兵团计划单列体制的通知》《进一步加强新疆生产建设兵团工作的通知》等一系列重要文件相继出台，解决了兵团发展过程中的许多难题，将屯垦戍边事业推向新阶段。

党的十六大召开后，以胡锦涛同志为总书记的党中央在接过中国改革开放大业接力棒的同时，同样将关注的目光投向兵团。

2006年，胡锦涛在新疆、兵团考察工作时发表的重要讲话，高频次出现在各类媒体上：兵团要处理好屯垦和戍边、特殊管理体制和市场机制、兵团和地方三个重大关系，更好地发挥建设大军、中流砥柱、铜墙铁壁作用，把屯垦戍边事业不断推向前进。

党的十八大以来，以习近平同志为核心的党中央高度重视兵团深化改革，2014年，总书记考察兵团时指出"要全面深化兵团改革"。2017年新年伊始，党中央、国务院对兵团推进深化改革作出了顶层设计，提出了一系列部署要求，为兵团全面深化改革明确了路径、指明了方向；同年3月10日，习近平总书记在参加第十二届全国人大五次会议新疆代表团审议时强调，兵团是新疆经济社会发展的重要力量；要积极稳妥落实各项改革发展任务，把兵团的特殊优势和发展活力充分释放出来。

党的事业薪火相传，是一场没有终点的接力赛。兵团走得有多远，党中央注视的目光就有多远。在兵团改革开放的道路上，党中央的关怀永远没有句号。

40年众志成城，40年砥砺奋进，正是在不忘初心、牢记使命的共产党人的引领下，兵团各族干部职工群众牢记党中央的殷殷嘱托，将党中央每一次的关切都记录在心头，把自治区党委、兵团党委的决策部署化作建设美好家园的力量，用激情的笔蘸满发展的墨，在兵团这张蓝图上勾勒美好的未来。

40年是一座丰碑，也是一道刻度，不仅记录了在改革开放强劲春风吹拂下军垦大地的芳菲盈野，更铭刻了历代中央领导集体对兵团春风化雨般的关怀和指引。

五

40年砥砺奋进，动力从哪里来？

发展为了谁？发展依靠谁？发展成果由谁共享？只有对这一系列问题的深刻思考和解答，才能为改革开放廓清迷雾、清除障碍、凝聚共识，推动改革开放事业不断取得进步。

历史唯物主义认为，人民是社会历史发展的主体，也是时代进步发展的主体。回顾 40 年的巨变，我们由衷地感慨：在改革开放不断向前推进的过程中，人民群众始终是改革开放前进的动力之源，是人民群众推动改革开放事业不断取得新的更大胜利。

——改革开放源自人民群众的诉求，是人民群众的内心期盼。

1978 年夏秋之交，安徽省发生了百年不遇的特大旱灾，为饥饿所迫，年底，安徽省小岗村 18 位农民以"托孤"的方式立下生死状，在土地承包责任书上按下了红手印，"大包干"一年就见成效，奇迹震惊四邻，引来纷纷效仿。1983 年 3 月，七师一二九团政委徐佩玺带头养了 20 只鸡、3 只鹅。几个月后，他将 300 个鸡蛋、60 个鹅蛋拿到市场上出售。在团领导带头下，一二九团职工开始发展家庭副业，全团第一次解决了物资匮乏时代吃鸡蛋难的问题。

小岗村"大包干"的出现和发展，一二九团职工带头发展副业，就是人民群众创造历史的壮举，也表明改革开放是人民群众的历史选择。

1978 年至 2018 年，人民生活从短缺走向充裕、从贫困走向小康，改革开放的成功，就在于顺应了人民要发展、要创新、要美好生活的历史要求。

——人民群众是改革开放事业的实践主体，人民群众的拥护和支持为改革开放提供了恒久动力。

2018 年 5 月 18 日，十师一八四团一连收到了该连职工刘光金送来的拥护团场综合配套改革的感谢信。至此，一八四团已收到感谢信1831 封，其中一封信中写道："改革给我们连队职工带来了真正的实惠，让我们的生活越过越好……我感恩兵团、感谢团场！"

"人民，只有人民，才是创造世界历史的动力。"没有人民群众的支持和参与，任何改革都不过是空中楼阁，都不可能取得成功。40年改革开放，挫折和阻力不可避免，但还是铸就了辉煌。原因何在？一个重要方面就是人民群众拥护改革开放、支持改革开放。

40年来，人民群众提出了许多新思路、新办法，开拓了许多新路子，创造了许多新模式。"改革开放在认识和实践上的每一次突破和深化，改革开放中每一个新生事物的产生和发展，改革开放每一个领域和环节经验的创造和积累，无不来自亿万人民的智慧和实践。"

一切向前走，都不能忘记为什么出发。改革为了人民，改革依靠人民，坚持以人民为中心，是改革开放深入推进的动力源泉。

六

如何将改革开放的伟大事业继续推向前进?

40年改革开放，兵团改革的举措一茬接着一茬，开放的声势一浪高过一浪，一幅风生水起、蹄疾步稳的改革开放画卷跃然如见，不仅为兵团履行职责使命奠定了坚实根基，也为职工群众开辟了一条通往美好生活的幸福之路。

"改革让我们更有话语权了""改革让利益更倾向我们职工了""改革好""支持改革"，朴实无华的话语表达了职工群众真心拥护改革的心声，更表明了对改革开放深入推进的更多期许。

邓小平同志指出："发展起来以后的问题不比不发展时少。"置身兵团，我们感受到兵团深化改革顺时应势、击水行舟的时代潮流，同时也清醒认识到，改革开放没有终点，是一场永远在路上的征程。

我们的成就巨大，然而问题也不少。

时至今日，兵团前进道路上的"拦路虎"还有很多，仍存在诸如体制机制与新形势新任务不适应，"北强南弱"格局没有改变，发展不足、不强、不优问题没有根本解决，有效集聚人口手段不多、方法有待创新等问题，而且改革进入深水区、攻坚期甚至无人区，面对的矛盾更多、困难更大，如果不继续改革，矛盾就会激化，已经取得的成果就会丧失。

新的历史方位、新的社会主要矛盾、新的任务要求……新征程上，向高处登攀、向远方前行，还有一道道山梁需要翻越，一个个险滩必须跋涉。我们唯有继续高举改革开放旗帜，以披荆斩棘的勇气、勇往直前的毅力、雷厉风行的作风推进改革，才能书写兵团事业新的传奇。

——秉纲执本，把握全局，校准"航向标"。要始终把改革开放放到新疆长治久安大局中把握和谋划，着重在事关根本、基础、长远的问题上发力，使兵团职能定位更明晰、体制机制更健全、综合实力更雄厚、作用发挥更有力。通过改革开放的不断深入，获得一个能够更好发挥特殊作用的兵团、一个能为新疆社会稳定和长治久安作出更大贡献的兵团。

——大道弥坚，敢于挑战，攻克"突破口"。要以深化改革开放为契机，着力强化党的核心地位，健全和转变"政"的职能，彰显"军"的属性，确立"企"的市场主体地位；探索完善既使市场在资源配置中起决定性作用，又有利于更好发挥兵团特殊作用的体制机制，切实把兵团的特殊优势和发展活力充分释放出来。

——刀刃向内，敢出实招，凸显"含金量"。改革开放的实践启示我们：改革开放越深入，越要正确认识和处理各种利益关系，把个人利益和集体利益、局部利益和整体利益、当前利益和长远利益正确地统一起来。深入推进改革开放，不仅要算经济账，更要算政治账和战略账，以刀刃向内、壮士断腕、自我革命的大无畏政治勇气，坚决破除利益固化藩篱，使兵团发展有更多新成就，职工群众有更多获得感。

——凝聚共识，汇聚合力，唱好"协奏曲"。各级党委要充分发挥总揽全局、协调各方的领导核心作用，解放思想、精心组织，统筹谋划改革开放各项举措，使之相互配合、相互促进。领导干部要自觉从全局高度推进改革，做到实事求是、求真务实，善始善终、善作善成，把准方向、敢于担当，亲力亲为、抓实工作。职工群众要充分发挥参与改革的主动性、积极性、创造性，形成全社会共同理解和支持改革的良好氛围。

改革开放只有进行时、没有完成时。昨日之兵团艰辛探索，高擎改革开放的大旗，靠着一股革命的勇气和劲头，闯出了一片天地；今日之兵团更上一层楼，仍要鼓足那一股子气、一股子劲，以全面深化改革破利益固化之藩篱，以持续扩大开放战封闭孤行之逆流，使兵团改革开放的成果体现在不断增强综合实力和竞争力上，体现在不断释放特殊管理体制活力和优势上，体现在不断提高维护新疆社会稳定和长治久安的能力水平上。

改革不停顿、开放不止步，唯有迎难而上，向荆棘挺进，才能一览无限风光。

七

繁荣昌盛的景象，安居乐业的幸福，铺展出壮美的画卷，写进亿万人民的心里。

从1978年至2018年，改革开放已走过40个年头，40年沧海桑田，40年风雨路程，成就了现在的中国，也成就了现在的兵团。

梦想可期，蹉跎难避。伟大梦想，成就于不懈的奋斗。我们每个人一定要不枉这空前绝后的新时代，朝乾夕惕、奋楫争先，在中国改革开放的鸿篇巨著中写好新时代的兵团篇章。

争做解放思想的领路人。改革开放是一个过程，解放思想永无止境。要进一步打破新的传统思维束缚，实现思想观念和思维方式再变革，用创新的思维和办法应对、解决前进路上的新情况、新问题，让改革开放与时俱进，沿着正确方向不断排除困难向前推进。

争做敢于担当的开拓者。改革是一场自我革命，不光是动动脑子，动动嘴皮子，还得敢于直面问题，敢动奶酪。要杜绝遇事怕担责、做事不负责、工作不履职的消极行为，有"明知山有虎，偏向虎山行"的勇气和意志，风险挑战不能阻其行，杂音噪音不能惑其志。

争做只争朝夕的实干家。托之空言，莫如见之实行。任何成绩都是干出来的。要发扬钉钉子精神，以"咬定青山不放松"的韧劲，一件事情接着一件事情地干，一年接着一年地干，不驰于空想，不骛于虚声，逢山开路、遇水架桥，真正把责任扛起来，把工作干出色。

改革开放天地宽，砥砺奋进恰逢时。前进的路上没有休止符，站在全新的起跑线上，兵团将一如既往、坚定不移贯彻落实党中央、自治区党委的部署要求，顺应时代要求，继续加大改革开放力度，迎接更加光辉的未来。

（2018 年 11 月 27 日　《兵团日报》　一版）

辉煌历史映照美好未来

——写在新疆维吾尔自治区成立 60 周年之际

兵 仲 文

新疆，47 个民族同生共享、放飞梦想的地方。各民族交往交流交融，印下历史绵长的足迹；各民族携手奋斗共进，刻下天山不灭的记忆。

新疆，党中央高度关心关注、全国人民向往的地方。对外开放的重要门户，丝绸之路的核心地带，西北的战略屏障，还有雄浑辽阔的壮丽风光。

新疆，祥和欢乐洋溢的地方。老艺人弹着都塔尔，唱着欢快的歌；大妈们和着《小苹果》的欢乐旋律，跳起广场舞；姑娘戴着小花帽，穿着漂亮的丝绸裙，跳起麦西来甫，笑迎远方的客人……立于天山之巅，俯瞰辽阔的新疆大地，沧海桑田，山河巨变，见证一个时代腾飞的征程，展现一个开放创新、和谐与共、充满活力的新新疆。

（一）一甲子回眸，60 年旧貌换新颜。

60 年的光阴，对新疆来说，有太多的变化值得书写，有太多的辉煌值得歌唱，有太多的成就值得回味。

一个甲子的不平凡历程，在党的民族区域自治政策光辉照耀下，新疆各族人民走上了共同团结奋斗、共同繁荣发展的康庄大道，天山南北发生了翻天覆地的变化。尤其是中央新疆工作座谈会召开以来，在党中央的关怀下，在全国各地的支援下，自治区党委坚决贯彻中央的各项决策部署，变化变革，敢于担当，务求实效，把物质成果写在大地上，把精神成果写在各族群众的笑脸上。

科学跨越创伟绩。新疆维吾尔自治区是在起点低、底子薄、经济社会发展明显落后的基础上建立起来的。60 年过去，新疆发展的列车驶上了快车道，人均生产总值由 98 美元上升到 7037 美元，地区生产总值年均增长 8.4%。特别是近 5 年来，乘着两次中央新疆工作座谈会的春风，天山南北掀起了大建设、大开放、大发展的热潮，新疆地区生产总值年年两位数增长，一年跨越一个千亿元台阶，2014 年达到 9273 亿元，增速在全国的位次由 2009 年的第 30 位跃居 2014 年的第 4 位，创造了举世瞩目的辉煌成就，彰显出时不我待的新疆速度。新疆的发展遵循"金山银山"与"绿水青山"的辩证逻辑，既关注发展的速度，更关注发展的协调性和可持续性，更看重发展的质量与效益。60 年来，农业现代化迈出历史性步伐，新型工业化快速推进，服务业蓬勃发展，不断催生新的经济增长点。

公共服务显水平。经过 60 年的努力，新疆的公路、铁路、航空快速发展，人们的出行条件大为改善。公路从和平解放初期的通车里程仅 3361 公里发展到 2014 年的 17.55 万公里，形成了四通八达的公路交通网。铁路从无到有，目前运营里程已达 5760 公里，2014 年兰新高铁开通，标志着新疆进入高铁时代。新疆已成为我国拥有机场最多、航线最长的省区。自治区成立之初，新疆 80% 的人口是文盲，农村文盲率高达 98% 以上。经过 60 年的发展，新疆已经建成了完整的教育体系，各族人民受教育水平稳步提高；医疗卫生条件不断改善，建立了较为完善的县、乡、村三级医疗预防保健体系，人民健康水平显著提高，人口平均预期寿命达到 72.4 岁；在文化领域，致力于一体多元、融合开放、具有新疆特色的现代文化的打造，致力于以新疆精神为内核的共同精神家园的建设。公共服务水平的大跃升，为新疆的发展开辟了广阔的蓝海，为新疆各族人民幸福指数的攀升增添了强劲的动力。

织就民生新画卷。自治区成立以来，特别是中央新疆工作座谈会召开以来，新疆民生建设不断向更广领域、更高水平挺进，各族群众享受着日新月异的美好生活。在"民生优先、群众第一、基层重要"执政理念的引领下，伴随着连续 6 年的"民生建设年"活动深入开展，伴随着"每年 70% 以上的公共财政支出用于民生"这一真金白银的投入，一件件事关百姓冷暖的民生大事——破题；一项项事关衣食住行的惠民工程接连开工，新疆民生建设力度之大、效率之高、受益之广、影响之深前所未有。腰包鼓了，保障全了，生活方便了，看得见、摸得着的实惠，让新疆进入民生建设的"黄金期"。民生建设这个巨大磁场已经凝聚起新疆各族人民群众的信心和力量，众志成城奔向更加幸福美好的明天。

（二）党中央对新疆各族人民满怀深情，提出要"把祖国的新疆建设得更美好"。60 年来，这片土地沐浴在党的民族政策阳光下。

经过"由小到大""慎重稳进"的周密筹备，1955 年 10 月 1 日，新疆维吾尔自治区成立。新疆各族人民群众共同当家作主、共同团结奋斗、共同繁荣发展有了可靠的制度保障，党的民族政策在新疆落地生根，新疆的历史发展掀开新的篇章。

60 年来，在党中央的重视下，帮助新疆发展经济、实现共同富裕成为一项基本政策，对新疆工作给予了大量的帮扶和支持。伴随着改革开放的春雷响彻神州，新疆紧跟伟大祖国的前进步伐，迎着西部大开发的东风，依靠国家向西开放桥头堡的优势，实现了区域经济社会持续快速发展。

60 年来，在党中央的关怀下，一系列特殊的优惠政策活水源源不断地注入天山南北，不仅让新疆甩掉了"重工业是钉马掌、轻工业是弹棉花"的穷帽子，极大地促进了新疆的基础设施建设、农业基础发展和现代工业体系建设，而且助推了新疆的新型工业化、信息化、城镇化和农业现代化进程。建成的兰新铁路、克拉玛依油田、塔里木油田等一批重大基础设施及工业项目，刷新了新疆速度，创造了新疆效率，书写了新疆传奇。

60年来，在党中央的推动下，援疆事业像天山上的青草一样一茬接一茬，一股股"资金流""人才流""科技流""物流"不断涌入新疆，为地区的经济社会发展增添了生机和活力。特别是全国19个省市新一轮对口援疆的全面展开，给新疆带来了"看得见、摸得着"的新变化。

60年来，在党中央的号召下，一批批内地青壮年、知识青年、工人、复转军人从五湖四海汇聚新疆，他们像蒲公英的种子，把青春的激情播撒到天山南北；他们像血红的石榴籽，与各民族兄弟姐妹血脉相连、心心相依。

新疆60年沧桑巨变，雄辩地证明了党的民族政策是完全正确的，有力地诠释了社会主义民族区域自治制度的巨大优越性和旺盛生命力。沐浴在党的民族政策阳光下，我们感到无比的自豪和幸福。

扬帆起航正当时，砥砺前行铸辉煌。作为新时代的新疆人，我们应当不辜负党中央和全国上下的关心关怀，在民族区域自治制度的领航下，凝心聚力，团结奋斗，开创新疆事业更加光辉灿烂的新甲子。

（三）谋长远之策，行固本之举，建久安之势，成长治之业。60年来，这片土地上，凝聚了自治区党委政府的心血。

多年来，自治区党委政府大力实施"稳疆兴疆，富民固边"战略，以推进新疆治理体系和治理能力现代化为引领，以经济发展和民生改善为基础，以促进民族团结、遏制宗教极端思想蔓延等为重点，坚持依法治疆、团结稳疆、长期建疆，团结带领全疆各族人民开新局、树新风，以扎实稳健的举措、锐意改革的精神，把中央关于新疆发展稳定的总体部署落到实处。

始终聚力长治久安。稳定是发展的前提。自治区党委政府始终站在维护国家核心利益的政治高度，把确保新疆稳定作为第一责任，提出了"反暴力、讲法治、讲秩序""打击的一手要硬、教育疏导的一手也要硬""治疆必须法治和德治两手抓、两结合"等一系列治疆稳疆的新思路、新理念；紧紧抓住影响社会稳定的源头性问题，以"去极端化"为目标，创新探索破解社会管理重点难点问题；深入推进基层警务战略，基本实现了一村一警、社区多警，提高了各族群众的安全感和满意度。

始终坚持科学发展。在准确把握新疆重要战略地位和历史使命的基础上，自治区党委政府坚持把新型工业化作为第一推动力的发展理念，科学布局事关新疆跨越式发展的重大产业和项目，做大做强优势支柱产业，加快建设具有新疆特色的现代产业体系。坚持走节水、高产、优质、高效、安全的农牧业现代化道路，着力培育壮大粮食、棉花、瓜果、畜牧、设施农业和区域特色农业6大产业体系。牢固树立现代城市发展理念，按照"以人为本、规划先行、城乡统筹、布局合理、集约高效、特色鲜明"的原则，加快推进新型城镇化建设，培育了一批区域中心城市。

始终突出现代文化引领。多年来，自治区党委政府像重视经济建设那样重视文化建设，像抓项目那样抓文化落地，像精心营造物质家园那样营造精神家园，不断加强文化基础阵地建设，实施文化惠民工程，全力打造优秀文化产品。以现代文化为引领、践行新疆精神的理念，已贯穿于新疆工作的每一个领域、每一个方面。各族群众的思维方式、行为方式、情感方式、生活方式，不同程度地接受了现代文化的感染和影响。新疆精神已成为新疆科学发展的灵魂和各项事业发展的助推器。

始终注重干部队伍建设。自治区党委政府牢牢抓住干部队伍建设这个"牛鼻子"，提出了"三个不吃亏"的用人导向和争当"四强"干部，争做具有新疆特色的好干部等干部队伍建设的明确要求，使干部队伍素质有了极大提高，模范作用日益凸显。在"基层重要"执政理念指引下，推出了基层组织工作有力量、办事有经费、活动有场所，基层干部政治有地位、留人有保障、精神有动力的一系列管用措施，为社会稳定和长治久安奠定了坚实的基础。

（四）人民群众是历史的创造者，新疆各民族是新疆辉煌60年历史的创造者。在这片土地上，挥洒了全区各族人民奋进的汗水。

曾经的风沙漫天、荒芜贫瘠，而今已是高楼林立，充满生机。是什么，让这片土地旧貌换新颜，"天翻地覆慨而慷"？是什么，又让这片土地整装待发，"而今迈步从头越"？

答案毫无疑问，是新疆各族人民，他们是新疆历史的创造者，是真正的英雄。

1955 年，一个小伙子来到长满梭梭的茫茫戈壁上，自己挖个大坑，上面盖上梭梭柴，这就是他的窝，俗称"地窝子"。外面乱石演奏，狂沙飞舞，野兽凄嚎，小伙子住着地窝子，吃着雪水泡馕。冬天零下 40 多摄氏度，他和同事依然奋斗着，几个月后，这片戈壁滩上终于喷出原油，诞生了新中国第一个大油田。当年的那个小伙子名叫张福善，现在已 91 岁，这片戈壁滩叫克拉玛依，如今已是美丽富饶的城市。

"最荒凉的地方，却有最大的能量，最深的地层，喷涌最宝贵的溶液，最沉默的战士，有最坚强的心，克拉玛依，是沙漠的美人。"诗人艾青为此留下深情名篇。

50 多年前，一个回族姑娘和 500 多名山东女兵穿越了大半个中国，来到了兵团石河子，当时石河子的颜色是黄色的，因为漫天黄沙飞舞。作为第一代女拖拉机手，她连续 3 日 4 夜不休息，驾驶拖拉机劳动，曾在零下 45 摄氏度的严冬中，因为机油太稠，拖拉机熄火，她脱去手套，用嘴对着管子吸油，用体温去暖化油器，结果嘴皮被牢牢地粘在冰冻的油管上，用劲一扯满嘴满手都是血，可是她还是坚持吸，直到发动机启动。她曾创下了一天播种 120 亩地的劳动纪录，创造了 7 年时间完成 20 年任务的历史。她，就是第三套人民币 1 元纸币上的女拖拉机手原型、被誉为"戈壁母亲"的金茂芳。当年那片黄色的土地，如今已变成绿色，被评为"国家园林城市""国家森林城市""全国文明城市"。

在南疆塔克拉玛干大沙漠边缘的一个村子里，有一位维吾尔族村支书，面对村子自然环境恶劣，"庄稼歉收日子苦，大人肚饿常唱歌"的真实境况，他抱着为村子脱贫致富的信念，带领全村各族群众勤劳苦干奔富路。在他30多年的带领下，昔日吃粮靠返销、生产靠贷款、生活靠救济的贫困村，如今变成了南疆第一村，"全国文明村镇""全国小康建设明星村"，走进该村，别墅、小轿车随处可见。这个村叫达西村，他，叫沙吾尔·芒力克。

张福善、金茂芳、沙吾尔·芒力克……他们，不仅仅是他们，还代表了新疆勤劳奋斗的各族群众。新疆阔步前行的每一个坚实脚步，都凝结了他们的心血、汗水和智慧。回望60年，苍凉与辉煌，贫瘠与富裕，心酸与自豪，笑与泪，聚与散，历史的镜头再次聚焦这片土地上的人们，定格于这些用汗水"铸就天山南北峥嵘路、谱写大漠戈壁新华章"的英雄。

（五）天山雪松根连根，各族人民心连心。辉煌60年，是各族人民致力于团结稳定的60年。

60年来，在中央支持、地方努力、人民奋勇之下，新疆生产力大发展，人口大增加，各族人民大团结。

团结就是力量，团结就是希望，团结就是未来，新疆，早已在各民族大团结的语境下，掸去历史的征尘，踏上时代的节拍，从闭塞贫困的边陲末梢，演进到繁荣发展的开放前沿，随着丝绸之路经济核心区的确立、发展，新疆发展更有后劲，新疆人在追赶更多的幸福。

新疆自古就是多民族聚居之地，多元文化汇聚之地，多文明碰撞交流之地，历朝历代从官方到民间无不知晓民族团结的重要、团结奋进的重要，虽然如此，历朝历代的治理成效却无法和新中国相提并论。

60年边疆治理，无论是政治上还是经济上，无论是文化上还是军事上，还是人民群众的生活上，均取得卓越成效，这些治理成效均可谓远迈汉唐、治隆宋明。民族团结是新疆各族人民的生命线，"新疆的问题最长远的还是民族团结问题"，在党的坚强领导下，正是抓住了民族团结这根新疆各族人民的生命线，持久恒常地倡导民族团结，竭力解决民族团结问题，新疆才有了稳定发展的坚实基础，新疆才有了各民族团结一致奔小康的良好局面。

从吴登云到卡德尔·巴克，从庄仕华到尤良英……民族团结的故事既是新疆这本大书的重要篇章，更散见各章各节，贯穿各章各节，融入各章各节。一部新疆的历史本就是一部各民族生存史、各民族团结史，近60年的历史，更是把民族团结的主旋律演绎得淋漓尽致、感人肺腑。

但是，树欲静而风不止；大江滔滔，难免泥沙俱下；众人合奏，难免有人滥竽充数，乃至故意吹奏出不和谐音符，故意捣乱、砸场，因此，在看到大局稳定的同时，我们也要睁大眼睛，严厉打击"三股势力"，粉碎敌对势力对我国"西化""分化"图谋。

面对新的形势，我们更要加强党的领导，更要加大民族团结工作的力度，坚决用好自治区党委给出的"五把钥匙"——思想的问题用思想的方法去解决，文化的问题用文化的方式去解决，习俗的问题用尊重的态度去对待，宗教的问题按照宗教的规律去做好工作，暴恐的问题用法治和严打的方式去解决。

团结稳定是新疆各族人民之福，只要坚持正信挤压、文化对冲、法治约束"三管齐下"，用好"五把钥匙"，深入开展"去极端化"等一系列工作，各族群众就会更加紧密地团结在党和政府周围，"三个离不开"的思想就会更加深入人心，"五个认同"就会进一步增强，平等团结互助和谐的社会主义民族关系就会越来越牢固。

（六）兵团与地方同在一片蓝天下，同饮一河水。辉煌60年，是兵地融合的60年。

在长期发展实践中，兵地形成了你中有我、我中有你，谁也离不开谁的局面。

边疆同守、资源共享、优势互补、共同繁荣，是60年来兵团与地方各族人民群众共同创造的融合发展智慧结晶。兵团和地方是一家，兵地融合是兵团与地方优势的有机结合，是兵团作为新疆组成部分的重要体现，也是发挥兵团特殊作用的重要途径。

自 1954 年兵团成立以来，兵团和地方在发展的过程中相互支持相互帮助，有效地推进了整个新疆经济社会的发展。但同时也要看到，兵地在共同发展的进程中也形成了一定的竞争关系，出现了"条块分割"的发展状况，这使兵地的优势难以发挥，资源无法优化配置，影响了兵地各自的发展和整个新疆的繁荣。

兵地融合，有利于打破条块分割的行政区域的封闭性，形成包括生产要素、资本、产权市场在内的统一的区域市场体系，推进跨部门、跨地区、跨所有制的资源和要素的整合及优化配置。融合发展，是兵地双方发展的必然选择。

为了打破双方的封闭，走向更高、更广、更深的融合，自 20 世纪 80 年代后期开始，自治区和兵团的一些地、州与师之间开始探索融合发展之路，进入 20 世纪 90 年代后迅速扩大，并得到了自治区和兵团党委的大力支持，也得到党中央的肯定。

1994 年，十三师与哈密地区率先提出"融合各方优势，寻求共同发展""打破条块分割，淡化模糊界限""加强内部联合，扩大对外开放"的战略思想，走出了一条变力量型融合为利益型融合的发展之路，创造了"哈密经验"。

2007 年，兵团和乌鲁木齐市政府分别批准了《兵团十二师与乌鲁木齐经济技术开发区经济合作框架协议》及《实施细则》，乌鲁木齐市经济技术开发区十二师分区随即成立，乌鲁木齐市和十二师发展迈出重要步伐。

兵地融合才能推动跨越发展，兵地一体才能促进长治久安。长期以来，自治区各地、州、市和兵团各师、团之间大力推进融合发展，探求符合各自条件的融合发展模式，有力地促进了兵地共同发展。

2014 年 4 月，习近平总书记在新疆和兵团考察时强调，要壮大兵团综合实力，提高维稳戍边能力，促进兵地融合发展。这是兵团成立

60 多年来发展的经验总结，是兵团进一步加快发展、更好履行使命的重要途径。兵团各级党委充分认识到推进兵地融合的重要性，不断深化兵地融合共建，在制度化、常态化、长效化上下功夫，不断拓展兵地融合发展的深度和广度，推动各项工作再上新的台阶。

发展告诉我们，兵地融合不是地方蚕食兵团的发展空间，也不是兵团代替地方发挥作用，而是双方优势资源的互相补充、互相借助，是"1+1 > 2"作用的发挥。只有不断加强兵地融合，才能促进人才、技术、资本等因素的合理流动，促进资源的优化配置，实现优势互补和加快发展。

（七）国家利益就是兵团利益，新疆大局就是兵团大局。兵团将在自治区党委领导下继续履行好屯垦戍边使命。

在自治区党委的坚强领导下，兵团把维稳戍边作为立身之本，平时着力打基础、促长远，增强维稳戍边能力，提高组织化程度和整体作战能力，有事时召之即来、来之能战、战之能胜，成为新疆社会稳定和长治久安的重要力量和保障，有效发挥着安边固疆稳定器的作用；高举民族大团结的旗帜，利用自身优势特点，促进各民族相互了解、相互尊重、相互包容、相互欣赏、相互学习、相互帮助，有效发挥着凝聚各族群众大熔炉的作用；利用自身具有先进生产力要素和先进文化底蕴的优势，大力推广先进生产方式和现代文化理念，成为大美新疆的建设大军和生态卫士，现代生活方式和文明行为方式的积极倡导者，有效发挥着先进生产力和先进文化示范区的作用。

成绩只代表过去，不代表将来。兵团人将充分发挥自身优势，为兵团的事业发展、为新疆的事业发展、为祖国的边疆事业发展办实事，办好事，履行好维稳戍边的历史使命。

在维护社会稳定上，要围绕总目标、查找薄弱点、案件汲教训、工作抓落实，确保兵团辖区不发生重大暴恐案件，确保兵团人员不参与暴恐活动，确保宗教极端思想和"三非"活动不在兵团渗透蔓延；密切和地方配合，维护新疆社会稳定。

在戍边工作上，要加强边境团场建设，强化戍边守防机制，进一步完善师管面、团控片、连守线、民兵哨所卡点的边境管控网，形成军警兵民"四位一体"戍边守边合力。

在抓基层打基础上，要切实发挥基层党组织的领导核心作用，特别要抓好连队党支部班子建设，选好配强党组织带头人。

在经济发展上，要提高科技创新、精深加工的能力和水平，切实提高核心竞争力，发挥好优势产业、龙头企业推动转型升级的引领带动作用。

在传承兵团精神上，要继承传统、体现特色，丰富内容、拓展形式，增强兵团精神的影响力、感召力，不断汇集兵团发展的正能量，集聚促进兵团事业发展的强大精神动力……新形势新任务新使命，兵团将在自治区党委统一领导下，紧紧围绕新疆社会稳定和长治久安总目标，充分发挥调节社会结构、推动文化交流、促进区域协调、优化人口资源的作用，在根本、基础、长远问题上发力，推动新疆出现更有利于长治久安的结构性变化。

（八）一甲子岁月峥嵘，六十载风雨兼程。回眸过去是辉煌，展望未来是希望。

在自治区博物馆里，有一个主题叫"找回西域昨日辉煌"，通过近千件文物、大量图片向世界展示着这里昔日的辉煌，古老飘逸的艾德莱斯像天上的彩虹般美丽，新疆歌曲舞蹈的快乐像是从骨子里奔出来的一样，饮食文化让前来游玩的友人们感受到这里的淳朴与热情……回首过去，这里文明交汇、写尽繁华；目之当下，这片广袤的大地上，各族兄弟姐妹团结友爱，热情好客，再次向全世界展现出这片土地的包容与多彩。走在乌鲁木齐市的大街上，高楼大厦挺拔，多元文化荟萃，向人们展示着尊重与多样性的意义；南疆新城阿拉尔市建市之后，很多曾在外乡漂泊的大学毕业生满怀热情回到故土，建设自己的城市……

　　新疆在各族人民的团结奋斗中，在各族兄弟姐妹坚决维护祖国统一、反对民族分裂中，写就了从阿尔泰山到苍茫天山、从帕米尔高原到喀喇昆仑山的进步与繁荣。继往开来，让我们围绕实现新疆社会稳定和长治久安总目标，抢抓丝绸之路经济带建设新机遇，坚持依法治疆、团结稳疆、长期建疆，团结最广泛的力量，用自信与实力，掀开新疆充满无限希望的新篇章！

　　　　　　　　　（2015 年 9 月 26 日　《兵团日报》　一版）

站在新的历史起点上

——写在兵团成立 60 周年之际

兵 仲 文

一

2014 年 10 月 5 日，国务院新闻办公厅发表《新疆生产建设兵团的历史与发展》白皮书，全方位介绍兵团。白皮书全文约 7800 字，从"建立与发展""职责与体制""开发与建设""维稳戍边与促进民族团结"等方面，介绍了兵团的历史与发展状况，指出 60 年来，兵团为推动新疆发展、增进民族团结、维护社会稳定、巩固国家边防作出了不可磨灭的历史贡献。

诚如白皮书所指出的，兵团这支队伍自新中国成立起，就仗剑扶犁，驻扎在祖国的西北边陲，如一道坚不可摧的钢铁长城，守卫着千里边塞的安宁；屯垦在人迹罕至的荒漠深处，战天斗地，节衣缩食，开辟出一片片生机勃勃的绿洲；分布在天山南北，与各族群众一起劳动一起生活，绘就成一幅幅兵地融合、民族团结的画卷。

60 年来，兵团人把维稳戍边作为立身之本，平时着力打基础、促长远，增强维稳戍边能力，提高组织化程度和整体作战能力，有事时召之即来、来之能战、战之能胜，成为新疆社会稳定和长治久安的重要力量和保障，有效发挥着安边固疆稳定器的作用；高举民族大团结的旗帜，利用自身优势特点，促进各民族相互了解、相互尊重、相互包容、相互欣赏、相互学习、相互帮助，有效发挥着凝聚各族群众大熔炉的作用；利用自身具有先进生产力要素和先进文化底蕴的优势，大力推广先进生产方式和现代文化理念，成为大美新疆的建设大军和生态卫士，及现代生活方式和文明行为方式的积极倡导者，有效发挥着先进生产力和先进文化示范区的作用。

一个甲子的沧桑岁月，为了祖国的繁荣昌盛，为了中华民族的伟大复兴，为了新疆各族人民的幸福安康，几代兵团人发扬热爱祖国、无私奉献、艰苦创业、开拓进取的伟大精神，成为扎根边疆永远不走的生产队、战斗队、工作队、宣传队，成为中央支援地方、内地支援边疆、兄弟民族相互支援的有效形式，发挥了建设大军、中流砥柱、铜墙铁壁的作用，历史贡献不可磨灭，战略地位不可替代。

二

一部辉煌的兵团史就是一部伟大的开拓创业史。

回溯兵团历史，俯瞰新疆大地，兵团人创造了惊天地、泣鬼神的人类奇迹：在天山南北，一个个田陌连片、渠系纵横、林带成网、道路畅通的绿洲经济带在兵团人手里建成；在当年偏远落后、百废待兴的国土上，第一批现代工业、建筑、交通运输和商贸流通企业在兵团人的手里托起，兵团完成的工业总产值曾经占自治区工业总产值的 43%；在沙石遍地、风吹石走的荒原，石河子等一批军垦新城拔地而起，实现了兵团人的城市梦想。

近年来，兵团始终把城镇化、新型工业化、农业现代化建设作为发展的根本路径，加快转变发展方式，着力构建现代产业体系。生产总值保持 16% 以上的增长速度，固定资产投资保持 40% 以上的增长速度，显现了后发赶超的良好态势。2013 年，兵团生产总值达 1499.87 亿元，比 1954 年兵团成立时增长了 220 倍，比 1981 年兵团恢复时增长了 22.9 倍。农业基础地位进一步加强，工业成为主导产业，第三产业在经济发展中的作用日益突出。2013年，三次产业结构比为29.0：41.8：29.2。

不断加快师市合一、团镇合一步伐，北屯、铁门关、双河等城市，金银川、梧桐、蔡家湖等建制镇相继挂牌成立，初步形成以城市、垦区中心城镇、一般团场城镇、中心连队居住区为发展架构，与新疆城镇职能互补，具有兵团特色的城镇体系，城镇化率已达62.3%；持续开展规模化、机械化、现代化国营农场建设，开创了新疆现代农业的先河，着力建设全国节水灌溉示范、农业机械化推广、现代农业示范"三大基地"，成为全国农业现代化的排头兵，已建成国家重要的优质商品棉和特色林果生产基地；着力打造农产品加工和优势矿产资源转换两大基地，重点发展食品医药、纺织服装、氯碱化工及煤化工、特色矿产资源加工、石油天然气化工、新型建材和装备制造等支柱产业，有13家A股上市公司，形成一批全国、新疆名牌产品，拥有一批全国、新疆驰名商标。

经过几代人的拼搏奋斗，兵团正由以农业为主向"三化"同步、三次产业协调推进转变，从传统农村生活方式向现代城镇文明生活方式转变，进入了综合维稳戍边能力显著提升的时期，进入了经济社会持续健康发展的时期，进入了职工群众生产生活条件改善最大的时期，进入了兵团恢复以来兵地关系最好的时期。

60年来，兵团人在远离城镇、远离交通便利的地方，不讲条件、不计代价、不算报酬，凭着"敢教日月换新天"的勇气，凭着"特别能吃苦，特别能战斗，特别能奉献"的品质，白手起家，自力更生，艰苦创业，克服难以想象的困难，让兵团事业从无到有、从小到大、从弱到强，为履行屯垦戍边神圣职责提供了坚实保障。

三

一部辉煌的兵团史就是一部壮丽的维稳戍边史。

1952 年 2 月 1 日，毛泽东同志向驻疆 10 万将士发布命令："你们现在可以把战斗的武器保存起来，拿起生产建设的武器。当祖国有事需要召唤你们的时候，我将命令你们重新拿起战斗的武器，捍卫祖国。"世界军事史上，大概没有谁会把一道军事命令写得这样富有激情和诗意。这一指示，成为新疆兵团成立的大纲。

维稳戍边是兵团人的职责所在，承载着党和国家的重托，牵系着边疆的稳定。60 年来，兵团人坚持亦兵亦民、劳武结合、兵民合一，始终站在维护祖国统一，与民族分裂势力、宗教极端势力和暴力恐怖势力斗争的最前沿。对内，兵团是维护新疆社会稳定和长治久安的重要力量；对外，兵团的 58 个边境团场戍守着新疆近三分之一的边境线，为巩固西北边防筑起了铜墙铁壁。

在反恐维稳斗争中，兵团发挥了特殊作用。尤其是 1990 年阿克陶县巴仁乡"4·5"事件、1997 年伊宁"2·5"事件发生后，兵团民兵发挥熟悉情况、就近就便的优势，快速反应、迅速出击，与武警部队和各族群众携手联动，共同打击暴恐犯罪，维护了社会稳定。2009 年乌鲁木齐"7·5"事件发生后，兵团迅速组织民兵担负起执勤、巡逻和对重点目标的守卫任务。

当前，兵团坚持提高总量、提高素质、提高能力，正着力建设全国一流民兵队伍，建立融生产、训练、执勤、应急于一体的民兵常态化轮训备勤机制；积极参与地方维稳，健全突发事件应急处置机制，做好各方面应急准备，做到一旦有事拉得出、用得上、干得好；强化戍边守防功能，加强边境团场、连队、民兵哨所建设，完善师管面、团控片、连守线、民兵哨所卡点的边境管控网，防范打击境内外"三股势力"勾连渗透；确保兵团辖区稳定，加强基层组织、政权、社区、维稳力量、文化阵地建设，加强平安兵团建设，创新社会治理，促进社会和谐、民族团结和宗教和谐，不断夯实维稳戍边的基层基础。

四

一部辉煌的兵团史就是一部美好的团结融合史。

民族团结是新疆各族人民的生命线。兵团高度融入新疆社会,长期与地方各民族毗邻而居、和睦相处、守望相助,构成各民族相互交往交流交融的"嵌入式"社会发展模式。60年来,兵团坚持为新疆各族人民服务的宗旨,为各族群众办好事、办实事,诚心诚意为新疆各族群众创造更多更好的发展机会和条件,为地方各项社会事业发展进步作出了应有贡献。

近年来,尤其是出台《关于加快少数民族聚居团场经济社会发展的实施意见》以来,兵团已累计投入资金56.25亿元,实施项目365个,使少数民族聚居团场基础设施条件明显改善,城镇化水平明显提高,自我发展能力得到进一步增强,让"物质成果写在了大地上,精神成果写在了人们的笑脸上",为实现各民族共同团结进步、共同繁荣发展奠定了良好基础。

自兵团成立以来,积极支持地方发展,为地方规划土地、传授技术、巡回医疗,不断巩固和发展边疆同守、资源共享、优势互补、共同繁荣的良好局面。近年来,兵团主动融入新疆大局,深化兵地经济、文化、社会、干部人才、维稳等方面融合,推动形成兵地经济融合发展、文化交融共建、维稳责任共担、民族团结共创的局面。

在经济发展上,兵团主动加强重大生产布局、市场体系、基础设施、公共服务等方面的统筹规划和衔接协调,使发展成果更多地惠及兵地各族群众;在社会治理上,利用自身优势先行先试,辐射带动周边,探索促进民族团结、兵地团结、宗教和谐、双语教育、文化引领的途径方式,推动建立公共资源联手服务机制;在维护稳定上,共同构建兵地一体、上下联动、应对及时、处置有力的维稳反恐体系;在干部队伍建设上,进一步加强兵团干部队伍教育管理,畅通干部交流渠道,推动体制机制创新，促进兵地干部交流任职、挂职兼职，让干部融合成为兵地融合的重要抓手。

五

历史是现实的镜子。在庆祝兵团成立 60 周年之际，回望兵团 60 年屯垦戍边的历程，我们可以得出如下启示：

定位清晰、目标明确，是兵团不断创造辉煌的关键。在新疆组建担负屯垦戍边使命的兵团，是党中央总结历代治边安边的历史经验，所作出的治国安邦的战略布局和强化边疆治理的重要方略。不同时期、不同形势、不同挑战，兵团都能够胜利完成党和人民赋予的历史使命，根本原因就在于定位清晰、目标明确。

不断发展壮大屯垦戍边的综合实力，是发挥好兵团特殊作用的重要支撑。只有经济发展壮大了，综合实力增强了，才能打牢发挥特殊作用的物质基础；只有维稳戍边的看家本领提高了，"兵"的意识、"兵"的责任、"兵"的素质、"兵"的能力增强了，兵团履行屯垦戍边使命、维护新疆社会稳定和长治久安才有保障。

积极推进兵地融合发展，是发挥兵团特殊作用的重要途径。兵团是自治区的重要组成部分，兵团和地方是一家。树立兵地"一盘棋"思想，从国家战略和新疆大局出发，处理好兵地关系，主动融入新疆大局，实现与地方利益同体、感情相连，才能使兵团改革发展成果落实到改善兵团职工民生上，落实到惠及周边地方各族群众上，落实到增进兵地团结和民族团结上，落实到促进新疆社会稳定和长治久安上。

大力培养和弘扬兵团精神，是推动兵团事业不断向前发展的动力源泉。以"热爱祖国、无私奉献、艰苦创业、开拓进取"为主要内涵的兵团精神是社会主义核心价值观在屯垦戍边实践中的具体体现，是几代兵团人培育和传承的宝贵精神财富，是兵团事业发展最可宝贵的财富，是激励我们不断奋斗的强大动力。

六

当前，新疆发展势头良好，社会大局稳定，但同时我们必须看到，新疆局势稳中有变数、稳中有风险、稳中有忧虑，尤其是当前新疆正处于暴力恐怖活动活跃期、反分裂斗争激烈期、干预治疗阵痛期"三期"叠加的时期，新疆工作重要而紧迫、等不得，新疆问题长期而复杂、急不得。

面对新形势新任务新挑战，兵团应该在哪些方面发力，继续出色完成肩负的历史使命？

"在新疆组建担负屯垦戍边使命的兵团，是党中央治国安邦的战略布局，是强化边疆治理的重要方略。"

"新形势下，兵团工作只能加强，不能削弱。"

"兵团存在和发展绝非权宜之举，而是长远大计。"

"使兵团真正成为安边固疆的稳定器、凝聚各族群众的大熔炉、先进生产力和先进文化的示范区。"

"做好新疆工作，必须把兵团工作摆在重要位置，在事关根本、基础、长远的问题上发力。"

……

一系列对于兵团发展的新定位、新要求，来自于习近平总书记考察新疆、兵团时的重要讲话，来自于第二次中央新疆工作座谈会。这是对兵团的巨大鼓舞，极大地提振和增强了兵团人开创新时代的信心、创造新辉煌的勇气、担当新使命的力量。

面对新定位新要求，兵团必须讲政治、讲大局，坚持国家利益就是兵团利益、新疆大局就是兵团大局，着眼维护新疆社会稳定和长治久安这个总目标，把调节社会结构、推动文化交流、促进区域发展、优化人口资源作为发力点，以加快"三化"建设、保障改善民生为基础壮大综合实力，以"三个提高"为抓手强化维稳戍边功能，以兵地融合发展为途径拓展作用空间，以全面深化改革为动力完善体制机制，以建设高素质兵团队伍为重点强化组织保障，推动新疆出现更有利于长治久安的结构性变化，继续出色完成党中央赋予的历史使命。

<h1 style="text-align:center">七</h1>

2014年4月29日，是让十师一八五团民兵马军武永生难忘的日子。

这一天，在位于天山北坡经济腹心地带的五家渠市，习近平总书记接见了他，并对他的感人故事称赞道："了不起""非常敬佩"。这位身穿预备役制服的中年男子，在中哈边境值守"夫妻哨所"26年，向总书记汇报时说："一生只做一件事，我为祖国当卫士！"

在兵团，有成千上万个马军武式的人物，马军武只是他们当中的一员。从人民币上女拖拉机手的原型人物金茂芳，到受到党和国家领导人亲切接见的冰峰五姑娘；从为捍卫祖国神圣领土献出宝贵生命的孙龙珍，到边境线上站岗巡逻一辈子的付华；从高原牧民的救星姜万富，到马背上的医生梅莲；从殚精竭虑创大业的郭庆人，到脱贫致富的领路人赵机农；从铸造新时代诚信丰碑的吴兰玉，到标注兵团科技发展新高度的陈学庚院士……他们当中有的是救死扶伤的医生，有的是教书育人的老师，有的是勇于攻关的科研者，有的是主政一方的领导者……正是由于他们的存在，让屯垦戍边的伟大旗帜在祖国边疆久久飘扬。以他们为代表的兵团人如一棵棵千年不倒的胡杨，把根扎在戈壁沙漠深处，用绿色装扮春天，用深情打造绿洲。在建设繁荣稳定的中国西北角的征程中，伴随兵团风雨壮行的足迹，兵团人始终不变的是"一生做好一件事，不辞长做新疆人"的坚守与信念。

穿越历史长河，走过一甲子的光阴，新时期的新疆兵团，正站在发展壮大的新的历史起点上，为了更好地擎起屯垦戍边的大旗，更好地发挥"稳定器、大熔炉、示范区"的作用，更好地维护新疆社会稳定和长治久安，更坚实有力地描绘中华民族伟大复兴中国梦的兵团篇章，兵团还需要继续努力，还将不懈奋斗。

我们坚信，乘着第二次中央新疆工作座谈会的东风，在以习近平为总书记的党中央的亲切关怀下，在自治区党委和兵团党委的坚强领导下，在兄弟省市的鼎力支持下，在270万兵团儿女的共同努力下，兵团的明天会更好！新疆的明天会更好！

（2014 年 10 月 8 日 《兵团日报》 三版）

高举兵团精神的伟大旗帜

兵 仲 文

一

2014 年 2 月 26 日，在寒冷的新疆大地，春天的脚步已清晰可见。这一天，兵团党委书记、政委车俊和自治区党委常委肖开提·依明庄严地伸出双手，共同为双河市委、市政府揭牌。共和国的版图上再添一座军垦新城。

中国梦，兵团梦，在泥土中摸爬滚打的兵团人，用自己勤劳的双手托起又一个城市梦。一座座如朝日般拔地而起的军垦城市，见证了兵团人曾经的艰难与辉煌，也见证了这个历经沧桑的群体铸就的精神丰碑。

一座城市，就是一个现代文明的集聚地，一个先进文化的高地。

对于肩负屯垦戍边使命的兵团人而言，城市又是一座先进文化的熔炉，增进民族文化交流融合的平台，捍卫国家最高利益和中华民族根本利益的堡垒。

二

精神是灵魂、是力量、是惊天地泣鬼神的内在创造力。

一国家、一民族、一地区、一群体，如果没有自己的精神支柱，就等于没有灵魂，就会失去凝聚力和生命力。

自西汉起，在西域这块祖国的热土上，屯垦大幕就在时间轴上缓缓拉开：西汉113年，东汉128年，魏晋两朝96年，唐朝160年，元朝20年，清朝195年……屯垦大业在空间场中慢慢延展：东起哈密的塔勒纳沁，西到喀什噶尔，南抵和田的昆仑山麓，北到额尔齐斯河以北的阿尔泰山……

屯垦戍边如古韵长歌，穿越2000多年的历史，饱经蛮荒的寂寞、乡愁的凄苦、战争的悲壮，生生不息，绵延不绝，伴随着祖国统一和民族交往的历史脉动。

翻阅屯垦戍边波澜壮阔的历史画卷，张骞几出阳关，成就"凿空"伟业；霍去病跃马挥戈，驱逐了匈奴的铁骑；郑吉屯田渠犁，从此异族不敢小觑西域；左宗棠抬棺西征，西域遍植"左公柳"……

回望历史的天空，整理时间的碎片，是什么使2000多年的屯垦戍边人忍受了常人难以想象的苦难，而成就了天山处处埋忠骨，何必马革裹尸还的抉择？

是精神！唯有不屈的精神可以承载苦难，也唯有伟大的精神可以成就辉煌。这个精神，就是伟大的爱国主义精神，就是捍卫国家最高利益和中华民族根本利益的民族大义。

三

1999年的一天，在石河子市广场王震将军铜像前，20余位老兵，身穿老军装，排成一个方阵，举起颤颤巍巍、饱经风霜的手，向他们的老首长汇报：

"报告司令员！我们胜利完成了毛主席交给的屯垦戍边的任务。我们现在都离休了，将屯垦戍边的任务又交给了我们的儿女！"

汇报的老兵是凯歌进新疆的中国人民解放军一野一兵团二军五师十五团指战员，是今天兵团十四师四十七团老战士，他们是今日兵团的根……

1949年孟冬，为及时粉碎聚集在和田的国民党残余势力的暴乱，十五团主力部队 1800 余名指战员，克服了狂风暴沙、饥饿干渴等常人难以忍受的困难，昼夜兼程 15 天、行程 1585 里，胜利解放和田，开创了徒步横穿塔克拉玛干大沙漠的奇迹。

之后的漫漫岁月，兵团老兵用一生扎根边疆的实践书写着对祖国的忠诚、对新疆各族人民的挚爱、对屯垦戍边事业的深情。经过岁月的淘洗、风沙的吹打，老兵的骨子里练就出一种精神。

2013 年 12 月 17 日，是一个令四十七团老战士激动难忘的日子。这一天，习近平总书记在他们的来信上作出了重要批示，肯定了他们为屯垦戍边、建设边疆作出的重要贡献，希望用老兵精神激励更多年轻人为祖国边疆的长治久安和繁荣发展作出贡献。

正如兵团党委书记、政委车俊所说，老兵精神是井冈山精神、南泥湾精神的直接传承，是兵团精神的直接源头，是兵团事业发展最可宝贵的财富，是激励我们不断奋斗的强大动力。

四

1954 年 10 月 7 日，是一个极具特殊历史纪念意义的日子，北京飞来一道命令：新疆军区参加生产的部队，成立中国人民解放军新疆军区生产建设兵团！

自此，在新疆大地，活跃着一支不穿军装、不拿军饷、永不复员的特殊部队。他们特别能吃苦、特别能战斗、特别能奉献，献了青春献终身、献了终身献子孙，骨子里写满了忠诚、血液里流淌着承诺，默默地在边境一线构筑起一座座永不移动的生命界碑，有力发挥着巩固西北边防、维护祖国统一的铜墙铁壁作用。

自此，在天山南北，涌现了现代农业的先行者、现代工业的奠基者、现代科技的示范者、生态文明的践行者。他们凭着"敢教日月换新天"的勇气，依靠艰苦创业的品格、开拓进取的精神，全面发挥着推动改革发展、促进社会进步的建设大军作用。

自此，在沙漠周围，坚守着一群为各族人民大办好事的特殊群体。他们为地方规划土地、传授技术、巡回医疗，不断巩固和发展边疆同守、资源共享、优势互补、共同繁荣的良好局面，积极发挥着增进民族团结、确保社会稳定的中流砥柱作用。

兵团事业铸造了辉煌的兵团精神，兵团精神支撑起伟大的兵团事业。兵团精神传承了历代屯垦义化的基因，具有源远流长的原创性；继承了军旅文化的光荣传统，具有科学发展的先进性；吸纳了各民族、各地域的文化精髓，具有海纳百川的包容性；体现了人类共建美好家园、共守幸福生活的梦想，具有走向世界的开放性。

以"热爱祖国、无私奉献、艰苦创业、开拓进取"为主要内涵的兵团精神，是社会主义核心价值观在兵团的地域体现，是以先进文化为引领的集中反映，是兵团人积极向上、奋发有为的精神魂魄。

五

热爱祖国是兵团精神的灵魂和兵团人的情感取向，展示了兵团人扎根边疆、屯垦戍边的庄严承诺。

"面对蜿蜒的界河，背靠亲爱的祖国，我们种地就是站岗，我们放牧就是巡逻，要问军垦战士想着什么？祖国富强就是我们的快乐。"

这是令人动容的兵团边境团场四师六十二团的团歌《军垦战士的心愿》。这种出于对祖国自然、质朴、强烈的爱，构成支撑屯垦戍边事业最根本的精神动力。

1962年，"伊塔"事件发生后，兵团人迅速响应党中央、西北局和自治区党委的号召，顺利完成了代耕、代牧、代管"三代"任务。随后，兵团集中力量建设边境团场，筑起了一道道牢不可破的钢铁长城。

在祖国领土完整受到威胁、国家利益受到挑战、新疆社会秩序和稳定受到扰乱面前，不怕牺牲，勇敢向前，召之即来、来之能战、战之能胜，这一直就是兵团人显著的精神特征。

无私奉献是兵团精神的本色和兵团人的道德取向，展示了兵团人长期的道德积淀。

兵团成立后，大批支边青壮年、知识青年、转业官兵，满怀着"到边疆去，到祖国最需要的地方去"的激情，满怀着"戈壁滩上盖花园"的志向，满怀着"为祖国站岗放哨"的忠诚，从五湖四海汇聚到兵团。

在兵团这个火热的集体中，在祖国西北的大地上，他们挥洒青春和热血，谱写了"讲生产建设，军垦第一犁一犁就是 60 年；讲守边戍边，站一班岗一站也是 60 年"的奉献史诗。

他们不仅奉献了青春，有的在关键时刻还毫不犹豫地献出了宝贵的生命。1969 年 6 月 10 日，苏联军队在兵团人坚守的国土上绑架了兵团的职工，作为兵团民兵的孙龙珍，尽管身怀六甲，依然勇敢上前，冲破阻拦，去解救自己的战友，罪恶的子弹夺去了她年轻的生命。为了捍卫国土的尊严，她的生命永远定格在了如鲜花般怒放的 29 岁。

60 年来，兵团人为了国家的利益，为了新疆各族人民的利益，无怨无悔地牺牲自身利益，不是盲从而是自觉，不是部分而是全部，不是一时而是一生。

艰苦创业是兵团精神的写照和兵团人的实践取向，展示了兵团人鲜明的实践品格。

1950 年年初，11 万名指战员按师团布点，就地驻防屯垦，向"三山两盆"宣战，掀起了轰轰烈烈的大生产运动。没有大型机械，没有现代化设备，正是靠着原始的坎土曼、镢头、抬把子，以及为数不多的畜力军马，在亘古荒原，在"风之头、水之尾"，兴修水利、开垦荒地、发展生产，历经无数艰辛，开辟出了一片片绿洲，建立起了一个个农牧团场和工矿企业，形成了门类比较齐全的经济体系，创造了人类征服大自然的奇迹。

这其中，涌现出了一个个让我们难以忘怀的名字：被誉为"塔里木粮王"的刘焕奎、盐碱地里创高产的全国战斗英雄王耀群、为兵团工业经济新的腾飞奠定基础的领军人物郭庆人……

他们构成兵团人心中精神的制高点，价值选择的标杆，行为取向的明灯，引领兵团人不断向前。

开拓进取是兵团精神开放性的体现，是与时俱进、永不落后的追求，是兵团人走在时代前列的精神保障。

50年前，兵团人打破了植棉禁区的神话；20世纪80年代初，兵团人开始推出地膜植棉技术；世纪之交，膜下滴灌节水灌溉技术在兵团农业生产中推广应用；2013年，兵团棉花机采率已经超过65%，成为我国最主要的采棉机使用区域……

棉花种植、采摘技术的不断更新，是兵团人开拓进取精神品格的真实写照。60年来，兵团事业从无到有、从小到大、从大到强，是兵团人弘扬开拓进取精神的结果。

改革开放是我们党在新的时代条件下带领全国各族人民进行的新的伟大革命，是当代中国最鲜明的特色。

从"一主两翼"揭开改革序幕，到团场体制改革破冰前行，到完善团场基本经营制度，再到今天的全面深化改革，兵团人秉承开拓进取的兵团精神，不断把屯垦戍边事业推向新的辉煌。

变动不居，周流六虚。随着时代的发展，兵团精神也存在着一个内涵不断丰富的过程。兵团人正自觉把爱国和爱家、爱家乡统一起来，把讲奉献同讲政策、讲法律统一起来，把肯吃苦、敢打硬仗同改善生产生活条件统一起来，把不信邪、敢闯敢干同求真务实统一起来。

老兵、老军垦开创了兵团精神，后继的兵团人在自己的实践中，不断丰富着兵团精神。兵团精神之树枝繁叶茂，兵团精神之根扎牢大地，兵团精神之魂响彻天际！

六

2014年2月14日，自治区召开区直机关干部深入基层动员大会。

20万名机关干部参与的为期3年的"访民情惠民生聚民心"活动在天山南北迅速铺开。兵团上下迅速响应，在基层连队、在偏远乡村，到处活跃着兵团各级干部的身影。

开展"三民"活动，既是开展好党的群众路线教育实践活动的有效途径，加强干部队伍建设的重要举措，更是促进民族团结和宗教和谐的迫切需要，是应对复杂形势的特殊需要。

近年来，在中央支持力度不断加大、对口支援持续深入的背景下，新疆和兵团面临着难得的历史发展机遇。然而，在新疆各族人民凝心聚力共建美好家园的同时，"三股势力"的罪恶图谋却变本加厉，一起起暴力恐怖活动撕扯着人民群众的和平幸福梦。当前新疆的稳定形势已经进入暴力恐怖活动的活跃期、反分裂斗争的激烈期、干预治疗的阵痛期"三期"叠加的时期。

新疆地处我国西北边陲，处于东西方交流的枢纽地带，不同文明文化、价值观念、思想信仰在这里碰撞，不同国家、各种势力同我们极力争夺阵地、争夺群众、争夺话语权，意识形态领域的斗争异常激烈。

新疆的稳定事关全国的大局。维护新疆社会稳定和长治久安，是以屯垦戍边为使命的兵团人的义不容辞的责任！

人心稳，大局稳；精神定，人心稳。人心稳，离不开精神的引导，离不开核心价值观的凝聚，离不开先进文化的滋养。

兵团文化体现了中华民族的传统美德，反映了社会主义核心价值观的本质要求，是以服务国家最高利益和中华民族根本利益为己任的先进文化，在新疆和兵团开展意识形态领域反分裂斗争、巩固思想文化阵地方面发挥着不可替代的堡垒作用。

新形势下，高举兵团精神的伟大旗帜，就要发挥兵团文化在打造维稳戍边堡垒上的作用，发挥兵团文化的先进文化引领和"大熔炉"的作用，构筑各民族共有文化和精神家园，树立中华民族共同体意识。

七

当兵团走过 60 年不平凡的历程，当我们比以往任何时候都更需要兵团精神这个武器的时候，我们应该对我们的现状作出怎样的判断，应该给兵团精神注入怎样的新内涵，使之同兵团人的历史使命、社会责任、价值选择相适应？

改革开放以来，尤其是中央新疆工作座谈会以来，兵团发生了翻天覆地的变化：2012 年，兵团生产总值首破千亿元，维稳戍边的实力不断壮大；兵团城镇化率已达 62%，职工群众的幸福指数节节攀高……成绩来之不易，成绩催人奋进！

与此同时，在市场经济的大潮下，人们的主观世界也发生了变化，利益诉求多元，各种思想思潮激荡，在一些人看来，热爱祖国没有实惠，无私奉献不如索取，艰苦奋斗变成了追求享受，开拓进取是为了自己捞取利益。兵团精神面临着被淡化、被边缘化的危险。

诞生于计划经济年代的兵团精神，真的经不起市场经济的考验吗？兵团人真的会放弃自己一直固守的精神之魂吗？

事实胜于雄辩。

2014 年 4 月 13 日，由兵团工会、兵团日报社等单位联合举办的"最美兵团人"大型评选活动结果揭晓，梅莲、王玉宾、孟宪锋等来自兵团 14 个师、兵直单位和院校的 60 人获誉"最美兵团人"称号。

与一般意义上的新闻人物、先进人物不同，在梅莲、王玉宾、孟宪锋等人身后，有成千上万个和他们具有同样思想品质、价值追求、精神境界的党员干部和职工群众。这种先进性人群的广泛存在无可辩驳地告诉世人，兵团精神在今天不仅没有随着岁月的流逝而暗淡，而且还在与时俱进，熠熠生辉！

"石可破也，而不可夺坚；丹可磨也，而不可夺赤。"兵团精神乃是中华民族精神的兵团表现。这种精神的"兵团腔"，随便你走进兵团的哪个师市、团场、连队，你或许"看不见""摸不着"，但你一定能体会得到。

兵团精神在一代代兵团人中传承，也在一代代兵团人中发展。在新时期，如何更好弘扬兵团精神，更高举起兵团精神的伟大旗帜？兵团人在维护新疆社会稳定和长治久安的实践中回答，在维护祖国统一的历史大潮中探索。

八

兵团精神是兵团人的精神基因。高举兵团精神的伟大旗帜，就要让兵团精神融入一代代兵团人的血液中，成为兵团人精神的支柱、形象的标识和行动的内驱力。老兵、老军垦是国家的宝贵财富，是兵团人学习的光辉榜样。在兵团事业不断繁荣壮大的今天，我们要认真学习贯彻习近平总书记重要批示，把老兵精神的宣传教育作为唱响兵团精神、培育社会主义核心价值观的重要内容，大力宣传老战士的光辉业绩和可贵精神，让老兵精神代代相传！要保存和利用好各种兵团历史教育基地，开展各种形式的历史教育，让后来人不忘历史，让兵团精神内化为兵团人的精气神、主心骨，永葆兵的赤诚、兵的担当、兵的热情。

高举兵团精神的伟大旗帜，就要发挥宣传媒介的作用，在兵团营造积极践行兵团精神的浓厚社会氛围。新疆是我国反分裂斗争的前沿阵地和主战场，是"三股势力"渗透的高危地区，也是西方敌对势力"西化""分化"图谋进攻的重点地带。兵团的各级宣传部门、报刊、广电、网络要发挥好主渠道、主阵地的作用，把宣传兵团精神作为核心内容，创新宣传形式，丰富宣传手段，构建兵团精神的强大引力场，形成思想正能量，夯实意识形态的"防火墙"。

高举兵团精神的伟大旗帜，就要进一步加强兵地合作，树立兵地"一盘棋"的思想，推动建立兵地经济融合发展、文化交融共建、维稳责任共担、民族团结共创的新机制。要把兵团精神和新疆精神结合起来一起弘扬，让兵团精神和新疆精神水乳交融，激发出广大干部职工群众的无穷创造力、巨大战斗力、坚实凝聚力。

高举兵团精神的伟大旗帜，就要在历史中继承兵团精神，在实践中不断丰富和发展兵团精神，不断赋予兵团精神新的内涵、创造新的形式。兵团精神来源于兵团人伟大的屯垦戍边实践。要弘扬好兵团精神，就需要积极投入到新的火热实践中。在当年住在"地窝子"，用着坎土曼，战天斗地，守卫边疆中孕育的兵团精神，随着时代的进步、实践的发展而发展，市场经济大潮锻炼着兵团精神，科技进步的潮流滋养着兵团精神，改革开放的实践丰富着兵团精神，"三化"建设成就厚培着兵团精神，"两个率先、两个力争"的目标鼓动着兵团精神。以培育出军垦细毛羊的刘守仁院士、开创兵团农机事业一片天的陈学庚院士等为代表的科技工作者用先进的知识标示出兵团精神新的维度。

高举兵团精神的伟大旗帜，就要立足当前，着眼长远。各级党委要把弘扬兵团精神作为一项长期战略任务，把兵团精神融入国民教育、精神文明建设和党的建设全过程，渗透到兵团经济社会发展各领域，体现到兵团精神文化产品创作生产传播各方面，坚持以兵团精神引领职工群众的思想认识，引领兵团文化发展繁荣，引领兵团事业科学跨越。

九

追往昔，因为有一种精神，兵团人筚路蓝缕，以启山林，使荒漠戈壁变成万亩田畴，使人迹罕至的地方盛开出文明的花朵；

抚今朝，因为有一种精神，兵团人意气风发，豪情万丈，一起奏响城镇化、新型工业化、农业现代化的时代凯歌；

望未来，因为有一种精神，兵团人勇担重任，当仁不让，势将继续演绎屯垦戍边事业的辉煌故事，共同谱写中国梦的兵团篇章。

在兵团精神的烛照下，一个历经沧桑的兵团，一个魅力四射的兵团，一个前途光明的兵团，不仅具有区域意义，而且具有国家意义，甚至具有世界意义。

从"地窝子"到现代城市，从井冈山精神到兵团精神，兵团人创建丰衣足食的美好家园，也构建自己灵魂栖息的精神居所。让我们高举兵团精神的伟大旗帜，为新疆的社会稳定和长治久安，为祖国的安宁和繁荣昌盛作出新的更大贡献！

（2014 年 4 月 29 日 《兵团日报》 一版）

转变，兵团实力的历史性跨越

兵 仲 文

一

阳光明媚，绿意浓浓。2014年5月28日至29日，时隔四年之后，第二次中央新疆工作座谈会在北京隆重召开。这是在我国全面建成小康社会的关键时期，在新疆反分裂、反渗透、反暴恐斗争尖锐复杂的形势下，中央召开的具有重要里程碑意义的一次会议。

正如兵团党委书记、政委车俊在6月3日召开的兵团领导干部大会上所强调的，这是一次总结工作、开启新局的重要会议，这是一次统一思想、凝聚力量的重要会议，这是一次科学谋划、顶层设计的重要会议，这是一次增强信心、鼓舞斗志的重要会议。这次会议将开启兵团事业的新征程。

回顾第一次中央新疆工作座谈会召开以来的四年，我们有理由相信，踏着兵团坚实的土地，乘着第二次中央新疆工作座谈会的东风，兵团的明天会越来越美好。

二

2014年5月22日，生机勃发，万物向荣，来自全国各地及国外的人们汇聚在丝绸之路起点古都西安，参加第十八届中国东西部合作与投资贸易洽谈会暨丝绸之路国际博览会"兵团日"主题活动。兵团党委书记、政委车俊发表激情演讲，向世人宣告，四年来兵团又发生重大可喜变化：

"兵团正由以农业为主向城镇化、新型工业化、农业现代化'三化'同步、三产协调发展转变，由较封闭的绿洲经济向更开放的市场经济转变，由农村生活方式向现代城市文明生活方式转变，进入了综合维稳成边能力显著提升的时期，进入了经济社会持续健康发展、职工群众生产生活条件改善最大的时期。"

回望岁月，从 2010 年到 2014 年，从第一次中央新疆工作座谈会到第二次中央新疆工作座谈会，四年的光阴，在历史的长河中，只是一朵闪光的浪花，转瞬即逝；但对处于丝绸之路核心区、桥头堡位置的新疆和兵团来说，有太多的变化值得书写，有太多的辉煌值得歌唱，有太多的成就值得回味。这变化、这辉煌、这成就，得益于党中央的坚强领导，得益于兄弟省市的鼎力相助，得益于兵团儿女同心筑梦的磅礴力量。

转变，凸显着兵团屯垦戍边事业的源源生命力；转变，见证着兵团维稳戍边实力的历史性跨越；转变，标注着兵团现代化进程所达到的新高度……

三

只有总结过去，我们才能知道自己已经走出多远。

四年来，兵团始终把解放思想作为突破口，深入开展解放思想大学习大讨论活动，把解决事关兵团发展的重大理论和现实问题作为思想解放的出发点和落脚点，着力在学习实践中解放思想，在解放思想中凝聚共识，用解放了的思想指导和推进实践，又通过实践推动思想的进一步解放，开阔了发展新视野。

四年来，兵团始终把"三化"建设作为根本路径，加快转变发展方式，着力构建现代产业体系，推动兵团加快由以农业为主向"三化"

同步推进、三次产业全面协调发展转变，生产总值年均增长 16.6%，三次产业结构比由 36：34：30 调整为 29：41.8：29.2，城镇居民人均可支配收入年均增长 15.7%，农牧职工家庭人均纯收入年均增长 16.9%，开辟了发展新境界。

四年来，兵团始终把改善民生作为根本目的，坚持民生为先、安居为要、就业为本、富民便民为重，以城镇化为依托、保障性住房建设为重点、惠民"十件实事"为抓手，在解决职工上好学、看好病、住好房、有活干、有钱挣、有保障问题上持续取得新进展，民生投入超过兵团恢复以来历年的总和，对少数民族聚居团场发展的重视程度和支持力度空前，营造了拴心留人新环境。

四年来，兵团始终把维稳戍边作为根本职责，加强党委对军事武装、政法武警工作的领导，首次开展党管武装述职，专门召开党委议警会议并出台支持武警兵团指挥部及所属支队建设的意见，按照提高总量、提高素质、提高能力的思路，加快推进全国一流民兵队伍建设，在维稳重点地区探索建立民兵轮训备勤制度，连续四年开展职工全员冬季军事训练活动，提升了维稳戍边新能力。

四年来，兵团始终把增进团结作为根本前提，坚持国家利益就是兵团利益、新疆大局就是兵团大局，自觉服从自治区党委统一领导，主动加强与地方党政沟通协调，积极融入和服务地方经济社会发展，努力为各族群众办好事实事、促进民族团结，建立了自治区政府与兵团联席会议制度，兵地关系处于兵团恢复以来最好的时期，开辟了发展新局面。

四年来，兵团始终把党的建设作为根本保证，以执政能力建设和先进性、纯洁性建设为主线，深入开展创先争优、基层组织建设年、"热爱伟大祖国，建设美好家园"主题教育、唱响兵团精神、干部作风建设年、党的群众路线教育实践活动、干部下基层"访民情惠民生聚民心"等活动，不断提高党的建设科学化水平，巩固了发展新基础……

回顾兵团四年发展道路，我们可以感受发展内涵：科学的发展、跨越的发展、辉煌的发展，以人为核心的发展、以先进文化为引领的发展、以屯垦戍边为旗帜的发展、以国家利益和民族大义为旨归的发展……

总结兵团四年辉煌成就，我们可以收获发展启示：发展必须要把解放思想、转变观念作为必要前提，发展必须要把"三化"建设作为根本路径，发展必须要把改善民生作为价值旨归，发展必须要把主动作为、改善环境作为必备条件，发展必须要把维护新疆社会稳定和长治久安作为目标追求……

四

2012 年 12 月 24 日，冬天的寒冷丝毫不减兵团人内心的喜悦，红色的纱绸被缓缓掀起，金色牌匾徐徐展现在人们眼前。兵团隆重举行各农业师更名揭牌仪式，庆祝中央机构编制委员会办公室正式批准将兵团13 个农业师的名称由"新疆生产建设兵团农业建设第 × 师"更名为"新疆生产建设兵团第 × 师"。

兵团党委书记、政委车俊说："兵团经济结构与过去相比发生了重大变化，继续用'农业建设第 × 师'已不能准确地概括当代兵团的经济特点。各农业师更名，标志着兵团进入到新时期新阶段，对于兵团推进跨越式发展和实现长治久安意义重大、影响深远。"

农业建设曾在兵团发展过程中占有特殊重要位置。60 年来，兵团在履行党中央赋予的屯垦戍边历史使命过程中，向亘古荒原进军，在风头水尾屯垦，战胜风沙、盐碱、干旱等自然灾害，逐步形成了农业经济占主导地位的经济格局，农业建设为新疆经济发展和社会稳定作出了历史性贡献。近年兵团坚持走农业现代化发展道路，在规模化、机械化、科技支撑等方面走在全国前列。

但是，"李杜诗篇万古传"，至今已觉不新鲜，兵团农业也面临被赶超的局面。在新时期，历史翻开了新的篇章：兵团不断创新屯垦戍边形式、丰富屯垦戍边内涵，加快转变经济发展方式，调整优化经济结构；特别是第一次中央新疆工作座谈会召开以来，兵团按照中央要求，着力推进以城镇化为载体、新型工业化为支撑、农业现代化为基础的"三化"建设，实现了从以农业为主向三次产业协调发展的转变。以往一枝独秀的农业格局，悄然改变，如今的兵团，正可谓"百花齐放春满园"。

发展不仅要看速度和规模，还要看质量和效益，尤其要看经济发展方式是否科学、经济结构是否合理。面对国内外经济形势的深刻变化，面对日益突出的资源环境约束，面对产业规模的扩大和日益激烈的市场竞争格局，只有加快转变经济发展方式，才能为经济平稳较快增长奠定坚实基础，才能保证兵团更好履行屯垦戍边使命。

加快转变经济发展方式、调整优化经济结构的决策，改变了兵团"姓农"的面貌和人们对兵团多年来的刻板印象，为兵团发展注入了新的活力，开辟了新的路径。四年来，在兵团经济快速发展的轨道上，在奔向"两个率先、两个力争"目标的征程中，与三产协调同步的是"三化"建设的一路凯歌——

在城镇化建设方面，随着北屯市、铁门关市、双河市，梧桐镇、蔡家湖镇、金银川镇等相继成立，设市建镇的步伐在推进，兵团已成立7市4镇，城镇化率已经达到62%，较2010年提高15个百分点，兵团城镇化率既高于地方，也高于全国；

在新型工业化方面，兵团初步形成食品医药、纺织服装、氯碱化工和煤化工、特色矿产资源加工、石油天然气化工、新型建材和装备制造等六大支柱产业，工业化发展质量得到提升。2013年，兵团生产总值在2012年首破千亿元之后再创新高，达到了1480亿元，增长18%，完成全社会固定资产投资1500亿元，增长44.5%。而最为显著的变化在于，工业提质增效，拉动经济增长7.8个百分点，工业经济支撑效应明显。昔日新疆现代工业的奠基者，在掸去历史时空的灰尘之后，再度焕发出青春和活力；

在农业现代化方面，国家节水灌溉示范、现代农业示范、农业机械化推广"三大基地"稳步推进，高标准农田、农机标准化服务区、现代农业示范区及示范带建设得到实施，种植业综合机械化水平达93%，继刘守仁院士之后，兵团又有陈学庚当选中国工程院院士……

四年的探索实践告诉我们，"三化"建设作为转变发展方式、调整经济结构、拓展对口支援内涵、统筹经济社会发展、大力改善民生、实现又好又快发展的结合点、总抓手、总路径，是新形势下兵团实现跨越式发展和长治久安的正确抉择，是屯垦戍边新的实现形式，是被实践证明了的科学跨越发展之路。

五

2013年5月6日至12日，兵团党委书记、政委车俊率团在广东、香港开展大规模招商考察活动。宣传推介好评如潮，招商洽谈务实高效，高层拜访互动频繁，考察学习取回真经……

如此高规格、大规模的招商考察活动，在兵团历史上屈指可数；在祖国东南角组团开展大规模招商推介活动，在兵团历史上更属首次。这是兵团人走出绿洲的一次破冰之旅，探索之行，图强之举。短短一周时间，走出绿洲的兵团人在镁光灯下活力四射，展示出迷人的风采。

迈开步子走出去，充分利用国际国内两个市场、两种资源，这是兵团放开胆子在市场经济大潮中击水三千里、挥手映早霞的果敢抉择。

地处西北边陲、远离中国经济政治文化中心的新疆和兵团，自然地理上具有天然的封闭性、经济区域上具有分散性、经济结构上具有单一性，构成了典型的绿洲经济特点。

新形势下，面对全球经济一体化和市场竞争国际化的新趋势，面对我国社会主义市场经济不断完善的客观要求，面对新疆社会稳定和长治久安的新形势，面对新的历史条件下兵团更好履行屯垦戍边使命的内在要求，不冲破思想观念束缚、不突破利益固化藩篱、不破解改革发展难题、不全面融入社会主义市场经济体制中，兵团发展将难以为继，回避和观望都没有出路。正是在这样的背景下，兵团人决定突破自我束缚，勇敢走出绿洲。

走出去，不单纯是走向别人，走出过去的自己也是一种走出去。兵团人以自己的行动，积极处理好政府和市场的关系，努力使市场在资源配置中起决定性作用和更好发挥政府作用，推进兵团特殊管理体制与市场机制接轨，并在接轨的过程中，制度红利进一步释放，劳动、知识、技术、管理、资本的活力竞相迸发，创造社会财富的源泉充分涌流，发展成果更多更公平惠及职工群众，进一步夯实了屯垦戍边的实力基础。

富有改革创新气质和精神的兵团人，在市场经济大潮面前没有被吞噬，而是渐行渐稳，打造出属于自己的一片天地：团场改革试点工作取得阶段性成果、国有企业改制面进一步扩大、事业单位分类改革稳步推进、兵团行政审批服务中心和公共资源交易中心挂牌运行……

当前，中央提出"丝绸之路经济带"战略构想和中巴经济走廊建设规划，对兵团来说不仅是一次对外开放的重要机遇，也是倒逼兵团特殊管理体制加速与市场机制接轨的新机遇，必须发挥兵团体制优势和地域优势，加强顶层设计，主动参与丝绸之路经济带建设，提升兵团对外开放水平。

事实证明，市场经济是人类社会迄今为止发现的发展社会生产力、激发人的创造力、增强社会活力最为有效的手段。社会主义市场经济是我国社会主义建设最根本的经济基础和发展环境，也是兵团在新时期完成使命、发挥作用、担纲重任必须面临的新环境。

如今，兵团封闭的自我开发模式已经一去不返，走出绿洲意境下的兵团人还会有哪些作为，人们将拭目以待，历史将兴奋存盘。

六

"当年我结婚的时候，就是用席子搭了个棚，现在自己住上了楼房，做梦都想不到啊。"81 岁的老军垦王淑兰老人 20 世纪 50 年代初从山东进疆，如今已是四世同堂。

从某种程度上讲，把人放在什么样的位置，体现了一个国家和地区的现代化质量。

曾几何时，"楼上楼下，电灯电话""团在林中、房在树中、人在景中、走在花中"的人居环境还是兵团广大职工群众遥不可及的梦想，如今，它已经成为部分职工群众现实生活的写照，就连小轿车也飞入寻常百姓家了。

据兵团建设局预计，随着城镇化的加速推进，到 2014 年年底，全兵团将有 80% 的职工住进新楼房。职工群众的生活环境大为改善。

从"地窝子"、土坯房、砖房到楼房，这不只是一种生活场景的变化，也是一种生活品质提高的隐喻和象征。这是一种巨大的跨越，历史性的跨越。跨越发生在两种不同的生活方式之间：前者是平面的、农村生活方式的，后者是立体的、现代城市文明生活方式的。前者的代表作是舒缓的田园牧歌，后者的代表作是激越的高楼小夜曲。前者是古老的、令人怀念的，后者是现代的、令人向往的。

城镇化是新生活方式的孵化器。一座座崛起的新城，为这些城市新人提供了基本生活保障，水电气暖等一应俱全的楼房成为职工群众新居所，宽广林荫道是休闲好去处，硕大广场可以尽情歌舞，曲径通幽的公园更能打开人们思想的维度，市政机关、幼儿园、学校、医院等等的存在，满足着职工群众方方面面的需求。新型工业化是新生活方式的助产士。一座座崛起的现代化工厂，为职工群众就业提供了新的选择，为增加职工群众收入创造了新的机会。现代农业科技的推广，日益把人们从大田里解放出来，把人们从笨重的体力劳动中解放出来，不仅节省了大量体力，也节省了大量时间，他们可以转而从事二三产业，让自己的收入倍增计划成为现实。

以往的农村生活方式被逐渐打破，传统农业生活场景正日益成为人们的记忆，成为历史，不断淡出现实舞台，代之以城市文明生活方式。这是生产方式在生活方式上的投射，这是艰苦创业 60 年的兵团人应该得到的幸福回报。

新的历史时期，兵团按照"师建城市、团场建镇、整体规划、分步实施、成熟一个、建设一个"的思路，着力构建兵团城市、垦区中心城镇、一般团场城镇、中心连队居住区为节点发展的城镇体系。

相信，随着兵团城镇化进程的推进，兵团人的生活环境会越来越现代、越来越舒适、越来越美丽，兵团人的生活环境一定是满眼田园风光、留有军垦记忆、洋溢现代气息，兵团人扎根边疆、守卫边疆、建设边疆的愿望会越来越强烈。

七

如果把第一次中央新疆工作座谈会四年以来兵团所发生的巨大变化，看作一个整体、一个结果，我们能够比较容易比较集中地看到成就，看到我们在多大程度上推动了历史进程；如果把四年来兵团所发生的巨大变化，看作一个部分、一个过程，我们就能比较充分地看到其间所遭遇的困难和问题，以及现在和未来所要面临的风险和挑战。

因此，在我们回顾四年来兵团所取得的辉煌成就，收获前行的信心和动力的时候，我们也要清醒地看到：

尽管我们的发展速度突飞猛进，但经济总量不大，发展质量不足，经济总量占新疆总比重仍然偏小，对区域经济的示范带动辐射作用还不明显；

尽管我们的"三化"建设高奏凯歌，但产业结构调整任务还很艰巨，农业产业化进展不快，工业缺乏重大储备项目、集约化、规模化程度不高，服务业仍是调结构转方式的重点难点；

尽管我们的改革步伐铿锵有力，但重点领域和关键环节改革尚需进一步推进，体制机制方面的一些深层次问题亟待破解，开放意识和水平相对滞后，延边地缘优势和对口支援优势还需充分挖掘；

尽管我们的屯垦戍边实力不断壮大，但发展不平衡、不协调、不可持续的问题还比较突出，特别是南疆师团实力还比较弱、布局还不完整，职工队伍建设也亟待加强，兵团特殊作用发挥得还不够充分；

尽管我们的领导干部队伍使命意识、宗旨意识、能力素质在增强提高，但一些党委班子的核心领导作用发挥还不够好，一些基层组织战斗堡垒作用不强，一些干部的能力素质不适应事业发展需要……

"犯其至难，图其至远"。方此之时，我们要有"发展起来以后的问题不比不发展时少"的清醒自觉，要有"发展中的问题要用发展的办法来解决"的思维智慧，更要有"河出潼关，因有太华抵抗，而水力益增其奔猛；风回三峡，因有巫山为隔，而风力益增其怒号"的勇毅笃行，扎实工作、锐意进取、努力拼搏，把兵团经济社会事业发展推举到一个新的更高境界，为新疆社会稳定和长治久安提供源源不断的能量支持。

八

"在新疆组建担负屯垦戍边使命的兵团，是党中央治国安邦的战略布局，是强化边疆治理的重要方略。"

"新形势下，兵团工作只能加强，不能削弱。"

"兵团存在和发展绝非权宜之举，而是长远大计。"

"使兵团真正成为安边固疆的稳定器、凝聚各族群众的大熔炉、先进生产力和先进文化的示范区。"

"做好新疆工作，必须把兵团工作摆在重要位置，在事关根本、基础、长远的问题上发力。"……

这些对于兵团发展的新定位、新要求，来自于习近平总书记在第二次中央新疆座谈会召开前夕对新疆、兵团考察时的重要讲话，给兵团人开创新时代的信心、创造新辉煌的勇气、担当新使命的力量。

法国年鉴学派领袖布罗代尔曾把历史比作海洋，把历史的短时段与长时段分别比作大海的表面与深处，并将二者描述为现象与本质的关系。第一次中央新疆工作座谈会以来兵团所发生的巨大变化只是掀开了新时期屯垦戍边大业的序幕，第二次中央新疆工作座谈会的召开吹来了更加强劲的东风，更加宏伟更加辉煌更加值得骄傲的成就即将在兵团在新疆大地上演！

（2014 年 6 月 11 日 《兵团日报》 一版）

用担当书写新辉煌

——一论新时期如何更好发挥兵团作用

兵 仲 文

一

观星斗以察南北，览青史则知更替。

纵观中华五千年波澜壮阔的历史，每一个时代都有为民族大义、为人民利益勇于担当的人：从"三过家门而不入"的大禹，到"鞠躬尽瘁，死而后已"的诸葛亮，从"先天下之忧而忧，后天下之乐而乐"的范仲淹，到"人生自古谁无死，留取丹心照汗青"的文天祥，从"衙斋卧听萧萧竹，疑是民间疾苦声"的郑板桥，到"苟利国家生死以，岂因祸福避趋之"的林则徐……

无论是居庙堂之高，还是处江湖之远，无论是危急关头的挺身而出，还是平常时候的忧民忧国，责任与担当都是志士仁人薪火相传的思想标杆，华夏子孙生生不息的精神源泉。

二

担当，是一种品格，是一种主观追求，是责任意识的体现；

担当，是一种精神状态，是敢于负责、舍我其谁的进取精神；

担当，是完成任何一项伟大事业所不可或缺的品格德行。

一部兵团史就是一部担当史。

透过兵团 60 年熠熠闪烁的光辉历程，在两大沙漠周围和漫长的边境线上演绎着一个个以担当为主题的故事：四十七团老战士横穿塔克拉玛干沙漠解放和田，粮食大王刘焕奎用龟裂的双手捧起沉甸甸的粮食，身怀六甲的孙龙珍不顾危险解救自己的战友，马背上的医生梅莲用坚守奉献架起民族团结的桥梁，当代党员干部的楷模石书江用生命铸就忠诚……

风风雨雨 60 年，在边境沿线，兵团人作为一支不穿军装、不拿军饷、永不复员的特殊部队，特别能吃苦、特别能战斗、特别能奉献，默默地构筑起一座座永不移动的生命界碑，有力发挥着巩固西北边防、维护祖国统一的铜墙铁壁作用；在天山南北，兵团人作为新疆现代农业的先行者、现代工业的奠基者、现代科技的示范者、生态文明的践行者，凭借"敢教日月换新天"的勇气，依靠艰苦创业的品格、开拓进取的精神，全面发挥着推动改革发展、促进社会进步的建设大军作用；在沙漠周围，兵团人作为一个为新疆各族人民大办好事的特殊群体，多年来为地方规划土地、传授技术、巡回医疗，不断巩固和发展边疆同守、资源共享、优势互补、共同繁荣的良好局面，积极发挥着增进民族团结、确保社会稳定的中流砥柱作用。

一代代兵团儿女牢记心中使命，勇于担当，继承人民解放军的光荣传统，用热血和生命创造了人进沙退、戈壁变绿洲、荒原变城镇的奇迹，成为祖国西部边陲永不换防的哨兵，谱写出一曲曲保卫边疆、建设边疆、扎根边疆的壮歌，涌现了一批批顶天立地的英雄，形成了气壮山河的精神奇观，为治国安邦的千秋大业奠定了坚实基础。

三

"兵团就是自治区的一个重要组成部分，兵团要牢记使命，敢于担当，为新疆社会稳定、长治久安、经济社会发展和民生改善作出新的更大的贡献。"2014 年 4 月 29 日，习近平总书记考察兵团时，对兵团提

出的殷切期待中含有"担当";

"强化政治担当,增强自信自觉,为新疆的发展稳定作出更大贡献。"2014年7月11日,自治区党委书记张春贤在兵团党委六届十三次全委(扩大)会议上,对兵团提出的明确要求中含有"担当";

"以坚强的党性、历史的担当、不懈的奋斗,全力贯彻落实好中央和自治区党委的决策部署。"2014年7月11日,兵团党委书记、政委车俊在兵团党委六届十三次全委(扩大)会议上,对中央和自治区党委的期待和要求作出的响亮回答中也含有"担当"……

站在新的历史起点上,我们可以发现:担当品格、担当意识、担当精神,已经成为兵团人最鲜明的思想和行为标识,内化为兵团人的基本价值追求,成为兵团人战胜艰难险阻的有力武器,推进兵团人不断前行的巨大力量,为新疆社会稳定和长治久安提供源源不断的能量支持。

四

"屯垦是千古之策"。在新疆组建担负屯垦戍边使命的兵团,是党中央治国安邦的战略布局,是强化边疆治理的重要方略。新形势下,兵团工作只能加强,不能削弱。

边疆稳,则国安;边疆乱,则国难安。新疆局势事关全国改革发展稳定大局,事关祖国统一、民族团结、国家安全,事关实现"两个一百年"奋斗目标和中华民族伟大复兴。兵团是新疆的重要组成部分,新疆工作在党和国家全局中的特殊重要性决定了兵团在新疆存在的必要性,决定了兵团使命职责的重要性,兵团要担当。

当前,新疆发展势头良好,社会总体稳定。同时我们也要看到,新疆正处于暴力恐怖活动的活跃期、反分裂斗争的激烈期、干预治疗的"阵痛期"。"三期"叠加是新疆反恐维稳形势最鲜明的特征。不断出现的暴力恐怖活动表明,新疆分裂与反分裂斗争是长期的、复杂的、尖锐的,有时甚至是十分激烈的。

新疆严峻复杂的稳定形势，召唤着兵团担当起维稳戍边的神圣使命，在事关根本、基础、长远的问题上发力；召唤着兵团坚持国家利益就是兵团利益、新疆大局就是兵团大局，深入思考兵团存在为什么、兵团责任是什么、兵团应当做什么；召唤着兵团进一步增强使命意识、责任意识、担当意识，在自治区党委统一领导下，全力以赴维护新疆社会稳定和长治久安。

目前，尽管兵团进入了维稳戍边能力显著提升的时期，但兵团的实力和作为还不完全适应新疆反分裂斗争形势的需要。这要求兵团必须坚持长期作战思想，认真落实各项维稳反恐措施，谋划长远、抓好当前，标本兼治、综合施策，不断强化维护新疆社会大局稳定的意识、作为和担当。

五

毋庸讳言，在市场经济大潮冲击的背景下，在利益多元、观念多样、思想多变的今天，在兵团有些人尤其是领导干部还存在事业心、责任感、使命感不强的问题，在使命担当上还有一些似是而非的认识，一些错误的论调还在小范围内"流行"。

无用论——"大家都不担当，我一个人担当也没有多大用处。"有的领导干部对形势判断不清，对兵团职责使命认识不到位，担当精神不强，习惯于关起门来过小日子；还有的认为维稳戍边有军队，兵团发展经济就行了。

无关论——"地方是地方，兵团是兵团，地方的事同我们无关。"有的领导干部缺乏政治意识、大局意识，在参与地方维稳上态度不积极、准备不充分，对地方的改革发展稳定漠不关心，对地方的群众热情不够；甚至还有的同地方争地争水争资源。

功利论——"对个人前途有利的担当才算是担当。"有的领导干部看似肯担当，但出发点不是为职工谋利，只是从一己私欲出发，幻想通过工作得到上级领导赏识,实现个人升迁。这种人往往只求短期效益,只为眼前考虑,不为长远负责。

形式论——"别人都做了,咱也摆摆样子。"有的领导干部看似也在全力抓维稳的工作,貌似也在重视兵地融合发展工作,好像也在抓民族团结的工作,然而,却是思维僵化、头脑固执,瞎指挥、乱折腾……

以上种种错误认识,其根源都在于出发点不端正,落脚点不明确,责任感不强烈。试想,对中央关于新疆形势的重大判断不能够深刻领会,怎能切实增强责任感、紧迫感?对新疆工作的特殊重要性不能够深刻把握,怎能自觉从全局高度认识兵团的战略地位?对新疆工作的着眼点着力点缺乏深刻理解,怎能坚定不移发挥兵团维稳戍边的特殊作用?对中央关于兵团作用的重要论述缺乏深刻学习,怎能进一步明确兵团工作的用力方向?

在新的历史时期,如果我们缺乏担当意识,不能够保持清醒头脑、增强忧患意识、牢记职责使命、坚持底线思维,中央战略布局和边疆治理方略如何落到实处?新疆社会稳定和长治久安的总目标如何变成现实?兵团自身实力如何进一步壮大?屯垦戍边的大业如何书写新的辉煌?

一代有一代的使命,一任有一任的担当。新疆工作重要而紧迫、等不得,新疆问题长期而复杂、急不得。我们必须克服错误的、片面的、低级的认识,必须清醒敏锐、戒骄戒躁、自信乐观,不畏惧、不气馁,把挑战当作建功立业的机遇,披荆斩棘,迎风破浪,以大无畏的英雄气概,发展壮大兵团,建设社会主义美好新疆,书写顶天立地的人生精彩!

六

60年来,兵团恪守确立的定位和目标,一路走来,走出了一个甲子的辉煌,历史贡献不可磨灭,战略作用不可替代。在新的历史时期,面临新的形势任务,要发挥好维稳戍边的特殊作用,兵团应该担当什么,如何担当?

"兵团要坚持国家利益就是兵团利益、新疆大局就是兵团大局，真正成为安边固疆的稳定器、凝聚各族群众的大熔炉、先进生产力和先进文化的示范区"，习近平总书记高瞻远瞩，指明了兵团前进的方向。

"稳定器、大熔炉、示范区"，是新阶段新形势下党中央对兵团的新定位、新要求，也是兵团进一步发展的新目标、新方向，彰显了兵团屯垦戍边使命的根本要求，既是历代中央领导集体对兵团要求一脉相承的体现，又是新时期对兵团定位和要求的新发展。

以屯垦戍边为奋斗旗帜的兵团人，必须发挥好"稳定器、大熔炉、示范区"的功能作用，担当起中央赋予的重任。

这要求兵团人平时要着力打基础、促长远，壮大综合实力，增强维稳戍边能力，提高组织化程度和整体作战能力，有事时能够召之即来、来之能战、战之能胜；要以提高总量、提高素质、提高能力、强化"兵"的功能为主要途径，以建立健全维稳戍边常态化机制和兵地共同维稳机制为重要平台，发挥好维护祖国统一、维护民族团结、维护新疆稳定的作用，成为安边固疆的稳定器；

这要求兵团人高举各民族大团结的旗帜，利用兵团分布格局、体制优势、人员构成、文化传统等特点，巩固和扩大嵌入式、融合式发展的社会结构和社区环境，促进各民族相互了解、相互尊重、相互包容、相互欣赏、相互学习、相互帮助，像石榴籽那样紧紧抱在一起；要以构筑各民族共有的精神文化家园、强化中华民族共同体意识为主要途径，以打造先进文化和中华文化传播高地为重要平台，充分发挥兵团推动文化交流交融的作用，成为各民族凝心聚力的大熔炉；

这要求兵团人用好兵团具有先进生产力要素和先进文化底蕴的优势，大力推广先进生产方式和现代文化理念，当好大美新疆的建设大军和生态卫士，当好现代生活方式和文明行为方式的积极倡导者，真正成为传播先进生产力和先进文化的高地；要以推进城镇化、新型工业化、农业现代化为主要途径，以引进利用先进技术、参与国家重大建设项目、集聚发展先进生产力为重要平台，充分发挥辐射带动周边地方融合发展的作用，成为先进生产力和先进文化的示范区。

"稳定器"是兵团的根本使命所在、职责所在，是兵团存在的根据、立身的基石。"大熔炉""示范区"是"双轮"齐驱，是"两翼"齐飞，是发挥"稳定器"作用不可或缺的有效途径。民族团结增进了，先进生产力和先进文化的引领作用发挥好了，安边固疆就有了坚如磐石的基础。这要求我们深刻把握"稳定器""大熔炉""示范区"三者之间的内在联系，努力发挥兵团在调节社会结构、推动文化交流、促进区域协调、优化人口资源四个方面的特殊作用，推动新疆出现有利于长治久安的结构性变化。

要求决定担当，定位关乎方向。在新的历史征程上，我们要深刻认识做好兵团工作的重大意义，进一步明确定位、聚焦使命，立足优势、集中发力，把"稳定器、大熔炉、示范区"的功能作用充分发挥出来，为新疆的社会稳定和长治久安筑起一道牢不可破的钢铁长城！

七

伟大的事业需要伟大的精神。担当就需要一种担当的精气神。

把担当精神激荡起来，需要我们牢固树立正确的祖国观、民族观，弘扬社会主义核心价值体系和社会主义核心价值观，增强各族群众对伟大祖国的认同、对中华民族的认同、对中华文化的认同、对中国特色社会主义道路的认同。增强对伟大祖国的认同是维护祖国统一之基，增强对中华民族的认同是增进民族大团结之根，增强对中华文化的认同是铸造爱国主义之源，增强对中国特色社会主义道路的认同是实现中华民族伟大复兴之本。对此我们要有深刻的体认，内化于心、外化于行，化为建设团结和谐、繁荣富裕、文明进步、安居乐业的社会主义新疆的强劲动力。

把担当精神激荡起来，需要我们高举兵团精神的伟大旗帜，让兵团精神融入我们的血液中，成为我们精神的支柱、行动的驱力和形象的标示。以"热爱祖国、无私奉献、艰苦创业、开拓进取"为主要内涵的兵团精神，是社会主义核心价值观在兵团的地域体现，是以先进文化为引领的集中反映，是兵团人积极向上、奋发有为的精神魂魄。而老兵精神是井冈山精神、南泥湾精神的直接传承，是兵团精神的直接源头，是兵团事业发展最可宝贵的财富，是激励我们不断奋斗的强大动力。我们要开展各种形式的历史教育，接受伟大精神的洗礼，让兵团精神、老兵精神内化为我们的精气神、主心骨。

把担当精神激荡起来，需要我们发挥先进文化的引领作用。兵团人来自五湖四海，兵团文化融军旅文化、红色文化、社会主义文化、中原文化和新疆文化于一身，是以服务国家最高利益和中华民族根本利益为己任的先进文化，是充满担当精神的先进文化。我们要大力加强文化建设，加厚兵团文化土壤，挖掘文化背后的精神元素，开创兵团文化创造活力增强、文化活动丰富多彩、文化传播影响力不断增强的新局面，更好发挥兵团在传播弘扬中华文化和社会主义文化、构筑各民族共有文化和精神家园、树立中华民族共同体意识上的独特功能，把担当精神涵养得更加深厚广阔。

德国哲学家黑格尔说过："一个民族有一些关注天空的人，他们才有希望；一个民族只是关心脚下的事情，注定没有未来。"在中国，在新疆，兵团人就是一个既脚踏实地又关注天空的群体，他们对物质的要求不高，而是把责任和使命扛在了肩上。俱往矣，看今朝。兵团人正在用担当精神开辟一片历史的天空，用担当精神托举起一个光明的未来。

八

位高者责重，名赫者责大。担当就需要领头人。需要党员干部尤其是领导干部带好头、作表率，在政治上强起来、在能力上强起来、在作风上强起来、在心力上强起来。

政治上强，就是有坚定的共产主义理想信念，对党忠诚、立场坚定、政治敏锐、敢于担当，坚持国家利益就是兵团利益、新疆大局就是兵团大局，多算政治账、战略账，自觉把兵团工作放到新疆长治久安的大局中，放到当前国际国内尤其是中亚地区形势中把握和谋划；

能力上强，就是要有较强的学习理解政策的能力、驾驭复杂局面的能力、做群众工作的能力、促进各族干部交往交流交融的能力，敢做善成，能干事、能干成事、能干好事，面对复杂疑难问题有担当、有思路、有管用的招数；

作风上强，就是要按照"三严三实"要求，严格规范自己的行为，弘扬焦裕禄精神和老兵精神，自觉抵制形式主义、官僚主义、享乐主义和奢靡之风，密切联系职工群众、服务职工群众、扎根职工群众，保持本色不变、信仰不变；

心力上强，就是要学习上高标准、职务上不攀比、生活上严要求、思想上不懈怠、心理上有定力，特别是面对复杂形势，要始终保持如临大敌、如临深渊、如履薄冰的警醒和警觉，始终保持艰苦作战、长期作战、常态作战的思想和准备。

"为政不在言多，须息息从省身克己而出；当官务持大体，思事事皆民生国计所关。"作为党的领导干部，就应该心怀责任，敢于担当，就应该主动把自身能力这块铁打硬实。

列宁认为，脱离开实践，孤立地讲优良品质，这在政治上是不严肃的。因此，这需要我们投身于维稳戍边实践中去，投身于兵团全面深化改革实践中去，投身于党的群众路线教育活动实践中去，投身于"访民情惠民生聚民心"活动实践中去，在实践的熔炉中锤炼担当的意志、增强担当的能力、砥砺担当的品格、提升担当的境界，从而成为一名政治上坚强有力、经得起风浪考验、适应兵团新形势履行职责的高素质领导干部。

九

担当是每一个兵团人的职责。

在位于天山北坡经济腹心地带的五家渠市，习近平总书记赞扬民兵马军武"了不起""非常敬佩"。这位身穿预备役制服的中年男子，在中哈边境值守"夫妻哨所"26 年，向总书记汇报："一生只做一件事，我为祖国当卫士！"

在兵团有成千上万个马军武式的人物，他们献了青春献终身、献了终身献子孙，骨子里写满了忠诚、血液里流淌着承诺，如一棵棵千年不倒的胡杨对戈壁大漠的不离不弃，270 万名敢于担当的兵团儿女在新疆坚实的大地上镌刻下对祖国的一往情深。

鲁迅先生曾说："我们从古以来，就有埋头苦干的人，有拼命硬干的人，有为民请命的人，有舍身求法的人……这就是中国的脊梁。"纵看 2000 多年西域屯垦史，横看 960 万平方公里的中华国土，兵团人就是中国西北边疆上高高拱起的脊梁！

十

2014 年，甲午之年，兵团将要开启又一个新的甲子。

面对历史的重任和时代的召唤，我们必须高扬奋斗的旗帜，满怀"大忠于祖国，大孝于人民"的赤胆忠心，深入贯彻落实第二次中央新疆工作座谈会、自治区党委八届七次全委（扩大）会议和兵团党委六届十三次全委（扩大）会议精神，以一往无前的进取意识、时不我待的机遇意识、勇于担当的责任意识；以舍我其谁、气吞山河的气魄，以勇当新疆各族人民钢铁战士的豪迈；以甘当新疆各族人民"儿子娃娃"的赤诚，为实现新疆社会稳定和长治久安的总目标和中华民族伟大复兴的中国梦不断作出新的贡献！

（2014 年 8 月 5 日 《兵团日报》 一版）

用奉献精神再创新伟业

——二论新时期如何更好发挥兵团作用

兵 仲 文

一

无论是在洪荒时代，还是在信息社会，奉献都是一种无私高尚的精神境界，鼓舞和激励着人们奋发有为，积极向上。

兵团历史是一部光辉的创业发展史、屯垦戍边史，也是一部开拓进取史、无私奉献史。60 年来，在祖国辽阔的西北边疆，兵团人高举兵团精神的伟大旗帜，为了新疆稳定、国家安宁，恪尽职守，英勇无畏，工作着战斗着奉献着。

兵团人不是军人，却和军人一样懂得热爱和奉献——只要生命不息，便战斗不止；

兵团人不是军人，却有着和军人一样神圣的使命——兵团人种地，但种地是站岗；兵团人放牧，但放牧是巡逻；

兵团人发展工业和科教文卫事业，但目的是维护新疆社会稳定，提高新疆各族人民的生活水平。

兵团人是祖国边疆的守护者。

二

沧桑六十载，弹指一挥间。

兵团人最伟大的奉献，是为了国家和人民的利益，毫不犹豫地挺身而出，贡献所有，在所不惜。

1954年10月，随着中央人民政府的一声号令，驻新疆人民解放军的大部集体就地转业，脱离国防部队序列，组建成新疆生产建设兵团。其使命是：劳武结合，屯垦戍边。从此，这些部队的指战员有了新角色、新称谓；从此，兵团人开启了艰苦辉煌的创业史，形成、塑造并展现其无私奉献的品格。

兵团战士开发建设新疆之初，新疆不乏土地肥沃、水草丰美之处，但王震将军一声令下：不与民争利。水，自己找；地，自己开；树，自己种。战士们奔赴荒原，与民无扰。兵团正式成立后，继承不与民争利的优良传统，大部分团场就建在"水到头、路到头、电到头"的艰苦环境中。广大战士省津贴、减衣领、去帽檐，筹资建起新疆第一批工厂：七一棉纺厂、八一钢铁厂、十月拖拉机厂……这100多个企业，当自治区现代工业需要奠基起步之时，兵团先后两次将它们无偿移交给地方。

兵团人默默地将此视为己任：为国分忧，为民尽力。

屯垦戍边的神圣使命，需要兵团人拥有"为祖国站岗放哨"的高度负责精神，决定着兵团人要承担起建设边疆、保卫边疆的双重任务。60年来，兵团人不仅为共和国的经济建设事业挥洒辛勤的汗水，而且为祖国边疆的稳定与安全流过鲜血，甚至献出生命。

一个甲子以来，兵团人始终把新疆各族人民的利益放在第一位，大力发扬"为各族人民大办好事"的无私奉献精神，在兵团组建之初就认真贯彻党的民族宗教政策；在艰苦创业的岁月里抽调精兵良将，担当当时新疆许多骨干工程的突击队；在实现自身发展的过程中，努力在当地产生示范和辐射作用；在重大自然灾害发生时，总是在第一时间赶到现场抗灾抢险。

无论是当年住"地窝子"，还是如今住楼房，不管条件艰苦与否，兵团人热爱祖国的赤诚始终如一，兵团人对新疆各族人民的热诚始终如一，兵团人甘愿奉献一切的精神始终如一。

这就是兵团人，在恶劣的自然环境中，在艰苦的生产生活条件下，默默奉献，无怨无悔。

这就是兵团人，胸怀祖国，情系新疆，努力为各族人民服务，前赴后继推动兵团事业进步发展。

三

人是社会的人，社会是人的社会。

人的社会性要求人与人之间相互依赖、互帮互助。奉献就诞生在我们相互依赖、互帮互助的过程中。奉献，让我们付出自己，幸福他人和集体。我们的价值，在幸福他人和集体中体现。奉献，让我们心情更愉悦，前途更光明。

每个兵团人都是祖国和新疆的一分子。60 年来，中央和新疆为兵团的发展投入了很多人力物力和财力，兵团人为维护国家利益，实现国家繁荣昌盛而奉献，既是职责所在，也是融入社会的一种方式。

改革开放以来，尤其是第一次中央新疆工作座谈会召开以来，兵团职工群众的收入连年增加，日子越过越红火。

但是一些人精神上有所迷失，部分党员干部和职工群众逐渐丧失奉献精神，开始以追逐自身利益为中心，不顾他人，不顾集体。有的人干脆忘乎所以，"兵"的意识严重淡化，将自己肩负的屯垦戍边历史使命抛之脑后。

不讲奉献，只想着自己，短期来看或许对个人有利，或许会在一定程度上增加社会财富，推动社会发展，我们也应当注意保护个人利益；但是，如果人人都只想着自己的利益，没有人为他人和集体奉献，那么他人和集体的利益将很容易受损，会影响到兵团集中力量办大事优势的发挥，最终将影响到个人利益。

四

芳林旧叶催新叶，流水前波让后波。

时代不同，我们对事物的理解也可能不同。在新时期，我们应该对奉献精神作何理解？

奉献不只是英雄和先进模范人物所独有的品质，它也存在于普通人当中。奉献既表现在国家和人民需要的关键时刻挺身而出，慷慨赴义，也融汇和渗透在人们日常的工作和生活中。

陈学庚、李梦桃、马军武……这些先进模范人物，当初也很普通。但他们日复一日地默默付出，让他们日渐显得崇高；他们奉献了自己的青春、幸福和聪明才智，他们的伟大才逐渐显现出来。

奉献的形式是多种多样的。有壮烈的奉献，为了党和人民的事业，舍己为公，付出自己的生命；也有默默的奉献，爱岗敬业，服务他人，助人为乐。

奉献也不只是艰苦时期需要的优秀品质。奉献和奉献精神永不过时。

在我们步入社会主义市场经济时代，在兵团各项事业蒸蒸日上的时代，我们仍然需要奉献和奉献精神。

当前，走过了60年风风雨雨的兵团，已进入了综合维稳戍边能力显著提升的时期，进入了经济社会持续健康发展、职工群众生产生活条件改善最大的时期，成绩可喜。但是我们也存在着一些问题，如屯垦与戍边、特殊管理体制与市场机制、兵团与地方"三大关系"需要进一步理顺等。尤其是新疆正处于暴力恐怖活动活跃期、反分裂斗争激烈期、干预治疗阵痛期"三期"叠加时期，暴力恐怖活动多发频发，影响新疆乃至全国改革发展稳定大局。

这些现实因素均需要我们继续发扬无私奉献精神，为兵团发挥特殊作用，履行屯垦戍边神圣使命，奉献自己的力量。

五

新疆是伟大祖国不可分割的组成部分，新疆工作在党和国家工作全局中具有特殊重要的战略地位。第二次中央新疆工作座谈会再次强调，做好新疆工作是全党全国的大事，必须从战略和全局高度，谋长远之策，行固本之举，建久安之势，成长治之业。

新疆的特殊战略地位决定了兵团存在的战略性、必要性，决定了兵团职责使命的重要性、特殊性。近年来，新疆发展势头良好、社会大局稳定，同时新疆局势稳中有变数、稳中有风险、稳中有忧患，仍然严峻复杂、不容乐观。

在新形势下，兵团人要从新疆长治久安大局、国际国内形势、国家边疆治理方略出发，充分认识兵团的存在和发展绝非权宜之计，而是长远大计，兵团工作只能加强不能削弱，做好新疆工作，必须把兵团工作摆在重要位置，在事关根本、基础、长远的问题上发力。

但发力的前提是什么？发力先得有力，要做到有力可发，必须最大限度地凝聚力量。这就需要兵团人继续发扬优良传统，继续弘扬包括"无私奉献"精神在内的兵团精神；需要兵团人牢记自己的维稳戍边使命，以无私奉献的情怀努力奋斗，促进兵团事业蓬勃发展，为新疆社会稳定和长治久安贡献更多力量。

另一方面，奉献也要讲辩证法。我们在要求新一代兵团人继续弘扬老一代兵团人牺牲、奉献精神的同时，也要创造比较好的生活条件、就业岗位和生活环境，使兵团具有更大的吸引力、凝聚力、向心力，让兵团事业代代相传，光耀四方。

六

屯垦兴则西域兴，屯垦废则西域乱。在新疆组建担负屯垦戍边使命的兵团，是党中央治国安邦的战略布局，是强化边疆治理的重要方略。

在新的历史时期，面临新的形势和任务，要继续发挥好维稳戍边特殊作用，兵团和兵团人应该奉献什么，如何奉献?

维稳戍边是兵团的立身之本，是兵团的看家本领和职责所在。兵团是新疆稳定的核心。

我们要牢记兵团屯垦戍边的神圣使命，强化责任意识，担当维稳戍边重任，发扬兵团人"特别能吃苦、特别能战斗、特别能奉献"的精神，为实现新疆社会稳定和长治久安总目标提供有力保障，继续为祖国站好岗放好哨。

"稳定器、大熔炉、示范区"是中央对兵团的新定位新要求，是新疆社会稳定、民族团结、经济社会发展对兵团的现实需要。我们要发挥兵团既高度集中统一又深度融入新疆社会的优势，建立各民族相互嵌入的社会结构和社区环境，促进各族人民大团结；发挥先进文化的引领作用，打造先进文化和中华文化传播高地，使兵团成为各民族群众凝心聚力的大熔炉；发挥兵团辐射带动周边地方融合发展的作用，成为先进生产力的示范区；立足兵团"兵"的优势，发挥好维护祖国统一、维护民族团结、维护新疆社会稳定的作用，成为安边固疆的稳定器。

我们永远不能淡化"兵"的意识，要继续加强职工全员军事训练，强化"全民皆兵"意识和能力，打造一流民兵队伍，加强基干民兵正规化建设，加强公安、武警等专门力量建设，整体提高兵团应急处突维稳能力，做到一旦有事拉得出、用得上、干得好；要加强同地方维稳工作的配合互动，提高默契度，建立完善兵地一体、上下联动、应对及时、处置有力的维稳合作指挥体系，统筹用好兵地资源，提高整体应急反应处置能力。

维稳戍边，千秋伟业。为祖国边疆的安宁作出贡献，乃是兵团人的职责所在和荣耀所在，我们要继续努力奋斗，发挥兵团特殊作用，为新疆的长治久安和祖国的繁荣昌盛奉献力量!

七

兵地融合是兵团作为新疆组成部分的重要体现，也是发挥兵团特殊作用的重要途径。

边疆同守、资源共享、优势互补、共同繁荣，是兵团成立60年来与地方各族人民群众共同创造的融合发展智慧结晶。兵团自组建以来，就有为地方各族人民大办好事、无私奉献的光荣传统。在新的时期，我们要巩固成绩，继续搞好兵地融合，为地方发展奉献兵团力量，推动形成兵地经济融合发展、文化交融共建、维稳责任共担、民族团结共创的局面。

在经济发展上，要深化产业企业融合，发挥经济的催化剂作用，主动加强与地方在发展规划、重大生产力布局、市场体系、基础设施、矿产资源开发利用等方面的衔接协调，使发展成果更多地惠及兵地各族群众；在文化交融上，要发挥兵团先进文化引领作用，广泛开展兵地文化共建活动，大力传播先进文化、弘扬中华文化，不断提升兵团的影响力、辐射力和示范带动作用；在社会治理上，要利用兵团自身优势先行先试、辐射带动周边，探索促进民族团结、兵地团结的途径方式，探索加强宗教管理、促进宗教和谐的措施办法，探索建立兵地教育、文化、医疗等公共资源联手服务机制；在干部队伍建设上，要加强兵团干部队伍教育管理，提高兵团干部队伍整体素质，推动体制机制创新，促进兵地干部交流任职、挂职兼职，让干部融合成为兵地融合的重要抓手。

奉献兵团力量，融合兵地资源优势，实现兵地融合发展，是处理好兵团和地方关系，实现新疆社会稳定和长治久安的必然要求。在南北疆各地，随着第二次中央新疆工作座谈会的召开，兵地优势互补、融合共建，共谋大建设、大开放、大发展的势头将更为强劲。我们要抓住这一新的历史机遇，为新疆社会稳定铸就钢铁长城，为新疆长治久安继续努力奋斗！

八

全国稳定看新疆，新疆稳定看南疆。

在兵团党委六届十三次全委（扩大）会议上，兵团党委书记、政委车俊指出，新疆一盘棋，南疆是"棋眼"，兵团要在做活南疆这个"棋眼"上下好先手棋，不断壮大南疆师团综合实力。

由于历史等多方面原因，兵团整体实力"北强南弱"。兵团在南疆力量较为薄弱，经济总量所占比重低，布局也不完善。为更好发挥特殊作用，兵团在统筹建设南北疆师团的时候，也需要倡导奉献精神，要在加快北疆师团发展的同时，在壮大南疆师团综合实力上取得突破。

当前和今后一个时期，我们要重视南疆师团建设，落实中央特殊支持政策，在财力分配、产业布局、资源配置、民生项目建设上优先考虑南疆师团建设需要。加大产业结构调整力度，做大做强现有城市和团场，加大在南疆设市建镇力度。为此，我们要克服"过小日子"的思想，加大与地方沟通协调力度，根据地方意愿和需要，采取划入、代管、结对子等多种形式，探索推进"借壳建市""以团带乡"策略，辐射带动周边发展。

不断壮大南疆师团综合实力，还需发挥兵团人口资源中转站的功能，发挥兵团优化人口结构的作用。要坚持民生优先，加快发展社会事业，营造拴心留人环境，发挥在聚集产业人口、促进各民族交流交往交融上的重要作用。要依托"三化"建设，拓展就业创业空间。要进一步完善考核指标体系，引导符合相关条件的外来人口到兵团落户；要继续抓好"双五千"工程，吸引更多内地和地方大中专毕业生、技术工人和退役军人到兵团团场工作。

不断壮大南疆师团综合实力，既是中央的命令、自治区党委的要求，也是新疆形势发展的需要；既是兵团职责所在，也是新时期兵团发力的重点；既是当务之急，也是战略之举。兵团各级各部门要统一思想，充分认识壮大南疆师团综合实力的重大意义，牢固树立主体意识，算大账、算政治账、算战略账，为建设大美新疆贡献兵团力量。

九

人创造环境，环境塑造人。我们既要倡导为国家、为新疆、为南疆师团的宏观奉献，也要倡导就在我们身边的微观奉献，为大家营造一个乐于奉献、主动奉献的氛围。

我们要对那些带头奉献的先进分子和那些默默无闻在岗位上奉献的积极分子，给予适当的精神和物质奖励，创造一个人人讲奉献、人人爱奉献的社会环境。

我们要大力宣传那些无私奉献者的先进事迹，扩大无私奉献者的影响力和感染力，让所有人都能体会到奉献的伟大，吸取奉献所传达的正能量。

我们要处理好集体利益和个人利益的关系。不能只要求个人为集体付出，而不顾个人得失，要在实现集体利益的同时兼顾个人利益最大化，调动每个人奋斗的积极性。

榜样的力量是无穷的。党员领导干部要带头奉献，带头践行党的群众路线，将时间、精力多花在为人民服务上，解决他们生产生活中的难题，让改革发展成果惠及更多职工群众，提高他们的幸福指数；要提高自己的奉献能力，争做政治强、能力强、作风强、心力强的"四强"干部，像焦裕禄那样全心全意为人民服务。

奉献不是先进人物的专利，也不是党员领导干部的专利。倡导奉献精神，需要人人参与。兵团广大职工群众要积极向那些先进模范人物学习，兢兢业业地做好本职工作，坚守工作岗位，坚信付出必有意义，奉献必有价值。

铭记使命争朝夕，扬帆破浪正当时。更幸福的生活离不开奉献精神，更美好的兵团离不开奉献精神，更稳定的新疆也离不开奉献精神，让我们发挥每个人的力量，共同走向那绚丽多彩、催人奋进的奉献之路！

（2014 年 8 月 25 日 《兵团日报》 一版）

用理想照亮前行路

——三论新时期如何更好发挥兵团作用

兵 仲 文

一

2014年8月15日，"中国梦军垦魂"兵团成立60周年历史文物展在国家博物馆隆重开幕。展览历时1个月，分为战略决策、长期建疆、团结稳疆、安边固疆、展望未来5个部分，包括200多幅摄影作品和160余件历史文物，开展以来，展厅内人流如织，群情激荡。

展览全方位展现了兵团"生在井冈山、长在南泥湾、转战千万里、屯垦在天山"的光辉历程，展示了兵团心系祖国、反对分裂、建设新疆、保卫边疆、书写中国梦兵团篇章的光辉历程和坚定信念。

驻足一个个展板前，回顾兵团60年沧桑巨变，不禁使我们思考，是什么使一代又一代中华儿女不畏艰险，在艰苦卓绝的环境下书写一个又一个奇迹？是什么使一代又一代兵团人前赴后继，用热血和生命铸就保卫祖国、维护新疆社会稳定的赤胆忠心？是使命、是担当、是理想！

二

理想，即对美好生活的追求和向往。

世界上最快乐的事，莫过于为理想而奋斗。理想是生命的光和热，一个国家、一个民族、一个人有理想，才会有动力，有希望。

兵团就是一个特别有担当，特别懂奉献，以理想支撑起伟大实践的特殊组织。

从 20 世纪 50 年代到 60 年代创造第一次辉煌，从兵团恢复建制到"奋起二次创业，再造兵团辉煌"的口号响彻天山南北，从改革开放的艰辛探索到如今城镇化、新型工业化、农业现代化"三化"同步、三次产业协调推进，从传统农村生活方式向现代城镇文明生活转变，如今兵团进入综合维稳戍边能力显著提升的时期，进入经济社会持续健康发展的时期，进入职工群众生产生活条件改善力度最大的时期，进入兵团恢复以来兵地关系最好的时期，风风雨雨 60 年，兵团筚路蓝缕、栉风沐雨，靠的就是理想信仰，为的就是出色完成党中央赋予的历史使命。

三

"屯垦兴，则西域兴；屯垦废，则西域乱。"兵团为新疆的长治久安而存在，新疆的特殊重要性决定了兵团的存在必要性，决定了新疆大局就是兵团大局、国家利益就是兵团利益，决定了兵团以出色完成党中央赋予的历史使命为理想追求。

组建之初，毛泽东同志要求兵团当好"生产队、工作队、战斗队"；改革开放伊始，邓小平同志毅然恢复兵团，强调"兵团是稳定新疆的核心""兵团是新疆经济建设的重要力量、民族团结的重要力量、安定团结的重要力量和巩固边防的重要力量"；进入社会主义市场经济时期，面对改革发展稳定的新任务，江泽民同志要求兵团作"生产建设的模范、安定团结的模范、民族团结的模范，以及稳定新疆和巩固边防的模范"；胡锦涛同志进一步明确兵团的地位和作用，要求兵团更好发挥推动改革发展、促进社会进步的建设大军作用，增进民族团结、确保社会稳定的中流砥柱作用，巩固西北边防、维护祖国统一的铜墙铁壁作用。不同时期、不同形势、不同挑战，党中央对兵团提出的要求不尽相同，但无论何时何种情况，兵团都始终恪守历代中央领导集体确立的定位和指引的目标，出色完成肩负的使命。正如习近平总书记指出的，"兵团取得的历史贡献不可磨灭，兵团的战略作用不可替代"。

四

现实离开了理想的照耀就会苍白无力，而理想脱离了现实的土壤就会成为空想。

近年来，新疆发展势头良好，社会大局稳定，但同时，新疆局势稳中有变数、稳中有风险、稳中有忧虑，尤其是当前新疆正处于暴力恐怖活动活跃期、反分裂斗争激烈期、干预治疗阵痛期"三期"叠加的时期，新疆工作重要而紧迫、等不得，新疆问题长期而复杂、急不得。

新的历史时期，面对新的挑战，兵团应该在哪些方面发力，继续出色完成肩负的历史使命？

"要着眼于促进各族人民大团结、各民族凝心聚力、南疆建设、优化人口等新疆长治久安重点，发挥好兵团在调节社会结构、推动文化交流、促进区域协调、优化人口资源四个方面的特殊作用，真正成为安边固疆的稳定器、凝聚各族群众的大熔炉、先进生产力先进文化的示范区。"习近平总书记从治国安邦和边疆治理的高度，明确了兵团的新定位新要求，指明了兵团进一步发展的新目标新方向。

稳定器是兵团发挥维稳戍边作用的首要要求，是服务新疆社会稳定和长治久安这一根本任务的重要战略支点，要求兵团平时要着力打基础、促长远，壮大综合实力，增强维稳戍边能力，提高组织化程度和整体作战能力，真正成为社会稳定和长治久安的战略力量和有力保障。

大熔炉是兵团充分发挥维稳戍边作用的核心要求，是服务新疆各民族大团结这一长远需要的重要战略平台，要求兵团利用分布格局、体制优势、人员构成、文化传统、生产生活方式等特点，巩固和扩大嵌入式、融合发展的社会结构和社区环境，真正成为增进团结、反对分裂、维护稳定的坚固阵地。

示范区是兵团充分发挥维稳成边作用的必然要求，是服务新疆经济发展民生改善这一基础工作的重要战略依托，要求兵团大力推广先进生产方式和现代文化理念，积极倡导世俗化的生活方式和行为方式，当好生态卫士，真正成为传播先进生产力和先进文化的高地。

稳定器、大熔炉、示范区是新疆社会稳定、民族团结、宗教和谐、经济文化发展对兵团的现实需要，也是兵团体制具有的内在潜力和功能，更是兵团存在发展的战略价值所在。面对新任务新要求，兵团必须坚定理想信念，讲政治、讲大局，进一步明确定位、聚焦使命，在事关根本、基础、长远的问题上发力，谋长远之策，行固本之举，建久安之势，成长治之业。

五

毋庸置疑，随着改革开放的深入和市场经济的发展，兵团进入急速社会转型期以来，相当一部分职工群众中不同程度出现了理想平庸、信念动摇、信仰危机等现象。

尤其是随着"三化"建设的不断推进，兵团传统上比较单一的管理方式、分配方式和利益关系发生了重大而多样的变化，对兵团特殊管理体制机制造成了冲击，职工群众对兵团发展前途存在疑虑迷茫，影响到对兵团屯垦戍边事业的信心。

理想信念是精神上的"钙"，理想信念不坚定，就容易得"软骨病"，就可能导致政治上变质、道德上堕落、生活上腐化。试想，如果没有坚定的理想信念，如何深刻领会新疆工作的特殊重要性，进一步增强大局意识、使命意识和责任意识？如何充分认识新疆和兵团近年来取得的成就变化，进一步增强维护新疆长治久安的自信自觉？如何准确把握当前新疆稳定形势，进一步增强忧患意识、坚持底线思维？如何科学理解新疆工作目标定位，进一步增强统筹推进新疆长治久安的能力？如何切实明确新疆工作的战略重点，进一步增强抓好重点工作的意识和本领？

六

理想的滑坡是最致命的滑坡，信念的动摇是最危险的动摇。

坚定的理想信念，是指引兵团人奋勇前进的灯塔，是激励兵团人战胜艰难险阻的精神支柱，是孕育兵团人出色完成党和人民重托的动力源泉。站在新的起点上，兵团人必须树立强烈的底线思维和问题导向，在思想上克服错误的、片面的、低级的认识，在理想信念上不犹豫、不含糊、不动摇，凝聚起促进兵团事业向前发展的磅礴力量。

意识形态工作具有根本性、战略性、全局性意义，事关党的前途命运，事关国家长治久安，事关民族凝聚力和向心力。尤其在当前，各种社会矛盾和问题相互叠加、集中呈现，人们思想活动的独立性、选择性、多变性、差异性明显增强，要求我们必须牢牢掌握意识形态工作的领导权、管理权、话语权。要不断加强思想理论建设，巩固马克思主义在意识形态领域的指导地位。加强对马克思列宁主义、毛泽东思想、邓小平理论、"三个代表"重要思想和科学发展观的学习理解，使广大干部职工群众坚定共产主义信仰、坚定中国特色社会主义信念、坚定对兵团事业的信心。

核心价值观是文化软实力的灵魂和建设重点。构建具有强大感召力的核心价值观，是筑牢兵团职工群众团结奋斗共同思想基础的关键，是书写中国梦兵团篇章不可或缺的精神支柱。要广泛开展中国特色社会主义和中国梦宣传，开展公民意识、职工意识、法治意识教育，提高公民素质，培育知荣辱、讲正气、做奉献、促和谐的良好风尚；宣传和褒奖正面人物和先进事迹，揭露和批评违反道德规范的行为和言行，不断倡导积极向上的意识和价值观，传播社会正能量。

兵团精神是兵团人的精神基因，是推动兵团事业不断向前发展的动力源泉。热爱祖国是兵团精神的灵魂和兵团人的情感取向，展示了兵团人扎根边疆、屯垦戍边的庄严承诺；无私奉献是兵团精神的本色和兵团人的道德取向，展示了兵团人长期的道德积淀；艰苦创业是兵团精神的写照和兵团人的实践取向，展示了兵团人鲜明的实践品格；开拓进取是兵团精神开放性的体现，是与时俱进、永不落后的追求，是兵团人走在时代前列的精神保障。以"热爱祖国、无私奉献、艰苦创业、开拓进取"为主要内涵的兵团精神是几代兵团人培育和传承的宝贵精神财富，是兵团事业发展最宝贵的财富，是激励我们不断奋斗的强大动力。要立足兵团文化集红色文化、中原文化、边疆文化于一体的优势，深入持久地抓好对兵团精神、老兵精神的宣传教育，激励干部职工群众特别是年轻人热爱祖国、牢记使命、扎根边疆、奉献边疆，增强职工群众对兵团事业的认同感、向心力和自豪感。

七

空谈误国，实干兴邦。

在实现理想的路上，留下怎样的印迹，不是取决于说了什么，而在于踏踏实实地干了些什么。志当存高远，路自脚下始，伟大的理想需要伟大的实践。

翻阅兵团60年波澜壮阔的历史画卷，我们看到，正是各个时期、不同岗位上一个个为理想而奋斗的兵团人凝聚成的合力，形成了推动屯垦戍边伟业不断向前发展的磅礴之势：从为了建设祖国边疆远赴新疆的八千湘女，到"哪里艰苦就到哪里去"、修筑翻越天山公路的"冰峰五姑娘"；从在中蒙边界苏海图牧场坚持放牧、巡逻、放哨30年的宝汗·埃恩赛根，到"巴尔鲁克山下的白衣天使"梅莲；从塔河岸边刷新种粮记录的陈焕奎，到志在农机的中国工程院院士陈学庚……兵团人坚守边疆是因为理想，流血流汗是因为理想，扎根奉献是因为理想，红柳、胡杨是兵团人的象征，担当、奉献是兵团人的本色。

处于历史的新节点上，应对种种问题挑战、跨越前进道路上的重重障碍，需要270万名兵团职工群众为理想埋头苦干。

只要每个兵团人都拿出实干的精神和劲头，干好"自己的那一份"，兵团的理想必定会更坚实、更美丽。

人间正道是沧桑，是对理想的坚持；长风破浪会有时，是对实现理想的努力。

站在兵团一个甲子的新起点上，具有与时俱进、勇于开拓气质的兵团人必将以更加坚定的理想信念书写中华民族伟大复兴的中国梦的兵团篇章！

（2014 年 9 月 16 日 《兵团日报》 一版）

绿色浪潮，在兵团大地奔涌不息

——兵团生态文明建设的观察与思考

兵 仲 文

700 万吨垃圾有多少？一件件摊平开来，至少占据 140 万平方公里的面积，相当于新疆总面积的 84%。经过石河子环卫人 16 年、5840 天的奋战，竟被改造成了土壤，滋生出 20 多万株树木花卉、960 多亩绿化面积，日造氧量 4 万多吨。

8 月 17 日，兵团媒体对八师石河子市生态文明建设范例——玛河垃圾场"逆袭"为城市"绿肺"的新闻报道，让玛河生态公园连同兵团"生态卫士"的形象闯进了大家的视野，在舆论场上掀起不小的涟漪。

玛河流畔，绿水微澜、红莲映日；

情人坡上，山色空蒙、移步换景……

玛河公园的生态样本，只是兵团人在以习近平同志为核心的党中央坚强领导下，行走在绿色发展大道上所"种"出的一处风景；是兵团几代人以舍我其谁的决心和勇气，担当起新疆生态卫士职责的一个缩影。

绿色的奇迹

当节气摆脱了盛夏，秋风过境，塔里木盆地的空气变得甜香起来。

粉红的苹果、火红的石榴、鹅黄的香梨、金黄的蜜瓜、翠绿的葡萄……沙海之畔的秋波中，色彩在肆意摇曳狂欢。

这浓烈的色彩，是绿色哺育出来的孩子，冰雪听了它的感召，化水汹涌而下，颠覆了沙漠与天空，这是生命之火的狂欢！

这狂欢，来之不易。

新疆，我国沙尘暴的主要发源地之一，是我国沙化土地面积最大、分布最广、风沙危害最严重的省区。截至 2014 年年底，新疆荒漠化土地 107.06 万平方公里，占新疆土地总面积的 64.31%。

在这里开展防沙治沙工作，是一场关系国家生态安全大局和可持续发展的"硬仗"。

这一仗，只能赢、不能输。

1954 年 10 月，一支充满革命英雄主义和革命理想主义的队伍——新疆生产建设兵团在这里诞生，他们在担负起屯垦戍边历史使命的同时，也迈开了"逐绿"的铿锵步伐。

兵团成立 60 周年时，国务院新闻办公室出台的《新疆生产建设兵团历史与发展》白皮书指出：兵团多数团场建在沙漠边缘和边境沿线，是抵御风沙袭击、保护新疆绿洲的第一道屏障。

早在兵团成立时，就提出了"边开荒、边生产、边植树"的方针。进入 20 世纪 60 年代，兵团林业发展十分迅速，防护林建设已闻名疆内外。

1963 年，自治区党委提出了"兵团方向、公社特点、全面规划、逐步实现"的口号，号召学习兵团的"五好"建设，其中就包括做好林带建设，成为新疆生态建设的先行者。

20 世纪 60 年代，美国从卫星上发现，古尔班通古特沙漠边缘，突然出现一条长长的黑线。原来，这是军垦战士在沙漠边缘植成的树墙，阻挡风沙对农田和家园的侵蚀。

朝气蓬勃的绿、连绵起伏的绿、生生不息的绿开始在亘古荒原上无限延展。

喀什，塔克拉玛干、布谷里和托克拉克三大沙漠的中心，常年被风沙浮尘天气所困扰，20 世纪 80 年代中期达到高峰，最多的一年，风沙浮尘天气达到了 200 多天。

但数据显示，最近 7 年，喀什地区浮尘天气平均减少了 36 天，平均降水量逐年增加，达到了 100 多毫米。

喀什地区环境监测站工程师高向川认为，喀什地区天气变化的原因之一在于塔里木盆地天然植被质量和覆盖度的增加。

"十二五"期间，在国家的支持下，兵团与自治区同步规划、同步启动实施了塔里木盆地周边防沙治沙工程。

目前，在环塔里木盆地的 25 个团场，生物防沙治沙体系、大型防风基干林防护体系、天然荒漠林封育保护工程初步建成。

走进塔克拉玛干沙漠北缘，两年前，黄沙渺渺、寸草不生；今天，沙漠染绿、生机盎然。

"有效治理塔克拉玛干沙漠，曾被称为科学狂想、世纪难题。"中国林业科学院荒漠化研究所研究员丛日春称：塔克拉玛干沙漠生态治理取得重大突破，意味着 33 万余平方公里的沙漠，三分之一可变绿洲！

这绿色，醉人心弦。

随着植被根系的蔓延起伏，这绿色抱住了沙粒，沉到盆地的最深处，撩拨起干涸已久的地球之心。

随着塔里木河的蜿蜒流淌，这绿色唤醒了河畔的绿洲、胡杨和沙丘，顺流涌入塔里木河下游，化作一条苍翠的墨绿色长城，阻止了塔克拉玛干沙漠与新疆第三大沙漠库姆塔格沙漠的"握手相拥"。

这就是举世闻名的绿色走廊，新疆通往内地的第二条通道，全长 473 公里。

最危急时，两大沙漠相距只有 2 公里。

20 世纪 50 年代，二师在这里建起了 6 个团场。生活在荒漠风口的人们，多么渴望绿色的呵护。

种树，种树，种树。

2001 年至今，二师在库姆塔格沙漠边缘，保育了 331 万亩天然草地、260万亩天然林，种下了64万亩林地。有效地逼退了两大沙漠向前合并120米，筑起了干旱荒漠区的生命通道。

当年，苏联专家断言不适合人类生存的二师许多团场，如今，沙漠连着棉田，戈壁接着绿荫，早已是树木葱郁，瓜果飘香。

兵团人能逼退塔克拉玛干的沙，也能挡住阿拉山口的风。

"天上无飞鸟，地上不长草，风吹石头跑。"阿拉山口每年仅8级以上大风就要刮180多天，五师九〇团就坐落在这"风之王国"的中心。

1983年春天，九〇团三连3万多亩棉田刚刚吐芽，11级大风呼啸而来，地膜被撕裂，席卷着棉苗在半空中厉声哭号，吹涩了职工们的双眼。

"我想挡住阿拉山口的风！"

一个身影站起来，他是该连副连长卢明锡。在大家惊诧的目光中，卢明锡辞去职务，举家搬至阿拉山口，在进风口挖沟渠，架水槽，修涵洞，开沙地，整林床。

"地窝子"被水淹，他不在乎；碱水苦涩，他咽得下；儿子掉进了水渠险些丧命，他不叫屈。

但1984年4月26日的一夜黑风，妖魔鬼怪一般啃噬了他70亩幼林，卢明锡的眼泪断了线。绝食3天后，卢明锡从床上爬起，重新拿起了铁锹。

"种树也要讲究方法，既然风沙来得快，那我就多浇水多施肥，让树苗子生长的速度比风快。"卢明锡的决心战胜了阿拉山口的风，3年后，一片郁郁葱葱的树林在风声中拔地而起。

30多年来，卢明锡父子俩开垦出100多亩荒地，在阿拉山口风区的荒原上栽种下1万多株树，在他的带动下，九〇团72户职工也前赴后继来到风口前哨，栽树近万亩。

一条长50千米、宽100多米的绿色巨龙，挡住了来自国界山、阿拉套山另一侧的凛冽寒风。

兵团 176 个农牧团场中，有近 90 个团场分布在风沙最前沿的塔克拉玛干沙漠和古尔班通古特沙漠边缘，近 60 个团场分布在自然环境恶劣的边境沿线上，还有相当一部分团场在戈壁和盐碱滩中心。

"新栽杨柳三千里，引得春风度玉关。"一次次向黄沙宣战，一次次向沙尘进击，兵团人在天山南北的戈壁荒野上挖了数不清的渠道，种了数不清的树苗。从风头水尾天边边，到万顷碧浪环抱沙海，兵团人像树一样，扎下根永不挪窝。

这壮举，感天动地。

你在眼睛里看到了兵团青翠墨绿，你可知，这一抹绿，是兵团骨子里流出的鲜血染红的！兵团人既当戍边卫士又当生态卫士，凭着以"热爱祖国、无私奉献、艰苦创业、开拓进取"为主要内涵的兵团精神，让绿燃遍了天山南北。

"林涛涛，田莽莽，碧波千里拥牛羊"的良田沃野一寸一寸取代了"平沙莽莽黄人天"，寂寥西域成为"塞外江南"。

20 世纪 80 年代以来，兵团先后实施"西部边境造林工程""准噶尔盆地南缘防沙基干林建设工程""塔里木盆地东部绿色走廊建设工程"，对 1200 余万亩荒漠植被进行封沙育林育草，在戈壁荒漠建成绿色生态经济网络，形成了 106 余万公顷的新绿洲。

"十二五"时期，兵团生态建设取得积极成效，完成造林 232.28 万亩，封育 48.6 万亩，退耕还林总面积超过 470 万亩，沙化土地治理 732.6 万亩。森林覆盖率由 2010 年的 17.09% 上升到 19.26%，八成以上农田得到林网的有效保护。

从此，绿洲就是兵团，兵团就是绿洲。

在这片绿色的滋养下，紫色的"东方普罗旺斯"——四师薰衣草产业基地，红色的艾比湖湿地，蓝色的小海子水库……赤橙黄绿青蓝紫应运而生，共同构成了色彩斑斓的生态文明建设图谱。

在守绿护绿的同时，兵团还要发展经济、壮大综合实力，巩固好

60多年来勇当生态卫士取得的积极成果，这既考验兵团人的智慧，又体现兵团人的使命担当。

"明月出天山，苍茫云海间，长风几万里，吹渡玉门关"，诗仙李白吟诵出这首流传千古的诗篇时，万万没想到，那凛冽强劲的长风，会在兵团人手里转化为人类文明发展的动力。

准噶尔盆地东缘、中蒙边境线上的六师北塔山牧场，是我国"西电东送"重要的新能源生产基地。这里，上百台风力发电机擎天而立、迎风起舞。

你可知道，这里是兵团最后一个正式通电的农牧场？直到2013年9月28日，才结束了长达61年的无长明电生活。

2014年，北塔山牧场的风力和光伏发电项目全面启动后，迅速呈现出井喷发展态势。该牧场传统牧业的支柱地位已被戈壁荒原上迅速崛起的绿色产业所取代。

风车矗立峻岭之巅，太阳能光伏板铺展广袤原野，共同见证兵团人在新能源建设中的艰辛与汗水。"十二五"时期，兵团可再生能源实现跨越式发展，太阳能光伏发电实现了零的突破，风力发电成倍数增长。

以天业集团为代表的兵团企业，通过实施循环经济战略，构建循环经济技术创新体系和产业循环体系，成功走出了一条"造血型技术升级"之路，成为西部地区发展循环经济的典范。

"宁要绿水青山，不要金山银山，绿水青山就是金山银山。"习近平总书记的谆谆嘱托在天山南北回荡着。

绿色的交响

"中央环境保护督察组来了！"

2017年8月11日至9月11日，根据安排，中央第八环境保护督察组督察进驻新疆、兵团，主要受理新疆、兵团环境保护方面的来信来电举报。

大考当前，兵团人没有慌张凌乱，更没有推脱逃避，兵团主要领导多次作出批示，要求提高政治站位，加强支持配合，抓好整改落实！

兵团上下化压力为动力，以环保督察为契机，推动形成加强兵团生态文明建设的强大动力，切实履行好生态卫士的职责，确保党中央关于环境保护的决策部署落地生根。

蚕吐出一根丝，没想到吐出一条丝绸之路。千年穿梭，在这条连接东西方的古道上，留下灿烂文明的印迹，也留下了"绿色伤痕"。

同样在这片土地上，今天，兵团人用犁锹和智慧创造出一片绿色文明。这一伟业只用了几十年，便足以让国人瞩目，世界赞叹。

绿水青山，从何而来？

新疆生态环境先天不足，后天失调，这里"狂风卷地百草折"，水咸过盐苦过碱，沙漠中热浪似火雪山上寒冷彻骨，野地里"小咬"能把树上的鸟儿咬得一头栽下来……实属我国人与自然关系最紧张的省区之一。

只有荒凉的沙漠，没有荒凉的人生，更没有荒凉的事业。历史让兵团在塔克拉玛干和古尔班通古特这两大沙漠边缘站住脚、扎下根，历史也让兵团人早早意识到了生态建设的重要性。

王效英，石河子市植树造林的"祖奶奶"，1.48米的个子，身形幼小孱弱，性格却格外坚强。高三时，她就带着4块银元，从号称"天府之国"的成都来到新疆。

一路穿秃山，走戈壁，越走越荒凉，狂风大作掀起沙砾石子，打在脸上，生疼，激起了她学林学的信念。

1957年从新疆八一农学院毕业归来，王效英奔走呼吁，号召植树造林。

上哪儿找合适的树种？她从大西北奔向大东北，踏遍大小兴安岭。

怎么把这些大叶柏、小叶柏和樟子松树苗运回新疆？她爱美，却把所有随身用品，甚至牙膏都托运了，一路背着树苗赶火车、跑汽车。

大捆树苗根部裹着厚泥，五六十公斤，重过她，也高过她，路上行人无不为之惊叹感动。

树苗从东北背到了新疆，每一根都直挺挺的，完好无损，王效英的腰却被压弯了。

不敢耽误节气，她咬着牙、含着泪，跪在地上挖坑栽树。一年又一年，一排排树苗迎着春风吐出绿芽。

退休后，王效英去医院检查身体。医生很惊讶："你 30 岁以前腰椎是不是断过？"王效英吓了一跳，"我那时真不知道自己的腰断了，觉得能挺就挺过去吧。"

如今，王效英老了，她的个子越缩越小，石河子满城的苍翠却以惊人的速度铺展开来，越长越高。

今天的石河子，以 42% 的绿化覆盖率，从戈壁荒滩中破土而出，好似一颗闪耀着绿色光芒的"戈壁明珠"，被联合国评为"改善人类居住环境的良好范例城市"。

蓝天白云，青山绿水，这来之不易的生命奇迹，在兵团人的手中喷薄而出。

生命奇迹，谁在守护？

一直以来，以习近平同志为核心的党中央十分重视新疆、兵团工作，十分牵挂新疆兵团生态文明建设。

——2014 年 4 月 29 日，习近平总书记亲临兵团视察并发表重要讲话，明确要求兵团把生态文明理念贯穿始终，殷切希望兵团当好生态卫士。

——2014 年 5 月召开的第二次中央新疆工作座谈会提出，要加大环保投入，加大高效节水灌溉工程建设力度，加强重点流域治理和水污染防治，提高可持续发展能力。

——2017 年 3 月 10 日，习近平总书记在参加十二届全国人大五次会议新疆代表团审议时强调，要着力加强生态环境保护，严禁"三高"

项目进新疆，加大污染治理和防沙治沙力度，努力建设天蓝地绿水清的美丽新疆……

党中央站在依法治疆、团结稳疆、长期建疆的高度，站在谋长远之策、行固本之举、建久安之势、成长治之业的高度，站在维护新疆社会稳定和长治久安的高度，对新疆、兵团生态文明建设的部署，频次之密、推进力度之大前所未有。

党中央的要求就是兵团的行动。党的十八大以来，兵团党委部署经济社会发展工作时同步部署生态建设工作，党委常委多次召开专题会议研究环保工作，党委主要领导到基层调研必专门强调环保工作。

"要树立绿水青山就是金山银山的理念，深入推进绿色发展、循环发展、低碳发展，全面落实主体功能区规划，加快建设美丽兵团。"今年召开的兵团第七次党代会着眼当下、放眼未来，提出了新时期的"生态宣言"。

2017年2月，针对六师五家渠市大气污染综合治理及环境空气质量存在的主要问题，兵团领导专门对六师五家渠市主要领导进行约谈。

约谈不只是一种手段，更是一种态度。此番约谈，该师市主要领导作出表态，将采取强有力措施，铁腕治污，为群众交上一份满意答卷。

面对水资源红线、耕地红线、生态红线，兵团给出统一的答案——绝不能越雷池一步！

监管可以治标，那么，如何治本呢？要转变思想观念，彻底扭转"GDP至上"的政绩观。

《兵团实施〈党政领导干部生态环境损害责任追究办法（试行）〉细则》，文件出台以来，兵团狠抓环保"党政同责、一岗双责、终身追责"制度的执行落地，初步形成"党政统领、环保部门统一监督管理、相关职能部门各负其责、排污单位履行污染防治主题责任"的工作格局。

2016年，六师五家渠市、八师石河子市因没有完成年度考核目标任务，领导班子及分管领导均被年度考核"一票否决"。终身追责、一票否决，第一次进入到了生态领域。

2017年年初，兵团再度为环保加码，关于生态文明建设的首个纲领性文件——《关于加强生态文明建设工作的实施意见》正式发布。

《关于加强生态文明建设工作的实施意见》明确了加快推进生态文明建设的基本原则：坚持把节约优先、保护优先、自然恢复为主作为基本方针，把绿色发展、循环发展、低碳发展作为基本途径，把深化改革和创新驱动作为基本动力，把培育生态文化作为重要支撑，把重点突破和整体推进作为工作方式，当好"生态卫士"，打创"美丽兵团"，全面推进兵团生态文明建设。

金山银山，为谁留下？

塔克拉玛干沙漠南缘，和田地区皮山县和墨玉县之间的亘古荒原之中，是兵团在21世纪新建的第一个现代化农业示范团场——十四师二二四团。

这里属于典型的大陆性气候，常年降水稀少，干旱多风，日照时间长，适宜耕种的土地稀少。2010年，二二四团全团耕地面积不过5.93万亩。但现在，绿洲迅速扩散，耕地面积达到了24.3万亩。这与该团采取的高效节水滴灌技术分不开。

在国家支持下，兵团积极研发和推广应用高效节水技术，实现了所有节水器材国产化、本地化，开创了中国大田作物大面积精准灌溉的先例。

《新疆生产建设兵团的历史与发展》白皮书指出：通过大力推广喷、滴、微灌等节水技术，兵团年农业节水量超过10亿立方米，增加了向下游河道的下泄水量，一些已经萎缩甚至干涸的湖泊重现生机，改善了沙漠边缘的生态环境，创造了"人进沙退"的奇迹。

8月下旬，位于准噶尔盆地西部、古尔班通古特沙漠边缘的玛纳斯国家湿地公园迎来候鸟育雏期。浩浩荡荡的湖面上，短尾信天翁、黑鹳、中华秋沙鸭、白肩雕、柳莺、白喉林莺、草原雕等各类鸟儿在自由自在地翱翔、栖息。岸边的芦苇丛中，不时蹿出几只黄羊，惊起枝头的鸟儿。

玛纳斯湖湿地形成 8 年来，公园湿地面积从原来的 9 万亩增加到目前的 17 万亩，增加了近一倍，是世界候鸟第三号迁徙线重要的栖息地之一，每年都有数百万只候鸟途经这里休憩后再南迁或北飞，被列入国家重要湿地名录。这是兵团实施节水农业创造的一个奇迹。

"我们希望整个塔里木河的水一直流到罗布泊，周围都能种上树，都是一片绿，到那时生态环境才算真正改善了，新疆才真是世外桃源了。" 2000 年 9 月 8 日，时任国务院总理的朱镕基在兵团一师一团七连考察时，对新疆、兵团的生态建设要求，富有诗意，充满力量，引人遐想。

从开荒、植绿、护绿，到如今建设美丽兵团，兵团人一路走来，将生态文明理念贯穿城镇化、新型工业化、农业现代化的方方面面，在环境治理、节能减排、循环发展等方面出台有分量的举措，推进资源节约型、环境友好型社会建设，开辟并守护着屯垦戍边事业的绿水青山。

绿色的启示

绿色是生命的象征、大自然的底色。

打开兵团生态地图：从南疆到北疆，一系列重拳出击，抑尘、治源、禁燃、增绿……工作力度前所未有，兵团上下合力绘就青山绿水、诗意栖居的壮美图景。

从 60 多年兵团生态文明建设实践，到近 70 年新中国生态文明建设探索，再到近代世界约 500 年生态文明建设沉思，铁的事实告诉我们：生态文明建设既不是经济社会发展的附庸物，更不是牺牲品，而是经济、政治、社会、文化等发展的基础性条件，需要人类像保护眼睛一样保护生态环境，像对待生命一样对待生态环境。

对兵团人而言，如果说过去植树造林，更多出自防风固沙、保持水土的朴素生态危机意识，那么如今增林扩绿，则是源自坚持绿色发展、追求永续发展的生态自觉。

我们从兵团人所行经的生态文明建设之路中，感悟到生态文明建设是一场变革，不是局部的而是全局的，不是浅层的而是深刻的，不是短时的而是长远的。

启示一：生态环境问题归根到底是经济发展方式问题。

习近平总书记深刻指出：既要绿水青山，也要金山银山，宁要绿水青山，不要金山银山，绿水青山就是金山银山。

这种思想遵循了马克思主义生态观，在"矛盾"中找到了"统一"之法，在"对立"中找到了"转化"之机，在"两难"困境中找到了"双赢"之路。

经济发展与生态建设在根本上并不矛盾，加强生态建设可为经济社会发展提供良好的基础，加快发展又可为生态建设提供坚强的保障。

生态环境越好，对生产要素的集聚力就越强，就越能带来更多的财富，推动经济社会又好又快发展。兵团在近年来的招商引资工作中之所以屡屡旗开得胜、收获颇丰，同自身生态环境的向好发展是分不开的。

反之，如果付出了高昂的生态环境代价，把最基本的生存需要都给破坏了，最后还要用获得的财富来修复和获取最基本的生存环境，这是得不偿失的逻辑怪圈。

绿水青山和金山银山是否能够和谐地统一起来，关键在人，关键在思路，关键在坚持两点论与重点论的统一。只要指导思想搞对了，把绿色发展理念贯彻到底了，就既可以加快发展，又能够守护好生态家园。

在北疆师团，四师七〇团的沙棘产业，一五〇团的沙漠旅游开发，都是"保护生态环境就是保护生产力、改善生态环境就是发展生产力"的有力证明。

南疆师团生态环境严峻，水资源紧缺。在发展中，更要克服单纯依靠水土资源开发的路子，把生态文明理念、生态卫士职责贯穿始终，更好发展经济，更好集聚人口。

启示二：生态文明源于对发展的反思，建构于对绿色文化认同的基础之上。

"民胞物与""天人合一""道法自然"……在中华文明厚重的沃土之上，关于对自然取之以时、取之有度的思想，质朴睿智的自然观，仍然充满着耀眼的时代光辉。

"我们不要过分陶醉于我们人类对自然界的胜利。对于每一次这样的胜利，自然界都对我们进行报复"，恩格斯在《自然辩证法》中的警醒，深刻融入社会主义文化。

"人因自然而生，人与自然是一种共生关系，对自然的伤害最终会伤及人类自身""人类发展活动必须尊重自然、顺应自然、保护自然，否则就会遭到大自然的报复，这个规律谁也无法抗拒"，习近平总书记"尊重自然、顺应自然、保护自然"的生态文明理念，更是在文化上引起新觉醒。

在新疆担当生态卫士职责的兵团人，在发挥稳定器大熔炉示范区作用的过程中，自觉把绿色作为价值底色，融入社会主义核心价值观的践行中，融入中华文化、兵团文化的传播中，融入中华精神、兵团精神、老兵精神的传承中。

在新的历史时期，兵团人认识到：向魏德友老人一样巡逻戍边是热爱祖国，像卢明锡一样植绿爱绿同样是热爱祖国；帮助地方发展教育、医疗事业是无私奉献，同地方携手经营林带、发展环保产业同样是无私奉献；推动城镇化、新型工业化、农业现代化是艰苦创业，努力"让居民望得见山、看得见水、记得住乡愁"同样是艰苦创业；善于"无中生有"、学会"两条腿走路"是开拓进取，走出一条生产发展、生活富裕、生态良好的文明新路子同样是开拓进取。

正是在这样一个过程中，兵团精神的内涵得到丰富，兵团文化的品格得到提升，兵团文化产业、文化事业、文化大业有了更绿的底色，有了更强劲、更持续的发展动力。

启示三：良好生态环境是普惠的民生福祉，是提升职工群众获得感、幸福感的增长点。

习近平总书记指出："环境就是民生，青山就是美丽，蓝天也是幸福。"建设生态文明既是民生，也是民意。

曾有人这样总结，30多年前人们求温饱，现在要环保；30多年前人们重生活，现在重生态。随着社会发展和人们生活水平不断提高，良好生态环境成为人们生活质量的重要内容，在群众生活幸福指数中的地位不断凸显。

确实，在全面深化改革列车加速奔跑的今天，良好生态环境是最公平的公共产品。我们所希冀的未来，不是黄沙蒙面而是绿意扑面；不是臭气熏天而是宜居宜业。

提高职工群众的生态获得感，一方面要着力于改善大气、水等外在自然环境，把城镇绿化率、森林覆盖率等数字提升起来，把居住环境美化起来，让青山常在、绿水长存、蓝天常在。

另一方面还应同多元增收工作结合起来，同精准扶贫、精准脱贫结合起来，注重发挥生态扶贫功效，让职工群众有实实在在的经济获得感。

这就需要我们善于开动脑筋，树立统筹兼顾思想，走出非此即彼的简单思维模式，找准生态与增收的"契合点"，既注重鼓起职工群众的"钱袋子"，也不放松对生态环境的治理，实现二者的"同频共振"，走出了一条多赢的生态文明建设之路。

启示四：兵团维稳戍边职责使命的履行、新疆工作总目标的实现需要良好生态支撑。

回顾2000多年的屯垦史，为什么各封建王朝没有走出屯垦一代而终的怪圈？为什么古西域36国湮灭于历史长河？

政治纠纷、兵燹不断、民族入侵……这其中的原因当然是多方面的，但谁也不排除生态恶化的因素。

兵团承担着中央赋予的维稳戍边的神圣使命，以国家利益为兵团利益，以新疆大局为兵团大局，以新疆社会稳定和长治久安作为新时期的工作总目标。

在地理分布上，兵团大多数团场分布在两大沙漠周围和边境线附近，生态环境脆弱。如果连最基本的生存环境都无法保障，履行职责使命、发挥特殊作用，就是一句空话。新疆亦如此，任由黄沙蔓延、大地龟裂、PM2.5爆表，工作总目标必将无处安放。

兵团发挥特殊作用，需要一支"政治上坚强有力、经得起风浪考验、适应新形势兵团履行职责的高素质干部职工队伍"。

而这样一支队伍的锻造，离不开理想信念之火的淬炼，离不开拴心留人环境的改善，只有这样才能更好凝聚人心、赢得人心。

今天的人们已经不再满足于"吃饱穿暖"，而是更多渴望享有"蓝天白云"，更多渴望拥抱群山抹绿、万河奔涌的春天，林海滴翠、百花烂漫的夏天，赤橙黄绿，层林尽染的秋天，白雪皑皑、银装素裹的冬天。宜居的生态环境具有无限的感召力，而雾霾笼罩只会让人徒生不满。

因此，拴心留人的环境，很重要的一个方面就是生态环境。这需要坚持节约优先、保护优先、自然恢复为主的方针，深入实施生态保护和修复，大力实施退耕还林、退牧还草，加大重点垦区防沙治沙力度，真正当好生态卫士，确保兵团基业长青，确保中央治疆方略在天山南北落地生根。

启示五：生态文明建设是全面建成小康社会、实现中华民族伟大复兴的内在要求。

"突出抓重点、补短板、强弱项，特别是要坚决打好防范化解重大风险、精准脱贫、污染防治的攻坚战"。

决胜全面建成小康社会，着眼第二个百年奋斗目标，党的十九大召开前夕，习近平总书记在"7·26"重要讲话中，对生态文明建设加以特别强调。

全面小康社会是经济、政治、文化、社会、生态文明全面发展的社会，不仅代表着更高的物质生活水平，也意味着对资源能源需求和生态环境质量的更高要求。

只有加快推进绿色发展，加强生态文明建设，才能不断满足人们对生态环境质量的需求和对美好生活的期待，夯实经济社会发展的生态基础，实现真正意义上的全面小康。

因此，我们不能盲目发展，污染环境，给后人留下沉重负担，而要按照统筹人与自然和谐发展的要求，树立整体观念、长远观念、辩证观念，做好人口、资源、环境工作。

对兵团而言，最根本的是，坚持以提高发展质量和效益为中心，以推进供给侧结构性改革为主线，加快转变经济发展方式，塑造更多依靠创新驱动、更多发挥先发优势的引领型发展，着力培育绿色发展新动能，加快构建绿色产业结构和生产方式。

最迫切的是，持续推进生态治理，加大环境污染综合治理，突出抓好水、土壤、大气等重点领域污染治理，下决心打好农田残膜污染治理攻坚战，以零容忍的态度严惩环境违法违规行为，严禁"三高"项目进兵团，坚决落实环境保护"一票否决"制度，着力解决生态环境方面的突出问题。

最长远的是，大力倡导绿色价值观，建立生态文明推广体系，让"大生态"理念融入社会各领域，形成人人尽责、共建共享的绿色自觉。坚持用生态文化引领职工群众转变生活方式和消费模式，使绿色、低碳、节约成为社会风尚和全民自觉行动。面向未来，每滴微小的水珠，都将汇聚成绿色生活的大潮。我们相信，美丽兵团孕育在每个人的努力之中。

绿色生活，就像沁人心脾的阳光雨露，折射出美好的图景。说到底，生态文明建设是一场关乎产业结构和生产方式调整的经济变革，也是一次行为模式、生活方式和价值观念的"绿色革命"。

生态兴则兵团兴，生态衰则兵团衰。走向生态文明、建设美丽兵团，历史见证了兵团人的奋斗与传奇，也终将记录下我们这代人的信念与辉煌。

一幅青山绿水、江山如画的生态文明建设美好图景，正在脚下铺展；一场关乎百万职工群众福祉、兵团事业长远发展的绿色变革，已经开启征程。

绿色浪潮，在兵团大地奔涌不息；

绿色乐曲，在天山南北响彻天际；

绿色未来，在我们脚下无限延伸……

（2017 年 8 月 29 日 《兵团日报》 二、三版）

打造党报核心竞争力

——写在深化改革系列评论百期之际

王 瀚 林

《兵团日报》深化改革系列评论已经刊发100期了。此时此刻，如果要问，我们党报的灵魂是什么、旗帜是什么、核心竞争力是什么？我要说是它的评论，特别是那些有深度有力度有温度的系列评论；如果要问，《兵团日报》评论讲政治的具体表现是什么？我要说，就是紧紧围绕兵团党委工作大局，在改革开放等重大问题上精准把握、精妙解读、精彩阐释，当好传递兵团党委精神的金话筒；如果要问，这些系列评论的魅力在哪里？我要说，就在于它对兵团党委的中心工作浓墨重彩的阐释和宣传，发挥了"定海神针"的作用。

总结这组深化改革系列评论的特点，可以概括为"高""博""深""新"四个字。

所谓"高"，就是站在国家利益的高度统领系列评论的写作。一是站在党和国家对兵团定位的高度进行评论的写作。站位高方能格局大、视野宽，这样才会有"会当凌绝顶，一览众山小"的胆识，这就要求写评论的作者要深刻理解习近平总书记"善于观大势、谋大事，站在国内国际两个大局、党和国家工作大局、全面深化改革全局来思考和研究问题"的思想，具体讲，就是让干部群众通过阅读这些评论，能够更加牢固树立"四个意识"，更加有利于在思想上认同核心、政治上维护核心、组织上服从核心、行动上紧跟核心，能够让干部群众更紧地扭住维稳成边这个根本，更好地发挥兵团战略维稳作用。二是站在新疆工作全局的高度进行评论写作。"不谋全局者不足谋一域"，我们要求写评论的作者关心大局，了解大局，把握大局，体现大局，就是要通过这些评论，使兵团"军"的属性更加彰显，"兵"的能力进一步提升，兵团在新疆反恐维稳斗争中的先锋作用进一步发挥。三是站在兵团党委认识的高度进行评论的写作。《兵团日报》是兵团党委的机关报，要想做到"不畏浮云遮望眼"，必须"身在最高层"，必须深刻理解兵团党委的战略谋略和战略意图，这些评论要能更加有力推进兵团深化改革的各项任务落地生根，推进兵团体制的特殊优势和发展活力充分释放出来，让坚持以提高发展质量和效益为中心的理念深入人心，实现经济平衡健康发展。

所谓"博"，就是用丰富的内容充实系列评论的写作。一是紧紧围绕兵团深化改革这个大题目深度挖掘搞好评论的写作，就如"众星捧明月"一般，始终在兵团深化改革上做文章。打个比喻，深化改革这个中心就好像射箭有了靶子，登山有了目标，夜船有了航灯。兵团事业是一个集经济、政治、文化、社会、生态为一体的综合发展的事业，兵团的发展也包括了方方面面内容的改革，系列评论文章的写作涉及以兵团的"三大功能""四大作用""五大任务"为主要内容的各个方面，既涉及兵团维稳戍边能力的提升，也涉及兵团经济社会的发展，既涉及兵团的民生建设，也涉及兵团先进文化的引领，既涉及兵地融合的深化，也涉及民主法治建设的推进，围绕这些内容深入阐释，就使得系列文章内容博大而精深。二是在正确把握改革、发展、稳定关系中搞好评论的写作。"平衡综万机，万机无不理"，唯有把握好这种关系，系列评论才可能有深厚的内容积淀，通过系列评论，让干部群众懂得，改革、发展、稳定是在总目标统领下的紧密关联、互为条件、相互作用的几个方面，深化改革就是要把改革的力度、发展的速度和社会可承受的程度统一起来，在新常态这个大背景下，找到改革发展稳定的平衡点，确保改革顺利推进、发展遵循规律、社会和谐稳定。三是在把握好改革的根本方向与兵团深化改革的具体举措的关系上搞好评论写作。"君子务本，本立而道生"，系列评论始终把握一个根本，无论怎么改，兵团的组织优势、动员能力不能改没了、改弱了，通过改革增强兵团人的主体意识和责任担当，更加有利于强化党的核心领导地位，发挥兵团党委的领导核心作用，更加有利于健全和转变"政"的职能，落实行政职能和行政执法权，更加有利于坚持和彰显"军"的属性，推进兵团向南发展和兵地融合发展，发挥战略维稳作用，更加有利于确立"企"的市场主体地位，打好国资国企改革攻坚战。

所谓"深"，就是以深刻的思想引领系列评论的写作。一是在把握中央精神与兵团具体情况结合上体现思想的深刻性，系列评论既注重"仰望星空"，又注重"脚踏实地"，把两者有机结合起来，就是着眼于把广大干部职工的思想统一到坚持党中央对兵团的性质定位不动摇上，统一到把有利于强化兵团的组织优势和动员能力作为深化改革的根本标准上，把思想和行动统一到新疆工作总目标的着眼点、着力点上来。二是在把握历史的经验与兵团的现实关系中体现思想的深刻性。"以史为鉴，可以知兴替"，改革开放的历史记述了过去的成功与失败，系列评论文章注重对过去改革历史经验的总结，因为我们今天遇到的很多事情都可以在历史上找到影子，历史上发生过的很多事情也都可以作为今天的镜鉴。这些系列文章注重总结历史经验，对于我们今天认清历史趋势，拓展思路、方法，解决现实矛盾问题，把吸取改革开放的历史经验同解决现实矛盾问题结合起来，进一步把握改革发展规律，更好地全面深化兵团改革，把新时代兵团事业推向前进提供了有益的借鉴。三是在把握外地经验与兵团实际的关系中体现思想的深刻性。"他山之石，可以攻玉"，深化改革也是有规律可循的，深化兵团改革，一方面要立足兵团实际，一方面要开拓思路，认真学习外地发展的先进经验和做法，这样我们既开阔了眼界、启迪了思路，又看到了成绩、认识了机遇，同时又明白了差距、感到了危机，还从中找到了答案、树立了信心、激发了斗志。

所谓"新"，就是以新颖的表述实现系列评论的写作。一是在"顶天"与"立地"的结合上实现表述的新颖性。"不登高山，不知天之高"，但"不临深溪"，也"不知地之厚"。系列文章特别强调把握"顶天"和"立地"两个维度，从"顶天"来看，我们十分注重把握以习近平同志为核心的党中央对新疆和兵团工作的重要指示精神，注重把握中央对兵团的性质地位、职责使命的定位，始终把发挥好兵团特殊作用作为系列文章的一个核心内容，把干部群众的思想和行动统一到中央精神上来，从"立地"来看，系列文章围绕兵团事业所处的特殊地理环境和时代特点，新疆和兵团社会面临主要矛盾发生新转化，围绕事关职工群众切身利益的热点问题、焦点问题、难点问题和现实问题，确保系列文章既有思想的高度又能接地气，这样的文章职工群众才读得进能接受有启发，进而为兵团的深化改革提供了思想理论支撑。二是在理性思考与鲜活实践的结合上实现表述的新颖性。结合鲜活实践就是要体现"接地气"，树木"接地气"，枝壮叶茂，花草"接地气"，葱翠欲滴，庄稼"接地气"，长势喜人。我们的系列文章"接地气"，就要走出高楼深院、走出狭小书斋、走出那些虚拟与狂热的网络环境，把这些理性的分析和思考与兵团的经济与社会实际结合起来，甚至与最基层职工群众的生产生活结合起来，把深邃的思想与鲜活的实践结合起来，使得系列文章既通俗又不乏深度，因而就有了新颖独到的地方。三是在专业语言与群众语言的结合上实现表述的新颖性，系列评论是写给职工群众看的，为了让他们"听得懂""听得进"甚至"百听不厌"，评论写作时尽量避免官话套话，高高在上，颐指气使，尽量避免使用生硬的"专业语言"，闭门造车，自说自话，注意把专业化的内容变成职工群众喜闻乐见的真心话、大实话、心里话，让它具有吸引力、说服力和感染力，尽量讲职工群众听得懂的"土话""方言"，尽量避免使用刻板的"文件语言""表态语言"，多用"真抓实干的语言""解决问题的语言"。

系列评论 100 期是一个里程碑，但绝对不是终点，我们将重整旗鼓再出发，以更深刻、更贴近、更管用的评论为兵团深化改革摇旗呐喊、保驾护航。

（2018 年 12 月 27 日 《兵团日报》 5 版）

改革百论

二、兵团深化改革

BINGTUAN SHENHUA GAIGE

深入推进兵团改革　提升履职尽责能力

改革永无止境，探索未有穷期。改革开放推动了中国特色社会主义各项事业蓬勃发展，是实现中华民族伟大复兴的关键之举。对于兵团，同样要通过改革增加活力、提升实力。从"一主两翼"政策推动团场改革，到深化改革、不断探索完善党政军企合一体制，正是不断改革、不停完善，才使得兵团综合实力不断壮大、履行职责使命的能力有了长足进步。正是因为改革，才有了兵团今天的局面。新形势下，兵团要继续做好深化改革的大文章，更好发挥职能作用。

兵团深化改革，方向要找准。方向问题是根本问题。党的十八大以来，以习近平同志为核心的党中央准确把握国际国内两个大局，围绕新疆社会稳定和长治久安总目标，对兵团提出了新定位、新要求，对深化兵团改革作出了新的重大部署，明确了兵团深化改革的总体思路、基本原则和重点任务，为进一步做好兵团工作指明了方向。兵团要按照党中央要求，高举深化改革旗帜，把握正确方向，通过改革使兵团更好适应新形势、新定位、新要求。

兵团深化改革，职责要认清。近些年，新疆形势总体向好，但"三期叠加"的态势没有根本改变，这对兵团的履职能力提出了更高要求。兵团各级领导干部必须深刻认识到兵团深化改革是事关兵团事业进一步发展、能力进一步提高、职责进一步强化的大事。为此，我们要自觉把兵团的各项改革措施放到维护新疆社会稳定和长治久安的大局中来把握和谋划，通过推动兵团深化改革不断增强兵团综合实力，不断释放兵团体制的活力和优势，不断提高稳疆建疆的能力水平，切实发挥好兵团稳定器、大熔炉和示范区的特殊作用。

兵团深化改革，思维要创新。改革是先易后难，进入深水区，新形势新任务新挑战接踵而至。兵团深化改革，亟须科学处理好屯垦和维稳戍边、特殊管理体制和市场机制、兵团和地方三个重要关系。这就要求我们在保持好政治定力的同时，大胆解放思想、创新思维，冲破思想观念的障碍，跨越利益固化的藩篱，积极探索完善既能让市场在资源配置中起决定性作用又能够把兵团党政军企合一的优势最大化发挥出来的体制机制，把深化改革推向纵深。

兵团是新疆经济社会发展的重要力量，改革是加快兵团发展的必由之路。兵团上下都要以强烈的历史使命感和责任感，以敢于较真碰硬的决心和勇气，以科学谋划、创新推进的智慧，平稳、快速向前推进兵团各项改革，更好发挥兵团特殊作用，为实现新疆社会稳定和长治久安总目标作出新的更大贡献。

（2017 年 7 月 12 日 《兵团日报》 一版）

领导干部要勇挑改革重担

唯改革者进，唯创新者强，唯改革创新者胜。深化改革，要发挥人的重要作用，尤其是领导干部要勇挑改革重担。

坚决落实党中央关于兵团深化改革的部署，兵团各级领导干部作为"关键少数"应发挥表率作用，自觉从全局高度谋划推进改革，勇于挑最重的担子，重要改革亲自部署，重大方案亲自把关，关键环节亲自协调，用兵团深化改革的实际成效，检验各级领导班子特别是主要负责同志的责任担当。

今年是兵团深化改革的开局之年，兵团的领导干部要进一步解放思想，增强改革创新意识，以自我革新的勇气和胸怀，以更大的决心冲破思想观念的障碍、突破利益固化的藩篱。运用好顶层设计和"摸着石头过河"等重要方法，突出问题导向，将改革创新贯穿于兵团经济社会发展各个领域各个环节，鼓励大胆试、大胆闯，从维稳戍边的实践中找思路、创新路、出经验，以改革创新精神，增强落实党中央关于兵团深化改革决策部署的思想自觉和行动自觉，为发挥兵团特殊作用提供坚强保证。

勇挑改革重担，必须善干实干。撸起袖子，实干兴兵团，既是时代强音，也是冲锋号角。当前，兵团深化改革的目标已明、方针已定，取胜的关键在于善干实干。每一位领导干部都要进一步强化责任意识，切实把维稳戍边职责使命牢牢扛在肩上、紧紧抓在手中，以开局就是决战、起步就是冲刺的劲头，以奋发有为的精神状态投入到兵团深化改革的各项工作中去，敢碰改革发展中的"硬钉子"，敢啃攻坚克难中的"硬骨头"，做到矛盾不回避、困难不推脱、责任不推卸，做到能干事、善干事，打造一支能够履行兵团职责使命、发挥兵团特殊作用的干部队伍。

勇挑改革重担，必须抓好落实。千条万条，不抓落实都是白条；千难万难，善抓落实就不难。打好深化兵团改革攻坚战，党员干部不仅要勇挑改革重担，更要抓好落实。要大力发扬"钉钉子"精神和"马上就办"的工作作风，提高站位真看齐、服从命令听指挥、担当作为抓落实，每一项工作都要一抓到底、抓出成效，做到事事有着落、件件有回音，确保各项政策落到实处。在具体工作部署推进上，全面提高执行力，精准制定工作方案，使每一项政策措施都能够做到聚焦聚力、定向施策、点准穴位、精准破题。

实干兴兵团。勇挑改革重担，发挥好兵团特殊作用，不辜负兵团职工群众的期待，要求领导干部要以更昂扬的姿态、更饱满的热情，把职工群众放在心中，把职责扛在肩上，把任务抓在手上，用自己的"辛苦指数"换取职工群众的"幸福指数"，用实干为兵团增光，用担当为实现新疆工作总目标添彩。

（2018年7月12日 《兵团日报》 一版）

突破重要领域　打通关键环节

　　"坚持以改革聚优势，不断丰富完善党政军企合一特殊体制内涵及实现形式，把兵团的特殊优势和发展活力充分释放出来。"前不久，在石河子举行的新建创新发展论坛开幕式上，自治区党委副书记、兵团党委书记、政委孙金龙对改革加以特别强调，彰显出兵团人落实党中央关于兵团深化改革决策部署的坚定自觉。

　　如何把全面深化改革落到实处？这既考验着兵团人的担当品格，也考验着兵团人的政治智慧。时至今日，同全国改革一样，兵团改革进入攻坚期，新旧问题交织、利益主体多样；需要涉险滩、啃硬骨头，需要触及深层问题、体制弊端，各个领域的改革更是相互影响、相互推动、相互制约。方此之时，需要我们在把握系统性、整体性、协同性的基础上，抓住主要矛盾以及矛盾的主要方面，聚焦主要领域、紧扣关键环节，把要啃的硬骨头找出来，把要涉的险滩标出来，在节骨眼、要害处用力。

　　关键环节"一子落而满盘活"，关系到改革成效，是改革的有力支点；重要领域"牵一发而动全身"，关系到改革成败，是改革的重中之重。当前，对兵团改革而言，抓好重点领域和关键环节改革，就是要进一步强化党的核心领导地位，充分发挥兵团党委的领导核心作用；健全和转变"政"的职能，落实兵团行政职能和行政执法权，加快推进财政管理体制改革；坚持和彰显"军"的属性，推进兵团向南发展和兵地融合发展，发挥战略维稳作用；确立"企"的市场主体地位，深化国资国企改革，打好国企改革攻坚战；更充分地发挥民营经济的积极作用，让一切创造财富的源泉充分涌流；扎实推进团场综合配套改革，切实做到"四分开"……

改革永远在路上，探索始终不停歇。在错综复杂的改革道路上，兵团各级要分清轻重缓急，通过重点领域和关键环节的改革来突破和牵引，使市场在资源配置中起决定性作用的同时更好发挥政府作用，打破长期存在的农垦企业思维，推动兵团整体经济转型升级、做优做强，夯实新时期兵团的经济基础和组织基础。

马克思主义唯物辩证法强调两点论和重点论的统一。在推进兵团改革的过程中，只有既坚持重点又坚持全面，在抓好重点领域和关键环节改革的同时，统筹谋划深化改革各个方面、各个层次、各个要素，注重推动各项改革相互促进、良性互动、协同配合，才能形成整体合力；只有坚持统筹集成、整体推进，才能让各项改革举措在政策取向上相互配合、在实施过程中相互促进、在改革成效上相得益彰，从而使改革服务于发展、服务于民生改善、服务于加强和改善党的领导。

（2017 年 8 月 25 日 《兵团日报》 三版）

凝聚各方力量　共绘改革蓝图

改革，是历史的必然。将改革进行到底，是时代的最强音。党的十八大以来，在以习近平同志为核心的党中央高度重视和亲切关怀下，兵团深化改革乘势而上，攻坚克难，锐意进取，为壮大兵团综合实力、履行特殊职责使命奠定了坚实基础。任何改革都要经历一个从易到难、由浅入深的过程，兵团也不例外。

坚冰正在消融，航帆已经风满，如何破冰前行？兵团各级党委要充分发挥总揽全局、协调各方的领导核心作用，最大限度调动一切积极因素和各方力量，发动职工群众参与改革，引导社会力量支持改革，从职工群众中汲取智慧和力量，汇聚起深化兵团改革的强大合力。

在深化兵团改革的进程中，改革、发展、稳定任务之重前所未有，矛盾风险挑战之多前所未有，越是利益多元、观念多样，就越要求同存异，善于寻找最大公约数；越是纷纷扰扰、千头万绪，就越要坚定信心，守护坚持改革的广泛认知，把广大职工群众的智慧和力量凝聚到改革上来，理顺改革稳定发展的关系，化解来自各方面的风险挑战，推动兵团深化改革不断取得新成效。要把促进社会公平正义、增进兵团各族职工群众福祉作为改革的出发点和落脚点，把职工群众满意作为衡量改革成败的根本标准。推进任何一项重大改革，都要站在人民的立场上把握和处理好涉及改革的重大问题，所以我们要从职工群众反映最强烈的问题着眼，从兵团改革最突出的矛盾入手谋划改革举措。"大鹏之动，非一羽之轻也；骐骥之速，非一足之力也。"兵团广大干部职工群众心往一处想、劲往一处使，就能凝聚深化改革的共识与力量。

涓流汇海，聚沙成塔。巩固改革良好势头，势如破竹攻克改革难点，兵团各级各部门要发扬虚怀若谷的包容精神，虚心吸纳各方意见，健全完善社会力量参与机制，团结更多人理解、支持和参与改革，营造实事求是探究改革良策、知无不言发表真知灼见的良好氛围。要注重发挥工会、共青团等团体的作用，齐心协力推进改革；注重发挥统一战线人才荟萃、联系广泛、渠道畅通的优势，善于集中各方面智慧，特别是要充分利用好民间智库资源，由此拓宽决策咨询渠道，修正、更新和调整那些不合时宜的做法，使之成为推动改革、创新、发展的重要软实力，最终形成你追我赶、力争上游、共同为改革想招、一起为改革发力的局面。

改革是推动历史前进的车轮，职工群众是推动改革不断深入的力量之源。深化兵团改革，非一朝一夕、一兵一卒可成，但只要我们博采众长、步调一致，以永不停滞的坚持和脚踏实地的定力，就一定能汇聚起众志成城的强大改革动能，为发挥兵团特殊作用、实现新疆工作总目标奠定坚实基础。

（2017 年 8 月 28 日 《兵团日报》 二版）

改革经验要边改边总结

近日，兵团团场综合配套改革整体推进试点师连队"两委"选举工作动员大会在六师五家渠市召开。团场综合配套改革，是兵团深化改革的基本单元和基本工程。兵团党委决定在六师五家渠市开展整师推进团场综合配套改革试点，是交给六师五家渠市党委的一项重大政治任务。

近年来，兵团体制优势能够充分彰显，综合实力能够不断壮大，职责使命能够有效履行，一个重要原因就是兵团上下坚决贯彻党中央决策部署，坚定不移地推行改革，不失时机地深化改革，并且始终坚持改革的正确方向不动摇。但随着兵团深化改革不断推进，改革的艰巨性、复杂性、系统性愈加凸显，利益关系错综复杂，形成改革共识的难度也在逐渐增大。面对这些摆在我们面前的难题，要继续深化兵团改革，就必须加强顶层设计、把握大局，要不断从实践中获得真知、总结经验、稳中求进。

"不谋全局者不足谋一域，不谋万世者不足谋一时。"兵团深化改革要在加强顶层设计的同时，增强试点探索。兵团深化改革是一个复杂的系统工程，确保每一项改革任务的协调和互动至关重要。无论是提高兵团维稳戍边能力，还是推进向南发展，无论是推进兵团特色新型城镇化进程，还是推动兵地融合发展，都需要更高层次的统筹协调。为此，推进兵团深化改革，就要在顶层设计的框架下，充分发挥试点探索的积极作用，从而为全局性改革提供更加科学精准、系统完善的经验。

改革经验要边改边总结，要强化在"点"上取得成果，继而在"面"

上推广。一方面，兵团各级要形成科学规范的工作机制。要明确任务分工，对试点探索的阶段性进展进行及时总结，当试点探索取得成效、达成共识、感觉稳妥时，再进行推广，充分发挥试点探索对全局性改革的示范、突破、带动作用；另一方面，试点探索要坚持因地制宜的原则。兵团南北疆各团场的内部情况各有不同，改革推广的过程不能一刀切、齐步走，不能一下子全盘铺开，必须坚持从实际出发，具体问题具体分析，增强改革的针对性和精确性。通过试点探索的不断纠偏和总结，从而避免因情况不明、举措不当而引起的问题，为稳步推进兵团深化改革、顺利实现新疆工作总目标提供保障。

（2017 年 8 月 29 日 《兵团日报》 五版）

深化改革没有局外人

当前，全面深化改革的春潮正在中国大地上涌起。兵团也正以前所未有的力度深化改革，啃下了不少硬骨头，闯过了不少激流险滩，激发和释放了巨大的体制动力。

改革，是决定中国命运的"关键一招"，是当今时代的大潮流、大趋势。面对波澜壮阔的改革大潮，没有人可以置身事外，遗世独立。因为，改革的成败，可谓"牵一发而动全身"，与我们每一个人息息相关。

然而现实中，一些人空喊着"改革"的口号，对抱残守缺者嗤之以鼻，对大刀阔斧的改革者拍手叫好，可当新形势出现在眼前、当改革真正降临到自己身上时，却百般抵触，裹足不前，无法适应。显然，这样的人缺少的不只是改革的勇气，更缺少对改革时代的认识，缺少改革时代应有的思维。深化改革是大势所趋、人心所向，是浩浩荡荡的历史潮流。在深化改革大潮中，我们只有自觉做到与改革合拍合力，才能找准自己的坐标，有效履行职责使命，为壮大兵团维稳戍边综合实力、维护新疆社会稳定和长治久安贡献力量。

要认清改革大势。更全面、更深化，是改革的大势所趋。站在历史的角度来看，改革的潮流势不可挡。当前兵团改革方案已经展开实施，这是党中央、兵团党委意志的集中反映和体现，要坚决拥护不冒一点杂音，坚决落实不讲任何条件。首要任务就是把关于兵团深化改革的重要论述学习好、领悟好、贯彻好。要真学细研，切实把改革的战略考量、战略举措、战略要求学深悟透，当理论上的"明白人"。注重用党中央、兵团党委的决策指示统一思想、凝聚意志，消除思想疑虑，抵御外部干扰，坚定改革信心。

要顺应改革大势。行动上要坚决，做到组织有号召、我们有行动，组织有指示、我们有举措。在贯彻落实改革决策部署上，必须始终与以习近平同志为核心的党中央保持高度一致，绝不能讲条件、打折扣、掺水分，绝不能表态很坚决，行动跟不上。要积极宣传改革，宣传推广身边改革实践中探索积累的好经验好做法，充分展示好兵团的改革成效和生动实践，推动形成人人理解改革、支持改革、参与改革的良好氛围。

改革没有旁观者，谁也不是局外人。只有人人进入角色，才能演奏好深化改革的"协奏曲"。兵团各族干部职工群众都要立足本职岗位，拿出敢于、勇于"刀刃向内"的勇气和精神，破除"看客心态"和认同选择的"利己心态"，不当围观者和看客，尽好自己的责，干好自己的事，为兵团改革事业贡献自己的力量。

（2017 年 8 月 30 日 《兵团日报》 二版）

让改革成果更好惠及职工群众

　　"把深化团场综合配套改革与解决职工群众最关心、最迫切、最现实的利益问题结合起来，补齐民生社会事业短板，让职工群众共享改革发展成果，不断提升幸福感获得感。"自治区党委副书记、兵团党委书记、政委孙金龙日前在六师五家渠市调研时这样强调。在这个整师推进改革的试点师，这方面的情况进展得怎样？一位职工的话有一定的代表性，"改革以后土地面积增加了，上缴的费用少了，自然收入也就提高了"。让改革成果更好惠及兵团职工群众这件事正在进行中。

　　改革的目的往大里说，是促进全面建成小康社会，促进中华民族实现伟大复兴；往小里说，就是提升一家一户乃至每个人的获得感、幸福感。因此，改革既要在工作中依靠人民群众，也要在成果上惠及人民群众。兵团深化改革亦然，首要是要壮大兵团综合实力，为兵团履职尽责打下坚实物质基础，为新疆社会稳定和长治久安做贡献；同时，也要切实关注和改善民生，让改革成果更好惠及职工群众。只有让改革成果更好惠及职工群众，职工群众才能更积极支持改革、投身改革，为改革提供源源不断的强大动力。

　　从凝聚共识开始，才能更好惠及。人民是改革事业推进的主体，也是改革成果创造的主体。因此，哪些事项需要改革，通过改革想要达成何等效果，改革要满足怎样的预期，职工群众最有发言权。改革意见的征询、方案的制定、政策的出台，都要凝聚社会共识，只有充分发挥职工群众的积极性、主动性，充分尊重职工群众的实践经验和首创精神，大家齐心协力推进改革，改革才能顺利进行。因为改革成果一开始就是职工群众想要的，所以它本就体现职工群众的意愿，成果就更能满足职工群众的需要，更易为职工群众所接受。

从最关心处改起，才能更好惠及。人民是改革成果创造的主体，也是改革成果的分享主体，但是改革是巨大的系统工程，牵涉方方面面，先改什么，后改什么，让什么先开花，什么先结果，就要讲究次序，有序推进。如何及早实现新疆社会稳定和长治久安总目标？如何更好发挥兵团特殊作用？如何增加就业及收入？如此等等的问题，都是人们普遍关心的问题。要坚持以人民为中心的发展思想，把深化改革与解决职工群众最关心、最迫切、最现实的利益问题结合起来，以此不断改善民生，不断提升职工群众的幸福感、获得感。

从注意反馈做起，才能更好惠及。改革是为了人民，改革要依靠人民，改革成果要让人民共享，改革的效果如何也要听听人民怎么说。人民的实践是检验真理的标准，哪些改革改到职工群众心坎上了，哪些改革对职工群众而言尚属隔靴搔痒，哪些改革职工群众一时不理解，哪些已经改到位了，哪些还需要加把劲、添把火，哪些需要大刀阔斧，哪些确实需要慢工出细活，如此等等的改革信息需要及时反馈。只有充分掌握反馈信息，改革才能一步一个脚印地踏实推进，改革红利的不断释放才能得以保证。

在历史的进步中，人民是最大的推动力量。改革是一场革命，兵团改革也是如此。兵团各级要深刻认识新形势下深化兵团改革的重大意义，让改革成果更好惠及职工群众，更好调动职工群众的改革积极性，引导职工群众真心理解改革，坚定支持改革，积极参与改革，共同推进改革，不断壮大兵团综合实力，更好发挥兵团特殊作用。

（2017 年 8 月 31 日 《兵团日报》 二版）

紧紧围绕总目标　履行好职责使命

　　自治区党委副书记、兵团党委书记、政委孙金龙日前在六师五家渠市调研时强调，兵团各级要深入学习贯彻习近平总书记"7·26"重要讲话精神，深入学习贯彻以习近平同志为核心的党中央治疆方略和对兵团的定位要求，学深悟透中央关于兵团深化改革的部署要求，紧紧围绕新疆工作总目标，聚焦兵团职责使命，凝聚改革共识，汇聚强大动能，确保中央关于兵团深化改革部署落到实处。

　　深化改革进程中的兵团，再次处身历史性节点。紧紧围绕新疆工作总目标发挥特殊作用，是兵团职责所在、使命所系。紧紧围绕总目标深化改革，以改革促发展，不断壮大兵团综合实力，以改革促履职尽责和特殊作用发挥，是当前工作的重中之重、当务之急。

　　要统一认识不偏离。兵团的各项工作和事业必须坚持以国家利益、新疆大局为重，国家利益就是兵团利益，新疆大局就是兵团大局。这就要求兵团全体干部职工的思想和行动都必须统一到新疆工作总目标的着眼点、着力点上来，自觉把兵团改革工作放到新疆社会稳定和长治久安大局中把握和谋划，各项改革目标都要紧紧围绕总目标，服从服务于总目标，一切以实现总目标为根本遵循。

　　要坚持定位不动摇。兵团之所以是兵团，主要是因为其有"三大功能""四大作用"。深化兵团改革，必须瞄准总目标、坚持自身定位，不能把优势改没了、把能力改弱了。要坚持党中央对兵团的性质定位不动摇，把有利于实现新疆工作总目标、强化兵团的组织优势和动员能力作为深化改革的根本标准，毫不动摇地坚持完善党政军企合一特殊体制，充分发挥兵团党委的领导核心作用，健全和转变"政"的职能，坚持和彰显"军"的属性，确立"企"的市场主体地位，深化国资国企改革，切实把兵团的特殊优势和发展活力充分释放出来。

要强化责任敢担当。兵团深化改革是一场必须赢的战斗。作为深化改革的主体，兵团上下要增强主体意识和责任担当，各职能部门单位特别是"关键少数"要紧紧围绕总目标，强化"四个意识"，坚持问题导向，以刀刃向内、壮士断腕、自我革命的大无畏政治勇气，坚决破除利益固化藩篱，坚定落实中央关于兵团深化改革部署，坚持从全局高度谋划推进改革。

兵团深化改革，是兵团履职尽责、更好发挥特殊作用的关键举措，兵团各级领导干部必须紧紧围绕总目标组织、推进、保障各项改革任务顺利进行，通过改革使兵团体制的特殊优势和发展活力充分释放出来，更好地履行维稳戍边的职责使命，更好地发挥稳定器大熔炉示范区功能，为维护新疆社会稳定和长治久安作出更大贡献。

（2017 年 9 月 2 日 《兵团日报》 二版）

确保改革取得实效

近日，自治区党委副书记、兵团党委书记、政委孙金龙在六师五家渠市围绕团场综合配套改革进行专题调研期间，主持召开座谈会，他强调，兵团各级要深入学习贯彻习近平总书记"7·26"重要讲话精神，深入学习贯彻以习近平同志为核心的党中央治疆方略和对兵团的定位要求，学深悟透中央关于兵团深化改革部署要求，紧紧围绕新疆工作总目标，聚焦兵团职责使命，凝聚改革共识，汇聚强大动能，确保中央关于兵团深化改革部署落到实处。

任何一项伟大的工程都是目标、行动和过程统一的系统工程，改革也是如此。确保兵团深化改革取得实效，搞不清楚方向和目的是什么不行，搞不清楚到底要干什么不行，搞不清楚谁来干、怎么干不行。要深入调查研究，摸清实际情况，切实抓好各项改革方案的制定和落实，确保改革务必取得实效。

落实党中央部署是确保改革取得实效的前提条件。党中央关于深化兵团改革的部署，为把兵团建设得职能定位明晰、体制机制健全、综合实力雄厚、作用发挥有力，更好地履行维稳戍边职责使命，更好地发挥稳定器大熔炉示范区特殊作用，提供了顶层设计和重要遵循。我们要深刻领会党中央部署的重大意义，围绕有利于落实社会稳定和长治久安总目标、有利于发挥兵团维稳戍边作用、有利于促进兵地融合和民族团结、有利于兵团发展壮大和提高兵团干部群众生活水平，抓好党中央改革部署落实、落地，务求实效。

改革百论

突出问题意识是确保改革取得实效的关键环节。要把握时代脉搏，把解决问题作为工作努力的方向，把问题导向和目标导向统一起来，瞄着问题去、追着问题走，以改革创新精神破难题、补短板、清障碍，以解决问题、化解矛盾的实际成效在关键领域和关键环节上，实现聚焦和突破。

明确改革责任是确保改革取得实效的重要保证。深化兵团改革，兵团毫无疑问是责任主体，承担改革任务的单位和部门要切实强化主体意识，充分发挥主体作用，做到知责明责、守责尽责。要对照改革意见细化工作措施，明确每项改革举措的任务书、路线图、时间表、责任状，讲究方法、找准路径、精心组织实施，做到但凡涉及改革的都要有人去管、去盯、去促、去干，既要整体落实、系统推进，又要突出重点、集中攻坚。要加强统筹协调，强化督办督察，推动改革举措落地见效。

确保改革取得实效，就要坚持实事求是、与时俱进地在大局中谋划兵团深化改革、在大势中推进兵团深化改革，就要在具体举措上细化实化兵团深化改革，不断将兵团深化改革向纵深推进，以新业绩新气象迎接党的十九大胜利召开。

（2017 年 9 月 6 日 《兵团日报》 一版）

试点贵在提供可复制可推广经验

　　抓好试点工作，对改革全局意义重大。近日，自治区党委副书记、兵团党委书记、政委孙金龙在六师五家渠市调研时强调，"认真谋划、深入抓好改革试点，确保提供可复制可推广经验"。这既为团场综合配套改革指明了正确方向，也为兵团正在深入推进的国资国企改革、医疗卫生体制改革、农业供给侧结构性改革等提供了重要遵循，具有较强的方法论指导意义。

　　试点是重要改革任务，更是重要改革方法。随着范围扩大、深度拓展、难度加大、关联度增强，兵团改革需要涉险滩、啃硬骨头、打攻坚战。在这一过程中，需要把顶层设计和摸着石头过河统一起来，需要通过试点探索改革的实现路径和实现形式，从而发挥对改革全局的示范、突破、带动作用。

　　大量改革实践告诉我们：作为改革方案的"试验田"，试点能够为解决兵团改革全局性的共性问题提供标本；作为改革风险的"缓冲区"，试点能够有效避免盲目抢跑，把兵团改革风险降到最低；作为改革方向的"导航仪"，成功的试点能够推动整体改革提供可复制可推广的经验做法和制度成果。这就要求兵团各级坚持顶层设计、试点先行，落实好试点这一重要改革任务，运用好试点这一重要改革方法，积极扎实稳妥把党中央关于兵团深化改革决策部署落到实处。

　　抓好改革试点工作，必须要坚持问题导向，解放思想、实事求是，鼓励探索、大胆实践，敢想敢干、敢闯敢试，突出抓好国资国企改革和团场综合配套改革。要尊重基层实践，多听基层和一线声音，多取得第一手材料，正确看待新事物新做法，只要是符合实际需要，符合发展规律，就要给予支持，鼓励试、大胆改。要鼓励基层从实际出发，进行试点探索，及时发现总结基层创新举措和鲜活经验，营造想改革、谋改革的良好氛围，最大限度调动各方面推进改革的积极性主动性创造性。要及时总结评估改革试点工作，提炼经验做法，推动整体改革，通过改革真正使兵团体制的特殊优势和发展活力充分释放出来，更好履行维稳戍边职责使命，更好发挥稳定器大熔炉示范区作用。

抓好改革试点工作，需要牢固树立改革全局观。要加强改革试点工作统筹，合理把握改革试点工作节奏，做到"蹄疾而步稳"。对具有基础性、支撑性的重大制度改革试点，要争取早日形成制度成果；对一些矛盾问题多、攻坚难度大的改革试点，要科学组织，在总结经验的基础上全面推广；对一些推进难度比较大的试点，有关部门要加大指导和支持力度；对关联度高、互为条件的改革试点，要统筹协调推进；对领域相近、功能互补的改革试点，可以开展综合配套试点，推动系统集成；对任务进展缓慢、到期没有完成的改革试点，要提前预警、督促落实。总之，要坚持具体问题具体分析，从各师团、各领域、各单位实际出发，区分不同情况，实施分类指导，确保发挥出试点的应有作用，确保提供可复制可推广的做法、经验、制度，推动兵团改革航船驶向更加开阔的水域。

（2017 年 9 月 7 日 《兵团日报》 一版）

摸清情况，不打无准备之仗

日前，自治区党委副书记、兵团党委书记、政委孙金龙在六师五家渠市调研时强调，坚定不移将兵团深化改革进行到底，要坚持问题导向，摸清实际情况，敢啃硬骨头、敢于涉险滩，坚持刀刃向内，勇于自我革命，向体制机制积弊开刀。

一名优秀的指挥员在战斗打响前，必定先掌握情况、摸清底细，做到胸有成竹、知己知彼。全面深化兵团改革，是一项复杂的系统工程。特殊的体制决定了兵团改革不能一刀切、齐步走，必须坚持从实际出发，具体问题具体分析，着重在"为什么改、改什么、怎么改"上凝聚共识，增强改革的针对性和精确性。

改革，是时代的主旋律，也是兵团事业发展的不竭动力和根本出路。以习近平同志为核心的党中央高度重视兵团深化改革，对兵团深化改革作出了顶层设计，提出了一系列部署要求。我们一定要以高度的政治责任感和历史使命感，切实强化主体意识，全力抓好贯彻落实。

明确任务目标。全面深化兵团改革，就是要把兵团建设成职能定位明晰、体制机制健全、综合实力雄厚、作用发挥有力的坚强力量，更好地履行维稳戍边职责使命，更好地发挥稳定器大熔炉示范区作用。为此，我们一定要聚焦总目标、全力攻坚，在事关根本、基础、长远的问题上发力，使兵团全面深化改革的成果体现在不断增强兵团综合实力上，体现在不断释放兵团特殊管理体制的活力和优势上，体现在不断提高维护新疆社会稳定和长治久安的能力水平上。

改革百论

　　扭住一个根本。深化改革无论怎么改，兵团的组织优势、动员能力不能改没了、改弱了。党政军企合一体制是兵团履行屯垦戍边使命的必要体制保证，在坚持这一体制框架不变的前提下，要不断丰富和创新兵团党政军企合一体制内涵及实现形式。强化党的核心领导地位，健全和转变"政"的职能，凸显"军"的属性，确立"企"的市场主体地位，把党政军企合一体制的特殊优势和巨大潜力充分释放出来。要按照社会主义市场经济的要求，探索完善既使市场在配置资源中起决定性作用，又有利于更好发挥兵团特殊作用的体制机制，推进兵团治理体系和治理能力现代化。

　　增强问题意识。改革中难免出现波折和问题，但只要我们以强烈的问题意识，积极查找自身存在的突出问题，对照改革意见，细化工作措施，明确每项改革举措的任务书、路线图、时间表、责任状，讲究方法、找准路径、精心组织实施，既整体落实、系统推进，又突出重点、集中攻坚，就能推动改革不断深入。

　　改革未有期，奋进正当时。做好改革的每一环节，抓好改革的关键领域，补齐改革的每一处短板，我们就能坚实走好改革的每一步。

（2017 年 9 月 11 日　《兵团日报》　一版）

谋全局者方能谋一域

近日，自治区党委副书记、兵团党委书记、政委孙金龙在六师五家渠市围绕团场综合配套改革进行专题调研。他强调，要认真贯彻落实中央关于兵团深化改革部署要求，认真谋划，深入抓好改革试点，确保提供可复制可推广经验，坚决打好团场综合配套改革攻坚战。谋定而后动，任何事情的成功都离不开之前的精心谋划，深化兵团改革亦是如此。

"不谋全局者不足谋一域，不谋万世者不足谋一时。"深化兵团改革的顶层设计已经清晰明了，但并不是所有难题都有了现成答案。所以，不论我们面对什么情况、什么困难，艰苦奋斗的优良传统不能丢，勇往直前的昂扬锐气不能变，通盘考虑的全局观念不能忘，要在确定主要改革举措的基础上，继续深入研究各领域改革关联性和各项改革举措耦合性，深入论证改革举措可行性，把握好兵团深化改革的重大关系，使各项改革举措在政策取向上相互配合、在实施过程中相互促进、在实际成效上相得益彰。

为此，我们要以全局视角对改革所涉及的各方面、各层次、各种要素进行统筹考虑，协调各种关系。尤其要把改革方案制订作为入手点，全面彻底、步步深入，保证改革举措善始善终、行稳致远。要以更大的勇气和智慧去创新创造，求得新解，努力营造敢闯敢试、宽容失败、敢于担当的改革氛围，围绕改革目标制订更加翔实的计划，及时总结经验教训，从而提高改革决策的科学性；加强对改革利弊得失的判断和把握，寻找推进改革的最大公约数，从而激发改革措施的最大效能；深入抓好改革试点，确保提供可复制可推广的改革经验，从而降低改革推广的风险和成本。

深化改革是一场攻坚战，也是一场持久战。改革越往后越深入，面临的矛盾越多难度越大。改革任务之艰巨，更需要我们解放思想、更新观念，以更加开放的举措、更加细致的谋划、更加坚定的信心、更加昂扬的斗志、更加务实的作风，推动兵团改革向广度、深度拓展，为履行兵团职责使命、发挥兵团特殊作用，为实现新疆工作总目标作出新的更大贡献。

（2017 年 9 月 13 日　《兵团日报》　一版）

关键是要更好发挥特殊作用

一个组织的制度设计和体制安排，围绕的核心是其任务和使命，其效能就是看这一制度和体制是否有利于其任务和使命的完成。能够有效完成任务和使命，这一制度设计和体制安排就是合理的、有生命力的。随着形势的变化，制度设计和体制安排也需要作出相应调整，改革因此成为一种必需。只有改革才能完善，才能适应新的情况。

面对新疆"三期叠加"的特殊形势和党中央对兵团的新定位新要求，今天的兵团改革，不只是为了短期目标，更是为了长远大计；不只是时代要求，更是历史责任。深化改革要改出来的、完善出来的，是一个能更好发挥特殊作用的兵团，一个能为新疆社会稳定和长治久安作出新的更大贡献的兵团。

深化兵团改革必须把是否有利于实现新疆社会稳定和长治久安作为衡量成效的根本标准。习近平总书记指出：在新疆组建担负屯垦戍边使命的兵团，是党中央治国安邦的战略布局，是强化边疆治理的重要方略。做好新疆工作，必须把兵团工作摆在重要位置，在事关根本、基础、长远的问题上发力。这是对兵团战略地位和职责使命的鲜明表达、深刻阐释。我们要坚持把思想和行动统一到新疆工作的着眼点着力点上来，自觉把改革工作放到新疆大局中把握和谋划，深入思考兵团存在为什么、兵团责任是什么、兵团应当做什么，通过进一步深化改革更好维护新疆社会稳定和长治久安。

深化兵团改革必须在更好发挥特殊作用上下功夫，进一步展现兵团稳定器大熔炉示范区功能。习近平总书记指出："要发挥好兵团调节社会结构、推动文化交流、促进区域协调、优化人口资源等作用，使兵团真正成为安边固疆的稳定器、凝聚各族群众的大熔炉、先进生产力和先进文化的示范区。"在深化改革中，兵团要聚焦维护新疆社会稳定和长治久安总目标，始终把维稳戍边作为立身之本，提高维稳戍边能力，切实增强发挥特殊作用的力量条件；促进兵地融合发展，切实拓展发挥特殊作用的途径空间；建设高素质干部职工队伍，切实强化发挥特殊作用的组织保证，使兵团能在一些事关根本、基础、长远的问题上更好发力。

深化兵团改革必须把握一个根本，无论怎么改，兵团的组织优势、动员能力不能改没了、改弱了，这是党中央的明确要求。党政军企合一的体制具有组织化程度高、集团化特点突出、能够集中力量办大事的优势，这正是完成兵团使命所需要的优势。改革不是要把兵团的优势改没了、变少了，恰恰相反，兵团要始终把握好这个根本，强化党的核心领导地位，健全和转变"政"的职能，彰显"军"的属性，确立"企"的市场主体地位，把兵团体制的特殊优势和发展活力充分释放出来。

改革只有进行时没有完成时。兵团 60 多年走过的道路，就是一条在不断克服困难中前进的改革创新之路。新时期，我们更要站在全局和历史的高度，通过改革更好肩负起历史使命、更有力发挥特殊作用，推进兵团各项事业不断向前发展。

（2017 年 9 月 15 日 《兵团日报》 一版）

细化措施才能推进到位

　　再好的曲子，也是由一个个音符演奏出来的。深化改革也是一样，要想把改革这支"进行曲"演奏好，非细化措施不可。只有做到像自治区党委副书记、兵团党委书记、政委孙金龙在四十七团等地调研时要求的那样，增强改革主体意识和责任担当，进一步摸清实情，细化措施，讲求方法，才能把深化改革推进到位。

　　六师五家渠市的改革，已经提供了鲜活的实例。取消"五统一"、扩大生产经营自主权等具体举措出台后，职工热情高涨，出现了可喜的"两多"现象——愿意报名当职工的多了，愿意回到家乡承包土地的多了。这些经验表明，改革既需要观念引领，也需要实践推进；既需要宏观层面的顶层设计，也需要微观层面的细化措施。细节虽小，但决定成败，只有把细化措施工作做好了，才能避免改革虎头蛇尾、避免功亏一篑、避免空转打滑，才能打通改革落地"最后一公里"，完成改革的艰巨任务，实现改革的宏伟目标。

　　细化措施要体现宏观要求。改革是要大家受益，所以具体改革举措的拟定、论证、出台要兼顾多方利益，满足各方诉求。深化兵团改革是中央决策部署，一定要按照中央对兵团的定位要求，通过改革把兵团体制机制的优势进一步释放出来，不断壮大综合实力，更好发挥维稳戍边特殊作用。兵团走过了60多年的历程，积累了大量宝贵经验，也存在诸多不足，要立足兵团实际，强化优势，补齐短板，推动兵团更好发展。广大干部职工群众是发展、稳定的主体力量，也是改革的主体力量，要改善民生，顺应民意，满足现实期盼，引导职工群众真心理解改革、坚定支持改革、积极参与改革、共同推进改革。

细化措施要路径清晰明确。改革是系统工程，不仅需要方向明确，也需要路径清晰，任务指标明确。因此，该改哪些，该怎么改，要改到什么程度，想要达到何种效果，改革过程中可能出现哪些问题，等等，都应该明晰。改革需要清晰明确的路线图和时间表。要把原则性、系统性、预见性、创造性贯穿改革全过程，既要增强改革定力，保证确定的路径措施符合中央对兵团深化改革的总体要求，又要保持改革张力，确保路径措施贴合兵团发展实际、满足职工群众对美好生活的新向往新期待新要求。

改革举措是由人规划设计的，也是由人操作执行的，所以改革举措要便于理解、便于操作、便于执行。措施简单明了，易于操作，改革就容易推进，目标也就容易实现。

（2017 年 9 月 19 日 《兵团日报》 一版）

"关键少数"要发挥关键作用

兵团战略地位重要、使命任务特殊，不改革不行，改革不到位更不行。兵团各级领导干部作为"关键少数"，必须深刻认识深化改革的重要意义，在推进改革的进程中自觉发挥关键作用、表率作用，亲自部署、亲自把关、亲自协调，从全局高度谋划推进改革，狠抓落实推进改革，取得实际成效。

要使深化改革观念发挥作用，必须紧紧抓住领导干部这个"关键少数"。当前，面对"深水区""硬骨头"的严峻考验，兵团人亟须发扬特别能战斗的优良传统，以政治勇气和智慧、更有力的措施和办法攻坚克难、闯关夺隘，夺取新时期的新胜利，当此之时，领导干部更要发挥好带头作用、谋划功能和指挥才干。领导干部必须解放思想，进一步增强深化改革的责任感、紧迫感和自觉性，下定决心、排除万难，破解制约兵团进一步发展的难题，不仅要围绕深化兵团改革"出题目"，更要为推进改革"解难题"。

要使深化改革方案落到实处，必须紧紧抓住领导干部这个"关键少数"。毛泽东同志曾经指出："政治路线确定之后，干部就是决定因素。"领导干部对深化改革的态度，对深化改革意义和目标的认识，对具体实施方案的理解和把握，直接关系到兵团深化改革任务能否完成、既定目标能否实现。各级各部门领导干部的改革积极性能否充分调动起来，自然是各种改革方案能否落实的关键。各级领导干部必须把兵团深化改革摆在重要位置，以敢于担当、勇于负责的精神，按照党中央、自治区党委和兵团党委的统一部署，认真研究谋划改革方案和具体措施；要懂经济、会管理，切实增强成本意识，做到各项改革都有具体部署、具体规划、具体要求，切实把改革的方案变成现实。

回顾60多年屯垦戍边的艰辛历程和光辉历史，不难发现，兵团之所以能够从无到有，从小到大，从弱到强，并作出不可磨灭的历史贡献，靠的就是广大职工群众在党的正确领导下、在领导干部的靠前指挥下无私奉献、艰苦奋斗，靠的就是一轮又一轮的改革创新、开拓进取。当前，兵团各项改革已进入"深水区"，各级领导干部必须牢固树立"敢于闯险滩、敢涉深水区、敢啃硬骨头"的信心决心，对改革进程中已经出现和可能出现的问题和困难及时分析研判，找到解决办法，拿出过硬措施。如此，才能不断强化"党"的核心领导地位，健全和转变"政"的职能，彰显"军"的属性，确立"企"的市场主体地位，使兵团体制的特殊优势和发展活力更好释放出来。

（2017年9月21日 《兵团日报》 一版）

统筹抓好改革发展稳定各项工作

近日，自治区党委副书记、兵团党委书记、政委孙金龙在十四师调研时强调，要深入贯彻落实以习近平同志为核心的党中央治疆方略和对兵团的定位要求，紧紧围绕新疆工作总目标，聚焦兵团职责使命，统筹抓好脱贫攻坚和维护稳定、深化改革、增强经济实力、壮大人口规模等各项工作，推进兵团向南发展不断取得新成绩，为兵团更好发挥特殊作用奠定更加坚实的基础。

改革千头万绪，兵团深化改革也不例外，牵涉方方面面。如何既有工作重点，又不顾此失彼，做到详略得当，使改革顺利推进，这需要统筹。处理好改革、发展、稳定三者关系，既是促进兵团经济社会发展、发挥兵团特殊作用、实现新疆工作总目标的现实需要，也是可靠保障。当前兵团深化改革进入攻坚阶段、发展处于关键时期，一定要着眼大局，做好统筹，切实抓好改革、发展、稳定各项工作。

在寻求改革最大公约数中做好统筹。无论是改革、发展，还是稳定，都事关职工群众的切身利益。问题是时代的声音，人心是最大的政治，深化改革就要从"心"开始，从解决人们的切身利益着手，将改革力度、发展进步和职工群众的期盼统一起来，最大限度地凝聚各方共识，汇聚强大动能，形成强大合力。要认真学习贯彻习近平总书记"7·26"重要讲话精神，深入贯彻落实以习近平同志为核心的党中央治疆方略和对兵团的定位要求，紧紧围绕新疆工作总目标，聚焦兵团职责使命，统筹好兵团深化改革这盘棋，努力实现"步步为营、满盘皆活"。

在统筹兼顾中抓好各项工作。准确把握近期发展和长期发展的平衡点、全局发展和"一域"发展的平衡点，兼顾各种现实情况和问题，改革才能顺利进行。改革促进发展，发展促进稳定，稳定又是改革、发展的保障。各级领导干部要贯彻落实新发展理念，以战略眼光和务实态度推进改革、谋求发展、维护稳定，同时把生态文明理念和生态卫士职责贯穿始终，促进兵团更好发挥调节社会结构、推动文化交流、促进区域协调、优化人口资源作用。

在重点突破中向深处着力。眉毛胡子一把抓是做不好工作的。改革只有抓好重点领域和关键环节，才能产生"牵一发而动全身"的良好效果。在重点领域和关键环节上向实处、深处着力，需要做的事情很多，例如，我们要坚持把新型工业化作为主战略，坚定不移大招商、招大商、招成商，着力构建以新型工业化为主导的经济发展格局；促进南疆师团壮大经济实力和人口规模，促进兵团向南发展各项重点任务落实；把脱贫攻坚作为头等民生大事，强化资金支持、项目支撑、政策保障，坚持精准扶贫、精准脱贫，坚决打赢脱贫攻坚战。

统筹抓好改革发展稳定各项工作，兵团才能更快壮大综合实力，更好履行维稳戍边职责，更好发挥特殊作用。各级领导干部要胸怀全局，增强改革主体意识和责任担当，进一步摸清实情，细化措施，讲求方法，落实深化改革部署。

（2017 年 9 月 22 日 《兵团日报》 一版）

坚持把新型工业化作为主战略

大力推动工业转型升级，实现新时期兵团工业的强盛，是兵团深化改革的题中之义。那么，工业在兵团整体发展中处于一个怎样的位置？自治区党委副书记、兵团党委书记、政委孙金龙在十四师四十七团调研时再次明确，"坚持把新型工业化作为主战略，坚定不移大招商、招大商、招成商，着力构建以新型工业化为主导的经济发展格局"。

翻看兵团发展史，我们可以触摸到创业者们的朴素工业梦：为迅速改变当时新疆基本无工业的状况，他们节衣缩食，军帽去掉帽檐，衣领改为单领，在苦干实干中，发展了以"八一牌"为代表的兵团第一代工业，奠定了新疆现代工业基础。进入改革开放新时期，具有敢闯敢干、改革创新气质的兵团人在工业领域大显身手，以"天字牌"为引领的现代企业标注出兵团工业发展的新高度。

在新的历史时期，当好先进生产力的示范区，需要我们继承和大力弘扬兵团老一辈重视工业、发展工业的好传统，紧密结合新疆的资源禀赋、区位优势和兵团发展的阶段性特征，向改革要动力、活力、潜力，努力在提供最优制度供给上胜人一筹，在营造最佳发展环境上先人一拍，在最大限度释放改革红利上快人一步，推动兵团工业转型升级，努力在构建以新型工业化为主导的经济发展格局上有新的突破，进而构建发展水平高、经济效益好、就业能力强、具有较强竞争力的特色现代化工业体系。

通过大招商、招大商、招成商，构建大企业、大集团、大产业，是现代经济发展的内在要求，也是兵团新型工业化发展的重要方向。在这一过程中，要发挥改革的作用力，尽快理顺兵团各类工业园区的体制机制，提高工业园区建设和管理水平。坚持有所不为、有所为，按照凡是市场机制能决定的事项交还市场的原则，大幅度减少行政审批事项和对资源的直接配置，强化战略、规划、政策、标准工作，为企业创造良好的发展环境。深化人才发展体制机制改革，树立强烈的人才意识，实施人才兴市战略，为兵团新型工业化提供有力人才支撑。加强考核制度改革，将发展产业吸纳就业、集聚人口纳入绩效考核范围，引导和推动各单位加快推进新型工业化发展。

改革要求创新，创新在一定程度上就是改革。在推进新型工业化发展中，要把创新作为实体经济发展的制胜法宝，深入实施创新驱动发展战略，大力推进大众创业万众创新，全面落实创新型兵团建设任务，围绕产业发展创新理念、创新措施，加快培育和壮大战略性新兴产业，注重用新技术新业态新模式改造提升优势传统产业，积极发展纺织服装、农产品精深加工等劳动密集型产业。同时，要突出企业主体地位和主导作用，强化科技是第一生产力的意识，落实和完善鼓励企业创新政策，实施重大科技工程和专项，建设以企业为主体的技术创新体系，从而不断增强企业核心竞争力。

（2017 年 9 月 25 日 《兵团日报》 一版）

为南疆发展增添新力量

笙箫齐鸣奏华章，改革恰似大合唱。推进兵团向南发展，是兵团深化改革中的重要乐章，正如自治区党委副书记、兵团党委书记、政委孙金龙在十四师四十七团调研时所强调的那样，我们要紧紧围绕新疆工作总目标，聚焦兵团职责使命，统筹抓好脱贫攻坚和维护稳定、深化改革，推进兵团向南发展不断取得新成绩，为兵团更好发挥特殊作用奠定更加坚实的基础。

南疆，是一个集边境地区、民族地区、贫困地区于一体的特殊地区，其特殊复杂性决定了它是盘活新疆这盘棋的"棋眼"所在，它也是兵团维稳戍边的战略支点。在兵团深化改革的进程中，没有兵团南疆师团的快速发展，就没有兵团的全面发展；没有南疆持续不断向上向好的大发展，就没有兵团深化改革的不断深入和全面获胜。

党的十八大以来，以习近平同志为核心的党中央从国家层面进行顶层设计，高瞻远瞩地作出了加强兵团在南疆发展的重大战略部署。随着一系列特殊政策的落地、帮扶力度的加大，南疆形势发生着积极向好的深刻变化，南疆师团经济社会发展取得一些长足进步，但如今南疆师团总体上仍较为落后，兵团整体实力仍然"北强南弱"，南疆矛盾和问题依然存在，需要我们进一步贯彻落实战略部署，再接再厉、乘胜前进，不断推进兵团向南发展。

大刀阔斧谋发展。发展是全国的主题、时代的强音，也是推进兵团向南发展能否取得新成效的关键。为南疆发展增添新力量，既需要方方面面联合发力，更需要向改革要动力。要加快改善兵团南疆经济结构和增长方式结构，立足南疆自然条件、资源禀赋、区位优势和产业特点，克服单纯依靠水土资源开发的路子，坚持一产上水平、二产抓重点、三产大发展，把生态文明理念、生态卫士职责贯穿始终，以产业发展带动人口集聚为主线，发展壮大产业，扩大人口规模，更快提升兵团南疆经济发展综合实力，缩小兵团南北疆区域经济发展差距，最终增强兵团整体核心竞争力，实现兵团整体实力全面快速发展。

狠抓稳定不松懈。发展，并不限于单纯意义上的经济发展，它还包括社会更有秩序、更为稳定等层面。对于南疆更是如此。南疆问题之多、利益交织之复杂、影响之深远前所未有，必须探寻一条覆盖全方位、多层级、宽领域的发展路径。因此，在布局上要坚持统筹谋划、综合施策，在实施上要坚持慎重稳妥、分步落实，在效果上要坚持兵地融合、互利双赢。框架有了，还要填充好内容。在推进落实中，还要狠抓稳定不放松，不断提升南疆师团维稳戍边能力，筑牢维稳戍边战略支点；优化人口结构，保障和改善民生，集聚扩大人口规模；深入开展民族团结教育活动，着力加强各民族交往交流交融；当好生态卫士，筑牢兵团向南发展生态屏障；嵌入地方发展大局，推进向南发展深度融合；加强对意识形态工作的领导，深入开展意识形态领域反分裂斗争；突出重点任务，开创深化改革新局面，不断取得向南发展新成效。

南疆的稳定发展，已进入攻坚深化时刻。发展机遇时不我待，稳定工作不能放松，坚持抓发展抓稳定两手都要硬。要牢牢把握发展机遇，牢牢掌握稳定主动权，锐意进取，积极作为，不断推进兵团向南发展，不断把深化改革推向新的更高境界。

（2017 年 9 月 26 日 《兵团日报》 一版）

既要遵循"设计"也要"敢闯"

画家作画，未曾动笔，胸有成竹。改革也是一样，改革一定要按照设计规划来推进。马克思说："蜜蜂建筑蜂房的本领使人间的许多建筑师感到惭愧。但是，最蹩脚的建筑师从一开始就比最灵巧的蜜蜂高明的地方，是他在用蜂蜡建筑蜂房以前，已经在自己的头脑中把它建成了。"

但改革还需要另一样东西，那就是改革过程当中的大胆试、大胆闯。大胆试、大胆闯与规划设计并不矛盾，这种"试"和"闯"本身就是在不违反规划设计原则条件下的尝试和探索，它对于规划设计的落实与完善具有不可替代的价值。六师五家渠市进行的改革就带有这种尝试和探索的意味，可为全兵团提供可复制可推广的经验。

按照规划设计来做，就是要坚决贯彻党中央的各项决策部署，聚焦总目标，坚持兵团的职责定位，进一步强化党的核心领导地位，健全和转变"政"的职能，坚持和彰显"军"的属性，确立"企"的市场主体地位，通过一系列改革，把兵团的特殊体制机制的优势充分释放出来，以利兵团更好发挥特殊作用。但执行绝不意味着简单地、机械化地落实上级决策，关键要领会决策意图，把握精神实质，结合实际情况，创造性地推进工作，抓好落实。这就需要在坚决贯彻决策部署的前提下，在满足规划设计的前提下，把大胆探索的精神贯穿于兵团深化改革各个领域、各个环节，要敢于大胆闯。

顶层设计已经绘制了美好蓝图，现在需要拿出闯劲推进改革。改革是一场革命，一方面要搞好利益革命。改革牵涉方方面面利益，没有一股子闯劲，不敢过五关斩六将，不敢突破利益固化的藩篱，不敢刀刃向内自我革命，改革怎么进行？如何取得成功？另一方面，要搞好观念革命。改革既要突破利益固化的藩篱，又要突破僵化思维的框框；既要看到自身的成绩，更要坚持问题导向，看到自身局限、不足和可提升空间。要解放思想，更新观念，跟上时代潮流，甚至引领时代潮流。

改革还是"技术活"。对待改革，要进行仔细的规划，分类推进，不仅要步子稳，还要推进快，要加快落实各项改革任务。对可行性强、见效快的改革，要大步推进，绝不拖泥带水；对认识还不深入又必须推进的改革，要大胆探索、试点先行，确保提供可复制可推广的改革经验；对那些已经开展、有一定基础的改革试点，要加强调研论证，不断规范和完善，为下一步改革试点推广做好铺垫；对一些亟须改革的方面，要积极探索推进，通过大胆尝试，及时总结经验教训，从而制订更加翔实的改革方案。

兵团深化改革的进程、质量、水平如何，很大程度上取决于改革者开拓创新的精神、能力和水平。要想不断深化兵团改革，就要有跳出思维定式的勇气和胸怀，始终坚持问题导向，坚持总目标，只要有利于实现总目标、有利于发挥兵团维稳戍边作用、有利于兵团发展壮大，都要大胆试、大胆闯，不断实现改革的新突破，取得改革的新成效。

（2017 年 9 月 27 日　《兵团日报》　一版）

保持昂扬奋进的精神状态

改革是一场革命，决定了改革进行曲必是激越的乐章，这既需要"歌词"豪迈，也需要"曲谱"高昂，更需要"演唱者"给力，能够"唱上去"。

经由先期改革的一些动作，兵团深化改革迈出了新步伐，以六师五家渠市为例，作为整师推进团场综合配套改革试点单位，他们大刀阔斧出台了很多举措，采取了很多行动，进行了开拓探索。兵团深化改革的歌声已经唱响，歌词内容高端大气，歌曲曲调激越昂扬。当此之际，最需要的就是广大干部职工鼓足干劲，保持昂扬奋进的精神状态。

保持昂扬奋进的精神状态，要加强学习，解决主观认识问题。马克思说："人们奋斗所争取的一切，都同他们的利益有关。"一些同志之所以对深化改革不够上心、不够投入、达不到"奋斗"的程度、"不在状态"，主要是对深化改革的意义认识不清甚至认识错误。无论是从维护新疆社会稳定的视角看，还是从改善民生的视角看，兵团深化改革的意义都重大而深远，并且与每个人的利益密切相关。因此，我们一定要加强学习，学深悟透以习近平同志为核心的党中央关于兵团深化改革的部署要求，坚持国家利益就是兵团利益，新疆大局就是兵团大局，紧紧围绕新疆工作总目标推进兵团深化改革。

保持昂扬奋进的精神状态，要着眼客观现实，具有忧患意识。问题是时代的声音，问题也是"苦味剂"、清醒剂。古人云："生于忧患，死于安乐。"不论我们已经取得多少成绩，成绩都不是沉醉的理由，成绩只代表过去，奋斗才开创未来。只有在看到成绩的同时也看到问题，我们才是清醒的，可以长久立于不败之地。兵团走过60多年风风雨雨，积累了很大的历史惯性，兵团也还存在着诸如体制机制与新形势新任务不够适应，"北强南弱"格局没有改变，发展不足、不强、不优问题没有根本解决，有效集聚人口紧迫感不强、手段不多、方法有待创新等问题。我们只有昂扬奋进不松懈，才能抓住问题不放手，解决问题不手软，在克服困难中不断前进，在破解难题中不断发挥特殊作用。

保持昂扬奋进的精神状态，要勇于担当作为，做足实践功课。兵团来源于"军"、特色为"军"、优势是"军"、作用在"军"。兵团人要牢记职责使命，锐意改革，革除旧弊，强化优势，大胆实践，努力提高维稳戍边看家本领，开创工作新局面。要而言之，就是要通过改革实践，把存在的问题解决掉，把党政军企合一体制的优势改出来，使党的核心领导地位进一步强化，使"政"的职能健全和转变，使"军"的属性更加彰显，使"企"的市场主体地位基本确立，充分释放兵团体制的特殊优势和发展活力，不断壮大兵团综合实力，为实现新疆社会稳定和长治久安总目标做出新成绩。

兵团深化改革，事关兵团综合实力壮大和特殊作用发挥，意义重大深远，广大干部职工一定要保持昂扬奋进的状态，在过去成绩的基础上，再接再厉、齐心协力，把深化改革推进好，确保在改革进行曲需要的段位，唱出我们的最强音。

（2017年9月28日 《兵团日报》 一版）

全面深化改革需要增强学习本领

《兵团日报》评论员

兵团深化改革进入深水区和攻坚期，甚至是未曾涉足的"无人区"，在此情况下，各项工作如何找到路标，明确方向？改革者怎样才能更好斟酌损益，调和鼎鼐？

"好学才能上进，好学才有本领。"学习力是一个人最基本的能力，是一个社会的核心竞争力。在兵团深化改革到了攻城拔寨、闯关夺隘的关键时刻，无论是团场综合配套改革，还是深化教育、医疗等领域改革，都有不少"硬骨头"，遇到的阻力也会越来越大。改革者只有不断增强学习本领，才能避免陷入少知而迷、不知而盲、无知而乱的困境，才能增强改革的科学性、预见性、主动性，使各项改革决策部署体现时代性、把握规律性、富于创造性，走出前人没有走过的新路子。

要牢牢把握学习的正确方向。方向决定道路，道路决定命运。没有正确方向，不仅学不到有益的知识，还容易被一些天花乱坠、脱离实际甚至荒唐可笑、极其错误的东西所迷惑。兵团深化改革是以习近平同志为核心的党中央作出的重大决策部署，是有方向、有立场、有原则的。增强学习本领，必须坚持以马克思主义为指导，把思想和行动统一到以习近平同志为核心的党中央治疆方略和对兵团的定位要求上来，统一到以习近平同志为核心的党中央对兵团深化改革的决策部署上来，抵御各种错误思潮，保持坚定的政治信念和战略定力，避免陷入盲目状态甚至误入歧途。

在学习中要坚持问题导向。缺少问题意识，"为学习而学习"，这样的学习不会有任何针对性。习近平总书记强调："对改革进程中已经出现和可能出现的困难要一个一个克服，问题要一个一个解决，既敢于出招又善于应招，做到'蹄疾而步稳'。"学习时要有强烈的问题意识，抓住改革中的实际问题不跑偏、扭住改革实践中出现的问题不放松，以问题导向统领学习。只有在学习过程中时刻联系改革实践中的困惑、具体操作中的问题，有针对性地思考、讨论，才能做到对症下药、有的放矢，一把钥匙开一把锁；才不会"入宝山而空返"，老在原地打转。

要拜人民为师、向群众学习。习近平总书记强调："在人民面前，我们永远是小学生，必须自觉拜人民为师，向能者求教，向智者问策；必须充分尊重人民所表达的意愿、所创造的经验、所拥有的权利、所发挥的作用。"党的十九大报告要求，"坚持以人民为中心的改革价值取向不能变"，必须把人民对美好生活的向往作为奋斗目标。在兵团深化改革中要做到"以人民为中心"，职工群众关心什么、期盼什么，改革就抓住什么、推进什么，必须拜职工群众为师，虚心向职工群众求教问策，不断从职工群众中汲取营养和力量，让改革带给职工群众更多获得感。

改革不止步，增强学习本领就没有止境。改革者只有始终保持一种"本领恐慌感""时代落伍感"，不断增强学习本领，才能在改革中"识得水性"，胜任兵团深化改革的繁重任务。

（2018 年 9 月 13 日 《兵团日报》 一版）

全面深化改革要增强改革创新本领

《兵团日报》评论员

唯改革者进，唯创新者强，唯改革创新者胜。当前，兵团深化改革的任务繁重，但机遇与挑战并存。站在新一轮改革大潮的风口浪尖，能否借势而起、实现整体跃升，创新改革推进的好与坏、深与浅，将是一个决定性变量。我们唯有不断汲取新思想、新方法，不断释放新活力、新动力，不断产生新成果、新办法，才能推动兵团全面深化改革实现跨越式飞跃。

增强改革创新本领，就要大胆试、大胆闯。改革不会一路坦途，创新也没有现成的路。搞改革，就要触及不合时宜、阻碍发展的体制机制和条条框框，不可能四平八稳、没有任何风险；要创新，面对的更多是陌生甚至未知的新情况，意味着摸索，也意味着坎坷和阻力。当"低垂的果子"已经摘完，面对"难啃的硬骨头"，更需要解放思想，增强改革创新意识，以更大的决心冲破思想观念的障碍、突破利益固化的藩篱。运用好顶层设计和"摸着石头过河"等重要方法，突出问题导向，将改革创新贯穿于兵团深化改革各个环节，大胆试、大胆闯，在实践中不断创新，在创新中不断突破，最终实现工作突破、事业突破、改革突破。

增强改革创新本领，要善于结合实际创造性地推动工作。"纸上得来终觉浅，绝知此事要躬行。"改革创新不是纸上谈兵，也不是闭门造车，而是要沉下心、扑下身，从躬身实践中获得灵感、求得真经。改革的思路从何而来？创新的举措从何而来？答案要到第一现场、基层一线去寻找。必须紧密结合兵团各团场连队发展实际、行业实际，紧紧围绕改革中的热点、难点问题，找准工作的着力点，找准实现既定目标的结合点，探索解决问题的新方法、新举措。对一些好的制度、管用的机制、有效的做法，要结合新情况、新问题，有针对性地加以修改，不断总结完善，使其能够常用常新、时时管用有用。

增强改革创新本领，还要保持精神和干劲。既然搞创新、谋改革，就要有新作为、新气象，绝不能干两三年还是"涛声依旧"，每年都是在重复昨天的故事。要对新生事物永远保持高度敏感，善于把改革创新中零碎、肤浅、表面的感性认识，上升为全面、系统、本质的理性认识，提高认识和运用客观规律的水平；善于运用互联网技术和信息化等新方法、新手段解决新问题，增强工作的针对性和有效性。同时，要善于学习借鉴先进理念和工作方法，把改革创新不断引向深入。"实干是发展之基、成事之道"，在深化改革的攻坚战中，更要充分发扬扬鞭奋蹄、时不我待的进取精神，克服畏难情绪、急躁心态；始终坚持察实情、讲实话、办实事、求实效，为下一步改革的发展提供可靠依据、奠定坚实基础。

事业发展不断向前，增强本领亦永无止境。改革，是不断突破、不断升级的过程；创新，是创造性的推动、推进工作的过程。只要我们始终保持改革创新的奋进状态，就能在兵团深化改革的攻坚战中闯关夺隘、取得更大成效。

（2018 年 9 月 18 日 《兵团日报》 一版）

全面深化改革需要增强政治领导本领

《兵团日报》评论员

政治领导本领是领导干部的立身之本，为政之要。当前，兵团全面深化改革进入深水区和攻坚期，能不能提高把方向、谋大局、定政策、促改革的能力和定力，正是体现领导干部政治领导本领的地方。因此，改革者只有练就高强的政治领导本领，不断提高保持政治定力、驾驭政治局面、防范政治风险的能力，才能将兵团全面深化改革不断向纵深推进。

增强政治领导本领，要把牢改革的正确方向。方向决定道路，道路决定命运。方向问题是根本问题。兵团全面深化改革是以习近平同志为核心的党中央作出的重大战略部署，是有方向、有立场、有原则的。增强政治领导本领，要坚定理想信念，恪守政治方向，保持政治定力。只有牢牢把握政治方向，把思想和行动统一到以习近平同志为核心的党中央治疆方略和对兵团的定位要求上来，统一到党中央关于兵团深化改革的决策部署上来，把有利于实现新疆工作总目标、强化兵团的组织优势和动员能力作为衡量改革成效的根本标准，才能在波谲云诡的形势面前廓清迷雾、心明眼亮，才能在重大政治原则和大是大非问题上毫不含糊、毫不动摇，才能使兵团更好适应新形势、新定位、新要求。

增强政治领导本领，要掌握科学的思维方式。思维决定思路，思路引领前路。兵团全面深化改革离不开用科学思想方法去观察、思考、分析问题。为此，改革者要站在战略制高点上研判形势、分析问题、谋划未来，牢牢掌握应对兵团复杂改革形势的主动权；要破除头脑里的"深水区"，走出"走老路最保险"的惯性思维，在创新中寻找破解改革难题的钥匙；要科学运用马克思主义唯物辩证法的基本原理分析问题，坚持"两点论"与"重点论"相统一，避免"一根筋""走极端"；要树牢底线思维，严守纪律高压线，不碰法律红线，坚守道德底线，始终敬畏法纪，集干净与干事于一身、勤奋与廉洁为一体，推动各项改革工作在法治轨道上运行。

增强政治领导本领，要钉好抓落实的钉子。一分部署，九分落实。对于领导干部来讲，求真务实、狠抓落实与调查研究、科学决策同样重要。改革越向纵深推进，遇到的硬骨头越多。现实中，有的地方以"文件还没来""还没上会研究"等为托辞，令改革实践慢一拍；有的地方出台了配套政策，却因利益藩篱而推不下去。这些都在实际中影响了改革措施的落实，成了改革的"中梗阻"。改革要深入，就必须去除深水区的礁石、突破前行中的障碍。改革者要始终把抓落实作为工作的主旋律，做到重要改革亲自部署、重大方案亲自把关、关键环节亲自协调、落实情况亲自督察，要以真抓的实劲、敢抓的狠劲、善抓的巧劲、常抓的韧劲，把各项改革举措精准落实落地，让改革成果更多更公平地惠及职工群众。

当然，练就过硬的政治领导本领绝不可能一蹴而就，也绝非一朝一夕之功，而是一个需要终生努力的课题。这就更需要我们以撸起袖子加油干的精神，真抓实干，砥砺奋进，迈好脚下每一步，把兵团维稳戍边事业推向新的境界。

（2018 年 9 月 20 日　《兵团日报》　一版）

全面深化改革需要增强科学发展本领

《兵团日报》评论员

新一轮改革大潮涌动在军垦大地，突破了许多过去认为不可能突破的关口，解决了一些多年来未能解决的难题，夯基垒台的任务基本完成，全面改革的框架基本确立，但仍有很多"疑难杂症"等着我们去攻克，有很多难啃的"硬骨头"需要我们去啃。方此之时，必须采用科学的方式解决发展中的难题、破除改革中遇到的障碍。作为兵团全面深化改革的推进者、组织者、参与者，各级党员干部唯有保持定力，不断增强科学发展本领，才能在改革攻坚中不断开拓创新，推动兵团全面深化改革不断取得新突破。

增强科学发展本领，要牢固树立新发展理念。以习近平同志为核心的党中央作出我国经济发展进入新常态的重大战略判断，提出"创新、协调、绿色、开放、共享"的新发展理念，强调用新发展理念引领发展行动。就兵团而论，底子薄、不平衡、欠发达的基本情况，决定了各级领导干部在全面深化改革中必须主动适应把握引领经济发展新常态，认真践行新发展理念，坚持稳中求进工作总基调，统筹推进"五位一体"总体布局、协调推进"四个全面"战略布局，推动兵团经济实现稳定可持续发展，在不断改革中保持稳中有进、稳中向好的发展态势。

增强科学发展本领，要善于运用科学发展方式。只有坚持科学发展之路，才能培育可持续发展新动能。对兵团各级党员干部来说，身处转变发展方式、优化经济结构的攻关期，要在构建市场机制、增强发展动能上下功夫，不断增强经济发展的创新力和竞争力。不仅要摒弃不科学的发展方式，更要找到可持续的发展方向。必须坚持质量第一、效益优先，以供给侧结构性改革为主线，推动经济发展实现质量转变、效率革新、动能转换，着力构建市场机制有效、微观主体放活、宏观调控有度的经济体制。

增强科学发展本领，要增强破解难题的能力。全面深化改革是一场硬仗，绝非轻而易举就能完成，解决改革发展中的一些复杂问题，不能依赖以往的经验和做法，必须用发展的眼光来认识、分析和把握问题，创造性地提出解决问题的新思路、新举措、新办法，做到辨证施治、综合施策。只有盯住"痛点"下苦功，敢啃"硬骨头"，才能跨过沟坎、化危为机。兵团各级党员干部要做到求真务实、推陈出新，不断增强破解难题的能力，推动改革不断向纵深发展。

科学发展，功在当代，利在千秋。改革越向前推进，就越需要有科学发展的本领。增强科学发展本领，是新时代兵团党员干部的历史使命，意味着要承担更多责任、下更多功夫。兵团各级党员干部要不断适应经济社会发展新形势，切实增强科学发展本领，提高科学发展能力，推动兵团全面深化改革取得新突破。

（2018 年 9 月 27 日 《兵团日报》 一版）

全面深化改革要增强依法执政本领

《兵团日报》评论员

"凡属重大改革都要于法有据""确保在法治轨道上推进改革"，习近平总书记的重要论述，充分体现了运用法治思维和法治方式推进改革的治理理念，这既是对全面推进依法治国的落实，也是下一步改革得以顺利推进的前提。改革者要不断提高依法执政本领，主动以法治思维看待问题，用法治方式解决问题，依法推动改革发展稳定各项工作，努力营造办事依法、遇事找法、解决问题用法、化解矛盾靠法的良好法治环境。

确保在法治轨道上推进改革，是由改革本身的复杂性所决定的。如今，改革进入攻坚期和深水区，下至群众的教育、医疗、养老，上到关系经济转型的国资国企改革，无不牵一发而动全身。无论是健全和转变"政"的职能，加快依法行政的步伐，还是推进兵团生态文明法治建设，确保将生态环境保护工作纳入依法治理的轨道，都需要我们用法治利剑破除阻碍社会发展的藩篱，用法治的方法破解改革的难题，越是改革的硬骨头，越要用法治的方法和手段去攻坚。只有让改革遵循"法之准绳"，才能确保各项改革举措依法有序推进落实。

运用法治思维，破解改革难题。法者，治之端也。先立法、后改革，即便是先行先试，摸着石头过河，也必须置于法治框架之中，坚持在法治框架内推进改革。以往，一些领导干部习惯于"拍脑袋决策""行权宜之计"，往往付出很大代价。以法治思维推进改革，需要让改革者围绕规则和程序办事，而不以决策者的注意力和判断力为转移。要在贯彻落实中央关于兵团深化改革决策部署上下功夫，做到令行禁止、政令畅通，不搞阳奉阴违、不搞另起炉灶、不搞"拍脑袋决策"，坚持用法治思维和法治方式破解改革发展的各种难题，确保改革在法治轨道上推进。

坚守法治底线，强化权力制约。各级领导干部要把党纪国法内化于心、外化于行，带头尊法学法守法用法，自觉筑牢拒腐防变的堤坝。要知敬畏、守底线，习惯在受监督和被约束的环境中工作生活，让各级领导干部自觉将自己的一言一行都纳入到宪法法律和党规党纪的约束之中。各级领导干部既要当好"关键少数"，又要切实履行好全面从严治党主体责任。只有层层传导压力、压实责任，才能形成风清气正的良好政治生态。

筑牢法治基础，凝聚改革共识。人民是法治建设的主体，是法治国家的主人。人民权益要靠法律保障，法律权威要靠人民维护。对重大改革尤其是涉及人民群众切身利益的改革，要建立社会稳定评估机制。遇到关系复杂、牵涉面广、矛盾突出的改革，要让群众的意志贯穿改革推进过程中，从人民利益出发谋划思路、制定举措、推进落实，增强群众对改革的认同感。坚持人民主体地位，坚持法律面前人人平等，切实促进公平正义，引导公民共同参与法治建设，充分调动群众投身依法治国实践的积极性和主动性，最大限度凝聚改革共识。

"法者，天下之准绳也。"所有改革行为都要依法依规、程序正当，要用法治引领改革发展破障闯关。唯有筑牢法治"篱笆"，阻止权力"越线"，才能在法治轨道上推动兵团深化改革落地落实。

（2018 年 10 月 2 日 《兵团日报》 一版）

全面深化改革需要增强群众工作本领

《兵团日报》评论员

习近平总书记强调："是否重视做群众工作，是否善于做群众工作，是衡量领导干部政治上是否合格、工作上是否称职、领导能力强不强的一个基本标准。"人民群众不仅是历史的创造者，还是开辟未来的英雄。增强群众工作本领，既是马克思主义群众观的题中应有之义，也是一个现实而又永恒的主题。

当前，兵团全面深化改革已行至中游，皆大欢喜的"帕累托改进"已然不多，以什么凝聚起继续前行的力量，校正好发展航向？只有为了人民的改革，才能大气磅礴；只有依靠人民的改革，才能一往无前。改革越向前推进，越需要解决好"为了谁、依靠谁、我是谁"的问题。作为改革推进者、组织者的领导干部，只有不断增强群众工作本领、站稳群众立场、增进群众感情，才能推动兵团全面深化改革取得新突破。

进一步强化群众观点。人民群众是历史的创造者，是决定党和国家前途命运的根本力量。以人民为中心、人民利益至上，是我们党的宗旨和先进性所在，也是对我们党发展历史的经验总结。兵团全面深化改革中流击水，不进则退，只有从思想源头上提高对做好群众工作、密切联系群众的认识，才能让改革沿着正确航向前进，获取最磅礴的推动力量。无论是改革的总体方案，还是改革的具体举措，都要了解实际情况，倾听职工群众呼声，在深入调查研究的基础上科学设计；要坚持顶层设计与基层探索良性互动、有机结合，让职工群众真正成为改革的参与者、支持者和受益者。

创新群众工作方法。毛泽东同志曾经指出："我们的任务是过河，但是没有桥或没有船就不能过。不解决桥或船的问题，过河就是一句空话。"做好群众工作就如同过河，如果方法不科学、找不准抓手，群众工作就会变成"空空泛泛地喊口号，蜻蜓点水，浮光掠影，是不会产生效果的"。随着兵团全面深化改革不断向纵深推进，如今的群众工作内容、领域和环境与以往相比都有很大不同，仅仅依靠原有的经验远远不够。方此之时，做好群众工作必须与时俱进，树立新理念，掌握新方法，多用职工群众听得懂的话与职工群众对话，多用职工群众乐于接受的方式做群众工作，不断提升团结引领、组织动员职工群众的能力。

提升服务职工群众水平。现实中，一些本身很好的改革政策、举措最终没让职工群众得到实惠，导致职工群众不满意，究其根本，是因为一些领导干部群众工作能力弱、服务职工群众水平差。让人民有更多获得感，是改革的初衷和目标。以为民服务为职责的领导干部，要勇于到改革发展的主阵地、脱贫攻坚的最前沿，带着感情深入群众，真心实意排忧解难，和职工群众打成一片，学真知识，练硬本领，把理想信念的坚定、为民情怀的提升、执政本领的增强深深扎根于联系服务职工群众的伟大实践中，让改革成果惠及广大职工群众。

善做群众工作堪称我们党的"看家本领"。只要把以人民为中心的思想贯穿落实到改革始终，不断增强群众工作本领，做到改革为了人民、改革依靠人民、改革成果由人民共享，兵团全面深化改革就必能突破关口、战胜险阻、破浪前行。

（2018 年 10 月 9 日 《兵团日报》 一版）

全面深化改革需要增强狠抓落实本领

《兵团日报》评论员

悠悠万事，贵在落实。习近平总书记在党的十九大报告中强调："增强狠抓落实本领，坚持说实话、谋实事、出实招、求实效，把雷厉风行和久久为功有机结合起来，勇于攻坚克难，以钉钉子精神做实做细做好各项工作。"当前，兵团全面深化改革进入攻城拔寨的攻坚期、系统集成的关键期、全面施工的高峰期，作为改革的"关键少数"，领导干部只有练就一身狠抓落实的真本领，以钉钉子精神苦干实干拼命干、落实落实再落实，才能到中流击水，推动兵团全面深化改革向纵深发展。

增强狠抓落实本领，要多几分抓落实的自觉。思想是行动的先导，抓落实的力度，取决于思想认识的高度。在实际工作中，一些领导干部对改革决策部署落实不力，往往并不是能力问题，更多的是认识问题。为此，领导干部要着力增强宗旨意识，把抓落实的出发点放到为党尽责、为民造福上，树立抓落实是本职、不抓落实是失职、抓不好落实是不称职的理念。要着力增强大局意识，坚决把思想和行动统一到中央决策部署上来，以刀刃向内、壮士断腕、自我革命的大无畏政治勇气，坚决破除利益固化藩篱，坚定坚决落实中央关于兵团深化改革决策部署，自觉从全局高度谋划推进改革。

增强狠抓落实本领，要掌握科学的方法。改革任务千头万绪，"眉毛胡子一把抓"，只会什么都抓不好，讲方法、明重点、循规律，才能做到精准发力、一击中的。现在，有的领导干部找不到主要矛盾，不分轻重缓急、先后主次，一锅煮、齐步走，影响落实效果；有的对新情况新问题研究不深，拿不出解决办法，工作被动，落实滞后。这告诉我们，工作中仅有落实的愿望和劲头，并不一定能获得理想的落实效果，还要有解决问题的办法、化解矛盾的能力。挂图作战是推进工作、完成任务的一大制胜武器。"凡事预则立，不预则废"，列出清单，对照目标进度，实施挂图作战，抓落实才会"从容不迫、心中有数"。同时，还要学会"弹钢琴"的工作方法，做到重点明确、各方协调、十指联动、有力有效。

增强狠抓落实本领，要做到久久为功，抓常抓长。兵团深化改革是系统工程，是攻坚战，也是持久战，只有进行时，没有完成时。尤其是改革进入深水区和攻坚期，甚至在很多领域突入了"无人区"，如果这时候抓落实"抓一阵子松一阵子"或"前紧后松，越来越松"，则会前功尽弃、功亏一篑。在这场攻坚克难的战役中，领导干部只有摒弃急躁、浮躁情绪，以认准目标、迅速行动、雷厉风行、只争朝夕的作风抓落实，以"咬定青山不放松"、坚持不懈、久久为功的韧劲把抓落实的过程当成一个积小胜为大胜、积跬步致千里的过程，才能蹄疾步稳，在改革路上不断取得新成绩、创造新辉煌。

千条万条，不抓落实都是白条；千难万难，善抓落实就不难。只要我们的党员干部坚定以习近平新时代中国特色社会主义思想为指导，切实增强狠抓落实的本领，勠力同心，夙兴夜寐，勤奋工作，就能打好深化兵团改革攻坚战，将壮丽蓝图变为美好现实。

（2018 年 10 月 12 日 《兵团日报》 一版）

全面深化改革要提升驾驭风险能力

《兵团日报》评论员

改革是一个从易到难、由浅入深的过程。随着时间推移，兵团深化改革进入到攻坚期和深水区，各种新问题、新矛盾不断出现，处于隐蔽状态的风险也逐渐暴露出来。有风险，就意味着困难多、担子重，但只要我们不断提升防控风险的能力，在推进全面深化改革的过程中，进一步强化忧患意识，把各方面的风险考虑得全面一些，应对措施准备得周密一些，就能确保改革积极有序、蹄疾步稳。

"备豫不虞，为国常道。"防控风险，首先要充分估计前进道路上可能遇到的困难和风险，做到知己知彼、知事知源。改革意味着会有"不同的声音"、会遇到各种风险挑战，绝不可能一帆风顺。只有坚持未雨绸缪、防微杜渐，尽可能把各种可能出现的情况想周到想透彻，把应对措施制定得周详完善，特别是要善于把握事物的发展趋势，对苗头性、倾向性问题进行正确的推测或判断，下好先手棋、打好主动仗，才能最大限度把风险消灭在萌芽状态，从源头上防控风险。

当然，面对各种风险和挑战，关键是要处置有序、主动作为。领导干部作为兵团深化改革的带头人，面对潜在风险，一方面要加强风险的调查研判能力，善于从各种信息中甄别风险点，查找可能引发风险的各种隐患并进行有效防控；另一方面，面对突发风险，要沉着冷静、快速反应，注重进行全面、整体和长远的分析研判，找准矛盾和问题的根源，学会抓主要矛盾，分清主次，防范化解风险。风险发生后，要亡羊补牢，及时总结经验教训，建立健全长效机制，确保今后工作中能在第一时间防范风险发生，第一时间控制风险规模和影响范围，牢牢把握驾驭风险的主动权，不让小风险演化为大风险，不让个别风险演化为综合风险。

风险既然无法避免，也不能回避，那么最好的方法就是直面它。"天变不足畏，祖宗不足法，人言不足恤。"改革开放以来，我们党正是以改革精神，直面风险考验、迎接挑战，推动着改革开放巨轮劈波斩浪。面对风险挑战，如果怕这怕那、趑趄不前，抱着"多一事不如少一事"的消极态度，固然可以求得一时轻松，但最终还会引发更多矛盾。"纷繁世事多元应，击鼓催征稳驭舟。"良好的精神状态是做好一切工作的重要前提，面对风险危机，情况越是危急，越需要稳住阵脚、敢于担当；状况越是复杂，越需要统揽全局、敢于作为。

"风险像弹簧，看你强不强。你强它就弱，你弱它就强。"处在兵团深化改革的关键节点，只要各级党员干部时刻有风险意识，保持不怕风险的精气神，练就化解风险的本领，就能不断闯关夺隘，推动改革不断取得新突破。

（2018 年 11 月 21 日 《兵团日报》 一版）

深化改革要让创新成为常态

《兵团日报》评论员

改革与创新"一脉相承"，谈改革就要讲创新。当前，兵团深化改革已经全面铺开，改革中遇到的困难越来越多，碰到的阻力也越来越大。但是改革的突破、成效的凸显也都是从这些难啃的硬骨头被攻克开始。

啃硬骨头离不开创新，那些僵化的、保守的、落后的、与时代发展相违背的、与职工群众期盼相左的"老办法""老套路"必将被时代所抛弃。因此，在深化改革的关键阶段，要把创新融入改革的全过程，把创新作为破解难题的突破口、引领前进的有力抓手，让创新成为一种常态。

要让创新成为常态，必须要有创新思维。思维创新是一切改革、发展和变化的先导。要结合兵团工作实际开展调查研究，找准方向和目标，打破那些阻碍新事物发展的"思维定式"和"路径依赖"，打破原有观念习惯、思维模式、利益格局。要树立创新思维，将那些固有习惯、迷信权威、从众心理、自我中心等情绪革除殆尽，不断解放思想，实现思想创新，让新理念为深化改革提供思想保证和动力源泉。

要坚持求真务实的态度，有问题不回避、不搪塞，哪些问题突出就解决哪些问题，哪些问题棘手就优先安排解决，用新思维解决老问题。特别是在兵团向南发展的实践中，尤其需要把深化改革的各项创新措施综合运用、灵活运用，把一些创新举措结合南疆地区现状和向南发展实际先行先试，扎实开展，紧紧围绕新疆工作总目标，全面推进兵团深化改革和向南发展。兵团各级领导干部在创新思维过程中要进一步深入研究和解决工作中的新情况新问题，善于换位思考、多角度思考、创造性思考，勇于突破不合时宜的观念、做法、体制和机制，使改革创新成为一种自觉的思维理念、行为方式和目标追求。

现阶段，深化改革的各个领域紧密相连、相互传动，一个领域的创新会影响到其他领域发生变化。要让创新成为常态，必须善于抓住兵团深化改革和向南发展进程中需要创新的重点工作，找准工作的切入点，实现重点突破，要注意向南发展的创新措施与兵团深化改革整体战略举措之间的系统性、整体性、协同性，要统筹兼顾、协同推进深化改革各项工作，从而推动兵团通过深化改革不断壮大综合实力。

改革创新是社会发展的推动力，是事业兴旺发达的不竭动力。改革创新已成为兵团党员干部、职工群众的共识。兵团各级领导干部要身体力行，让创新成为常态就要化压力为动力、化阻力为激励，迎难而上、锐意进取，推动兵团深化改革取得新突破。

（2018 年 11 月 28 日 《兵团日报》 一版）

以自我革命精神推进改革

《兵团日报》评论员

"唯其艰难，才更显勇毅；唯其笃行，才弥足珍贵。"从思想观念的破冰，到利益格局的重造，再到发展方式的重塑，改革之路从无坦途。近日，在兵团深化改革工作会议上，自治区党委副书记、兵团党委书记、政委孙金龙肯定了一年多来兵团深化改革的成绩，他指出："兵团深化改革稳步推进，初见成效，'党'的领导全面加强，'兵'的能力得到重塑，'政'的意识正在养成，'企'的市场主体地位确立。"

成绩的背后，离不开勇于自我革命的决心与意志。当前，兵团深化改革到了一个新的重要关头，一些矛盾问题无可回避，必须直面，改革要想取得新突破，就必须以自我革命的决心与意志，冲破思想观念的束缚、突破利益固化的藩篱，始终以狮子般的勇猛战斗姿态投身改革。

勇于自我革命，必须冲破思想观念的束缚。"新则活，旧则板；新则通，旧则滞。"所谓"新"，就是不同以往，有别于习惯性的思维和做法。改革当前，面对新挑战新问题，只有敢于打破一切不合时宜、妨碍改革发展的思维定式，顺应潮流、与时俱进，才能跳出老套路、旧框框。如果没有自我革命的勇气，跳不出条条框框的限制，就不可能有真正的思想解放，就很难看清问题的症结，很难找准突破的方向和着力点，很难拿出创造性的改革举措。因此，兵团各级党员干部要进一步把思想和行动统一到党中央决策部署上来，正确、理性、客观地认识当前兵团深化改革的形势，深刻认识和把握"稳中求进"的总基调，提高工作的科学化水平，实现兵团深化改革的新突破。

勇于自我革命，必须突破利益固化的藩篱。利益固化藩篱作为一种体制机制上的顽瘴痼疾，已成为改革路上的险滩和障碍。改革最难的就是利益的调整。我们要坚持从人民的利益、国家的利益、长远的利益出发，着力解决好群众最关心的问题和难题，只要有利于实现好、维护好、发展好最广大职工群众根本利益，只要有利于巩固党的执政基础和执政地位，就大胆试、大胆闯，坚决破、坚决改，以此增强群众对改革的认同感和参与度。让"以人民为中心"的发展思想，成为当下破除利益固化藩篱必须坚持的改革观。

勇于自我革命，必须拿出迎难而上的决心。改革要有一股子闯劲和勇气。当前，兵团深化改革已经到了攻城拔寨、闯关夺隘的关键时刻。无论是推进团场综合配套改革，还是深化教育、医疗、养老等领域改革，都有不少"硬骨头"要啃。改革关头勇者胜，越是攻坚克难，越要有"明知山有虎，偏向虎山行"的勇气，越要有"咬定青山不放松"的毅力，迎难而上，稳扎稳打，我们不能心有"小九九"而畏葸不前，更不能因为在乎得失而踌躇不决，要"破"字当头，敢舍、敢闯、敢拼，唯有如此，才能积小胜为大胜，以改革突破开创发展新局面。

"物久则废，器久则坏，法久则弊。"不求变、不求新注定要被时代淘汰。只有勇于自我革命、敢于刀刃向内、敢于刮骨疗伤、敢于壮士断腕，才能实现凤凰涅槃、破茧成蝶，在不断攻坚克难中迈向成功。

（2018 年 11 月 30 日 《兵团日报》 一版）

更加积极主动参与向南发展

《兵团日报》评论员

千难万难，也要向南。向南发展是以习近平同志为核心的党中央交给兵团的政治任务，必须不折不扣坚决落实到位。

兵团国资国企是兵团经济社会发展的重要载体和支撑，是推进向南发展、保障职工群众根本利益的重要力量。在当前深化国资国企改革过程中，兵团国有企业要进一步提高政治站位，牢固树立"四个意识"，坚定"四个自信"，坚决做到"两个维护"，在推进向南发展中积极主动扛起职责使命，积极参与向南发展，服务南疆师团产业发展和人口集聚。

当前，兵团国有企业无论是在数量、规模还是实力分布上，都存在南北疆不均衡的现象，兵团国有企业在服务南疆师团发展方面仍有很大潜力可以挖掘。兵团国有企业要进一步强化"棋眼"意识，抓住产业发展和人口集聚两个关键点，久久为功、蹄疾步稳坚决向南。

发挥引领作用，带动产业向南。国资国企在资源配置中具有引领示范作用，兵团国资国企要以排头兵的使命感和责任感参与向南发展，引导社会资本在南疆投资兴业，促进兵团南疆师团产业大发展。要加大对南疆兵团城镇基础设施建设的投入力度，推动国有资本向兵团南疆城镇聚集，为产业发展打下坚实硬件基础。要发挥"四两拨千斤"的作用，加强兵团国有企业与中央企业、援疆省市企业、地方企业、非公有制企业的合资合作，带动各类资本一起向南，"八仙过海，各显神通"，在南疆师团创新创业。

　　提升发展水平，吸引人口向南。兵团国资国企要以产业发展带动人口集聚为主线，以纺织服装、农副产品加工等劳动密集型产业为突破口，重点提升棉花、果品加工等特色优势产业，加快发展文化旅游、商贸物流、金融保险等现代服务业，增加就业岗位，助力南疆师团集聚更多人口。要转变思维方式、创新管理机制，按照建设现代化经济体系的要求着力提升企业发展质量和效益，增强企业吸引力。需要特别指出的是，在当前强调高质量发展背景下，必须坚决克服单纯依靠水土资源开发的路子，坚持把新型工业化作为发展产业集聚人口的主战略。

　　推进兵团向南发展是全兵团共同的重大政治任务，没有局外单位，没有局外人。兵团国资国企要把服务和参与向南发展作为硬任务，有条件要干，没有条件创造条件也要干，绝不可推三阻四、避重就轻。要完善考核激励机制，引导和推进兵团国有企业向南发展。要科学设置考核指标，既要突出企业经济效益绩效考核，也要体现企业在推进兵团向南发展上的尽责情况，奖优罚劣，从而树立正确导向，推动国资国企在向南发展中作出新成绩新贡献。

（2018 年 12 月 25 日 《兵团日报》 一版）

改革百论

三、深化团场综合配套改革

SHENHUA TUANCHANG ZONGHE PEITAO GAIGE

全面深入推进团场综合配套改革

　　团场是兵团经济发展、民生改善、集聚人口、兵地融合、发挥作用的重要载体。近年来，随着兵团经济社会发展，团场长期积累的深层次矛盾凸显。2017年9月28日，自治区党委副书记、兵团党委书记、政委孙金龙在兵团党委推进团场综合配套改革动员会上强调，深入落实中央关于兵团深化改革部署，坚决打赢团场综合配套改革攻坚战。

　　新时期，兵团要不断壮大综合实力，更好履行职责使命、发挥特殊作用，必须深入推进团场综合配套改革，切实增强兵团生机活力。

　　与其他改革相比，团场综合配套改革涉及的领域多、范围广，面临的矛盾和问题复杂，很多矛盾都与利益调整有关，改革的系统性、整体性、协同性要求前所未有，无论是进一步强化党的核心领导地位、健全和转变"政"的职能、坚持和彰显"军"的属性、确立"企"的市场主体地位，还是改革财政管理体制、创新兵地融合发展、打好国企改革攻坚战等一系列改革任务，团场都是终端。兵团各项改革的成效最终都要落脚在团场、体现在团场。

　　可以说，团场综合配套改革是兵团深化改革的基础和关键，事关兵团其他领域改革的推进，事关兵团深化改革的成败，是兵团面临的"现实大考"，是兵团改革必须跨过的一道大坎。

　　"唯其艰难，才更显勇毅。"兵团党委深入学习贯彻习近平总书记关于兵团深化改革的重要讲话精神和党中央关于兵团深化改革的决策部署，深刻把握兵团深化改革总体要求，精心部署推进团场综合配套改革工作，坚持用好试点这个推进改革的重要方法，加强指导、精心组织开展六师整师推进团场综合配套改革试点工作，及时总结经验、发现问题、完善措施，确保系好"第一粒扣子"，为其他领域改革铺好路、立标杆。

兵团党委召开推进团场综合配套改革动员会的目的，就是进一步总结六师整师推进团场综合配套改革试点做法和经验，对全兵团推进团场综合配套改革进行动员部署。各级各部门要充分认识推进团场综合配套改革的重大意义，强化责任担当，准确把握总体要求，认真落实重点任务，切实加强组织领导，以求真务实、善谋善成、锐意进取的工作作风和精神状态，坚决打赢团场综合配套改革攻坚战，不辜负党中央的重托和广大干部职工群众的期望，以优异成绩向党的十九大献礼。

（2017年9月29日 《兵团日报》 一版）

要有"咬定青山不放松"的定力

改革越深入，越面临处处险阻、重重困难。风云变幻，最难得的是保持战略定力。回顾兵团60多年发展历程，我们之所以能取得巨大成就，成为实现党中央关于新疆工作总目标的重要战略力量，就在于我们始终以高度的战略定力坚持正确的前进方向，排除各种干扰，确保改革不变质、不走样。开弓没有回头箭，攻坚关头勇者胜。今天，兵团深化改革进入勇闯险滩、啃硬骨头的深水区，政治定力更是兵团改革巨轮乘风破浪的航向标和压舱石。认准目标、一往无前才能胜利，三心二意、东一锤子西一榔头将一事无成。我们必须以坚定不移的决心、一鼓作气的气魄、求真务实的行动，认真落实全面深化改革的战略布局，才能开创兵团深化改革的新局面。

改革定力，源自对改革大势的深刻认识、对改革前景的坚定自信，源自对改革责任的自觉担当、对改革事业的不懈追求。全面推进兵团深化改革，是兵团当前和今后一个时期的重大政治任务。面对纷繁复杂的国际国内局势和严峻的维稳戍边任务，兵团各级领导干部必须具备稳如泰山、坚如磐石的政治定力，不畏艰难险阻，把准改革脉搏，不断增强改革的定力、保持改革的韧劲，真正做到静得下心、沉得住气、干得成事。

保持改革定力，要坚守政治原则，把握政治方向，坚定不移走好走稳自己的路。兵团是党中央治国安邦、安边固疆的重要战略力量。深化兵团改革，必须瞄准总目标、坚持自身定位，不能把优势改没了、把能力改弱了。要坚持党中央对兵团的性质定位不动摇，把有利于实现新疆工作总目标、强化兵团组织优势和动员能力作为深化改革的根本方向，毫不动摇地坚持完善党政军企合一特殊体制，切实把兵团体制的特殊优势和发展活力充分释放出来。兵团体制需要改革完善，但怎么改、怎么完善，我们要有主张、有定力。

保持改革定力，要把眼光放长远，多做打基础、利长远的事情。面对改革中的复杂问题，我们要放下急于求成的功利心，拿出功成不必在我的大胸怀，舍弃眼前利益、个人利益，梳理出优先顺序，设计好承接关系，形成政策合力，才能为兵团进一步发展开辟出最大的腾挪空间。

保持改革定力，要有"明知山有虎，偏向虎山行"的勇气，敢于担当。改革是一项系统、复杂而长远的工程，既不能幻想一蹴而就、"毕其功于一役"，也不能寄希望于搞出一套完美无缺、一劳永逸的体制机制。如果患得患失、不敢负责，前怕狼、后怕虎，遇到矛盾"退"字当头，遇到困难"躲"字当先，裹足不前，就只能碌碌无为、一事无成。要对确定的目标任务，敢于从改革上找出路、在创新上想办法，不断研究新情况、解决新问题，用创新的举措增强发展活力，创造性地开展工作。

兵团深化改革是系统工程，是攻坚战，也是持久战，只有进行时、没有完成时。只要我们坚定坚决贯彻落实中央关于兵团深化改革部署，以"咬定青山不放松"的定力推进改革，坚持一张蓝图绘到底，就一定能开创全面深化改革的新局面。

（2017年10月3日 《兵团日报》 一版）

把握好改革的"时度效"

推进改革须坚持问题导向。以问题为导向，改革既急不得，也等不得；既冒进不得，又不能火力不足。无论是抓住问题还是解决问题，要恰到好处。抓就要抓到"恰逢其时"，抓到"恰到好处"，抓出预期效果。全面认识和把握"时度效"之间的辩证关系，对于兵团深化改革尤为重要。

2017年是兵团深化改革的开局之年，打好首年改革之战，就"时"而言，要有任务书、路线图、时间表；就"度"而言，必须坚持把思想和行动统一到新疆工作的着眼点、着力点上来，在关键环节、重要领域，把握好改革的界限、幅度和范围，提升改革质量；就"效"而言，要加大组织和协调力度，以抓铁有痕、踏石留印的劲头，坚持不懈抓下去，务求把兵团各项深化改革工作落到实处，把兵团特殊体制机制优势充分释放出来，取得成效。

"欲粟者务时，欲治者因势。"以习近平同志为核心的党中央对兵团深化改革作出重大部署，为兵团改革完成了"四梁八柱"的顶层设计，为兵团发展提供了新的历史机遇。当此之时，正宜大力推进深化改革。兵团上下要深入贯彻习近平总书记系列重要讲话特别是关于新疆和兵团工作的重要讲话精神，坚持问题导向，着眼现实问题，抓住历史机遇，应"时"而谋、蓄"势"而发，因"时"而动、顺"势"而为，以更大的勇气和智慧，深化兵团改革。

把握好兵团深化改革的"度"，应体现在长远利益和眼前利益的统筹上，应表现在全局和一域的发展关系上，应贯穿于重点领域和关键环节兼顾上。国家利益就是兵团利益，新疆大局就是兵团大局。把握好兵团深化改革的"度"，要把兵团深化改革工作放到新疆社会稳定和长治久安大局中把握和谋划，着重在事关根本基础长远的问题上发力，使改革的成果体现在不断增强兵团综合实力和竞争力上，体现在不断释放兵团特殊管理体制活力和优势上，体现在不断提高兵团维护新疆社会稳定和长治久安的能力水平上。

我们要坚决落实党中央对兵团深化改革的部署，不断丰富创新党政军企合一的体制机制，强化党的核心领导地位，健全和转变"政"的职能，彰显"军"的属性，确立"企"的市场主体地位。对一些关键领域和重要环节要高度重视，那些需要攻坚克难的"硬骨头"，那些需要闯的难关、需要蹚的险滩，我们都要既稳妥又高效地解决。如此，一个问题一个问题跟进解决，一个节点一个节点扎实推进，一个方案一个方案有序展开，改革便得到深化，改革的实效便显现出来。

（2017 年 10 月 5 日 《兵团日报》 一版）

改革要有争先恐后的紧迫感

千帆竞渡、百舸争流，如何鼓足马力、奋勇争先，在改革的大潮中不落人后？中流击水、浪遏飞舟，如何闯关夺隘、攻坚克难，取得新的胜利？

深化兵团改革是以习近平同志为核心的党中央作出的重大战略部署，是实现社会稳定和长治久安总目标的重要举措，是释放兵团体制特殊优势和发展活力的迫切需要，是推动兵团履行好维稳戍边职责使命的强大动力，是更好发挥兵团稳定器大熔炉示范区作用的必然选择。

意义重大，使命非凡。在兵团深化改革进入深水区、攻坚期的关键时刻，等不得、慢不得，更拖不得，我们一定要把改革的步伐踏得更准、迈得更大、咬得更紧，拿出"闻鸡起舞、只争朝夕"的工作干劲，聚精会神、苦干实干、多拉快跑，把问题解决在当下，为改革顺利实施铺平道路。

扬帆沧海长风满，克难攻坚箭在弦。推进兵团全面深化改革，我们要有"快马加鞭不下鞍"的进取精神。对兵团来讲，从"一主两翼"政策拉开团场改革序幕，到全面深化改革、党政军企合一体制的不断探索完善，正是通过不断改革、不停完善，才使得兵团综合实力不断壮大，履行职责使命有了更加坚实的根基。但我们也要清醒地认识到，改革没有终点。面对新的世情、国情，兵团一方面要更好发挥特殊作用，成为维护新疆社会稳定和长治久安的坚强力量；另一方面，也肩负着发展自身、改善民生，成为安边固疆的稳定器、凝聚各族群众的大熔炉、先进生产力和先进文化的示范区的重任。如果说使命、责任和担当是兵团永不褪色的基调，那么在深化改革的这次远航中，兵团也要继续发扬敢为人先、奋勇向前、不甘落后的进取精神，把兵团事业的风帆吹得更鼓更满。

"鲲鹏展翅，九万里，翻动扶摇羊角。"我们要继续发扬"敢教日月换新天"的开拓精神。成就改革伟业，正需要这种敢打敢拼的气势。墨守成规、守株待兔不行，左右摇摆、瞻前顾后更不行，只有披荆斩棘、开拓创新才能推动发展。最强有力的行动是踏实果敢的实干行动，在深化兵团改革的过程中，我们还有许多困难要克服，还有许多"硬骨头"要"啃"。我们要把精力用在事业上，把功夫用在落实上，把本领用在发展上，大刀阔斧、攻坚克难，以"咬定青山不放松"的决心严明责任、狠抓落实，调动一切积极因素，用好合力，推动全面深化改革奋力前行，积厚成势。

"将令已发千军动，楼兰不破誓不还。"我们要有"踏石留印、抓铁有痕"的实干精神。改革是一项伟大的事业，伟大的事业需要伟大的行动。等靠要，换不来成绩；议而不决、决而不行，更不可能有奇迹。实干贵在彻底果断，要对一系列改革决策部署盯紧盯牢，绝不允许拖沓散漫、贻误时机。实干重在动真碰硬，要有壮士断腕的勇气和攻坚克难的决心，绝不允许讨价还价、半途而废。实干就要心无旁骛，雷厉风行，实打实地干起来；部署的工作，要积极动起来，加强监督检查，确保兵团改革不断取得新成效。

（2017 年 10 月 7 日 《兵团日报》 一版）

建立完善容错纠错机制

改革就是从没有路的地方闯出一条路来。在探路前进的过程中，必然伴随各种困难和风险，难免出现各种曲折和失误。对此，邓小平同志曾经说过："干这样的一场革命，又是一个新事物，难免要犯错误。我们的办法就是不断总结经验，有错误就赶快改，小错误不要变成大错误。"如果怕犯错误，改革只能是纸上谈兵。只有正确对待改革过程中出现的差错失误，才能更好推进改革。

体制、职责、使命等的特殊性，决定着兵团改革同全国其他地方相比，难度系数更大、风险指数更高、不确定因素更多。这需要我们强化宏观层面的顶层设计，推动中央、自治区党委和兵团党委关于改革的决策部署不变形、不走样地在兵团落地生根；也需要鼓励探索、先行先试，最大限度调动广大干部的积极性、主动性、创造性。在这样的改革场景下，营造宽容过错、允许失败的环境，解除改革者的后顾之忧，使其解放思想、放下包袱、轻装上阵，就成为一种内在要求。从一定意义上说，能否建立有效的容错纠错机制，能否很好保护改革者、鼓励探索者，关系到兵团深化改革能否打开局面，直接决定着兵团深化改革的前途命运。

建立健全容错纠错机制，首先要明确标准、标清底线。要把干部在推进改革中因缺乏经验、先行先试出现的失误和错误，同明知故犯的违纪违法行为区分开来；把上级尚无明确限制的探索性试验中的失误和错误，同上级明令禁止后依然我行我素蛮干的行为区分开来；把为推动发展的无意过失，同为谋取私利的违纪违法行为区分开来。显然这里的"容错"，属于改革先行先试出现的失误和错误，属于探索性试验中的失误和错误，属于为推动发展的无意过失。而对胡乱作为的错误，对我行我素的错误，尤其是对方向性、颠覆性的错误，要坚决否定。

建立健全容错纠错机制，关键要明确导向、形成制度。要把干事创业的鲜明导向树立起来，处理好执行政策、严明纪律与保护干部积极性的关系，处理好"决策失误问责"与"宽容改革失误"的关系，综合考虑问题发生的背景原因、动机目的、情节轻重和性质后果等方面因素，着力为勇于探索创新的干部撑腰壮胆，做到在他们遇到挫折和失误时帮一把、拉一把。要制定细则，明晰改革的概念，便于在实际操作中准确区分真改革、好改革和伪改革、乱改革。在此基础上，给前者宽松环境和激励机制，给后者问责红线和约束机制，确保兵团深化改革始终沿着正确方向前进，确保兵团的特殊优势和发展活力充分释放出来。

事物是在不断变化中向前发展的，我们在实际工作中也要冲破固有观念的障碍、突破定式思维的藩篱，敢于走前人没有走过的路。因此，对于探索者在改革过程中的失误，我们要给予"人非圣贤，孰能无过"的宽容，鼓励其大胆地试、大胆地闯，勇于实践、勇于探索、勇于创新；同时，也要提倡"知错能改，莫之善也"的勇气，引导探索者敢于正视自己的错误，善于分析错误发生的根源，进而找出从错误走向正确、从失败走向成功的路径，开辟改革发展的新境界。

（2017 年 10 月 9 日 《兵团日报》 一版）

既要敢于突破又要稳扎稳打

精量播种，既节约种子又省去后期的间苗。在全面深化改革的语境下，精量播种可以构成一种隐喻，即干事创业既要勇于创新，大胆突破，又要注意循序渐进，稳扎稳打。

习近平总书记强调："改革是循序渐进的工作，既要敢于突破，又要一步一个脚印、稳扎稳打向前走，确保实现改革的目标任务。"历史经验反复证明，要紧迫不要急躁，要勇敢不要冒进。任何一项改革都可能是"牵一发而动全身"，需要全方位的系统设计和统筹安排，改革的"产业"也需要持续"经营"。如果贪功冒进、急于求成，就可能让改革成为"一锅煮不熟的夹生饭"，徒增改革难度，甚至有碍改革发展大局。

兵团体制机制存在着与新形势新任务不适应的问题，如"北强南弱"格局没有改变，发展不足、不强、不优问题没有根本解决，有效集聚人口紧迫感不强、手段不多、方法有待创新。眼下的这场改革，着眼和解决的就包括这些问题，要达到的目的就是通过不断强化自身，更好履职尽责，发挥特殊作用。因此，在这样一个大的时代背景下，兵团深化改革必须勇字当头，敢于突破，要的是你追我赶，奋勇争先。

但同时要注意的是，大力推进不是急躁冒进，奋勇争先也不是不管不顾。万丈高楼平地起，改革有它的长期性、艰巨性、复杂性。随着改革的深入，原先没有的矛盾会冒出来，原先没有解决掉的问题会成为"拦路虎"。对此，我们既不能自欺欺人、视而不见、畏首畏尾、消极停滞，也不能盲目乐观、贪多求快，追求"毕其功于一役"。要把握好节奏，稳扎稳打。只有坚持党中央对兵团的性质定位和大政方针不动摇，全面认识兵团面临的艰巨任务，按照自治区党委和兵团党委的部署来推进，改革才能不偏不倚、蹄疾步稳、顺利进行。

在深化改革方面，六师五家渠市已经进行了探索，取得了弥足珍贵的经验。兵团各级各部门要自觉从全局高度谋划推进改革，按照既定部署，定好盘子、厘清路子、开对方子，统筹各项改革任务，敢于突破，大力推进。同时，注意具体问题具体分析，准确处理好各方面的关系，不断完善改革方案。根据改革任务的特点，稳妥处理好个人和集体、国家的关系，屯垦与维稳戍边、特殊管理体制和市场机制、兵团和地方的关系，充分发挥个人的聪明才智，充分释放兵团的特殊优势和发展活力，确保打赢兵团全面深化改革攻坚战。

（2017 年 10 月 10 日 《兵团日报》 一版）

坚持以人民为中心的改革导向

　　一片土地的历史，就是在她之上的人民的历史。正在全面推进的兵团改革大业，谁是最大的受益者？谁是最终的评判者？答案只有一个——人民。我们党的根本宗旨是全心全意为人民服务，实现好和维护好人民群众的根本利益就是我们一切工作的出发点和落脚点。如果改革不能惠及人民群众，那我们的改革将失去意义、难以持续。

　　改革为了人民，改革依靠人民，改革成果由人民共享。新时期，面对思想观念束缚之阻、利益固化藩篱之绊，只有始终坚持以人民为中心，才能确保改革巨轮不偏离正确的航向。当前的兵团改革已进入攻坚期和深水区，更加需要将增进职工群众福祉作为改革航标，最大限度地调动职工群众共同推进改革的积极性、主动性和创造性。

　　把为民谋利作为根本取向。如果不能带给职工群众实实在在的利益，不能创造更加稳定的社会环境，改革必将失去依靠，没有动力。然而，以人民为中心谋求和推进改革，并不是件轻而易举的事情。现阶段兵团职工群众的期盼是什么？是社会稳定，是长治久安，是安居乐业，是收入增加，我们的改革怎样才能满足这样的期盼、体现这样的要求？怎样改才能促进社会稳定、增进群众福祉？解决这些问题，必须深入实际、深入基层、深入群众，多听一听职工群众的愿望，在广泛汲取职工群众智慧中，探寻为民谋利的更好思路、更好举措，使改革决策、改革方法和促进社会稳定、发挥特殊作用、满足切身利益紧密结合起来，真正改到职工群众的心坎上。

把群众满意作为工作指标。职工群众是改革的直接受益者，也是改革效果的最终评价者。职工群众满意不满意，关系改革能否顺利推进，我们要牢牢盯住总目标，不断校正改革的准星，将职工群众真欢迎、发展真需要的改革举措往前排、往实干。要从具体的事改起、从职工群众最不满意的事改起，紧密结合当地发展实际，紧紧聚焦突出问题，着力解决关系职工群众切身利益的问题。对已经出台的改革方案，要狠抓落实、及时跟踪、及时检查、及时评估、及时整改，做到改革推进到哪里、督察就跟进到哪里，全面打通改革推进的"最后一公里"。要经常听取职工群众对改革的评价，集中民智，推进改革。

"问渠哪得清如许，为有源头活水来。"只要坚持以人民为中心的改革导向，紧紧依靠各级领导干部和广大职工群众，万众一心，扎实奋进，我们就一定能够夺取兵团深化改革的伟大胜利，为新疆社会稳定和长治久安作出新的贡献。

（2017 年 10 月 11 日　《兵团日报》　一版）

改革要真心依靠群众

俗话说："火车跑得快，全靠车头带。"但火车运力强，靠的又是什么呢？是车厢。正是车头后面那长长的车厢，承载了大量的旅客或货物。改革也是这样，改革号列车要想多拉快跑，既要靠干部带动，也要靠群众支持。

一切为了群众，一切依靠群众，从群众中来，到群众中去，把党的正确主张变为群众的自觉行动，这是我们党的优良传统。兵团60多年的伟大实践证明，真心依靠群众，就有无穷力量、无穷智慧，条件艰苦的哨所旁就能挺立小白杨，盐碱地就能改造成良田，戈壁滩就能建起大花园。当前，兵团深化改革稳步推进，我们一定要继续发扬优良传统，真心依靠群众，从群众中汲取无穷智慧和磅礴力量，把改革不断推向深入。

尊重群众意愿，满足群众所需。人民群众是历史的创造者，也是历史进程的参与者。深化改革，既是壮大兵团综合实力、更好发挥兵团特殊作用的需要，也是群众内心的迫切要求。人人向往稳定的社会氛围、舒适的生活条件、舒心的干事创业环境，稳定、舒服、舒心怎么来？要靠进一步的改革，通过改革，把兵团体制机制的优势充分挖掘出来，把兵团的特殊作用更好发挥出来，促进新疆社会稳定和长治久安总目标及早实现。在这个过程中，我们要充分认识到，群众的强烈意愿，群众对美好生活的不懈追求、对美好价值观的坚守以及对自身价值实现的努力拼搏，永远是改革的内生动力，是推动改革向纵深发展的力量之源。

激发群众热情，汇聚群众力量。邓小平说："我们改革开放的成功，不是靠本本，而是靠实践，靠实事求是。农村搞家庭联产承包，这个发明权是农民的。"事实最有说服力，改革中的好多东西，维稳戍边事业中的好多好思路、好措施、好做法都是基层创造出来的。深化改革进行时，我们尤其要充分尊重基层和群众的首创精神，以基层的鲜活经验打开自己的思想空间，以群众的生动实践拓宽自己的工作思路。群众是改革的主体，他们既是改革的拥护者，又是改革的实干家，我们只有不断激发群众的改革热情，不断汇聚蕴藏在群众中的强大力量，才能把改革引向深入，让改革进入新境界。

改革是一场革命，是一场惊心动魄的伟大实践，深化改革必须最大限度调动各方面的积极性、创造性，必须真心依靠群众。万炮齐发火力猛，众人拾柴火焰高。只要在深化改革的过程中，相信群众、依靠群众，就能战胜艰难险阻，就能实现预期目标，就能壮大兵团综合实力，更好发挥兵团特殊作用。

（2017 年 10 月 14 日 《兵团日报》 一版）

牢牢扭住组织优势和动员能力
这个根本

2017 年 12 月 10 日，自治区党委副书记、兵团党委书记、政委孙金龙在兵团党委推进团场综合配套改革实务培训班开班式上强调，要深入学习贯彻党的十九大精神，以习近平新时代中国特色社会主义思想为指导，坚决贯彻落实以习近平同志为核心的党中央关于兵团深化改革的决策部署，认真落实自治区党委、兵团党委实施意见，借鉴试点经验，坚持不变形不走样，坚决打赢团场综合配套改革攻坚战。要着眼强化组织优势和动员能力，精心组织，广泛发动，激发职工群众积极性，强化维稳戍边责任感。

兵团改革已进入攻坚期和深水区，扭住兵团特殊组织优势和动员能力这个根本，是兵团深化改革必须做到、必须做好的规定动作。坚持党中央对兵团的性质定位和大政方针，围绕新疆工作总目标，聚焦兵团职责使命，这是兵团深化改革的大势。因"势"而动、顺"势"而为，就要扭住这个根本；同时，扭住这个根本也是发挥兵团特殊作用、推进兵团治理体系和治理能力现代化的行之所需。

扭住这个根本，是发挥兵团特殊作用的重要前提。深化改革无论怎么改，兵团的组织优势、动员能力不能改没了、改弱了。党政军企合一体制是兵团履行维稳戍边使命的必要体制保证，是兵团组织优势之所在，也是提升维稳戍边动员能力的重要保证。在扭住组织优势和动员能力这个根本的前提下，要不断丰富和创新兵团党政军企合一体制内涵及实现形式。强化党的核心领导地位，健全和转变"政"的职能，凸显"军"的属性，确立"企"的市场主体地位，把党政军企合一体制的特殊优势和巨大潜力充分释放出来。要按照社会主义市场经济的要求，探索完善既使市场在配置资源中起决定性作用又有利于更好发挥兵团特殊作用的体制机制，进而推进兵团治理体系和治理能力现代化。

扭住这个根本，是做好兵团深化改革各项工作的重要保证。团场是兵团经济发展、民生改善、集聚人口、兵地融合、民族团结的重要基础和主要载体，是兵团履行维稳戍边职责使命的战略支点，推进团场综合配套改革意义重大，必须牢牢扭住组织优势和动员能力这个根本。只有扭住这个根本，才能在改革过程中使团场革除旧弊、焕发新机，进一步激发职工群众干事创业积极性，强化维稳戍边责任感，推动建立有利于团场履行维稳戍边职责使命的体制机制，夯实兵团发挥特殊作用的基础。

我们一定要牢牢扭住组织优势和动员能力这个根本，充分发挥维稳戍边作用，发挥特殊体制优势，增强兵团发展活力，为维护新疆社会稳定和长治久安再立新功。

（2017 年 12 月 14 日 《兵团日报》 一版）

把握好团场改革的价值尺度

近日，兵团党委推进团场综合配套改革实务培训班开班。自治区党委副书记、兵团党委书记、政委孙金龙在开班式上对团场综合配套改革进行再动员、再部署，确保坚决打赢团场综合配套改革攻坚战。

团场是兵团经济发展、民生改善、集聚人口、兵地融合、维护稳定、发挥作用的重要载体，团场改革是兵团深化改革的基础和关键。无论是抓好"四清、四分、三实名、一民主"工作，还是推进国有土地使用权、承包权、经营权"三权分置"，与其他改革相比，团场改革涉及的领域多、范围广，面临的矛盾和问题艰巨复杂，其系统性、整体性、协同性要求前所未有，需要跨过许多"腊子口""大渡河"。越是艰难艰巨，越需要坚守初心、守住根本，越需要牢牢把握好团场改革内在的价值尺度，越需要解决好"为什么改""为谁改""改向何处"等事关成败、事关特殊作用发挥的核心问题。

看得到益处，群众的干劲才会更足，改革的动力才会更强。在推进团场改革的过程中，必须树立以人民为中心的发展思想，牢牢把握群众对美好生活的向往、对团场改革的期待，想群众之所想、急群众之所急、解群众之所困，认真抓好连队"两委"选举工作，规范连队民主决策程序，落实好群众的各项政治民主权利；规范承包职工缴费，全面取消"五统一"，探索国有土地"三权分置"办法，大力培育多种形式的新型农业经营主体，切实为群众"减负"，不断增强群众获得感；统筹师团公共服务和社会事业发展，提高团场基本公共服务均等化水平，不断提高群众幸福感。

"致安之本,唯在得人。"从维护新疆社会稳定和长治久安的大局中考量,这里的"人",既指人才,也指人口、人气。在推进团场改革的过程中,必须坚持拴心留人、集聚人口这个导向,打造特色主导产业,加强城镇基础设施建设,加大对口援建力度,深化户籍制度管理改革,将人口和就业指标纳入团场绩效考核范围,实现常住人口和户籍人口双增长。要深挖农业潜力、集聚城镇势能、强化产业动能,加快形成"政治上坚强有力、经得起风浪考验、适应新形势"的高素质干部职工队伍。

疾驶的列车无论开出多远,都不应该忘记驶向何处、为什么而出发。改革从根本上来说,就是改变不适应发展要求的做法、体制和机制,从根本上扫清阻碍活力迸发的藩篱。在团场改革过程中,必须坚持以丰富完善党政军企合一特殊体制内涵及实现形式为方向,正确处理好屯垦与维稳戍边、特殊管理体制与市场机制、兵团与地方的关系,着力解决"五个不适应"问题,逐步化解长期积累的深层次矛盾,切实建立完善既使市场在资源配置中起决定性作用又有利于更好发挥特殊作用的体制机制,进而把兵团的特殊优势和发展活力充分释放出来。

(2017 年 12 月 15 日 《兵团日报》 一版)

解好团场综合配套改革的方程式

　　起跑决定后势，开局关系全局。近日，自治区党委副书记、兵团党委书记、政委孙金龙在兵团党委推进团场综合配套改革实务培训班开班式上强调："吃透中央精神，借鉴试点经验，不变形不走样坚定推进团场综合配套改革。"团场综合配套改革是兵团深化改革的基础和关键环节，面对这场攻坚战，我们不能等答案，而要主动解方程，以更坚定的决心、更果敢的魄力、更务实的举措全力以赴，推动改革不断深入，把兵团各项改革的成效落实在团场上、体现在团场上，坚决打赢团场综合配套改革攻坚战。

　　解好团场综合配套改革的方程式，首先要厘清思路，充分认识到深化兵团改革是以习近平同志为核心的党中央作出的重大战略部署，是党中央对兵团更好履行职责使命的新要求，是兵团聚焦新疆工作总目标、增强看家本领的迫切需要。团场作为兵团经济发展、民生改善、集聚人口、兵地融合、维护稳定、发挥作用的重要载体，改革成效事关兵团经济社会发展全局，事关兵团深化改革成败，事关兵团维稳成边特殊作用有效发挥。要把团场综合配套改革各项工作做好做实，确保改革各项措施形成总体效应，取得最优效果。

　　解好团场综合配套改革的方程式，不仅要知道解题的难点重点在哪里，更要知道怎么解。与其他改革相比，团场综合配套改革涉及的领域多、范围广，面临的矛盾和问题复杂，很多矛盾都与利益调整有关，改革的系统性、整体性、协同性要求前所未有。因此，在推进改革中，要根据团场实际情况，坚持问题导向，坚决落实改革任务，特别是要把"四清"工作搞扎实，为推进改革打好底子、铺好路子；把连队"两委"选好，激发职工群众积极性，强化维稳戍边责任感；把土地、职工、民兵"三位一体"要求落实好，把"四议两公开"制度用好，确保职工权利和义务相统一，让职工真正得到改革带来的实惠。

解好团场综合配套改革的方程式，要求得最优答案、取得最大成效。兵团"三化"建设之所以取得巨大成绩，履职尽责更有底气，与改革密切相关，与坚持社会主义市场经济体制的改革方向密切相关。因此，在团场综合配套改革中，我们要以改革为动力，依法依规推进国有资产和团办企业改革，坚决取消"五统一"，把自主权交给职工，团场发挥引导和服务作用；扎实推进团办企业改革，推进团场行政与企业经营彻底脱钩，激发企业发展活力；推动"三化"建设同步发展，加快壮大兵团经济规模和人口规模，把改革成效最终体现在壮大综合实力上。

比认识更重要的是决心，比方法更重要的是担当。打赢团场综合配套改革攻坚战，需要我们坚定不移、矢志不渝。

（2017 年 12 月 19 日 《兵团日报》 一版）

让思想观念转入改革"轨道"

"坚持不变形不走样",自治区党委副书记、兵团党委书记、政委孙金龙在兵团党委推进团场综合配套改革实务培训班开班式上如是强调。确保改革实践不变形不走样,首先要做到在思想上不变形不走样。深化兵团改革,重在解决兵团体制机制存在着"五个不适应"的问题,实现兵团各项事业新突破。这既需要破除长期积累的体制性障碍、结构性矛盾、政策性问题,扫清制约兵团发展的短板和阻力,也需要解除思想观念上的桎梏,以新思想新观念推动各项改革措施落地生根。

转变思想观念是顺应时代改革的必然要求。兵团各级领导干部都必须自觉理解改革、积极拥护改革,把思想观念转变到改革轨道上来,做到真心实意服从改革大局,绝不能因个人、局部和暂时利益,影响对改革路线、方针、政策的正确理解与贯彻执行。

根除影响改革的思想源头。历史上成功的改革无不是把突破旧思想、树立新观念作为首要任务。当前,兵团深化改革遇到的诸多困难和问题,既有长期的,也有眼前的;既有表面的,更有深层次的。只有充分认识新形势下深化兵团改革的重大意义,才能准确把握改革的总体要求、基本原则和重大举措,真正把思想和行动统一到党中央决策部署上来。

认清思想观念转变的重点。必须清醒地认识到,事物都是辩证发展的。过去工作中获得的经验,在特定历史条件下具有积极作用,但有时也会演变成束缚思想的框框,从而成为改革创新的包袱。这就提醒我们，推进兵团深化改革必须重点把思想认识从那些不适应新形势、新情况的观念、做法中解放出来，以思想的解放、观念的更新促进兵团又好又快发展。在改革实践中不断丰富创新党政军企合一体制内涵和实现形式，处理好特殊管理体制与市场机制的关系，探索完善既使市场在资源配置中起决定性作用又有利于更好发挥兵团特殊作用的体制机制，着力构建有利于履行维稳戍边使命、有利于提高资源配置效率、有利于兵团治理体系和治理能力现代化、有利于调动各方面积极性的体制机制，切实把兵团体制的特殊优势和发展活力充分释放出来。

拨开思想观念误区的迷雾。面对改革转变思想观念，要睁大眼睛、清醒头脑，避免走入不必要的误区。要摒弃"事不关己，高高挂起"思想，充分认清兵团深化改革是事关新疆工作总目标的总体部署，改革面前没有局外人，必须正确认识、积极参与。要抛弃"新瓶装旧酒"思想，不能总是想着用老办法来解决新问题、应付新局面，而应该让思路更开阔、思想更敏锐、观念更先进。面对改革，绝不能搞"上有政策，下有对策"，不能"闯红灯""钻空子"和"打擦边球"，而应心无旁骛、真心拥护，在政策法规允许的范围内积极落实。

兵团是新疆经济社会发展的重要力量，兵团工作是新疆工作的重要组成部分，兵团的发展关系新疆全局发展。改革是加快兵团发展的必由之路。面对改革，兵团广大干部职工要始终以国家利益、新疆大局、兵团使命为重，提高认识、统一思想、转变观念，以强烈的历史使命感和责任感，以更大的决心、勇气和智慧，全力支持兵团加快改革步伐，全力支持兵团发展壮大，为实现新疆社会稳定和长治久安总目标作出新的更大贡献。

（2017 年 12 月 20 日 《兵团日报》 一版）

把坚持党的领导贯穿改革全过程

　　兵团党委举办推进团场综合配套改革实务培训班，是围绕深入学习贯彻党的十九大精神，以习近平新时代中国特色社会主义思想为指导，按照党中央关于兵团深化改革的重大决策部署和工作要求，对兵团团场综合配套改革的再部署。自治区党委副书记、兵团党委书记、政委孙金龙在兵团党委推进团场综合配套改革实务培训班开班式上强调，要把坚持党的领导贯穿团场综合配套改革全过程。

　　党的十九大报告指出，党政军民学，东西南北中，党是领导一切的。改革开放以来，中国之所以能取得举世瞩目的成就，一个根本原因就在于坚持党对一切工作的领导。这既是对我们党成功经验的深刻总结，也是确保有力推进改革的保证。与全国各地一样，兵团改革已进入攻坚期和深水区，这就意味着在改革过程中问题多、困难多、矛盾多是难免的，越是到了深化改革的关键阶段和紧迫时期，越要能谋善断，绝不能头脑发热，蒙住眼睛往前冲；越是时间紧迫，越要始终坚持党的领导。我们要始终坚信，在党的坚强领导下，通过科学规划、有力部署和坚定执行，必能打赢团场综合配套改革这场攻坚战。

　　兵团实行党政军企合一的特殊体制，党是排在第一位的。但在现实中，兵团各级党委的核心领导地位在一些单位和部门，存在程度不同的弱化、虚化、边缘化等问题，为此，要强化兵团各级党委的核心领导地位，认真落实兵团各级党委对兵团团场综合配套改革的领导责任，要把"一把手"亲自抓贯穿始终，要把坚持党的群众路线贯穿始终，要把党的思想政治工作贯穿始终，要把舆论宣传工作贯穿始终，要把全面从严治党贯穿始终，切实发挥好各级党委的领导核心作用，为团场综合配套改革提供坚强政治保证和组织保证。

坚持党的领导，最核心、最关键、最重要的就是牢牢把握兵团深化改革的正确方向。要坚决贯彻党中央的各项决策部署，聚焦新疆工作总目标，坚持兵团的职责定位，进一步强化党的核心领导地位，健全和转变"政"的职能，坚持和彰显"军"的属性，确立"企"的市场主体地位，通过一系列改革，把兵团的特殊体制机制的优势充分释放出来，以利兵团更好发挥特殊作用。要从兵团实际出发，领会决策意图，把握精神实质，结合实际情况，创造性地推进工作，该改的坚决改，不能改的守住底线，牢牢把握深化兵团改革的领导权和主动权，确保兵团深化改革不走样、不变形。总之，只有确保党始终总览全局、协调各方，才能确保兵团深化改革总的方向不迷失、各领域的改革不走偏。

（2017 年 12 月 21 日 《兵团日报》 一版）

改革只有进行时没有完成时

"苟日新，日日新，又日新。"改革只有进行时没有完成时。在近日举行的兵团党委推进团场综合配套改革实务培训班开班式上，自治区党委副书记、兵团党委书记、政委孙金龙强调，要深入学习贯彻以习近平同志为核心的党中央治疆方略和对兵团的定位要求，切实增强推进团场综合配套改革的责任感使命感紧迫感。

改革是决定当代中国命运的关键一招，也是决定兵团命运的关键一招。从"一主两翼"政策拉开团场改革序幕，到全面深化改革，党政军企合一体制不断探索完善，正是持续向改革要动力要活力要红利，才有了今日兵团生机勃勃的大好局面。尤其是近年来，兵团党委坚决贯彻落实以习近平同志为核心的党中央关于兵团深化改革的决策部署，成立兵师两级行政服务中心和公共资源交易中心，兵团层面精简行政审批事项，非行政审批事项全部取消，国资国企改革和团场综合配套改革试点取得阶段性成果。一些重要领域和关键环节改革取得重大进展，兵团改革呈现全面发力、多点突破、纵深推进的崭新局面，谱写了全面深化改革新篇章。

当前，兵团发展道路上的"拦路虎"还有很多，还存在着诸如体制机制与新形势新任务不适应，"北强南弱"格局没有改变，发展不足、不强、不优问题没有根本解决，有效集聚人口紧迫感不强、手段不多、方法有待创新等问题。兵团改革已进入深水区、攻坚期，面对的矛盾更多、困难更大，如果不继续进行改革，矛盾就会激化，已经取得的改革成果就会丧失。只有继续高举改革旗帜，敢于啃硬骨头，敢于涉险滩，才能开辟兵团事业新天地。

中央对兵团深化改革作出了顶层设计，提出了一系列要求。我们一定要深思细悟以习近平同志为核心的党中央战略部署，以高度的政治责任感和历史使命感，全力抓好贯彻落实。要强化责任担当，切实树牢"四个意识"，以落实党的治疆方略、推进兵团长远发展的高度政治自觉，以刀刃向内、壮士断腕、自我革命的政治勇气，坚决破除利益固化藩篱，坚定坚决落实中央关于兵团深化改革部署。各级各部门各单位党政主要负责同志要自觉从全局高度谋划推进改革，抓思路、抓调研、抓推进、抓落实，做到实事求是、求真务实，善始善终、善作善成，把准方向、敢于担当，亲力亲为、抓实工作；要勇于挑最重的担子、啃最硬的骨头，重要改革亲自部署，重大方案亲自把关，关键环节亲自协调，落实情况亲自督察。

我们要充分认识兵团深化改革的重大意义，准确把握改革的总体要求、基本原则和重大举措，真正把思想和行动统一到党中央的决策部署上来，为实现新疆社会稳定和长治久安总目标作出新的更大贡献。

（2017 年 12 月 22 日 《兵团日报》 一版）

搞好"四清"夯实基础

毛泽东说，没有调查，就没有发言权。

改革同样如此。深入调查研究，摸清实际情况，是做好改革工作的前提和根本。如果连实际情况都搞不清，改革就是纸上谈兵，真要改起来也只能是打乱仗。

作为兵团深化改革的基础工程和"重头戏"，团场综合配套改革涉及的领域多、范围广，面临的矛盾和问题艰巨复杂，系统性、整体性、协同性要求前所未有。必须深入调查研究，摸清团场实际情况，了解社会关注的热点、职工群众关心的焦点，把握何处是"深水区"、哪些是"硬骨头"，做到心中有数、胸有成竹。

摸清团场实际情况，最主要的就是搞好"四清"工作，即人数清、土地清、资产清、债务清。这是推进团场综合配套改革的基础性工作，是关键之关键。只有搞好"四清"工作，才能更好地把握兵团团场综合配套改革的总体要求，牢牢扭住提高组织优势和动员能力这个根本，紧紧抓住政企政资政事政社"四分开"这条主线，始终坚持壮大人口规模这个导向，认真抓好连队综合改革这个关键，举"纲"张"目"，明确正确的改革路径，增强改革的针对性和实效性。也只有搞好"四清"工作，才能更好地落实兵团团场综合配套改革的重点任务，把握时间节点，有力有序推进连队"两委"选举、划分职工定额身份地并确权颁证、取消"五统一"、团办企业改革、团场社会事业领域改革、团场各类人员精准管理等各项工作。

　　基础不牢，地动山摇。要深入细致地开展调查研究，真正摸清团场的常住人口、户籍人口、从业人员、职工人数，摸清团场农用地和建设用地数量，摸清团场的政府性资产和生产经营性资产，摸清团场的政府性债务和生产经营性债务，打牢团场综合配套改革的基础。要多跑、多看、多听、多问、多记，确保及时、准确地获得第一手资料，直接了解问题和产生问题的原因，坚决防止走过场、搞形式主义，坚决防止调研现场成了"秀场"。有些情况和问题，还得下苦功夫进行反复深入的调查研究。

　　"磨刀不误砍柴工。"各师、团场党委要充分认识搞好"四清"工作的重要性，切实把"四清"工作作为关系团场综合配套改革成败的根本性工作，做到主要领导亲自抓、负总责、一抓到底。党委书记既要挂帅又要出征，亲力亲为抓好调查研究，真正摸清团场"家底"，把"四清"工作搞扎实，为团场综合配套改革打好底子、铺好路子。

（2017 年 12 月 26 日 《兵团日报》 一版）

充分发扬民主　选好连队"两委"

　　选举作为一种政治活动现象，是指一定的社会成员根据自己的意愿，按照一定的程序和方法，选拔、推举代表或者主要负责人的活动。选举是一种自下而上的选择，它的对立面是自上而下的选择，即委任。

　　兵团成立60多年来，连队管理人员都是上级委任。在兵团团场综合配套改革中，实行连队"两委"选举，意味着连队管理人员不再由上级委任，而是改为民主选举，让连队党员和职工群众真正拥有自主选举"当家人"的权利。这在兵团是破天荒的事情。

　　连队"两委"，指连队党支部委员会和连队管理委员会，前者由连队党员选举产生，后者由连队职工选举产生。把"两委"选举好，对于强化基层党组织领导核心地位，加强和创新基层民主管理，建立连队党支部领导下的充满活力的基层民主管理运行机制，发挥团场基层民主管理组织的作用，提高连队职工群众参与民主选举、民主决策、民主监督的能力，具有重要意义。

　　把"两委"选举好，需要做深入细致的工作。首先要充分发扬民主，坚持依法依规，坚持公正、公平、公开，严格按照选举工作的方法步骤进行，绝不能走过场，更不能用过去的任命制简单应付。其次要搞好组织工作，确保选举出的连队管理人员是有身份地的职工并且户籍在团场，还要保证"两委"结构合理，提高连队管理人员的综合素质。最后要搞好宣传发动，准确解读各项改革措施，积极回应各方面关切，凝聚改革共识。另外，还要及时掌握职工群众思想动态，有的放矢做好思想政治工作。要把"两委"选举过程，变为带动职工群众学习改革文件、认识改革、理解改革、支持改革的过程，激发职工群众参与改革的积极性主动性创造性，强化职工群众维稳戍边责任感。这样，改革就有了群众基础，就有了生命力。

要充分发挥"两委"作用。连队党支部委员会作为兵团最基层的党组织，是确保党的路线方针政策和决策部署在兵团贯彻落实的基础。要充分发挥连队党支部委员会领导核心作用，以提升组织力为重点，突出政治功能，把连队党支部委员会建设成为宣传党的主张、贯彻党的决定、领导基层治理、团结动员群众、推动改革发展的坚强战斗堡垒。要充分发挥连队管理委员会的职能作用，把连队管理委员会建设成为执行能力强、职工群众信得过的坚强领导集体，使之真正成为体现职工群众意愿、加强基层民主建设、培养团场工作骨干的重要渠道。

（2017 年 12 月 27 日 《兵团日报》 一版）

坚持"三位一体" 推进确权颁证

国有农用土地确权颁证是兵团团场综合配套改革的重要一环。2017年12月14日，兵团颁出首批国有农用地承包经营权证，标志着兵团团场综合配套改革迈出重要一步。

在原有的土地承包过程中，团场代表国家行使土地所有权，同时又是土地的使用者和经营者，仅给职工让渡部分土地使用权和经营权，且承包合同期限不固定，职工生产经营自主权有限、积极性难以调动。

团场国有农用地确权颁证，为职工获得承包经营土地权提供法定依据，进一步明确土地承包经营权归属，等于给土地上了"户口"，让职工成为土地的"主人"，有利于推动形成市场在资源配置中起决定性作用的机制，激发职工群众积极性，强化维稳戍边责任感，推动兵团更好履行职责使命、发挥特殊作用。

要结合实际确定职工定额身份地并确权颁证。在扎实做好"四清"工作的基础上，制订切实可行的农用地确权登记颁证方案。根据实际土地面积和现有职工人数，合理确定职工定额身份地规模。还要研究是以团场为单位还是以连队为单位来确定身份地定额。

团场国有农用地确权颁证，目的在于巩固农牧业一线职工队伍，更好履行民兵义务。要坚决落实土地、职工、民兵"三位一体"要求，确保职工权利和义务相统一，把职工享有身份地的权利和履行民兵义务联系起来，明确团场连队的土地就是职工的"自主经营田、民兵义务田"，为履行职责义务的承包职工确实权、颁铁证。团场国有农用地承包经营权可通过相关程序在团场内部有序流转，但民兵义务不能流转，绝不能因为承包经营权流转而不履行民兵义务。

团场国有农用地确权颁证，就是要进一步激发经营土地的动力和活力。要深入细致地做好农用地确权登记颁证工作的政策宣传，开展履行民兵、缴纳社会保险、当好生态卫士三项义务的宣传教育活动。要给职工讲明白，如何确定身份地定额，怎么划分身份地。要明确身份地确权颁证的有效期是到退休年限，父母退休后收回的土地，符合条件的职工子女可优先承包。要通过国有农用地确权颁证，让职工吃上"定心丸"，增强职工的积极性主动性创造性。

要主动发动群众、一切依靠群众，让职工全过程参与农用地确权登记颁证工作，做到职工群众自己的事情自己说了算。要充分用好"四议两公开"制度，对职工承包身份地定额和确权颁证的资格条件等，经连队支委会提议、连队"两委"商议、党员大会审议、职工代表大会（或职工大会）决议，并将决议内容、决议实施结果进行公开公示，由职工群众来审核和监督。

（2017 年 12 月 28 日 《兵团日报》 一版）

取消"五统一" 交还自主权

在团场综合配套改革中取消"五统一"，类似于改革开放之初推行农村家庭联产承包责任制，二者的改革精神是一致的，就是把种植自主权交还给种植户。

当时解散人民公社，有的人不理解，说"辛辛苦苦三十年，一夜回到解放前"。但事实胜于雄辩，家庭联产承包责任制的推行，纠正了长期存在的管理高度集中和经营方式过分单调的弊端，使农民由单纯的劳动者变成既是生产者又是经营者，大大调动了农民的生产积极性，解放了农村生产力。

原来兵团搞的"五统一"，靠行政控制搞规模农业，就像是当年的人民公社，生产成本高，经营没效益。在当今社会主义市场经济条件下，兵团的"五统一"必须坚决取消。

取消"五统一"，就是要坚决落实承包职工生产经营自主权，彻底改变团场以往大包大揽的农业生产管理方式，不搞行政命令和行政干预，取消团场统一种植计划、统一农资采供、统一产品收购等"五统一"。取消"五统一"后，职工种什么、不种什么，买谁的农资、不买谁的农资，用谁来服务、不用谁来服务，把农产品卖给谁、不卖给谁，都由职工说了算，任何单位、个人都不得干预。

有人担心，取消"五统一"，各团场会不会种成"花花田"？这是完全有可能的，既然把种、管、收、售的自主权全部交给了职工，团场就绝不能再搞行政主导，而是要进一步强化引导和服务职能，积极主动适应市场经济规律，充分发挥市场在资源配置中的决定性作用；加强市场监管，建立农资和农产品质量价格信息公开制度；加快推进供销合作社综合改革，构建便捷高效的为农服务综合平台；加强团场金融服务，拓宽农业金融服务渠道，发展职工信用担保和合作金融，引导各类金融机构向团场延伸。

取消"五统一"，兵团的规模农业怎么搞？兵团未来的规模农业要靠专业化合作社。要适应社会主义市场经济体制要求，运用市场化手段发展现代化大农业，鼓励引导职工在自主自愿基础上发展合作经营、股份制、公司化经营，提高农业集约化、规模化、组织化水平；按照"积极发展、依法依规、强化扶持、提升素质"的原则，鼓励引导职工发展专业合作社，优化农业结构，扩大经营规模；建立健全农业产业化经营利益联结机制，形成"龙头企业＋合作社＋职工"经营模式，让职工分享加工销售环节收益。

从长远看，兵团取消"五统一"，必将带来类似于改革开放之初农村家庭联产承包责任制改革的效果。随着市场在资源配置中的决定性作用不断发挥，兵团农业产业体系、生产体系、经营体系进一步优化，兵团农业发展质量和效益会大大提升。

（2017 年 12 月 29 日 《兵团日报》 一版）

让团办企业真正成为市场主体

在经济学界，常以"婆媳关系"比喻政府与国企之间的关系。我们常说，在一个家庭中，婆婆管得太多，儿媳妇就没法干活。经济发展也是如此，政府这个"婆婆"如果管得太多，国企这个"儿媳妇"在市场运行中就会缩手缩脚，缺乏活力动力。

团场国资国企改革是兵团团场综合配套改革的重要领域和关键环节。由于历史原因，长期以来，政企不分深深嵌入兵团团办企业肌体，让团办企业在很长一段时间里偏离企业本位，成了"半官半企"的特殊经济组织。政企不分，在一定程度上扼杀了团办企业自身活力，阻碍了企业发展。廉价资源、优惠政策、信用后盾……在各种各样的"襁褓"里，企业往往都会不思进取，懒得拼搏。多年来，运行效率低下、管理水平不高、创新动力不足等现象，在兵团团办企业身上或多或少地存在着。政企不分，破坏了市场的统一和公平。市场经济中，只有所有企业以同等地位参与市场竞争，才能使企业遵循普遍性的行为规范，对各种市场信号作出正常反应，自觉应对市场变化，不断加强经营管理，提高经济效益，积极参与市场竞争。而团办企业的特殊地位，导致其不能参与市场公平竞争，不能实现优胜劣汰，资源不能通过市场机制实现有效配置，必然导致经济运行效率低下。

只有回归市场，让团办企业适应优胜劣汰市场法则的考验，才能真正建立适应市场竞争的经营管理体制，增强团办企业市场竞争力、创造力、影响力，使自身不断发展壮大，促进兵团经济健康发展。因而，

"去行政化"，还企业本质属性，使团办企业真正成为自主经营、自负盈亏、自我发展、自我约束的市场主体，是兵团团办企业改革的一个重要目标。

让团办企业真正成为市场主体，要按照兵团党委要求，根据实际情况，在做好"四清"工作的基础上，推进团场行政与企业经营彻底脱钩，取消团场国有企业行政级别，团场不再直接经营管理权属企业，不再直接出资新办竞争类国有企业。要关闭一批空壳企业、破产一批劣势企业、卖掉一批微利企业、改制重组一批优势企业，建立健全优胜劣汰市场化退出机制，切实保障退出企业依法实现关闭或破产，加快处置低效无效资产，淘汰落后产能。公益类团办企业，承担着公共产品的提供任务，发挥着民生保障的作用。对于这类企业，可以由师市重点企业整合，通过放管结合，使企业将重点放在成本控制、提高产品的服务质量以及营运的效率和保障能力上来，实现社会利益最大化。

随着兵团团场综合配套改革的进一步深入，更多的团办企业将真正融入市场经济大潮，接受"优胜劣汰"的挑战，成为真正意义上的企业。这是兵团团办企业改革的初衷，也是实现市场在资源配置中起决定性作用的必经途径。

（2018 年 1 月 2 日 《兵团日报》 一版）

努力提升职工群众的获得感

党的十九大报告指出，要坚持在发展中保障和改善民生，在幼有所育、学有所教、劳有所得、病有所医、老有所养、住有所居、弱有所扶上不断取得新进展，保证全体人民在共建共享发展中有更多获得感。

由于历史原因，长期以来，政事不分、政社不分、事企不分的情况在兵团团场普遍存在，严重制约了团场社会事业发展和基本公共服务水平的提高，影响了职工群众获得感的提升。

"利民之事，丝发必兴；厉民之事，毫末必去。"顺应职工群众意愿，全面建成小康社会，离不开全面深化兵团改革。推进团场社会事业领域改革，提高基本公共服务均等化水平，努力提升职工群众获得感，是兵团团场综合配套改革的重中之重。

如何推进团场社会事业领域改革？关键是以职工群众为中心。只有紧紧依靠职工群众推动改革工作，改革才能成功。在团场社会事业领域改革的各个环节，都可以让职工群众更多更深入地参与其中。既要向职工群众充分介绍、解释改革的方针政策，又要让职工群众充分发表意见，让矛盾和问题充分暴露。要在改革中鼓励成功、宽容失败、纠正失误，保护好干部职工群众的改革热情。

推进团场社会事业领域改革，要统筹师团公共服务发展，强化公益性服务职能，提高公共服务资源利用效率。要推进教育、医疗等资源整合。此次兵团团场综合配套改革，明确了团场学校、公立医院上收到师里，实行"师办师管"。

改革百论

为什么要上收？就是为了进一步提高基本公共服务均等化和社会事业一体化水平，提高公共服务的质量。兵团大部分团场的学校、医院，体量小、比较分散。实行师市统一管理后，可以实行统一的培训和管理标准，增强工作人员的责任心，还可以实现师团医护人员、师资力量的交流和共享。同时，教师、医生的地位、待遇可以得到有效保障。要向职工群众提供普惠性学前教育公共服务，团场各类幼儿园实行属地化管理，鼓励支持社会力量兴办普惠性幼儿园。要统筹推进师团城镇公用事业发展，加大政府投入，加强运营管理，强化成本核算和目标管理考核，加快推进市场化社会化专业化进程，不断提高团场城镇公共事业服务供给能力。要积极推进政府购买公共服务，创新公共服务供给方式，提高公共服务供给质量和供给效率。

群众关心什么、期盼什么，改革就要抓住什么、推进什么。推进团场社会事业领域改革，正是抓住了职工群众最关心、最期待的问题。从职工群众反映最强烈的利益问题做起，一件事情接着一件事情办，一年接着一年干，随着兵团团场综合配套改革的深入推进，师团公共服务和社会事业发展有效统筹，团场公共事业服务供给能力不断增强，基本公共服务均等化水平持续提高，职工群众的许多"小目标"必将变成现实，职工群众的获得感将更加充实、更有保障、更可持续。

（2018年1月3日 《兵团日报》 一版）

积极稳妥推进团场精简纳编和
人员精准管理工作

为政之要，莫先于用人。新时代，兵团事业进入新的发展阶段。要更好履行兵团职责使命，发挥兵团特殊作用，必须有一大批扎根基层，热爱和奉献兵团事业的干部人才队伍。

目前，在一些团场存在机关和事业单位人员超编、混编和编制管理不规范的问题，团场财政供养人员多，财政负担重。积极稳妥推进团场机关、事业单位精简纳编和人员精准管理工作，是兵团团场综合配套改革的重中之重，是彻底解决超编、混编和编制管理不规范问题，确保团场财政供养人员只减不增的现实需要，是加强兵团基层干部人才队伍建设的重要举措。

积极稳妥推进团场精简纳编和人员精准管理工作，学深吃透文件精神是前提。要深入学习贯彻党的十九大精神，以习近平新时代中国特色社会主义思想为指导，学深悟透自治区党委、兵团党委实施意见，准确理解团场综合配套改革文件精神。

摸清家底是积极稳妥推进团场精简纳编和人员精准管理工作的基础。要严格按照"四清"要求，摸清机构、事业单位人员纳编在岗底数与在岗时间、年龄、工龄等情况，仔细甄别各类人员所在单位的性质和人员身份。

一分部署，九分落实。要把抓落实作为积极稳妥推进团场精简纳编和人员精准管理工作的重点，要严格落实定编定员定岗，对团场机关工作人员实行精简纳编，对团场相关事业单位进行整合并实行人员纳编定岗，对团场连队管理人员实行精简。要全面推行实名制管理，对团场党政机关和事业单位人员、团场身份地职工、团场基干民兵、边境团场护边员实行实名制管理，加快推进师团实名制管理信息化平台建设和应用推广工作。要制定连队职工守则，加强职工教育管理，重点加强对职工履行民兵义务、依法缴纳社会保险费、当好生态卫士等情况的考核管理。要研究相关办法和工作方案，采取享受提前退休、农牧一线安置、公务员定向招录，鼓励到南疆支教、自主创业就业等途径，妥善分流安置富余人员，积极消化超编人员。

维稳戍边，基层干部人才是基础。基础不牢，地动山摇。随着兵团团场综合配套改革的深入推进，兵团基层干部人才队伍建设的不断加强，兵团维稳戍边事业的根基必将更加牢固。

（2018 年 1 月 4 日 《兵团日报》 一版）

充分发挥职工群众的主人翁作用

基层民主是人民群众直接行使民主权利、依法进行自我管理、自我服务和自我发展的主要形式，是中国特色社会主义民主最广泛的实践。加强基层民主建设和管理，保障人民享有更多的民主权利，是社会主义民主政治的重要内容。

始于小岗村的"草根民主"，曾带动了亿万农民群众投身改革实践，这在兵团团场综合配套改革工作中仍具有现实借鉴意义。加强基层民主建设和管理，保障职工群众的知情权、决策权、参与权和监督权，才能充分发挥职工群众主人翁作用，调动职工群众参与改革的积极性，确保改革工作走在正轨，顺畅推进，取得实效。

近年来，随着兵团城镇化进程的加快，许多职工群众进入团场小城镇，成为社区居民。人口集聚到团场小城镇之后，团场维稳戍边的重心也发生变化。过去由连队和其他生产单位履行的大量社会职能和维稳戍边职能，开始向城镇社区转移。然而，把社区当作团场的附属物，把社区管理人员当作行政干部，把社区与物业小区，把社区与街道办事处混为一谈的情况在兵团团场普遍存在。推进团场综合配套改革，要加强社区民主建设和管理。

加强社区民主建设和管理，首先要正本清源，认清社区的概念，澄清过去的模糊认识。根据我国法律规定，社区居民委员会，由社区居民选举产生；社区党支部，由社区党员选举产生。社区与物业小区是包含与被包含的关系。一个社区，可以包括若干个物业小区，一个物业小区的居民自主选择物业公司，若干个这样的物业小区，组成了一个社区。社区与街道办事处既有相近之处，也有本质上的区别。两者都是城市的基层机构，都有服务群众的职能。社区是城镇居民自治组织，社区的工作人员不是干部身份；街道办事处是政府的派出机关，街道办事处的正式工作人员，是公务员或事业编制。

加强社区民主建设和管理，要完善社区民主管理体系，加强社区党建工作，推进社区民主管理制度化、科学化，真正实现社区居民自己的事情自己议、自己的事情自己办、自己的事情自己管。

"十成稻子九成秧。"基础牢固，收获才有保障。社区是兵团发挥特殊作用的重要基石，兵团的稳定器大熔炉示范区功能作用要在社区得到落实、发挥、体现。我们要重视社区的每一项工作，将问题化解在萌芽阶段，将矛盾解决在基层，充分发挥基层单位凝心聚力、服务群众、维稳戍边的重要作用。

（2018 年 1 月 5 日 《兵团日报》 一版）

贯彻好全面深化改革这项基本方略

党的十九大把坚持全面深化改革作为新时代坚持和发展中国特色社会主义的基本方略之一提出来，反映了我们党继续坚定不移推进改革开放的决心，改革开放仍是一以贯之、毫不动摇的基本国策。

国策，就是立国之策、治国之策。基本国策，是党中央制定的那些对国家经济建设、社会发展和人民生活具有全局性、长期性、决定性影响的重大谋划和政策。现阶段，"把坚持全面深化改革作为新时代坚持和发展中国特色社会主义的基本方略"的提出，既是对过去5年砥砺奋进、过去40年改革开放发展实践的经验总结，也是未来解决新矛盾、开启新征程的必由之路。

国之大策在于其普遍的适用性。就兵团而言，贯彻好全面深化改革这项基本方略，是兵团发挥好维稳戍边特殊作用的题中之义，是切实履行好"三大功能"、发挥好"四大作用"的重要突破口，我们要进一步落实中央关于兵团深化改革决策部署，把兵团深化改革推进到更广领域、更高境界。

贯彻好全面深化改革这项基本方略，是推动兵团发展的根本举措。改革是解放生产力，也是发展生产力。兵团贯彻好全面深化改革这项基本方略，就"全面"而言，要在更大范围、更宽领域、更深层次上解放生产力；就"深化"而言，要深层次充分释放兵团党政军企合一体制机制的动能进而发展生产力。唯有如此，才能为进一步强化"党"的核心领导地位，健全和转变"政"的职能，彰显"军"的属性，确立"企"

的市场主体地位，积蓄动力源和物质能量。

　　贯彻好全面深化改革这项基本方略，必须落实在各项具体行动中。我们要以学习贯彻习近平总书记的重要讲话和俞正声主席在兵团深化改革动员大会上的重要讲话精神为动力，坚持围绕新疆工作总目标，强化党的核心领导地位，把是否有利于实现总目标和兵团的职能定位作为衡量兵团改革成效的根本标准。既要健全和转变"政"的职能，改革财政管理体制，深入推进国资国企改革和团场综合配套改革，切实提高维稳成边能力，大力推动兵地融合发展，又要细化方案，按照党中央明确的兵团改革的总体要求、基本原则和重大举措，深入调查研究，紧密结合实际，细化改革方案，加强分类指导；既要积极稳妥，正确处理改革发展稳定的关系，充分调动基层干部职工参与改革的积极性，妥善处理改革进程中的实际问题，保障广大干部职工切身利益，又要大胆闯、大胆试、自主改，试出管用、有效的方法、路径，尽快形成一批可复制、可推广的新制度。

　　"行大道、民为本、利天下，方能利国利民。""大道"之惠在于国之大策的落实执行，贯彻好全面深化改革这项基本方略，唯改革者以千钧之力解难题、补短板、清障碍，兵团的深化改革之路才能越走越宽广。

（2018 年 1 月 15 日　《兵团日报》　一版）

着力突破利益固化藩篱

改革没有退路，必须全面深化改革。改革向纵深推进，就必然要求进一步破除利益固化的藩篱。党的十九大报告指出，坚决破除一切不合时宜的思想观念和体制机制弊端，突破利益固化的藩篱。

"突破利益固化的藩篱"这句话很形象，也很有分量，抓住了当前全面深化改革的关键。利益固化藩篱作为一种顽瘴痼疾，已成为横亘在改革路上的险滩障碍，抑制了经济社会的创造力，抵消着改革的正能量，必须坚决予以破除和突破。

具体到兵团，无论是社会主义市场经济不断完善发展的客观要求，还是维护新疆社会稳定和实现长治久安的现实需要，抑或是履行维稳成边使命的角色定位，都决定了兵团要通过全面深化改革焕发体制机制活力。我们正在大力推进的团场综合配套改革，就是为了打破既有的不适应现代化发展的固化模式，进而形成合理的发展格局。

方向如何把握？党政军企合一的特殊体制，是中央对兵团履行特殊使命的制度性安排，也是兵团履行好特殊使命的根本保证。在兵团改革中，我们要统一思想、凝聚共识，在更大时空坐标上审视兵团改革的价值意义，在不断丰富和创新党政军企合一体制内涵及实现形式的基础上，切实加强连队建设，大力推进团办企业改革，加快推进团场社会事业领域改革，使兵团全面深化改革的成果体现在不断增强兵团综合实力和竞争力上，体现在不断释放兵团特殊管理体制活力和优势上，体现在不断提高维护新疆社会稳定和长治久安的能力水平上。

路径怎样选择？坚持社会主义市场经济改革方向，进一步解放思想、解放和发展社会生产力、解放和增强社会活力。这不仅是经济体制改革的基本遵循，也是全面深化改革以形成合理的发展格局和利益结构的重要依托。比如在团场综合配套改革中，我们要以改革为动力，依法依规推进国有资产和团办企业改革，坚决取消"五统一"，把自主权交给职工；扎实推进团办企业改革，推进团场行政与企业经营彻底脱钩，才能不断激发企业发展活力，科学处理好屯垦和维稳成边、特殊管理体制和市场机制、兵团和地方三个重要关系，从而突破利益固化的藩篱，形成合理的发展格局和利益结构。

动力来自哪里？顶层设计与具体探索"握手成拳"，凝聚最大合力。以习近平同志为核心的党中央高度重视兵团深化改革，对兵团深化改革作出了顶层设计，提出了一系列部署要求。我们不仅要以高度的政治责任感和历史使命感，切实强化主体意识，全力抓好贯彻落实，也要增强推进改革的时间观念，把握节奏、切实执行、加快速度，确保改革任务层层落实、逐次展开、按时完成。同时，也要树立整体改革的战略意识，精心选择改革的重点、敏锐发现改革的突破口，以争取不断取得突破利益固化藩篱的进展。六师作为兵团团场综合配套改革整师推进试点单位，肩负重大责任，要精心组织、规范运作、狠抓落实，多出可复制可推广的经验做法。

人总是在社会矛盾的运动中不断开辟前进的道路。改革之路也时刻充满阻力、挑战和各种矛盾，但是随着每一次改革中的顽疾、弊端的突破，改革就会不断开辟新的征程、进入新的境界。

（2018 年 1 月 18 日 《兵团日报》 一版）

坚决破除过时观念和体制机制弊端

  制度是管总的，它作出的是基本规范，提供的是根本保障，促成的是总体效果。制度好，决定发展好、后劲足。如何确保有一个好的制度？党的十九大报告明确指出："必须坚持和完善中国特色社会主义制度，不断推进国家治理体系和治理能力现代化，坚决破除一切不合时宜的思想观念和体制机制弊端……"这为我们坚持制度自信、搞好制度建设指明了方向，提供了遵循。

  兵团成立60多年来，为推动新疆发展、增进民族团结、维护社会稳定、巩固国家边防作出了不可磨灭的历史贡献。这里面既有兵团人思想观念创新的功劳，也有兵团体制机制的作用。但是，时代在发展，环境在变化，新的任务对兵团工作提出了新要求、新挑战，亟须兵团正视自身体制机制方面存在的与新形势新任务不适应问题，亟须认真贯彻落实以习近平同志为核心的党中央决策部署，按照兵团党委的要求果敢行动，不断深化兵团改革，通过改革，发挥兵团特殊体制机制的一面，更好履行"三大功能"，发挥"四大作用"。

  坚决破除过时思想观念。历史进入新时代，要把思想统一到习近平新时代中国特色社会主义思想上来，准确把握落实以习近平同志为核心的党中央治疆方略和对兵团的定位要求，破除农垦企业思维，破除一切不利于新时代兵团履职尽责、特殊作用发挥的思想观念，增强角色自觉，锐意改革创新。六师五家渠市推行的改革，已经释放出强烈的思想观念冲击波。这是一个历史性时刻，我们要强化和扩大这种思想观念冲击波，先在思想观念上来场革新、革命，把兵团改革推向纵深。

坚决破除体制机制弊端。改革总会有艰难险阻，有艰难险阻就要强力突破。诸如格局上的"北强南弱"问题，发展上的不足、不强、不优问题，集聚人口上的紧迫感不强、手段不多问题，计划思维浓厚、市场意识薄弱问题，等等，破解这些问题固然需要种种具体方法，但是治本之道却在坚决破除体制机制弊端。有"五统一"存在，职工经营自主权就要受损；不确权颁证，职工就不舍得投入。改革就是要赶走"拦路虎"，踢开"绊脚石"。只有奋力把体制机制的弊端破除掉，很多问题才能迎刃而解，不复存在。

破是为了立，磨刀是为了使刀刃更锋利。无论是破除一切不合时宜的思想观念，还是破除体制机制弊端，破除本身都不是目的。让思想观念得以更新，跟上时代节拍；让体制机制升级换代，焕发青春，才是目的。我们既要大刀阔斧，又要稳扎稳打，不断深化改革，通过改革，尽快形成与履行新时代维稳戍边使命相适应的体制机制，让党的核心领导地位进一步强化，"政"的职能健全和转变，"军"的属性更加彰显，"企"的市场主体地位基本确立，让兵团特殊体制机制的优势和活力充分释放。

（2018年1月24日　《兵团日报》　一版）

改革要紧紧把握社会主要矛盾新变化

　　若要解决社会矛盾、推动社会发展，那么改革就是一个永远绕不开的话题。党的十九大报告提出："中国特色社会主义进入新时代，我国社会主要矛盾已经转化为人民日益增长的美好生活需要和不平衡不充分的发展之间的矛盾。"所以，在新时代的语境下，全面深化改革就要紧紧把握社会主要矛盾的新变化，不仅要满足人民对美好生活的需要，还要注重破解发展不平衡不充分的问题。

　　满足人民对美好生活的需要，是党的奋斗目标，也是我们继续深化改革的方向。中国特色社会主义进入新时代，"人民日益增长的美好生活需要"成为社会主要矛盾变化的一个方面。就兵团职工群众而言，人们普遍关注的无外乎教育、就业、社保、医疗、住房等这些与生活密切相关的民生问题。群众有所呼，改革有所应。我们要始终把群众的利益放在首位，坚持以人民为中心的发展思想，把群众对改革评价的好坏作为重要标准，不仅要关注与群众生活密切相关的民生问题，着力补齐民生社会事业发展的短板，还要尊重群众的意愿，积极回应他们的新期待、新要求；要从各族群众普遍关心的民生问题入手，把各项改革举措落实落细，以办好惠民"十件实事"为抓手，不断改善群众生产生活条件，不仅要满足群众对基本物质文化生活的"刚需"，还要满足群众的公平感、安全感、幸福感、获得感等"软性需求"。同时，要努力维护社会稳定。无论在何时何地，稳定都是人们追求美好生活的前提和保障，只有社会稳定了，经济发展了，群众才能得到实惠，稳定才能进一步加强，这是一个相辅相成的关系。

"不平衡不充分的发展"是社会主要矛盾变化的另一个方面。邓小平同志曾经说过："我国发展起来以后的问题不比不发展时少。"可以看出，从解决"落后的社会生产"问题再到解决"不平衡不充分的发展"问题，反映了发展的阶段性变化。而对于兵团而言，我们面临的问题同样不容小觑，随着经济的发展，发展不平衡不充分的问题也逐渐凸显出来。就兵团而言，所谓发展不平衡，主要表现在南北疆师团发展不平衡、人口聚集不平衡等方面；所谓发展不充分，主要表现在对资源利用的不充分、经济发展的不充分等方面。同时，我们还应该看到，解决发展不平衡不充分问题的过程，其实也是补短板的过程。需要补的短板越多，机会也就越多。在这样的大背景下，人们会有更多的机会去追求自己的美好生活，这也正好呼应了改革是从群众利益出发、群众始终是改革的出发点和落脚点这个关键主题。

所以，在当前和今后一个时期，要解决好发展不平衡不充分问题，就要紧紧把握全面深化改革这个"牛鼻子"，以新发展理念为指导，以深化供给侧结构性改革为主线，着力解决产能过剩问题，弥补创新能力不强、地区发展不平衡、高技术产品偏少、城乡发展不协调、社会事业发展滞后、公共设施落后等方面的短板，坚决打好深化改革攻坚战。

（2018 年 1 月 29 日 《兵团日报》 一版）

用全面深化改革为兵团各项工作增活力添动力

唯改革者进，唯创新者强，唯改革创新者胜。

党的十九大报告把全面深化改革纳入新时代坚持和发展中国特色社会主义基本方略。习近平总书记强调："改革开放是决定当代中国命运的关键一招，也是决定实现'两个一百年'奋斗目标、实现中华民族伟大复兴的关键一招。"我国多年来的快速发展靠的是改革开放，我国未来发展也必须坚定不移依靠改革开放。

对于兵团，同样如此。改革是兵团经济社会发展进步的活力之源。正是不断改革、不停完善，才使得兵团综合实力不断壮大，履行职责使命的能力有了长足进步。正是因为全面深化改革才有了兵团今天生动活泼的事业局面。我们要按照习近平总书记关于兵团深化改革的要求，紧紧围绕推进治理体系和治理能力现代化，不断丰富创新党政军企合一体制内涵和实现形式，进一步强化"党"的核心领导地位，健全和转变"政"的职能，彰显"军"的属性，确立"企"的市场主体地位，把党政军企合一体制的特殊优势和巨大活力充分释放出来。

改革是大势所趋、人心所向。目前，兵团发展的差距，归根到底依然是改革创新的差距。随着兵团深化改革进入深水期，对改革落地见效的要求也越来越高，每项事业发展都要依靠改革增活力、添动力。兵团各级领导干部要充分认识将改革进行到底的深刻内涵，围绕实现新疆工作总目标和更好发挥兵团特殊作用，坚决破除一切不合时宜的思想观念和体制机制弊端，突破利益固化的藩篱，激发全社会创造力和发展活力。

（2018 年 2 月 7 日 《兵团日报》 一版）

调动各方积极性、主动性、创造性

"大鹏之动，非一羽之轻也；骐骥之速，非一足之力也。"大鹏冲天飞翔，不是靠一根羽毛的轻盈；骏马急速奔跑，不是靠一只脚的力量。同理，兵团改革要依靠280多万名干部职工群众的力量，调动各方参与改革的积极性、主动性、创造性，不断迸发改革活力。

人民是历史的创造者，智慧无穷，力量无限。坚持以人民为中心，既是改革的基本立场，也是至关重要的改革方法论。兵团60多年的改革发展，无论是拉开团场改革序幕的"一主两翼"政策，还是市场经济环境下党政军企合一体制的不断探索完善，抑或是全面深化改革，一系列改革实践的巨大成功，既是因为党中央、自治区党委、兵团党委改革路线的正确抉择，也离不开方方面面特别是广大干部职工群众投身改革、参与改革的积极性、主动性、创造性。因此，推动兵团深化改革，调动广大干部职工群众的积极性、主动性、创造性，必须坚持"以人为本"。在全面深化改革进程中遇到关系复杂、难以权衡的利益问题时，要认真想一想："职工群众到底期待什么？职工群众的利益如何保障？职工群众对改革是否满意？"要站在职工群众立场上把握和处理好涉及改革的重大问题，从职工群众利益出发谋划改革思路、制定改革举措。同时，广泛听取职工群众意见建议，及时总结职工群众创造的经验，把群众的智慧和力量凝聚到改革上来。

头雁带对方向，群雁才能振翅高飞。我们的事业呈现怎样的状态，很大程度上取决于领导干部这一"头雁"的状态。打好改革攻坚战，还必须充分调动领导干部的积极性、主动性、创造性。兵团深化改革已进入"深水区""攻坚期"，皆大欢喜的改革方案恐怕很难再有。在改革进程中，调动领导干部的积极性、主动性、创造性，让他们不惧风险，敢走前人未走之路，就要努力营造鼓励改革、支持改革的良好环境。对领导干部提出的切合实际需要、符合发展规律的改革措施，要给予支持，鼓励他们既当改革促进派又当改革实干家。要强化敢于担当、敢闯敢干的用人导向，把那些想改革、谋改革、善改革的干部用起来，激励党员干部勇挑重担、冲锋在前。要允许试错、宽容失败，营造鼓励探索、大胆实践的浓厚氛围，解除领导干部主动改革的后顾之忧。

兵团改革发展使命光荣、责任重大，亟须保持锐意改革的朝气，持续迸发推动改革的活力，让我们每个人承担起属于自己的历史责任，贡献自己的才智力量，形成携手推进改革的合力，共同写就属于我们这代兵团人的改革篇章。

（2018 年 3 月 7 日 《兵团日报》 一版）

"再解放""再深入""再抓实"

2018 年是贯彻党的十九大精神的开局之年，也是决胜全面建成小康社会的关键之年，站在新的起点上再出发，改革动力何在？朝哪儿突破？

2018 年 3 月 24 日，自治区党委副书记、兵团党委书记、政委孙金龙在六师五家渠市调研时强调指出："要坚持以习近平新时代中国特色社会主义思想为指导，全面贯彻党的十九大和十九届二中、三中全会精神，贯彻落实习近平总书记重要讲话和全国两会精神，推动思想再解放、改革再深入、工作再抓实，确保中央关于兵团深化改革部署落实落地。"这为我们明确了改革工作的着力点，为新时代站在更高起点上谋划和推进改革指明了方向、提供了遵循。

思想要再解放。"思之深，则行之远。"思想是行动的先导，具有"总开关"的作用。没有思想上的破冰，就很难看清各种利益固化的症结所在，很难找准突破的方向和着力点，很难拿出创造性的改革举措。解放思想永无止境，我们一定要深入学习领会习近平新时代中国特色社会主义思想，从这一思想宝库中找立场、找观点、找方法，联系中国特色社会主义进入新时代的大背景，联系社会主要矛盾的新变化，联系兵团师团发展的新实际，以自我革新的勇气和胸怀，跳出条条框框限制，克服部门利益掣肘，用思想解放迎接新挑战，以观念更新抢抓新机遇，实现全面深化改革再突破。

改革要再深入。"改革是由问题倒逼而产生，又在不断解决问题中得以深化。同时，旧的问题解决了，新的问题又会产生，因而改革既不可能一蹴而就也不可能一劳永逸。"当前，兵团发展还面临一系列突出矛盾和挑战，前进道路上还有不少困难和问题，要求改革必须走向深入。我们要突出重点，攻克难点，在破除体制机制弊端、调整深层次利益上再拿下一些硬任务；要提高政治站位，敢于自我革命，啃硬骨头、打攻坚战，不断释放改革红利；要结合实际，实事求是，多从基层和职工群众关心的问题上找突破口，多推符合师团实际、有当地特点的改革。

工作要再抓实。不行动，再宏伟的蓝图也只是空中楼阁；不落实，再美好的谋划也只是纸上谈兵。改革的一切难题，只有在落实中才能破解；改革的一切措施，只有在落实中才能见效；改革的一切任务，只有在落实中才能完成。围绕兵团事业发展新要求，兵团党委对全面深化改革部署了一大批力度更大、要求更高、举措更实的改革任务。各级各部门要结合自身实际，强化责任落实。

（2018 年 3 月 27 日　《兵团日报》　一版）

深化改革释放动力　促进社会公平正义

从思想观念的破冰，到利益格局的重造，再到发展方式的重塑、制度文明的涵养，回顾中国 40 年的改革开放历程，处理好效率和公平、经济发展与民生改善的关系，始终是重大课题。党的十八大以来，以习近平同志为核心的党中央在治国理政新实践中，既牢牢抓住经济建设这个中心，通过改革激发社会活力和创造力，为保障社会公平正义奠定坚实基础；又全面审视和科学分析经济社会发展现状和态势，将"促进社会公平正义、增进人民福祉"作为改革的出发点和落脚点，使之成为改革的重要价值取向，成为凝心聚力的重要支撑。

历史进入新时代，兵团全面深化改革进入关键时期，职工群众对社会的公平正义以及获得感、幸福感也有了新期待。我们要把思想统一到习近平新时代中国特色社会主义思想上来，准确把握落实以习近平同志为核心的党中央治疆方略和对兵团的定位要求，在全力推进改革中，大胆解放思想、创新思维，冲破思想观念的障碍，跨越利益固化的藩篱，把兵团特殊体制的优势和发展活力充分释放出来，推动兵团实现更高质量、更高水平的发展。

坚持社会主义市场经济改革方向，不仅是经济体制改革的基本遵循，也是兵团全面深化改革的重要依托和价值取向。只有坚持社会主义市场经济改革方向，才能科学处理好屯垦和戍边、特殊管理体制和市场机制、兵团和地方三个重要关系，才能探索完善既使市场在资源配置中起决定性作用又有利于更好发挥兵团特殊作用的体制机制，才能革除与形势发展要求不适应的体制弊端，进一步增强社会活力，不断促进社会公平正义、增进职工群众福祉。因此，在改革中，我们要牢固树立新发展理念，树立与社会主义市场经济体制相适应的新观念，改革财政管理体制，深入推进国资国企改革，加快团场综合配套改革，不断激发出兵团发展的内生动力活力。

　　谋民生之利，解民生之忧，直指群众内心的安宁和恒久的幸福，始终是改革前行的目标和方向。一切改革的实施，归根结底都是为了群众；一切改革的推进，都离不开群众的力量。兵团改革的实践启示我们：改革越深化，越要正确认识和处理各种利益关系，把最广大职工群众的切身利益实现好、维护好、发展好。只有这样，兵团的改革才能始终获得最广泛最可靠的群众基础和力量源泉。兵团在深化改革的过程中，要牢固树立以人民为中心的发展思想，想群众之所想、急群众之所急、解群众之所困，在幼有所育、学有所教、劳有所得、病有所医、老有所养、住有所居、弱有所扶上持续取得新进展，加大脱贫攻坚力度，加快兵团向南发展步伐，增强职工群众获得感、幸福感，朝着共同富裕方向稳步前进。

（2018 年 5 月 16 日　《兵团日报》　一版）

做好订单农业　增强大农业优势

企业下订单，确保降低职工种植风险。五师八十三团第一棉花加工厂统计员秦万良感慨地说："改革给我们职工发了一个大大的'政策红包'。"

在深入推进团场综合配套改革的过程中，兵团全面取消"五统一"，落实承包职工生产经营自主权，不搞行政命令和行政干预，取消统一种植计划、统一农资采供、统一产品收购等做法，切实减轻团场、连队一线职工负担。但是，从"五统一"到自主经营，改革会不会把兵团原有的农业优势改没了？很多职工也担心，"五统一"变为自主经营，大家各种各的，农田变成了五颜六色的"花花田"，那兵团集约化、规模化的生产组织优势将无处施展，岂不是自断了大农业优势的拳脚？

改革中的问题同样要通过改革破解，订单农业找准了龙头企业和合作社这两个突破口。职工加入合作社后，只需要按照合作社的生产计划搞好生产，不需要考虑农资采购、产品销售等问题；作为企业，根据市场的走向，及时与职工签订订单合同，同时企业主动协调金融机构给职工提供信贷支持，提高职工抵御市场风险的能力。这种"龙头企业＋合作社＋职工"的模式，避免了职工盲目生产，消除职工的后顾之忧。可以看到，订单农业通过"先找市场后生产"这条路子，让分散的生产要素重新整合在一起，再次让规模化产业化发展充满生机，兵团大农业优势将有增无减。

事实上，订单农业的实施，不仅给职工吃了"定心丸"，也把团场、连队的工作方向从催种催收中转移出来，让干部回归"为民"本位。为此，各连队"两委"成员要积极做好服务工作。在产前宣传培训、市场引导、效益引导和农资储备监管上下功夫，在产中技术指导、科技服务、疫病防治上下功夫，在产后发布市场信息、促进农产品销售、农产品加工增值、农情统计分析上下功夫，为职工种植保驾护航。

同时也要注意，订单农业既然又称为契约农业，那么合同双方就必须遵守契约精神。不管是职工还是企业，都应当按照"有约必践、一诺千金"的精神严格按照订单合同的约定，履行各自的义务，企业要及时足额地向职工支付购买农产品的款项，职工也要及时按照合同约定交付相应的农产品，使生产经营活动处于良性循环的状态。

总的来说，要让职工手中的合同变成真金白银，离不开企业、合作社和干部职工的共同努力。当然，改革的过程，是不断发现、认识和解决问题的过程。任何一种模式的发展都要充分考虑现实需求，只有让订单农业在实施过程中不断地调整和优化，才能让订单农业一路走好、一路走远。

（2018 年 5 月 18 日 《兵团日报》 一版）

让河长制真正成为治水良方

2018年5月4日，七师在奎屯河岸边召开全面推进河长制工作现场会，以落实河长制推动"河长治"。据悉，2018年兵团将大力加强河湖管理保障水安全，确保在6月底前全面建立河长制，力争在2020年实现兵团管理范围内河湖保护源头保护区污水"零排放"，基本建成河湖健康保障体系和管理机制，基本实现河畅、水清、岸绿、景美，确保兵团天蓝地绿水清。

水是生命之源，但是随着发展，水资源污染日益严重，甚至成为制约经济社会可持续发展的瓶颈。面对日益严重的"水危机"，河长制，这个具有鲜明特色的河流管理机制应运而生。从各地的具体实践来看，河长制的实施为实现河湖功能永续利用，形成全社会参与、共治共享的局面提供了制度保障。

保护水源地，就是保护生命力。怎么治理一条河，管好一片湖？看起来简单，实则不然。因为河水好坏，表象在水里，根源在岸上，岸上的问题很复杂。河长制不仅负责让河流"水质达标"，更要管好整个河流水资源、水环境、水生态甚至水文化。因此，坚持问题导向、因地制宜是兵团全面推行河长制的关键点，具体来说就是要从不同地区、不同河湖实际出发，把握河湖治理新要求的具体举措，尽快建立健全各师、团、连级河长和河湖库渠名录，实行"一河一策、一湖一策"，着力解决好河湖库渠管理保护的难点、热点和重点问题；同时落实最严格的水资源管理制度，严守水资源开发利用控制、用水效率控制、水功能限制纳污三条红线，坚决制止非法开荒，有序实施退地减水，切实做到以水定需、量水而行、因水制宜，维护河湖健康，实现河湖长治久清。

河长制让每条河流有了专属"负责人"，各级河长形成治水"责任链"。兵团目前已设立了兵、师、团、连四级河长组织体系，共设立各级河长1161人，由自治区党委副书记、兵团党委书记、政委孙金龙任总河长。落实好河长制，就要让"链条"中的每一位"负责人"切实担负起落实河长制的主体责任，履河长之职、尽河长之责，亲力亲为抓好相关工作，各负其责、相互配合，整体推进各项工作。真正管用的河长制，还必须拥有系统的考核指标体系，比如河长所负责的河道流域，同比的污染物排放量削减了多少、河水水质提升了多少、当地职工群众的认可度提高了多少，都应当拿出具体的数字来。要把全面推行河长制工作考核与最严格的水资源管理制度考核有机结合起来，把考核结果作为领导干部综合考核评价的重要依据，倒逼责任落实。

水环境的治理和保护非一日之功，让河长制真正发挥作用，关键要建立起水陆共治、部门联治、全民群治的河湖保护管理长效机制。协调治理是全面推进河长制的关键，要建立健全生态环境综合协调处置机制，强化兵地之间、上下游之间，以及水利、环保等部门之间的利益分配、资源协调，解决多头执法问题，消除执法盲区。在健全"横向扩面拓展，纵向深化到底"的河长制责任落实机制的基础上，还应拓展公众参与渠道，加强社会监督，建立河湖管理保护信息发布平台，营造全社会共同关心和保护河湖的良好氛围。

（2018年5月23日 《兵团日报》 一版）

打破体制藩篱 激活人才"春水"

如何冲破体制藩篱，让各类人才合理流动？如何为"大众创业、万众创新"再添一把猛火，促进经济加快转型升级？实践证明：改革是不二法门。

近日，兵团人力资源和社会保障局印发《支持和鼓励高校、科研院所等事业单位专业技术人员创新创业的实施意见（试行）》（以下简称《意见》），明确了支持和鼓励高校、科研院所等事业单位专业技术人员创新创业的"六种模式"，即兼职、在职创办企业、在岗创业、到企业挂职、参与项目合作、离岗创业，这一改革举措，对体制内人员创新创业抛出了"绣球"，激活了专业技术人员创新创业的"春水"。

高校、科研院所等事业单位是科技创新成果的重要"产出地"，不仅具有人才、知识、技术等先天优势，更具有良好的科研、推广和创新能力，有利于促进科技成果的迅速转化，一直是兵团科技研发的重要活力源泉。60多年来，从培育出适应性强、体型大、毛产量高的军垦细毛羊的刘守仁到对兵团"棉花铺膜播种机研究和推广"作出突出贡献的陈学庚，不同时期的科研人才为兵团科技创新作出了突出贡献。《意见》印发后，通过进一步对兵团事业单位专业技术人员创新创业"松绑解套"，一些专业技术人员就可以带着科研项目和成果创办科技型企业或者到企业开展创新工作，这既能充分发挥市场在人才资源配置中的决定性作用，提高人才流动性，最大限度激发和释放创新创业活力，又能使科技创新成果快速实现产业化，转化为现实生产力。可以想见，众多事业单位专业技术人员借着这一政策利好，纷纷投身到创业热潮当中，会有多少新的企业诞生，会有多少科技成果完成转化，会创造出多少就业机会，会产生出多少社会财富，这对兵团的经济发展和转型来说，无疑具有重要意义。

不过，在为这一政策欢欣鼓舞的同时，也要看到，科研人员"下海"创业需要的制度环境，目前还有待改善。尽管兵团制定出台了各种创新创业激励政策，但将创新创业的压力、失败风险等因素结合考虑，现有的激励政策还需进一步改革完善。要为所有创新创业者提供政策支持，为他们搭建足够大的舞台，既保护创业者的创业热情，又增加科研人才的创新动力，为实现经济的长久繁荣营造良好制度环境。

"流水不腐，户枢不蠹"，有"进"有"出"方为活水。生命在于运动，人才也需要流动起来，唯其如此才能各得其所、尽展其长。伴随着兵团深化改革的春风，束缚人才作用充分发挥的体制机制的藩篱逐一打破，"大众创业、万众创新"的良好局面就会自成气候，深入实施创新驱动发展战略的科技引擎也就会如愿点燃。

（2018 年 5 月 24 日 《兵团日报》 一版）

从群众中汲取改革力量

　　一滴水可以折射太阳的光辉，一封信可以传达群众的感情。随着团场综合配套改革不断深入，十师一八四团职工群众切实感受到改革带来的变化和实惠。截至 2018 年 5 月 18 日，该团共收到职工群众寄来的感谢信 1831 封。"改革让我们有话语权了""改革让我感觉更民主了""改革让利益更倾向我们职工了""改革好""支持改革"，一句句朴实无华的话语，深情满满地道出了职工群众对改革的拥护和对未来的期许。

　　"为政之道，以顺民心为本，以厚民生为本。"改革离不开人民群众，党领导的改革是以人民为中心的改革。只有坚持把群众的利益放在心上，把群众的福祉抓在手上，把群众的期盼扛在肩上，改革才能科学务实，才能有成效。团场综合配套改革实施以来，从连队"两委"选举，到"四议两公开""一事一议"等民主决策制度切实贯彻执行；从土地确权颁证，到全面取消义务工、"五统一"……一系列改革举措受到职工群众广泛支持和拥护，团场连队一派欣欣向荣的景象，职工群众参与改革、支持改革、拥护改革的积极性高涨。

　　历史唯物主义认为，人民群众是历史的创造者，是社会物质财富和精神财富的创造者以及社会变革的决定性力量。兵团的全面深化改革，如果没有职工群众的支持和参与，再好的"顶层设计"恐怕也是空中楼阁，再美的蓝图恐怕也难变为现实。团场综合配套改革之所以能够得到职工群众的大力支持，正是瞄准了职工群众关心的热点、难点、痛点问题。所以，改革必须问计于民、问需于民，做到人民有所呼、改革有所应。要始终站在群众立场上谋划改革，始终依靠群众推进改革，始终尊重群众意愿深化改革，把群众"高兴不高兴、满意不满意、答应不答应"作为改革的出发点和落脚点，如此，改革方向才能不偏离。

同样，改革不可能一蹴而就，也不可能一劳永逸。改革面对的是不同的利益主体，每往前推进一步，都将牵动利益格局的深刻调整，但无论困难和挑战有多大，只要依靠群众的智慧和力量，不断在群众中凝聚改革共识，形成改革合力，就能清除改革路上的各种阻碍。在改革方案的制订过程中，针对不同的利益诉求，就要最大限度地求同存异，寻求改革的"最大公约数"。只有时刻关注群众对改革的反应并及时回应，方能把职工群众的智慧和力量凝聚到改革上来，同职工群众一道把改革推向前进。

"大鹏之动，非一羽之轻也；骐骥之速，非一足之力也。"改革离不开广大职工群众的智慧和力量，从1831封感谢信中可以看出，广大职工群众从没有像今天这样热切期盼改革，从一封封感谢信中我们读出了他们对美好生活的殷切期盼，对改革发展的参与愿望。

总之，始终坚持一切为了人民，一切依靠人民，力争做到让职工群众满意，改革的大船就始终有广大职工群众载起，就能一路扬帆破浪，乘风远航。

（2018年5月28日 《兵团日报》 一版）

优化区域布局　发展现代农业

农业一直是兵团的优势产业、基础产业。优化农业区域布局、发展现代农业不仅是推进农业供给侧结构性改革的一项重大任务，还是壮大兵团力量、更好发挥兵团特殊作用和当好先进生产力示范区的现实需要。大力推进优势农产品区域布局，做大做强各具特色的主导产业和优势农产品，有利于提升兵团农业综合生产能力和现代化水平。

在 60 多年的发展历程中，兵团创造了领先全国的现代农业技术体系和种植模式。但农产品产业化经营水平低、供求结构失衡、要素配置不合理、品牌建设滞后、市场控制能力弱等问题仍很突出。如何利用资源分布的区域性特征，确定合理的农业区域布局，取得最大经济效益和社会效益，是兵团发展现代农业中迫切需要解决的问题。我们要深刻把握农业转型发展面临的新形势新要求，切实优化农业区域布局，努力开创兵团农业现代化新局面。

强化优势，突出特色。现代农业的基础在规模，没有规模就没有效益。兵团农业集约化、规模化水平和组织化程度高，具备推进农业产业化发展的独特优势，我们要充分利用好这一优势，以"三大基地"建设为重点，以团场增效、职工增收为目标，全面推进农业现代化建设。兵团垦区遍布南北疆，资源禀赋各异，都有各具特色的农产品资源，优化产业布局、做强做大兵团现代农业，需要在强化产业规划、优化区域布局、提高区域发展协调性上下功夫。各团场、连队可选择一批特色明显、发展潜力大的优势特色农产品，精心做成特色产业，集中力量打造

-311-

一批具有特色的农产品生产优势区和产业发展聚集区。

提升品质，增强竞争力。过去兵团农业发展更多关注的是生产环节，如产量的高低、品种的选育等。进入新时代，我国社会主要矛盾已经转化为人民日益增长的美好生活需要和不平衡不充分的发展之间的矛盾。因此，现代农业生产经营也需要多从消费者的角度考虑，如消费者的口味变化、健康需求、兴趣爱好、饮食习惯等。这就要求农产品生产不仅要以市场需求为导向，走质量效益型发展道路，标准产业化经营，力争做到经济效益、环境效益和社会效益的协调发展，还要从理念、制度、管理等方面多举措推动，不断增强自我创新能力和成果转化推广能力，逐步提升兵团农产品的市场竞争力和占有率。

加强品牌建设，实现融合发展。立足地方特色，优化配置生产要素，把特色、优势打造成品牌，以品牌增强市场竞争力，可以有效提高兵团农业经济效益。走好兵团农产品品牌化道路，要进一步扩大无公害农产品、绿色食品、有机农产品生产规模，制订名牌农产品发展规划，按产业化要求，对现有农产品品牌进行整合，统一标识，充分利用"特色品牌""生态品牌"推进品牌培育示范企业和区域品牌试点示范。同时，以品牌建设为依托，把资源优势转换为产业优势，通过产业联动、产业集聚等方式，使农业生产、农产品加工和销售、餐饮等其他行业有机地整合在一起，使一二三产业之间紧密相连、协同发展，最终实现农业产业链延伸和职工群众增收。

供给侧结构性改革对兵团现代农业发展既是机遇又是挑战。兵团各级要牢固树立和贯彻落实新发展理念，以深化农业供给侧结构性改革为引领，积极转变农业发展方式，不断优化农业区域布局，以更大格局、更高水平向农业现代化迈进。

（2018 年 6 月 4 日 《兵团日报》 一版）

团场综合配套改革要坚持"三个导向"

导向是引导事物发展前行的方向。导向正确与否，事关成败大计。

团场综合配套改革是促进兵团经济社会发展、发挥兵团特殊作用、实现新疆工作总目标的现实需要，也是可靠保障，更是一项庞大复杂的系统工程。如果导向不对，就难以顺利推进。打赢打好团场综合配套改革攻坚战，要明确坚持"三个导向"。

坚持问题导向。"改革永远是由问题'倒逼'产生的"，说到底，改革就是一场问题攻坚战。推进团场综合配套改革，要把发现问题、认识问题、研究问题、解决问题作为工作的基本要求，瞄着问题去、追着问题走，努力在重要领域和关键环节上取得突破。各级各部门要发挥主体作用、强化责任担当，以落实党中央治疆方略、围绕新疆工作总目标更好履行职责使命的高度政治自觉，以刀刃向内、壮士断腕、自我革命的大无畏勇气，突破利益固化的藩篱，坚决破除一切不合时宜的思想观念和体制机制弊端，下大决心解决党政军企合一特殊体制、团场生产经营体制等方面存在的不适应新时代发展、不符合各族职工群众期盼的突出问题。

坚持目标导向。目标指引方向、统领工作。谋划一项工作，办一件事，都要围绕既定的目标来决策、部署和推进。推进团场综合配套改革，要明确以建立有利于团场履行维稳戍边职责使命的体制机制为目标，健全落实团场行政职能，推进事业单位分类改革，健全社会管理体系，深化国资国企改革，完善农业经营体制，加强连队建设，营造拴心留人环境，壮大职工队伍，加强维稳戍边能力建设，把兵团建设成为职能定位清晰、体制机制健全、综合实力雄厚、作用发挥有力的坚强力量，为更好履行"三大功能"、发挥"四大作用"奠定体制机制基础。

坚持效果导向。效果，是检验抓落实的标尺。团场综合配套改革工作开展得如何，做得好不好，要看能否拿出硬碰硬的数据，能否交出实打实的成绩单。要强化主体责任，师市党委要切实加强领导、精心组织实施，团场党委要周密部署、抓好落实，团场党委书记要知责明责、敢于担当，确保改革工作善始善终、善作善成。要细化工作方案、明确工作进度，做到有组织、有计划、有步骤、有抓手、有考核，确保改革举措落实到位。要加强监督考核，各级各部门要发扬严实作风，坚决杜绝政策棚架、责任棚架，绝不允许搞变通、打折扣。要始终坚持以人民为中心的思想，把群众满意不满意、支持不支持、赞成不赞成作为改革的出发点和落脚点，让职工群众共享改革带来的新鲜果实，提升职工群众的获得感和幸福感。

改革是加快兵团发展的必由之路。团场综合配套改革只要始终坚持"三个导向"，就能逢山开路、遇水搭桥，推进兵团改革步步深入。

（2018 年 6 月 6 日 《兵团日报》 一版）

牢牢把握改革的正确方向

"找准了方向，整个世界都会为你让路。"

方向问题至关重要。改革方向正确，我们的改革事业就能顺利发展；改革方向错误，我们的事业必然走入误区。兵团全面深化改革以来，之所以能够捷报频传，得到广大干部职工群众的衷心支持和拥护，首要的一条就是牢牢把握住了改革的正确方向。

团场综合配套改革是兵团深化改革的基础工程和"重头戏"，也是兵团深化改革的重点和难点，事关兵团深化改革成败，事关职工群众切身利益，事关兵团综合实力的不断壮大，事关兵团组织优势和动员能力的持续增强，事关兵团维稳戍边特殊作用的有效发挥，必须把准方向、全力推进。

要以什么为方向呢？兵团党委指出，改革不是要把兵团的优势改没了呢变少了，而是要把兵团体制的特殊优势和发展活力充分释放出来。推进团场综合配套改革，就要着眼党政军企合一特殊体制，以丰富和完善这一体制内涵及实现形式为方向。具体来说，要不断强化党的核心领导地位，健全和转变"政"的职能，凸显"军"的属性，确立"企"的市场主体地位；要明确团场职能定位，理顺团场内部"政企、政资、政事、政社"之间的关系，强化团场维稳戍边、经济管理、市场监管、社会管理、公共服务、内部监督等方面的作用；要按照社会主义市场经济的要求，探索完善既使市场在配置资源中起决定性作用又有利于更好发挥兵团特殊作用的体制机制，推进兵团治理体系和治理能力现代化。

如何才能确保沿着正确的航向前进？准确理解、全面把握改革的目标首当其冲。只有把目标把握好了，才能正确回答团场综合配套改革最终是为了什么、要取得什么样的结果这个重大问题。习近平总书记强调，兵团是实现党中央关于新疆工作总目标的重要战略力量，是新疆经济社会发展的重要力量，是促进各民族交往交流的重要力量，明确指出新形势下兵团工作只能加强，不能削弱。兵团党委坚持党中央对兵团的性质定位和大政方针，把团场综合配套改革放到兵团事业发展全局的高度，明确指出，要坚持把是否有利于实现新疆工作总目标和兵团职能定位、是否有利于增强兵团组织优势和动员能力，作为衡量改革成效的根本标准；要以建立有利于团场履行维稳戍边职责使命的体制机制为目标，谋划团场综合配套改革、推进团场综合配套改革，使团场综合配套改革沿着正确的航向前进，时刻不能放松这个标准、偏离这个目标。

团场改革直接关系兵团事业发展、职责使命履行和稳定器大熔炉示范区功能发挥，是兵团全面深化改革的重中之重、难中之难。我们要牢牢把握团场综合配套改革的正确方向，切实把思想和行动统一到以习近平同志为核心的党中央治疆方略和对兵团的定位要求上来，统一到党中央关于兵团深化改革的决策部署上来，进一步增强责任感使命感紧迫感，把团场综合配套改革切实抓紧抓好、抓出成效，为把兵团建设成为职能定位清晰、体制机制健全、综合实力雄厚、作用发挥有力的坚强力量作出贡献。

（2018 年 6 月 11 日 《兵团日报》 一版）

职能部门要发挥好"信息员"作用

及时收集、处理、传递、反馈、储存信息，是信息化时代各项事业发展的需要，也是领导从经验决策走向科学决策的需要。当前，深化团场综合配套改革已全面推开，各师市推进改革进展情况如何，各项政策措施在推进落实中遇到了哪些矛盾和问题，下一阶段工作的重难点、侧重点是否有所变化，改革过程中的"中梗阻"是否已经打通、"险滩"是否已经越过，都需要有及时、准确、真实的信息反馈，作为我们顺利推进改革的依据。

全面深化兵团改革，是一项复杂的系统工程。兵团团场连队分布在天山南北，社情民情差异较大，必须坚持从实际出发，具体问题具体分析，增强改革的针对性和精确性。深化改革，要找准突破口乘势而为，要对准目标精准发力，就必须认真搞好调查研究，掌握大量一手资料，做到有的放矢。信息如何获得？既要到推进改革顺利的团场去总结经验，更要到困难较多、情况复杂、矛盾尖锐的连队去研究问题，特别是要多到职工群众意见多的地方去，及时发现和捕捉各类有价值信息；要注意把握"上情"，了解"外情"，吃透"下情"，注重了解上级部署与本地落实程度等实际情况。如此，我们才能抓好改革的每一环节，补齐改革的每一处短板，扎实走好改革的每一步。

毛泽东同志曾说过："没有调查研究就没有发言权。"信息收集贵在真实有效，信息与调研相结合是提高信息质量的关键，也是为领导提供高质量、有价值信息服务的关键。我们只有始终坚持实事求是的原则，讲真话、报实情，才能实现"第一手情况""第一道研判""第一时间报送"的工作目标，当好推进深化改革的"信息前哨"。

各团场改革办要认真担负起"信息员"职责，深化认识、明确定位，切实增强做好信息工作的自觉性和责任感，努力提高信息参谋服务水平，始终坚持喜忧兼报，提高紧急信息报送时效，及时主动报送"上级领导需要了解""需要上级领导了解"的信息；坚持深入团场连队、深入职工群众，真实反映改革进展情况、改革中群众普遍反映的问题，提出相关意见要求；坚持问题导向，带着问题下去、带着答案回来，用发散的思维、开放的思维、统筹的思维，发挥好参谋作用，为兵团党委决策提供信息服务。

信息工作是一项政治性、业务性和连续性很强的工作。为适应信息工作不断发展的需要，兵团各级党委要进一步关心、重视信息工作，为信息工作部门和信息工作人员开展信息工作提供阅读文件、参加会议、跟随领导调研的条件和机会，让他们及时了解工作思路和领导意图。兵团各级职能部门要踏踏实实地把调查研究工作做好、用好，随时掌握基层最新情况，及时总结改革中的典型事例和好做法、好经验，把优势劣势分析透，把突出矛盾和制约因素找准，充分利用大量一手资料为改革铺路架桥。

全面深化改革的过程，就是一个不断发现、认识和解决问题的过程，发现问题有时甚至比解决问题更重要。兵团各级职能部门要充分发挥好"信息员"作用，为各级党委提供全方位、高质量、多层次的信息服务，确保"参到点子上，谋到关键处"。

（2018 年 6 月 13 日 《兵团日报》 一版）

压实团场综合配套改革责任

一分部署，九分落实。团场综合配套改革已进入攻坚阶段，必然会遇到难啃的"硬骨头"、面临"急流险滩"，这需要兵团上下克服畏难情绪，敢闯敢拼、敢于负责，进一步压实团场综合配套改革责任，对任务不挑不拣、不推不脱，认定的目标一抓到底，以想抓落实的自觉、敢抓落实的担当、会抓落实的能力，全面激发改革动能，推进各项改革部署在兵团落地有声、推进有力、落实有效。

列好任务清单，提高改革效率。时间越紧、任务越重，越需要压实责任，卡准规定的时间点，把每一个环节、每一项任务都落实好。对于领先在前的改革工作，要继续深化，出亮点、树标杆；对于滞后的改革工作要倒排工期、迎头赶上，扎实有序地推动国有农用地承包经营权确权颁证、团办企业改革、团场社区改革等重点改革任务落实。特别是要经常"回头看"，及时查找在推进改革过程中存在的问题，把改革是否达到预期效果、群众是否满意作为检验标准，确保改革"蹄疾而步稳"。

当好改革龙头，层层传导压力。龙头怎么甩，龙尾就怎么摆。"一把手"有没有改革动力、改革智慧、改革能力，在很大程度上决定了改革成效，甚至决定了改革成败。"一把手"只有带头抓思路、抓调研、抓推进、抓落实，做到重要改革亲自部署、重大方案亲自把关、关键环节亲自协调、落实情况亲自督察，才能把准改革方向，确保改革不走偏、不跑调。可以说，顶层设计能否具体落实、职工群众能否真正满意，关键就是在于"一把手"能否顶住压力、担起责任，持续用力、传导压力，把责任一级一级压下去，真正做到人人身上有任务、人人肩上有担子，确保责任落实、工作落地，形成上行下效、上率下行的改革氛围。

用好问责利器，倒逼责任落实。问责是最有力的落实，是促进责任落实的关键一环。在推进改革中，或多或少会出现不敢改、不肯改、不想改、改不到位等问题，也有一些干部在改革推进上不作为、慢作为、乱作为，这些问题都会严重阻碍团场综合配套改革顺利推进。团场、连队要将改革落实情况纳入目标考核，以目标考核倒逼干部以责促行、以责问效。对于担责不足、履责不够、尽责不力、拖延改革的，要以"零容忍"的态度严肃问责追责，绝不姑息。动员千遍，不如问责一次。兵团各级领导干部必须清醒认识改革的严峻性和紧迫性，明白身上的担子有多重，从而激活干事创业"一池春水"，在不折不扣抓落实、千方百计谋发展的过程中，破解改革发展的难题，回应职工群众关切的问题。

在将改革推向纵深的道路上，每一位改革者都是主角、都有一份责任。责任重大，使命光荣。改革者必须提振精神、全身心投入，以时不我待、只争朝夕的紧迫感，努力寻求新的突破，用实际行动让职工群众享受到改革的红利。

（2018 年 6 月 20 日 《兵团日报》 一版）

全面落实团场综合配套改革各项任务

　　团场综合配套改革是兵团深化改革的基础工程和"重头戏",也是兵团深化改革的重点和难点。改革会进一步触及深层次利益格局的调整和制度体系的变革,复杂性、敏感性、艰巨性会更加突出。团场综合配套改革事关兵团深化改革成败,打赢团场综合配套改革攻坚战,意义重大。

　　推进改革,既要取势,又要取实。随着团场综合配套改革向纵深推进,面临的难题更多,实施的难度更大,抓落实的要求更突出。对标改革任务书、时间表,积极主动、稳妥果决地把各项任务落实到位,是当前兵团各级党政的重要任务。

　　进一步推进连队综合改革。连队是兵团组织架构的基础,要加强连队党支部建设,选优配强"两委"班子特别是支部书记,强化政治引领和服务职工群众功能;健全机制,落实连队"一事一议"和"四议两公开"制度,凡是连队管理的事项,由连队民主决策、自主管理;2018年7月31日前,完成国有农用地承包经营权确权登记颁证工作;全面落实承包职工生产经营自主权,取消团场义务工和"五统一",切实减轻农牧业一线职工负担;适应社会主义市场经济体制要求,鼓励引导职工在自主自愿基础上开展合作经营、股份制经营、公司化经营,培育壮大新型农业经营主体;制定连队身份地职工管理办法和连队身份地职工守则,明确连队身份地职工权利和义务。

　　进一步推进团办企业和团场社会事业领域改革。团场国资国企改革是团场综合配套改革的重要领域和关键环节。要推动团场行政与企业经营脱钩，取消团场的企业法人资格，取消对团场利润指标的考核，取消团场国有企业行政级别。要以人民为中心，统筹师团公共服务发展，强化公益性服务职能，提高公共资源利用效率，增强团场公共事业服务供给能力，推动团场社会事业发展和基本公共服务水平提高。

进一步推进团场职能转变。政企、政资、政事、政社不分制约团场发展，要明确团场职能定位，健全落实"政"的职能，把团场职能和工作重心由经营管理转到增强维稳戍边能力、加强社会管理、提供公共服务上来，把团场管理方式由政企不分、大包大揽转到职能明确、各司其职、科学管理上来。同时，加强能力建设，提高行政效能，坚持依法行政，运用法治方式和市场机制，不断提升团场履行行政职能的能力和水平。

进一步加强民兵队伍。围绕"拉得出、用得上、干得好"目标，加强基干民兵建设，实行实名制管理；建立辖区所有适龄从业人员民兵普查登记制度，整合团场现有治安联防队、巡逻队等群防群治力量；持续开展常态化全员军事训练，坚持不脱产原则和"管、建、用、保"一体化，对边境团场护边员实行实名制管理。

只有把思想和行动统一到党中央对兵团深化改革的决策部署上来，以抓铁有痕、踏石留印的意志和不获全胜、绝不收兵的决心，将各项改革一抓到底，兵团才能在新时代的伟大征途上抢得先机、赢得优势，进而创造新的辉煌。

（2018 年 6 月 25 日 《兵团日报》 一版）

以推进团场"四分开"为主线深化改革

　　团场综合配套改革已进入攻坚阶段，如何处理好团场与企业的关系？职工群众又能享受到哪些改革红利？如何通过改革进一步强化团场组织力和动员力？要解决好这些问题，关键是要准确把握团场综合配套改革的总体要求，紧紧抓住政企、政资、政事、政社"四分开"这条主线，推进团场综合配套改革向关键点入手、向积弊处发力，切实改变以往团场政企不分、大包大揽的农垦企业思维定式和管理方式，不断激发团场各项事业发展新活力。

　　凝聚共识，明确方向。"四分开"是团场综合配套改革中的重要内容之一，事关兵团深化改革的深度和广度。要紧紧围绕新疆工作总目标，坚持中央对兵团的性质定位和大政方针不动摇，紧扣夯实发挥兵团在新疆的特殊作用这个关键，以健全落实团场行政职能、规范加强编制管理、完善预算管理体制为切入点，强化团场党委领导核心作用，健全和转变团场行政职能，推进机关、事业单位、农业连队分类改革，为更好地履行"三大功能"、发挥"四大作用"奠定良好基础。以团场内部政企、政事、政资、政社"四分开"为突破点，以创新团场管理体制为着力点，积极探索特殊体制与市场机制结合的有效实现形式，不断创新和完善团场管理体制和运行机制，就能实现团场的"华丽转型"。

　　把握重点，层层推进。推进"四分开"，就是要把团场职能和工作重心由经营管理企业转到增强维稳戍边能力、加强社会管理、提供公共服务上来，把团场管理方式转到职能明晰、各司其职、管理科学、营造发展上来。具体来说，就是要确立团场与企业之间的正确关系，让各自回归本位，推进团场行政与企业经营彻底脱钩，还企业本质属性，使企业真正成为市场主体；推进团场社会事业领域改革，统筹团场公共服务和社会事业发展，不断提高基本公共服务均等化和社会事业一体化水平，推进机构改革和职能转变；推进团场城镇社区改革和建设，加强社区民主管理，营造拴心留人的良好环境。要把坚持党的领导贯穿始终，定好盘子、厘清路子、开对方子，确保改革不走样、不变形、不偏移。

保持定力，持续发力。随着"四分开"的不断推进，将带来生产关系、社会关系、分配关系的变革，涉及各方面利益的再调整，必须要真刀真枪、敢于动真碰硬。改革越深入越不能松懈，改革越是艰难越需要担当，兵团各级领导干部一定要增强改革信心，保持改革定力，以当断则断的魄力和精准的把控力，把团场综合配套改革的各项任务扛在肩上、抓在手中、落实到行动中，推动改革不断向纵深推进；更要坚决摒弃"干不干事无所谓、发不发展没问题"的松懈思想，拿出切实可行的措施激发广大职工群众参与改革、支持改革的热情，主动在改革大势中带队站位、带头攻坚，推动改革任务落地见效。

兵团全面深化改革大潮已经起势，我们唯有踏准节拍、盯紧目标、全力攻坚，才能在新时代继续书写"史诗般的进步"，为发挥兵团特殊作用、实现新疆工作总目标注入更多动力。

（2018 年 6 月 27 日 《兵团日报》 一版）

团场综合配套改革要加强社会监督

阳光是最好的防腐剂，监督是最好的净化剂。为确保团场综合配套改革各项决策部署不变形不走样地推进，也为了切实保障广大干部职工群众切身利益和合法权益，近日，兵团党委推进团场综合配套改革领导小组办公室向广大职工群众发出公告，就团场改革过程中的各项工作，主动接受职工群众和社会的监督，力促各项改革举措落地生根，改革成果惠民利民。

监督是一剂良药，改革的各项举措落实了，完成各项工作才能体现含金量，职工群众才会有获得感。但各项改革举措推进得怎么样、落实得好不好，关键在于有没有广泛而高效的监督。如果缺少批评和监督，看似一团和气，但只会让问题越攒越多、越积越厚。要用监督唤醒责任意识、倒逼责任落实，以此形成约束，使改革成果更好惠及职工群众。

突出重点做好监督工作。"一把手"作为第一责任人，必须积极担负职责使命，主动营造改革良好氛围。为此，把从严管理"一把手"作为重中之重。要坚持正面教育为主、预防为主、事前监督为主，发现问题及时提醒，督促整改，避免小错酿成大错，引导"一把手"树立正确的意识；要增强接受监督的自觉性，把党内监督、法律监督、群众监督和舆论监督结合起来，做到警钟长鸣、防微杜渐；要明确责任，对责任不到位、不担当、敷衍塞责、延误改革的，严肃问责，确保改革推进到哪里、监督就跟进到哪里。

依靠群众做好监督工作。广大职工群众对改革的"空转"深恶痛绝，对改革带来的变化深切期待。改革关乎群众的切身利益，改革措施得不得力、效果好不好，群众看得最清楚、体会得最真切，也最有发言权。依靠群众加强对团场干部、连队"两委"成员作风问题的监督，依靠群众监督各项改革举措落实情况，是监督工作走群众路线的具体体现。要进一步扩大职工群众在改革中的知情权、参与权、选择权和监督权，积极拓宽监督渠道，建立完善监督机制，及时回应职工群众关切的问题。只有这样才能保证改革不跑偏、能落地、效果好。

创新方式做好监督工作。要切实推进监督机制创新，在坚持和完善现有监督机制的基础上，根据新的实际情况，建立新的监督机制，理顺各方监督主体的监督关系，增强监督合力。重视发挥社会和舆论监督的作用，利用报纸、广播、电视等媒介，激浊扬清、针砭时弊，直面改革过程中存在的问题，加大对侵害群众利益行为的曝光力度。同时，积极搭建"互联网＋监督"平台，拓展监督的深度和广度，全面提升监督效果。

加强对团场综合配套改革各项工作的监督，目的就在于提高改革的透明度，确保权力在阳光下运行，是保证团场综合配套改革各项举措落地生根、取得实效的有力举措。兵团各级各部门唯有提高监督意识，主动接受监督，才能让广大职工群众发自内心支持改革、参与改革、享受改革成果。

（2018 年 6 月 29 日 《兵团日报》 一版）

坚持以强化连队基层组织建设为切入点

　　党的十九大报告指出:"党的基层组织是确保党的路线方针政策和决策部署贯彻落实的基础。"党的工作最坚实的力量支撑在基层,最突出的矛盾和问题也在基层,必须把抓基层打基础作为长远之计和固本之举。对于兵团而言,兵团的基础在团场,团场的基础在连队,连队是兵团最基层的组织,因此,推进团场综合配套改革,连队改革是关键,只有将强化连队基层组织建设作为切入点,才能保证党的路线方针政策在兵团落地生根。

　　加强基层班子建设。一个班子强不强、有没有战斗力,会直接影响改革举措的贯彻落实。随着团场综合配套改革不断深入推进,越来越需要大批敢想敢做敢担当的基层干部为改革提供人才保障。要选优配强领导班子特别是党支部书记,真正把那些政治上强、能够驾驭全局、善于抓班子带队伍、民主作风好、群众威信高的优秀干部选拔出来;要不断提高干部的素质与能力,通过学习考察先进地区的改革发展经验,提升干部的工作专业化水平。同时,连队"两委"成员是"选"出来的,更是"管"出来的,因此,要健全和落实从严管理监督干部制度,严明党的纪律特别是政治纪律、组织纪律,加强对连队事务全方位、全过程监督管理。

　　强化基层民主管理。改革的目的是为了更好地维护职工群众的利益,职工群众参与热情是否高涨、参与渠道是否通畅、参与机制是否健全,直接关乎改革方向、改革效果、改革成败。要广泛听取职工群众的意见，对涉及职工群众切身利益的事，要严格按照"四议两公开"和"一事一议"民主决策制度，由职工代表参加会议并提出意见和建议，提高职工群众参与连队管理的自主权，充分保障职工群众的知情权、决策权、参与权、监督权，凝聚民智民力，为改革注入强劲动力；要拓宽民主监督渠道，让职工群众成为监督主体，确保权力在阳光下运行。

提高基层服务能力。在全面取消"五统一"后，明确要求连队不再直接管理职工生产经营，所以，连队"两委"成员要尽快适应从管理者变为服务者的身份变化，提高自身服务能力，提升服务质量，拓展服务范围。要自觉践行党的群众路线，想职工群众之所想、急职工群众之所急，带着对职工群众的深厚感情做工作，始终把群众的需要作为工作的出发点、落脚点，走进基层、融入群众，真正问政于民、问计于民、问需于民。

强化连队基层组织建设的目的是什么？事实上，就是为了实现基层组织设置从"有形覆盖"向"有效覆盖"转变，实现组织活动从"偏于形式"向"突出作用"转变，只有真正激活基层组织活力，才能让改革更贴近连队经济社会发展实际、更贴近职工群众诉求。

（2018 年 7 月 3 日 《兵团日报》 一版）

坚持农业基础地位
培育壮大新型经营主体

　　培育壮大新型经营主体，加快发展现代农业，是深入贯彻党的十九大精神，全面落实中央《关于加快构建政策体系培育新型农业经营主体的意见》的必然要求。近年，兵团加快培育农业新型经营主体，以产业集团、龙头企业、专业合作社等为代表的农业新型经营主体方兴未艾。如何进一步激发兵团现代农业新活力，发挥兵团大农业优势？只有把培育壮大新型农业经营主体作为一项重大战略来实施，才能更好发挥兵团大农业优势，壮大兵团综合实力，为履行兵团职责使命、发挥特殊作用、服务新疆工作总目标提供有力支撑。

　　发挥集约优势，实现规模效益。规模经营是现代农业发展的必然要求，也是农业现代化的重要途径。兵团农业集约化、规模化水平和组织化程度高，具备推进农业产业化发展的独特优势，培育壮大新型经营主体，做大做强兵团现代农业，需要积极引导新型农业经营主体集群集聚发展，与兵团特色农产品优势区、现代农业产业园、示范区等建设结合起来，提高农业生产经营的集约化、专业化、组织化、社会化程度。同时，发挥集约优势离不开农业科技的支撑。要与涉农科研机构、高等院校和高新技术企业对接合作，促进农业科技供需对接和成果转化，提高土地产出率、资源利用率、劳动生产率，努力走出一条产出高效、产品安全、资源节约、环境友好的农业现代化道路。

　　创新组织形式，增强发展合力。随着团场综合配套改革深入推进，兵团各师团党委、连队"两委"班子和职工积极探索新的对接市场的经营方式,一批新型农业经营主体应运而生。如何充分发挥其辐射带动作用?事实证明,只有充分发挥各类新型经营主体优势,创新经营组织形式,实现"公司+基地+专业合作社+职工"等多种形式的利益联结机制,促进一二三产业融合发展,才能增强发展合力,激发现代农业新活力。

完善培育机制,强化人才支撑。发展现代农业,人才是第一资源。然而,团场连队农业新型经营主体中懂技术会管理、市场开拓能力强的复合型人才并不多,这在很大程度上制约了新型农业经营主体的发展与壮大。破解人才瓶颈制约,要把人力资本开发放在首要位置。首先,要营造新型经营主体发展环境,吸引投资农业的企业家、创业的大学毕业生等流向团场连队,成为新型农业经营主体的主要力量。其次,要加快建立教育培训、规范管理和政策扶持"三位一体"的新型农业职工培育体系,逐步培养出一大批懂技术、善经营、会管理的新型农业经营者。最后,要着力完善农业科技创新激励机制,充分激发农业科技人员研发推广的积极性和创造性,推动现代农业加快发展。

当前,兵团现代农业已进入一个关键性的转折发展时期,兵团各级要牢固树立和贯彻落实新发展理念,埋头苦干、奋发有为,把兵团发展现代农业这篇文章做好,使兵团农业以大格局、高水平阔步迈向现代化。

(2018 年 7 月 11 日 《兵团日报》 一版)

坚持以提升维稳成边看家本领为目标

习近平总书记明确指出，兵团关键是要充分发挥维稳成边作用。维稳成边是党中央赋予兵团的神圣使命，是兵团的看家本领和责任担当。60多年的兵团建设发展实践证明，兵团不仅仅是一支经济建设大军，更是维稳成边的战略力量。要发挥好维稳成边作用，就必须牢牢把握新形势下新疆工作的总目标和当前新疆工作的着眼点和着力点，不断提高兵团维稳成边能力。发挥兵团特殊作用，必须强化看家本领。当前兵团深化改革的各项工作，必须始终把强化维稳成边作为根本定位、基本目标和检验标准。

强化看家本领，这是党中央对兵团的重托，更是兵团党委的庄严承诺。兵团党政军企合一的特殊体制是兵团履行维稳成边职责使命的必要体制保证，团场则是兵团履行维稳成边职责使命的基础和主要载体，是兵团党政军企合一特殊组织形式的集中体现。可以说，团场就是兵团存在和发展的基础。兵团要更好履行职责使命、发挥稳定器大熔炉示范区功能，团场是基础，也是关键。兵团各级要进一步解放思想、更新观念，始终坚持把维稳成边工作放在兵团改革和建设的首位，把维稳成边职责作为第一责任，把提升兵团维稳成边能力作为首要目标，以攻坚克难的决心、勇气和智慧推进团场综合配套改革，把兵团特殊体制的优势和发展活力充分释放出来。

提升维稳成边看家本领，必须强化"兵"的意识、彰显"军"的属性。提升维稳成边能力，构建维稳力量体系，这是当前新疆反分裂斗争的现实需要。要落实土地、职工、民兵"三位一体"要求，加强基层连队建设，强化职工"兵"的意识，让广大职工将履行维稳戍边职责使命作为立身之本和自觉行动。聚焦增强基层连队组织优势和动员能力，坚持不懈开展职工全员军事训练，持续推进一流民兵队伍建设，打造一支招之即来、来之能战、战之能胜的维稳戍边队伍。打好反恐维稳组合拳，持续深入开展严打暴恐专项行动，做到一旦有事拉得出、用得上、干得好。增强意识形态领域斗争的能力，深入开展去"极端化"和意识形态领域反分裂斗争，在干部职工中广泛开展发声亮剑宣誓活动。在"去极端化"上主动进攻，坚决占领意识形态阵地。

当前，具有改革创新气质的兵团人正以推进兵团长远发展的高度政治自觉，以刀刃向内、壮士断腕、自我革命的大无畏政治勇气，增强主体意识和责任担当，坚决破除利益固化藩篱，坚决落实党中央关于兵团深化改革的部署。面对改革进程中已经出现和可能出现的新问题新挑战，兵团上下必须要坚定树立起敢闯险滩、敢涉深水、敢啃硬骨头的信心和决心，贯彻落实党中央治疆方略和对兵团的定位要求，紧紧围绕新疆工作总目标，出实招、攻难关，让兵团的特殊优势和发展活力得到充分释放。

(2018 年 7 月 19 日 《兵团日报》 一版)

以全面自查促改革各项措施落地生根

全面督查，更须全面自查。国务院启动2018年大督查工作后，兵团党委高度重视，立刻启动了迎接国务院大督查各项准备工作。兵团各级各部门要认真学习、深刻领会2018年国务院大督查的要求，把迎接2018年国务院大督查作为检阅工作成果、检验工作效果、推动工作的好机遇，进一步增强紧迫感、责任感，全面自查、边查边改、立行立改。

开展全面自查确保发现问题。开展全面自查，是为了举一反三，回望过去，昂首向前。改革是一项系统工程，前面环节与下一阶段环环相扣、息息相关。兵团开展全面自查，其中也涉及对兵团部分改革措施落实情况的检验。因此，我们要对标对表，梳理政策措施落实情况，查找兵团深化改革在推进过程中存在的不足和问题，勇于正视问题，敢于暴露问题，及时解决问题。始终将问题记在心上、抓在手上，准确反映改革推进落实情况，客观反映存在的困难和问题，分析问题症结，有针对性地提出整改措施及相关建议，保证各项改革举措和各级责任落实，进一步确保兵团深化改革步步为营、稳扎稳打、逐步深入。

开展全面自查确保责任落实。兵团深化改革在推进过程中总体向好，但仍存在工作不落实、政策不落地、改革不深入、进展不平衡的现象，仍有少数干部不作为、不善为、乱作为，影响政策效力和改革红利持续释放。开展全面自查虽是大督查的"前奏"，但也绝不能掉以轻心。要切实落实主体责任，建立各负其责的工作机制，加强统筹协作，细化责任边界；要精心撰写自查报告，在全面自查中，如发现失责渎职等问题，要严肃问责，不打和牌、不和稀泥，以铁腕问责倒逼权力归位、责任到位。

开展全面自查推动问题整改。改革不会一蹴而就，只有通过自查发现问题、积极整改，才会让改革措施接地气、有底气。一方面，自查要坚持问题导向，及时发现普遍性、苗头性的问题，找准改革"堵点"，打通改革"梗阻"。针对"政"的职能定位不明确的问题，简政放权要再加力；针对去产能职工安置问题，拓宽分流安置渠道要再给力；针对违规举债、担保行为，防范金融风险要更用力……确保每个问题跟进解决、每项改革措施向更深层次推进。另一方面，自查要坚持眼睛向下、脚步向下，多走进连队，多倾听职工群众心声，着力解决政策不配套、不衔接、不落地的问题。

开展全面自查虽是聚焦国务院大督查的督查重点和突出问题，但不代表未要求自查的方面就可以掉以轻心、放松警惕，必须始终保持高度政治清醒，拿出政治勇气和责任担当，向一切影响和制约兵团深化改革的体制机制开刀，向一切固有的利益藩篱宣战，全面自查整改，不让问题成堆、矛盾积压，不让职工群众心里添堵，把做好迎接国务院大督查工作作为当前一项重大的政治任务。

（2018 年 7 月 26 日 《兵团日报》 一版）

以大督查为契机推动改革向纵深发展

　　督查被视为抓落实、促发展的"利器"。近日，国务院发出通知，部署开展 2018 年国务院大督查。此次大督查是对兵团经济社会发展的一次全面体检，有利于推动党中央、国务院重大决策部署尽快落到实处、取得实效。2018 年以来，在以习近平同志为核心的党中央坚强领导下，兵团党委坚持以习近平新时代中国特色社会主义思想为指导，坚定不移聚焦总目标，不折不扣贯彻党中央治疆方略，加快推动深化改革各项举措落地见效。当前，兵团改革已经进入深水区，难免会碰到难啃的"硬骨头"，也确实存在一些不合时宜的观念、体制和做法，影响着决策部署落地生根和改革红利持续释放。这就更需强调督促落实的重要性，兵团各级要把迎接大督查作为一项重要政治任务，全力配合督查组开展工作，为进一步推动兵团改革向纵深发展，更好履行职责使命、发挥特殊作用打下坚实基础。

　　强化问题意识，盯住问题抓整改。督查只是一种手段，通过督查发现问题，并解决问题，才是根本目的所在。以大督查为契机，推动各师市、各部门聚焦当前经济运行和改革发展中的突出问题，积极抓好整改落实，是国务院大督查的初衷所在。兵团各级要把此次大督查作为一次检阅工作和发现问题、改进作风、提升工作的重要机遇。要对照督查组反馈的意见，列出问题清单，严格按照规定的时间节点，制订出详细的整改方案和实施计划，做到条条真整改、件件有着落，以真解决问题、解决真问题的决心和勇气确保整改工作落实不空、不虚、不变形走样，让改革成果更多惠及职工群众。

落实主体责任，推动整改到位。细数兵团在深化改革中存在的工作不落实、政策不落地、改革不深入、进展不平衡等问题，背后都是主体责任没有落实到位。层层传导压力，压紧压实责任，关键看行动，根本在担当。在其位，就要谋其政；任其职，就要尽其责。兵团各级各部门要切实增强主动接受督查的思想自觉和行动自觉，坚决配合做好大督查的各项工作，加强组织领导，坚持求真务实，严守工作纪律，搞好服务保障，确保督查工作顺利开展。要把精力聚焦到抓整改上，切实把整改任务放在心上、扛在肩上、抓在手上，做到立说立行整改，压紧压实责任，从严从重问责，确保督查整改效果让组织放心、让职工群众满意。

用好督查成果，建立长效机制。常态才能常效，长效才能长久。大督查毕竟有时间限制，属于阶段性工作。但兵团深化改革只有进行时，没有完成时。我们要立足长远，着眼长远，健全督查落实推进机制，常态开展，长效跟进。不能搞一阵风、一窝蜂，更不能寄希望于一劳永逸、一蹴而就。要不断强化制度建设，根据形势变化，适时将现有的要求和约束，通过文字化的方式固定下来，让今后执行上有根据，处罚上有保障，进一步确保各项改革举措落地见效。

整改既是确保督查成果落地的"最后一公里"，也是兵团改革发展的新起点和加油站。面对全面深化改革的宏伟目标，面对全面建成小康社会的历史使命，我们只有以强烈的责任感、使命感、紧迫感破除体制机制的弊端、利益固化的藩篱，才能在兵团全面深化改革这场大考中赢得全胜。

（2018 年 8 月 2 日 《兵团日报》 一版）

改革快马再加鞭

全面深化改革，翻过一山又一山。

2018 年上半年，兵团深化改革力度进一步加大，团场综合配套改革、国资国企改革等重点领域和关键环节改革取得重要进展。兵团深化改革呈现全面发力、纵深推进、蹄疾步稳的良好势头。但兵团深化改革仍然存在一些不到位的问题，比如，对兵团深化改革的思想认识还需提升，主体责任还需强化；对整体把握改革任务理解不深，研究不透；推进改革的节奏还需加快；改革的时效性还需进一步提高。

"逆水行舟，不进则退。"2018 年是兵团深化改革向纵深推进的关键之年，改革已进入深水区，每往前一步都不容易。因此，必须再接再厉，敢啃"硬骨头"，敢于"涉险滩"，快马再加鞭，推动全面深化改革不断取得新成效。

要进一步提高政治站位，坚定改革方向。各级各部门要充分认识深化兵团改革是实现新疆工作总目标的重要举措，在改革实践中不断对标"深化兵团改革要把住一条，无论怎么改，组织优势、动员能力不能改没了、改弱了"的要求，切实将思想和行动统一到以习近平同志为核心的党中央治疆方略和对兵团的定位要求上来，统一到以习近平同志为核心的党中央关于兵团深化改革的决策部署上来。要认真学习领会习近平总书记在中央全面深化改革委员会第三次会议上的重要讲话精神，深刻认识当前改革面临的新形势、新要求，集中力量打攻坚战，不断推动兵团深化改革取得新突破。

要全面落实中央安排部署的改革任务。只要中央有部署，兵团就要有行动，不折不扣抓好贯彻落实，补齐制度短板，发挥改革整体效应。兵团各级各部门要与中央的决策部署同向同调，不仅要贯彻落实好中央部署的改革任务，还要认真对标中央全面深化改革领导小组、委员会审议通过的改革方案。各专项小组要强化责任担当，积极主动落实好中央部署的改革任务、方案。要加强统筹和跟踪了解，确保兵团落实到位。

要进一步强化改革主体责任。各级各部门要认真总结经验、查找不足，扎实做好中央安排部署的改革自查工作，重大问题要及时向上级党委汇报。要坚持以习近平总书记改革方法论为指导，找准发力点，狠抓改革、精准落实。要抓工作作风，以钉钉子精神持续精准发力，以真抓促落实、以实干求实效。要抓完善机制，抓紧建立督办协调、督察落实、改革方案审核报备、考评激励等一系列规范化、常态化的改革工作机制。要抓督察落实，在发现问题、解决问题上下功夫，对落实不力、敷衍塞责的要追责问责。要大兴调查研究之风，把问题搞透，研究谋划，拿出有底气、接地气的改革方案。要抓重点难点，集中精力解决重点难点问题。

改革只有进行时没有完成时。进入新时代，各级各部门要进一步坚持问题导向，强化责任担当，快马再加鞭，深化兵团改革，为实现新疆工作总目标作出更大贡献。

（2018 年 8 月 6 日 《兵团日报》 一版）

有效应对前进道路上的各种风险挑战

  2018 年是贯彻党的十九大精神的开局之年，是改革开放 40 周年，是决胜全面建成小康社会、实施"十三五"规划承上启下的关键一年。我们既承担着光荣的使命、艰巨的任务，也面临着复杂的形势、严峻的挑战；既要最大限度激发社会活力，也要妥善处理各种风险和矛盾。

  随着改革的不断深入，面对的不仅是困难和挑战，还需要触及深层问题、体制弊端。同时，改革涉及对现有利益格局的调整，这使得各种思想观念和利益诉求相互碰撞，形成改革共识的难度增大，处于隐蔽状态的风险逐渐暴露出来。破解兵团发展面临的种种难题、应对来自各方面的风险挑战，我们必须要拿出"壮士断腕"的决心和勇气，以更有力的措施和办法攻坚克难、闯关夺隘，进一步强化忧患意识，坚持未雨绸缪，把各方面的风险考虑得全面一些，应对措施准备得周密一些，切实把各种风险防控好，确保改革积极而有序、蹄疾而步稳，为兵团经济社会发展保驾护航。

  有效应对各种风险挑战，要坚持以人民为中心。改革的红利体现在职工群众的切身利益上，发展的成果真正惠及职工群众，改革才会有动力，发展才会有意义。我们要带着感情做好群众工作，把群众安危冷暖放在心上，切实加大民生投入力度，全力办好民生实事。出台任何一项改革举措，都要把风险想得更深入些，充分听取职工群众的意见和建议，充分考虑职工群众的承受能力，切实维护职工群众的切身利益和合法权益。要做好风险防控，尽可能避免和减少因决策不当或时机不成熟给社会稳定造成的不和谐因素，让改革发展成果更多、更公平地惠及广大职工群众。

有效应对各种风险挑战，要稳中求进。改革是一个复杂的系统工程，确保改革举措的公平性和利益最大化至关重要。以团场综合配套改革为例，无论是打破干部身份和薪酬模式，还是探索土地"三权分置"办法，无论是推进团场城镇社区建设，还是建立更加体现公平正义的社会保障体系，都涉及各种利益格局的调整。我们要把握好改革的节奏和力度，统筹推进稳增长、促改革、调结构、惠民生、防风险等各项工作。在改革的方式上，要循序渐进，从易到难、从小到大、从试点探索到全面铺开不断发力，使各项改革举措相互促进、整体推进、形成合力，不仅要确保改革行稳致远，还要得到广大干部职工群众的普遍支持和理解。

任何一项改革都可能是"牵一发而动全身"，需要全方位的系统设计和统筹安排。只要我们把握大局、审时度势、科学谋划、求真务实，就一定能正确处理深化改革和防范风险的关系，统筹抓好改革发展稳定各项工作，确保改革不变质、不走样。

（2018 年 8 月 10 日 《兵团日报》 一版）

进一步健全和转变"政"的职能

深化兵团改革，必须抓好重点领域和关键环节改革。要想切实把兵团特殊优势和发展活力充分释放出来，健全和转变"政"的职能是不能忽视的环节。

党政军企合一的特殊体制具有集中力量办大事的优势，但其还不能完全适应社会主义市场经济的要求，行政职能转变还不到位，行政职能越位、缺位、错位现象还不同程度地存在着。一方面，还在管一些不该管、管不了也管不好的事；另一方面，一些该管的事，却没有管住、管好。解决这些问题，最根本的要靠加快步伐，加大力度，进一步健全和转变"政"的职能，让政府这只"看得见的手"和市场这只"看不见的手"相辅相成、扬长避短，推动兵团治理体系和治理能力现代化。

政府退出无须管理的领域，势属必然。政府的管理触角不可能抵达社会和经济事务的方方面面，"看得见的手"管得太多，既管不了也管不好，而且会增加行政成本。因此，把该放的权力放到位，既有利当前，也惠及长远，堪称释放改革红利、打造兵团经济升级版的重要一招。要进一步厘清行政与市场的边界，删减不必要的、无依据的行政审批，充分释放经济活力，确保市场在资源配置中起决定性作用。要坚持量质并重，对现有行政审批项目进行集中梳理，拿出更多的"真金白银"，更好地向市场和社会放权。要坚持同步推进，既要及时对接上级下放的权力，更要敢于向自己"开刀"，把该放的权力彻底放下去。

同时，放权不等于放手不管。构建服务型政府，"有形之手"不能越位更不能缺位，关键要"把该管的事情管好、管到位"，把更多的精力放在加强公共服务和民生保障等方面。要承接行使好自治区移交的行政职能和行政执法权，进一步丰富和完善党政军企合一特殊体制内涵和实现形式。要明确兵团的行政职能、推进机构改革和职能转变、严格规范编制管理。要对各单位、部门职责和权力进行分析梳理，明确责任主体和权力运行流程，完善行政权力运行监督机制。要推动政企、政资、政事、政社"四分开"，把工作重心转到增强维稳戍边能力、加强社会管理、提供公共服务上来，把管理方式由政企不分、大包大揽转到职能明确、各司其职、管理科学、营造发展环境上来。要加强能力建设，提高行政效能，坚持依法行政，运用法治方式和市场机制，不断提升履行行政职能的能力和水平。

健全和转变"政"的职能，是兵团深化改革的重要内容，涉及经济社会各个领域，很难寄希望于"毕其功于一役"。各级各部门要牢固树立政治意识和大局意识，切实增强责任感和紧迫感，敢于动真格、使实招，切实转变行政职能，释放强劲改革红利，为新疆社会稳定和长治久安作出新的更大贡献。

（2018 年 8 月 13 日 《兵团日报》 一版）

进一步确立"企"的市场主体地位

　　2018 年是兵团全面深化改革的关键之年，打赢全面深化改革这场攻坚战离不开经济体制的改革与创新。使市场在资源配置中起决定性作用，是深化经济体制改革的"牛鼻子"，紧紧抓住这个关键环节，就能推动改革不断取得新进展。

　　近年来，兵团不断加大国有经济战略性调整和资产重组力度，深化国资国企改革，国有经济的活力和竞争力不断增强，但市场体系不完善、规则不统一、秩序不规范、机制不灵活以及政府干预过多和监管不到位等问题，仍然在不同程度上影响着兵团经济发展活力和资源配置效率。这些问题存在的根本原因就在于市场在资源配置中的地位和作用没有得到科学体现，市场机制的作用没有得到充分发挥。因此，只有坚持社会主义市场经济体制的改革方向，更好确立"企"的市场主体地位，健全和转变"政"的职能，切实将发挥市场在资源配置中的决定性作用与发挥兵团特殊作用相结合，才能将兵团特殊体制的优势和发展活力充分释放出来，为新时代兵团开启新征程实现新发展、更好履行维稳戍边职责使命奠定坚实的基础。

　　战略的谋定来自对规律的认识和尊重。理论和实践都证明，市场是配置资源最有效的形式。用好市场这只"看不见的手"，需要进一步厘清政府和市场的边界，使企业成为真正的市场主体。一方面，要落实国有企业法人财产权和经营自主权，推进所有权和经营权分离，使企业真正成为决策主体、投入主体、利益主体和风险承担主体。同时，国有企业也要不断完善内部管理制度，减少对行政的依赖，真正成为独立的市场主体。另一方面，企业经营管理人员身份上要与行政彻底脱钩。要进一步研究制定国资委监管企业领导人员管理办法，全面实行任期制契约化管理，推进政企分开，营造责权统一、激励约束相结合的氛围。此外，要加快培育优势产业集团，按照"抓大放小"原则，加快国有经济重组和调整步伐，把有规模优势、竞争优势和产品特色的骨干企业进一步做大做强。

需要注意的是，在厘清政府与市场的边界时，不能以为强市场就一定是弱政府，二者不是此消彼长的对立关系，而是共生互补的关系。要推动资源配置依据市场规则、市场价格、市场竞争实现效益最大化和效率最优化，也要进一步健全和转变"政"的职能，切实履行职责，把该管的事管好、管到位，把该放的权放足、放到位，坚决避免政府职能错位、越位、缺位现象。

"唯其艰难，才更显勇毅；唯其笃行，才弥足珍贵。"使市场在资源配置中起决定性作用，需要冲破很多利益的藩篱、啃下很多"硬骨头"。只有将"看不见的手"和"看得见的手"都用好，实现"两只手"协奏，给兵团深化改革装上市场化的"发动机"，才能使兵团经济驶入快车道，为更好实现新疆社会稳定和长治久安总目标作出更大贡献。

（2018年8月17日 《兵团日报》 一版）

确保改革始终朝着正确方向前进

当前，作为兵团深化改革基础工程和"重头戏"的团场综合配套改革正全面推进。与其他改革相比，团场综合配套改革涉及领域多、范围广，面临的矛盾和问题复杂，改革的系统性、整体性、协同性要求前所未有。面对这些问题，要继续深化团场综合配套改革，就必须加强顶层设计，准确把握团场综合配套改革的基本原则，确保改革始终朝着正确方向前进。

社会稳定和长治久安是新疆工作总目标，维稳戍边是兵团的看家本领，更是兵团职责所系、使命所在。团场综合配套改革必须有利于实现总目标，必须紧紧围绕总目标来进行。尤其要认真学习贯彻习近平总书记关于兵团深化改革的重要指示精神，充分认识新形势下深化兵团改革的重大意义，准确把握改革的总体要求、基本原则，落实重大举措，真正把思想和行动统一到党中央决策部署上来，牢牢扭住增强组织优势和动员能力这个根本，推动重点领域和关键环节改革落地见效，坚决打赢团场综合配套改革攻坚战。

生产关系决定一切社会关系。坚持社会主义市场经济改革方向，不仅是经济体制改革的基本遵循，也是全面深化改革的重要依托。在推进团场综合配套改革中，只有坚持社会主义市场经济体制的改革方向，才能科学处理好屯垦和戍边、特殊管理体制和市场机制、兵团和地方三个重要关系，才能探索完善既使市场在资源配置中起决定性作用、又有利于更好发挥兵团特殊作用的体制机制，才能不断释放兵团体制优势和发展活力，更好壮大兵团综合实力。因此，我们不但要在理论上了解、认识上明白、观念上清楚坚持社会主义市场经济体制改革方向的重要意义，更要学以致用、以知促行，通过果敢稳健的实践，落实党中央决策部署，激发兵团发展内生动力活力。

改革为了人民，改革也要依靠人民。为了让改革成果更好惠及职工群众，引导职工群众真心理解改革，坚定支持改革，积极参与改革，共同推进改革，必须紧紧围绕集聚人口来推进团场综合配套改革，深挖农业潜力、厚植城镇势能、强化产业动能，提高职工群众生活水平，营造拴心留人环境；坚持以人民为中心的发展思想，把深化团场综合配套改革与解决职工群众最关心、最迫切、最现实的利益问题结合起来，强化社会管理服务，补齐民生社会事业短板，不断提升职工群众的幸福感获得感；充分挖掘团场资源、区位优势，严守环保底线，加快团场特色小城镇建设，以城聚产，以产兴城，加快壮大团场经济规模和人口规模。

方向明确才能步履坚定，目标清晰方可凝神聚力。推动团场综合配套改革向纵深发展，既要保持敢为人先的闯劲干劲，也要避免不得要领的盲目冒进；既要有"摸着石头过河"的积极探索，也要遵循兵团深化改革的总体方向和基本原则。只有这样，才能调整好各种利益关系，发挥好各方面积极性，在统筹兼顾中不断推进改革。

（2018 年 8 月 28 日 《兵团日报》 一版）

扎实深入推进"放管服"改革

简政放权、放管结合、优化服务，是全面深化改革特别是供给侧结构性改革的重要内容。近日，兵团办公厅下发了《关于进一步压缩企业开办时间的通知》。压缩企业开办时间是兵团深化"放管服"改革的重大举措，将极大地激发市场活力和社会创造力，促进市场主体蓬勃发展，推动新兴动能加快壮大。

近年来，兵团各级各部门认真贯彻党中央、国务院和自治区党委、兵团党委工作部署，扎实推进"放管服"改革，从破除"审批关卡"到打破"证明围城"，从减少"公章旅行"到结束"公文长征"，简政放权成效显著，事中事后监管不断加强，政务服务水平日益提升，极大地激发了市场活力和社会创造力，有效改善了兵团营商环境，为兵团应对经济下行压力、实现经济平稳运行发挥了积极作用。

简政放权的成效有目共睹，但在充分肯定成绩的同时，我们也要清醒地认识到："放管服"改革取得的成效还是初步的、阶段性的，与广大职工群众的期待和经济社会发展要求相比，差距依然存在。一些部门仍然管了很多不该管的事，企业投资经营和职工群众创业创新仍然深受显性或隐性准入壁垒之苦和变相审批之累。为此，兵团各级各部门要清醒认识当前形势，进一步健全和转变"政"的职能，持之以恒坚持自我革命，绝不能有"差不多""歇歇脚"的松懈思想，要不断增强深化"放管服"改革的责任感紧迫感，把改革向纵深推进。

扎实深入推进"放管服"改革，要推动"政"的职能深刻转变。要进一步增强"改"的紧迫性，明确兵团行政职能，加快兵团机构改革，严格规范编制管理；要进一步提高"放"的实效性，全面推行清单管理制度，加大简政放权力度，持续为企业松绑减负，为大众创业、万众创新清障搭台，将权力放得彻底；要进一步突出"管"的针对性，放掉该放的权力并不意味着撒手不管，还必须把"缺位点"补上，要加大违法违规行为惩处力度，建立公平竞争市场环境，把该管的工作管起来、该挑的担子挑起来；要进一步增强"服"的主动性，"民有所呼，政有所应"，坚决走出制约投资增长的审批怪圈，大力提供便民利民服务，不断优化行政服务方式，通过到位的服务让企业和职工群众有更多的获得感。

改革路上不止步。各级各部门要把简政放权牢牢抓在手上、稳稳扛在肩上，真正落到实处，用自身一时的"不习惯"，激发市场的"活"，换取职工群众的"利"，提高简政放权的实效，确保各项改革措施落到实处、见到实效，为兵团履行职责使命、发挥特殊作用，为维护新疆社会稳定和长治久安作出新的更大贡献。

（2018 年 9 月 6 日 《兵团日报》 一版）

改革百论

四、深化国资国企改革

SHENHUA GUOZI GUOQI GAIGE

坚决打好国资国企改革攻坚战

完善各类国有资产管理体制，改革国有资本授权经营体制，深化国有企业改革，培育具有全球竞争力的世界一流企业，是党的十九大提出的一项重要任务。这是在新的历史起点上，以习近平同志为核心的党中央对国资国企改革作出的重大部署，为新时代国资国企改革指明了方向、提供了根本遵循。

兵团实行党政军企合一特殊体制，国资国企是助推兵团事业发展的重要力量。深化兵团国资国企改革是贯彻落实以习近平同志为核心的党中央对兵团定位要求的重大举措，是中央关于兵团深化改革决策部署的重要内容，是处理好兵团特殊管理体制与市场机制关系的关键环节，是增强兵团生机活力、提升兵团核心竞争力的内在需要，是壮大兵团综合实力、更好发挥兵团特殊作用的客观要求。要打好兵团国资国企改革攻坚战，需要兵团各级领导干部切实增强思想自觉和行动自觉，明确指导思想、把握正确方向、加强问题研判、强化组织领导、全面稳步推进，让兵团国资国企改革各项措施落细、落实、落地。

打好兵团国资国企改革攻坚战，必须以习近平新时代中国特色社会主义思想为指导，准确把握推进国资国企改革的总体要求和正确方向。必须清醒地认识到，推进国资国企改革，目的是要靠改革强身健体，理直气壮地把国有企业做大、做强、做优。要自觉围绕新疆工作总目标和发挥兵团特殊作用来推进国资国企改革，用实现兵团高质量发展、国有资产保值增值的成效，回报以习近平同志为核心的党中央对兵团的关怀和厚爱。

打好兵团国资国企改革攻坚战，必须坚持重点突破和整体推进有机结合，扎实推进改革稳步向前。要坚持从全局上谋划，从整体上推进，从更高层次上协调，坚持按照"四个一批"的原则，科学制订国资国企改革总体方案，不断优化国有资本布局。同时，找准突破口，集中力量在政企不分、发展质量不高、不按市场规律办事、党组织作用不彰等关键问题上取得突破性进展，为全面推进国资国企改革提供牵引和推动力量。

打好兵团国资国企改革攻坚战，必须切实加强组织领导。要落实改革责任，做好群众工作，特别是各级领导干部要切实增强本领恐慌感，以时不我待的精神加强学习，不断提高政治水平和工作水平。兵团各级领导干部要发扬特别能战斗的优良传统，以政治勇气和智慧、更有力的措施和办法攻坚克难、闯关夺隘。要进一步解放思想，增强推进改革的责任感、紧迫感和自觉性，敢于趟"深水区"、啃"硬骨头"，真正把国有企业做强做优做大，从而有利于提高兵团经济发展质量、实现国有资本保值增值、提升国有经济竞争力。

国资国企改革是深化兵团改革的关键环节，要把握正确方向，凝聚改革共识，强化主体意识，突出问题导向，通过深化国资国企改革激发兵团发展的内生动力活力。兵团上下要以铁一般的信仰、铁一般的信念、铁一般的纪律、铁一般的担当，坚决打赢国资国企改革攻坚战，为兵团履行好"三大功能"、发挥好"四大作用"、服务好新疆工作总目标作出积极贡献。

（2018 年 4 月 2 日 《兵团日报》 一版）

国资国企改革要解决政企不分问题

　　兵团实行的是党政军企合一的特殊体制。在当前社会主义市场经济条件下，如何把这一特殊体制的优势进一步发挥出来，健全和转变"政"的职能，确立"企"的市场主体地位，是摆在兵团人面前的一道现实考题。

　　近日，在兵团党委深化国资国企改革推进大会上，自治区党委副书记、兵团党委书记、政委孙金龙强调指出，国资国企是兵团事业发展的重要力量，深化兵团国资国企改革，是处理好兵团特殊体制与市场机制关系的关键环节；要统筹推进行政体制和国资国企改革，切实解决好政企不分问题。这为深化兵团国资国企改革指明了具体路径，提供了基本遵循。

　　政企不分，是一个老生常谈的问题，其背后更为核心的问题是处理好政府与市场的关系。从历史上看，政企不分与计划经济相伴而生，在特定历史时期极大地推动了经济发展。但在当前市场经济条件下，这种政府既当"运动员"又当"裁判员"的制度安排已日益成为推进经济高质量发展的羁绊。具体到兵团来看，长期以来普遍存在的政企不分、以政代企，以及行政干预和行政依赖并存现象，严重阻碍了市场机制作用的有效发挥。

　　党的十九大报告强调："使市场在资源配置中起决定性作用，更好发挥政府作用"，进一步明确了政府与市场的关系。

（2018年4月3日 《兵团日报》 一版）

国资国企改革要解决好发展质量不高的问题

推进供给侧结构性改革,是以习近平同志为核心的党中央综合研判世界经济形势和我国经济发展新常态作出的重大决策部署。作为"十三五"时期的发展主线,供给侧结构性改革体现了鲜明的问题意识和目标导向,具有极强的现实针对性和实践指导性。

长期以来,兵团一些原本具有突出比较优势和较强竞争优势的产业,存在着低水平重复建设、资源优势没有发挥出来等问题,导致国有企业盈利能力弱、经营效益差、活力不足、发展缓慢,影响和制约着兵团经济社会发展。

2018 年的政府工作报告明确提出:"国有企业要通过改革创新,走在高质量发展的前列。"深化兵团国资国企改革,必须切实转变思维方式,以供给侧结构性改革为主线,在"加减乘除"上出实招、出硬招,优化国有资本布局结构,促进国有企业提升活力,实现高质量发展。

要做好加法,持续优化布局。做好加法的关键是扩大有效供给,增加发展新动力新能量。要用好用活国有控股上市公司和龙头企业的平台作用,加快"小、散、弱"企业整合,提升国有企业专业化水平和综合竞争力。要发挥国有企业和国有资本在兵团向南发展中的排头兵和引领带动作用,以纺织服装、农副产品加工等产业为突破口,以产业发展带动人口集聚为主线,引导社会各类资本在南疆投资兴业。

要做好减法,持续瘦身健体。做好减法就是要给企业松绑、减负,激发企业自身发展活力。要下功夫推动企业扁平化管理，实事求是、遵循规律、因企施策，精简机构、压减层级、调整结构，大力推进管理创新、组织模式创新和商业模式创新，走精干、高效、专注发展的路子。同时，要进一步推进政企分开，加快简政放权，让市场活起来，为企业发展提供良好环境。

要做好乘法，持续创新发展。做好乘法就是要以创新理念培育"乘数因子"，推动"几何式增长"。要不断培育新产业、新动能、新增长极，努力改变传统产业多新兴产业少、低端产业多高端产业少、资源型产业多高附加值产业少等状况。加强关键核心技术研发，提升自主创新能力，抢占未来竞争制高点。要坚持开放发展，抓住丝绸之路经济带核心区建设机遇，依托兵团城镇，推进与包括中央企业、援疆省市企业、地方企业、非公有制企业在内的各类资本开展合作，发展混合所有制经济，放大国有资本功能，在开放合作中互惠互利、共赢发展。

要做好除法，持续提质增效。做好除法就是要清除产能过剩，扫清发展上的"拦路虎"。要利用市场的力量，继续推进去产能和处置僵尸企业工作。要对经营长期严重亏损、资不抵债、扭亏无望的企业坚决予以关闭注销，对长期无收益、发展前景不佳的参股企业坚决实施转让退出。要继续坚持眼睛向内、苦练内功，狠抓企业成本费用管控，强化负债和风险管控，提高资金管理水平和利用效率。

以供给侧结构性改革为主线深化兵团国资国企改革，是挑战更是机遇。只要我们下定决心动真碰硬地干下去，就一定能把国资国企促进动力变革、质量变革、效率变革的重要作用充分释放出来，让国资国企走在高质量发展前列。

（2018 年 4 月 9 日 《兵团日报》 一版）

国资国企改革要解决好不按市场规律办事的问题

国有企业改革是中国经济领域改革的核心，也是兵团深化改革的关键环节。在市场经济竞争激烈的今天，培育一批辐射面广、带动力强、品牌响亮、市场占有率高的龙头企业，是深化兵团国资国企改革的重要内容，也是增强兵团生机活力、壮大兵团综合实力、更好发挥兵团特殊作用的客观要求。

与国内其他地方不同，兵团深化改革的立足点是要将兵团的特殊优势和发展活力充分释放出来。用改革之手，把捆绑在企业身上的绳子解开、理顺，使其筋脉畅通、活力绽放，就是此次兵团国资国企改革的目标。

兵团实行党政军企合一的特殊体制，在兵团全面深化改革中，如何更好确立"企"的市场主体地位，在"企"的方面更好展现兵团担当作为，是摆在兵团人面前的一道现实考题。加快完善产权清晰、权责明确、政企分开、管理科学的现代企业制度，既可增强国有企业竞争力，又有助于强化国有企业和国有资产监管，是顺应市场化、现代化新形势，做强做优国有企业的重要之举。具体来说，一是要以董事会建设为重点，以完善公司法人治理结构为核心，进一步优化董事会结构，增强董事会的独立性、权威性和有效性，着力建立健全现代企业制度；二是要坚定不移推进公司制和混合所有制改革，以优化国有资本布局为抓手，着力推动国有企业转型升级；三是要以国有资产保值增值为目标，着力转变监管方式提升监管水平，通过改革真正建立适应市场经济要求的市场化经营机制。尤其要摒弃农垦企业思维，不能把过去抓农业的那一套拿来抓工业，要以管资本为主推进职能转变，推进所有权与经营权分离，加快破除体制机制障碍，真正把兵团国有企业做强做优做大，为新时代兵团开启新征程实现新发展、更好履行维稳戍边职责使命奠定坚实基础。

市场起决定性作用的商业环境中，不把握好市场，不遵循市场规律，就会被市场淘汰。因此，国资国企改革能否取得成果，关键在于能不能适应市场。深化兵团国资国企改革，要围绕新疆工作总目标，坚持社会主义市场经济这个方向，按照市场在资源配置中起决定性作用的要求，运用市场化手段，促进资源优势与资本优势有效结合，推进资源配置依据市场规则、市场价格、市场竞争实现效益最大化和效率最优化，使兵团国有企业真正成为依法自主经营、自负盈亏、自担风险、自我发展的独立市场主体。同时，要将政府看得见的手和市场看不见的手很好地结合起来，企业生产经营让企业自己决定，由市场规律来调节，政府则抓好事关区域竞争力提升的重大基础设施和产业平台建设，研究制定符合市场规律的产业政策，使政府服务和支持成为企业市场竞争力的有机组成部分。

深化改革不停顿，攻坚的号角不断吹响。现在，深化兵团国资国企改革有了清晰明确的"施工图"，关键在于落地落实、务求实效。我们一定要增强改革定力、保持改革韧劲，扎扎实实把改革举措落到实处，奋力开创兵团国资国企改革发展新局面。

（2018 年 4 月 11 日 《兵团日报》 一版）

国资国企改革要解决好激励
约束不足的问题

　　着力深化企业内部人事、劳动、分配三项制度改革，本质是对企业内部运行机制进行改革，不仅能充分调动职工的积极性，也能增强企业活力、提升市场竞争力，是切实解决好激励约束不足问题的根本举措。

　　随着兵团国资国企改革步伐加快，兵团一些企业按照建立现代企业制度的要求，在人事、劳动、分配制度改革方面进行了积极探索，取得了明显成效。事实证明，如果企业内部改革不到位，就会导致用人制度和分配制度不适应市场经济发展的要求，也难以形成有效的激励和约束机制，严重影响企业经营机制的转换和市场竞争力的提高。当前，要把深化企业内部人事、劳动、分配三项制度改革作为推进国资国企改革的一项重要而紧迫的任务，采取有效措施，切实解决影响和制约企业发展的突出问题，形成企业的核心竞争力，推动企业持续健康发展。

　　深化劳动制度改革，实现职工能进能出。优秀职工能力强，不但适应转型后企业的需要，而且在人力资源市场中更有竞争力，有能力也有机会自主选择企业和工作。但也有一部分职工，由于企业计划安置多、培养机制少，加上自身的观念与能力问题，导致其市场适应性差、生存能力低，需要企业给予一定的"保护"。随着市场经济不断发展，如果没有职工正常流动和退出渠道，就会严重制约人才的发展。为此，要鼓励企业通过内部转岗、劳务输出、自主创业等多种方式安置富余职工，完善职工培训制度，逐步将不适应市场竞争的职工分流出去，推动企业良性发展。

深化人事制度改革，实现管理人员能上能下。要推行职业经理人制度，紧紧抓住经理层任期制和契约化管理这个"牛鼻子"，按照市场规律对经理层进行管理，明确责任权力，干得好就奖励，干不好就调整，建立与现代企业制度相适应的选拔任用机制，扫清"内部循环"和"能上不能下"的积弊。具体而言，就是要完善双向流动的人力资源通道，形成竞争上岗的用人机制，同时引进能够胜任岗位职责的优秀人才，为企业发展注入新鲜血液。

深化分配制度改革，实现薪酬能增能减。在三项制度改革中，分配制度改革参与程度最高，它直接关系到每一位职工的切身利益，是整个改革中最敏感的地方，也可以说是一块非常难啃的硬骨头。为此，要以更大决心冲破思想观念的束缚、突破利益固化的藩篱，允许企业根据自身特点，创新分配形式，但无论哪一种形式，都应该坚持与职工的岗位职责、工作业绩和实际贡献直接挂钩，真正发挥好业绩考核"指挥棒"的作用，形成重实绩、重贡献的分配激励机制，打破"干好干坏一个样"的格局，有效激发职工干事创业热情。

改革任务艰巨繁重，但改革步伐不能停。兵团各级各部门要坚持把人事、劳动、分配三项制度改革作为深化国资国企改革的重要内容，创新改革举措，破解发展瓶颈，增强企业活力，奋力开创兵团国资国企改革新局面。

（2018 年 4 月 13 日 《兵团日报》 一版）

国资国企改革要解决好
违规担保问题

在兵团党委深化国资国企改革推进大会上，自治区党委副书记、兵团党委书记、政委孙金龙强调，要坚决打好防范化解重大风险攻坚战，切实解决好违规担保问题。

打好防范化解重大风险攻坚战，是十分艰巨的任务。从兵团现实情况来看，部分国有企业依然存在着过度负债、变相举债等问题，情况不容乐观。应当深刻认识到，在兵团防控化解金融风险的各项工作中，重点是必须解决好违规担保的问题，这是我们打好防范化解重大风险攻坚战必须牢牢抓住的"牛鼻子"。唯有下好这关键的一步棋，才能在防范化解重大风险中取得制胜的先机。

解决好违规担保问题，底线不能失。部分师团出现违规担保，其中有部分领导干部政绩观不正确、部门项目审批责任不落实等因素，致使债务风险持续扩大。应当明确的一点是，师团可以对企业项目给予必要支持，但绝不能触碰底线。一方面，不能以任何方式为企业债务提供担保；另一方面，更不能承诺为其他任何企业的融资承担连带偿债责任，要切实做到零违规举债。

解决好违规担保问题，整改工作不能停。要始终绷紧防范化解债务风险这根弦，对融资担保行为进行摸底排查，要在"长效管理"上下功夫，杜绝反弹现象的发生，确保不留死角、不留漏洞、不留盲区，做到心中有数。在此基础上，还要稳妥化解债务存量，坚持"谁的孩子谁抱走"，从实际出发，分类妥善处置、全面整改不规范的融资担保行为。

解决好违规担保问题，问责追究不能缺。对已经出现问题的除了要整改纠正以外，还要问责到人，对师团及其所属部门违法违规担保的，对企业从事或参与违法违规融资活动的，要依法追究相关负责人的责任。同时，还要让信息公开，回应社会关切，主动接受社会监督。事实上，问责追究的目的就是让融资方式回归本位，不要出了事情才去问责、才去找原因，如果从一开始就服务于供给侧结构性改革这条主线，那方向自然就不会走偏。

兵团党委对打好防范化解重大风险攻坚战已作出了重要部署、发出了总动员令，相关部门应当尽快制订出全面系统的、科学可行的行动方案，把师团债务风险与企业债务风险结合起来治理，以决战到底的英勇气概，彻底打赢防范化解重大风险攻坚战。

（2018 年 4 月 17 日　《兵团日报》　一版）

国资国企改革要解决好监管不力问题

  兵团国资国企改什么？就是要改国资国企存在的突出问题，改不适应社会主义市场经济、不适应新时代发展要求、不适应兵团履行职责使命等方面的顽疾。在近日召开的兵团党委深化国资国企改革推进大会上，在谈及"具体改什么"的问题时，自治区党委副书记、兵团党委书记、政委孙金龙进一步明确指出："要加快推进兵团国资监管体制改革，切实解决好监管不力问题。"为我们推进国资国企改革划了重点、指了方向。

  长期以来，兵团现行国有资产管理体制中政企不分、政资不分问题依然存在，国有资产监管还存在越位、缺位、错位现象。加快建立科学有效的监管体制，对于解决好监管不力问题、提高国有资本效率、增强国有企业活力有着重大意义。我们要始终坚持问题导向，清醒认识存在的突出问题，围绕国资监管重点任务，进一步优化监管方式、完善监管体制，建立健全防止国有资产流失和监督问责机制、国有企业重大决策失误和失职渎职责任追究倒查机制，实行重大决策终身责任追究倒查机制，提升监管的严肃性、科学性、有效性。

  加强依法监管。全面推进依法行政、简政放权，要求国资监管机构更加注重运用法治思维和法律手段，依法行权履责。国资监管机构要正确处理加强监管与落实企业经营自主权的关系，放弃惯常使用的行政手段，改为依靠市场规则和法治方式，充分尊重企业的市场主体地位。要坚持权力以出资为限，监管以法规为据，建立完善权力清单和责任清单，明确履职边界，切实解决好监管错位、越位、缺位和不到位的问题，该管的要科学管理、绝不缺位，不该管的要依法放权、绝不越位。

加强精准有效监管。监管重点要从"管人、管事、管资产"向管资本转变，重点管好国有资本布局、规范资本运作、提高资本回报、维护资本安全，使资本管理和企业管理各归其位，实现国有资本有进有退、进而有为、退而有序。要改进监管方式和手段，按照事前规范制度、事中加强监控、事后强化问责的思路，学会用机制来管，用法治化、市场化方式，借助信息化、大数据手段提升监管的有效性。

加强协同监管。要整合出资人监管、监事会监督和审计，纪检监察、巡视、巡察等力量，形成监管合力，实现信息共享，打造国有资产监督工作闭环，堵塞国有资产流失漏洞。要完善企业内部监督体系，强化对权力集中、资金密集、资源富集、资产聚集部门和岗位的监督。要建立健全企业国有资产监督问责机制，对企业重大违法违纪问题敷衍不追、隐匿不报、查处不力的，严肃追究有关人员失职渎职责任。

新一轮国资国企改革，逐步向动真碰硬、攻城拔寨的深水区挺进。其中，涉及国资监管体制的改革，可谓牵一发而动全身。我们要进一步增强责任感使命感紧迫感，切实解决好兵团国资国企监管不力的问题，增强兵团生机活力、提升兵团核心竞争力，为发挥兵团特殊作用作出更大贡献。

（2018 年 4 月 20 日 《兵团日报》 一版）

国资国企改革要解决党组织
作用不彰问题

习近平总书记强调："坚持党的领导、加强党的建设，是我国国有企业的光荣传统，是我国有企业的'根'和'魂'，是我国国有企业的独特优势。"坚持党对国有企业的领导是重大政治原则，必须毫不动摇。只有坚持党对国有企业的领导、充分发挥企业党组织的政治核心作用和党员的先锋模范作用，国有企业才能不断发展壮大，成为自主创新的"排头兵"、经济社会发展的"顶梁柱"。党的十八大以来，兵团国资国企改革不断取得新进展。但是，国有企业党的建设弱化、淡化、虚化、边缘化问题在兵团仍不同程度地存在着，党组织在企业改革发展中没有充分发挥应有的作用。深化兵团国资国企改革，企业党组织必须把方向、管大局、保落实，切实发挥国有企业党组织领导核心和政治核心作用。要严格落实党组织的职责权限、机构设置、运行机制、基础保障进公司章程要求，切实落实党组织研究讨论是董事会、经理层决策重大问题前置程序，党员董事会成员要按照党组织的决定在董事会上发表意见，党员经理层成员要认真执行党组织决定，对于淡忘身份、履职不到位的要严肃问责。要完善"双向进入、交叉任职"领导体制，全面推行国有企业党委（党组）书记、董事长"一肩挑"，规模较大的企业要设立一名专职抓党建工作的副书记。要加强国有企业领导班子建设，发挥好党组织在选人用人中的把关定向作用，确保选出的干部对党忠诚、勇于创新、治企有方、兴企有为、清正廉洁。要加强对企业领导干部的教育监督管理，促其明大德、守公德、严私德、立政德。要牢固树立党的一切工作到支部的鲜明导向，全面强化国有企业基层党建工作，严格执行党的组织生活制度，认真落实基层党组织"三会一课"等基本制度。要把学懂弄通做实习近平新时代中国特色社会主义思想和党的十九大精神作为国有企业党组织的首要政治任务，认真开展"不忘初心、牢记使命"主题教育、扎实推进"两学一做"学习教育常态化制度化，切实树牢"四个意识"、坚定"四个自信"，确保中央和自治区党委、兵团党委决策部署在企业贯彻执行。企业党组织要履行好管党治党主体责任，纪检部门要履行好监督职责，加强监督执纪问责，巩固拓展落实中央八项规定精神成果，驰而不息加强作风建设，运用好"四种形态"，坚决查处违法违纪案件。唯有如此，兵团国有企业的制度才能更完善，国资国企改革才能走向成功，国企才能真正做大做强做优，不断增强活力、影响力、抗风险能力，实现国有资产保值增值，为经济社会发展作出新的更大贡献。

（2018 年 4 月 23 日 《兵团日报》 一版）

国资国企改革要抓住企业家
这个"关键少数"

　　习近平总书记曾指出："我们全面深化改革，就要激发市场蕴藏的活力。市场活力来自于人，特别是来自于企业家，来自于企业家精神。"国有企业领导是党在经济领域的执政骨干，对改革前沿的真实情况最清楚、对企业改革有更切实的感受。因此，抓住企业家这个"关键少数"，不断培育和激发企业家精神，打造一支高素质的国企领导人员队伍，必能为兵团深化国资国企改革提供重要的助推力。

　　培养出一支高素质企业领导人员队伍，关键要坚持党管干部原则不能变，保证企业领导政治合格、作风过硬、廉洁不出问题。这就要求我们不仅要在理念层面落实中央精神、大力弘扬企业家精神，更要在各项政策上发力，按照"对党忠诚、勇于创新、治企有方、兴企有为、清正廉洁"的要求，把在实践中成长起来的良将贤才及时选拔到国企领导岗位上来；激励企业家履职尽责，牢固树立"四个意识"，自觉弘扬兵团精神，认真履行兵团职责使命，积极投身兵团向南发展、参与兵地融合发展，履行好政治责任；经营管理好国有资产、实现保值增值，履行好经济责任；坚持绿色发展、安全发展，履行好社会责任，不断增强企业家"在经济领域为党工作"理念，带头树立新时代兵团国有企业家形象。

　　弘扬企业家精神，应着力营造尊重和激励企业家干事创业的社会氛围，充分调动企业家的积极性、主动性、创造性。政策扶持上，政府部门要树立为企业家服务的意识，减少烦琐的审批程序，在服务企业和企业家方面要敢作为、多作为；资金投入上，加大对创新企业的扶持力度；容错机制上，建立健全容错机制，形成允许改革有失误但不允许不改革的鲜明导向，要营造宽容失败的良好氛围。创新是个试错过程，既要鼓励创新也要宽容失败。对企业家遇到困难时的"雪中送炭"，比取得成绩时的"锦上添花"更宝贵。还要坚持严管和厚爱结合、激励和约束并重，给予企业家充分的信任，通过进一步推进政企分开、政资分开，确立企业独立市场地位，推进薪酬制度改革，让他们拥有实权，真正放开手脚干事、甩开膀子创业。

弘扬企业家精神，离不开企业家自身的坚守。优秀的企业家之所以被尊重，正因其"创新者"与"实干家"角色。继承与发扬优秀企业家精神，就是要回到创新与实干并举的优良传统上，以企业家精神托举起高质量发展。在此次兵团国资国企改革中，企业家们不仅要以创新的发展理念和技能推动兵团国有企业可持续良性发展，也要大力弘扬老一辈兵团人艰苦创业发展壮大国资国企的精神，深入总结兵团国资国企发展的历史特别是党的十八大以来国资国企改革的经验，始终坚持问题导向，切实增强深化国资国企改革的责任感使命感紧迫感，确保国资国企改革取得实效。

回顾国资国企改革史，企业家大胆发出的"松绑"放权呼吁，曾经成就了经济体制改革的一段佳话。今天，在兵团国资国企改革攻坚战中，也需要广大企业家与时代同步、与改革同行，充分发扬"绝对忠诚、勇于担当、务实奋进"的企业家精神，为兵团新一轮发展注入强劲动力。

（2018 年 4 月 26 日 《兵团日报》 一版）

确保国资国企改革各项任务落实到位

自治区党委副书记、兵团党委书记、政委孙金龙在兵团党委深化国资国企改革推进大会上强调："要落实改革责任，做好群众工作，用好六师五家渠市改革经验，深化作风建设，加强舆论引导，着力构建深化国资国企改革的联动格局，确保各项任务落实到位。"兵团国资国企改革大政方针已经确定，措施要求已经明确，关键是加强领导、形成合力、狠抓落实。要深刻把握国资国企改革要求和职工群众期待，精心组织实施，着力构建深化国资国企改革的联动格局，确保各项任务落实到位。

落实改革责任，完善工作机制。国资国企改革要解决好政企不分、发展质量不高、不按市场规律办事等问题，没有坚强有力的改革行动，缺少敢于担当的责任心，到头来都是一场空。只有兵团各级党委切实强化"四个意识"、提高政治站位，师市党委书记真正成为第一责任人，把"路线图"绘制好、"时间表"确定好、"任务书"制订好，以更高标准、更严要求把任务落实落细，才能切实加强党对国资国企改革的全面领导，也才能确保改革各项措施落地见效。同时，国有企业自身也要发挥主体作用、主动作为、扭住关键、细化措施、精准发力，以"钉钉子"精神抓好落实、抓出成效。

做好群众工作，凝聚改革力量。群众是改革的主体。全心全意为人民服务是我们党的根本宗旨，人民对美好生活的向往是我们党的奋斗目标。我们必须着眼实现好、维护好、发展好最广大人民群众的根本利益，进一步树立群众观点、反映群众愿望。要多从维护职工合法权益的角度谋划改革思路、制定改革举措，统筹各方利益诉求、汇集各家真知灼见，找出改革的最大公约数。要有的放矢开展思想政治工作，让职工群众正确理解改革、拥护支持改革、积极参与改革，争当改革的促进派和生力军，真正把蕴藏于群众之中的力量进一步挖掘释放。

深化作风建设，强化监督问责。其实，群众最担心的是作风建设"热一阵、冷一阵"、问题再反弹，最盼望的是改进作风的好态势坚持下去、保持长效。况且，不良作风本身就具有顽固性和反复性，有些问题的整改还没有完全到位，一些新情况、新问题就会随之而来。所以，要以严实作风推进国资国企改革，把党风廉政建设和反腐败斗争贯穿改革全过程，始终利剑高悬，盯紧责任主体，抓住"关键少数"，严肃查处"四风""四气"，坚决杜绝政策棚架、责任棚架，绝不允许搞变通、打折扣。要建立指导督察机制，加强巡视督导，敢于问责追责，持续抓好各项整改任务的落实，绝不允许出现"烂尾"工程，绝不能让"四风"问题反弹回潮。

六师五家渠市已经在探索推进国资国企改革试点上充当了排头兵，取得了阶段性成效，形成了不少可资借鉴的做法经验。对此，要用好六师五家渠市改革经验，虚心学习更上一层楼。同时，要加强舆论引导，营造良好氛围，大力宣传国资国企改革发展的政策措施、成功经验、典型案例，引导各方面正确认识改革、主动参与改革、全力支持改革，这样才能保证国资国企改革发展行稳致远。

（2018 年 4 月 27 日　《兵团日报》　一版）

推动国资国企改革需调研先行

兵团国资国企改革是一项复杂的系统工程，是深化兵团改革的关键环节。如何能够在改革中把握正确方向、突出问题导向、凝聚改革共识，通过深化国资国企改革激发兵团发展的内生动力与活力？只有开展周密而细致的调查研究，真正摸清家底、找准问题，才能研究制订出符合实际、切实可行的改革方案。

调查研究是共产党人的优良传统。早在1930年5月，毛泽东同志就在《反对本本主义》一文中鲜明提出："没有调查就没有发言权。"对此，习近平总书记也明确指出："研究、思考、确定全面深化改革的思路和重大举措，刻舟求剑不行，闭门造车不行，异想天开更不行，必须进行全面深入的调查研究。进入新时代，踏上新征程，推进改革再深入，更要求我们正视问题、不回避问题，把调查研究突出出来，因地制宜、统筹安排、稳扎稳打，不断将改革推深做实。"只有在改革一线发现问题，在基层前沿解决问题，才能切实把改革各项工作深入推进。

做好调查研究须俯下身子接地气。"纸上得来终觉浅，绝知此事要躬行。"要真正搞清楚兵团国企存在的问题在哪里、面临的困难是什么，就必须放下架子、俯下身子，认真搞好调查研究。既要到工作局面好的地方去总结经验，又要到困难较多、情况复杂、矛盾尖锐的地方去研究问题；既要听顺耳话，更要听逆耳言，这样才能听到实话、察到实情、收到实效，真正摸清家底，为各项政策的出台、制度的实施开好篇、布好局。

做好调查研究须敢挑担子勇担当。面对改革重任，兵团各级领导干部要积极主动，肩上有分量，心中有责任，才有攻坚克难的决心和斗志，才能把踏踏实实地把调查研究做好、用好。在调研过程中，遇到问题不回避，碰到困难不躲避，主动聚焦问题，以问题为导向，直面改革发展中的具体矛盾，通过调研把实际情况摸清楚，把比较优势分析透，把突出矛盾和制约因素找准，才能找准问题，抓住短板，为国资国企改革取得突破性进展奠定良好基础。

做好调查研究须找准路子能创新。调查研究不是简单的"走过场"，更不能只调查不研究，拿上一摞材料写篇报告了事。每次调研时间紧、任务重、材料繁多，如不创新思路、方法和机制，则难以完成调研任务。调查研究既要善于总结经验，借鉴过去好的做法，同时也要集思广益，整合多方资源，在此基础上进一步进行分析、提炼、总结，透过现象认识事物的本质，考虑多种因素，反复论证，找出解决问题的最佳方法。

改革过程中形势瞬息万变，唯有把调查研究贯穿于改革全过程，让调查研究蔚然成风、扎实到位，兵团国资国企改革才能够蹄疾步稳，在新起点上实现新突破。

（2018 年 5 月 31 日 《兵团日报》 一版）

坚定不移把国资国企改革推向纵深

《兵团日报》评论员

问题是时代的声音，改革是由问题倒逼而产生。近年来，兵团国资国企发展中存在的问题，严重阻碍了国资国企做强做优做大，严重制约了兵团经济社会的发展和维稳戍边能力的提升。

深化兵团国资国企改革势在必行。这是贯彻落实党中央治疆方略和对兵团定位要求的重大举措，是中央关于兵团深化改革决策部署的重要内容，是处理好兵团特殊体制与市场机制关系的关键环节，是增强兵团动力活力、提升兵团核心竞争力的内在需要，是壮大兵团综合实力、更好发挥兵团特殊作用的客观要求。

深化兵团国资国企改革，目的就是要确立"企"的市场主体地位，打造有竞争力的市场主体，营造企业发展的良好环境，增强兵团自我造血能力，夯实兵团经济基础、组织基础。

2018年年以来，通过深化国资国企改革，兵团国有企业市场主体作用逐步显现，许多长期亏损、无分红、不具备核心竞争力的企业退出了市场，国有及国有控股企业数量明显减少，以偿还债务为重点的资产出让取得积极进展，国有企业资产负债率较年初也有所下降，有效防范了重大风险，国资国企实现精简瘦身、布局优化、活力增强。但与此同时，兵团国有企业产业层级低、资产质量差、经济效益低、抗风险能力弱、竞争力差等系统性问题还没有得到根本改变。

改革如逆水行舟，不进则退。兵团深化国资国企改革只能进不能退。要深刻认识到，当前正值兵团深化改革的窗口期，改革机遇不会始终存在，政策之窗也不会一直开启；还要深刻认识到，企业市场主体地位的确立，不会一帆风顺，也不能一蹴而就；更要深刻认识到，兵团国资国企改革已经到了"短兵相接""啃硬骨头"的关键阶段，越往纵深推进，越要触碰利益、突破桎梏。

要敢于见真章、动真格，拿出拼刺刀的胆识和干劲，坚决破除不合时宜的思维定式、路径依赖，打赢打好兵团国资国企改革攻坚战。要在巩固现有成果的基础上，以"伤其十指不如断其一指"的思路，突出重点、精准发力，在政企分开上动真格，不断优化国有资本布局，激发国有企业内生活力，守牢不发生系统性风险的底线，积极参与兵团向南发展，大力加强企业家队伍建设，大胆务实往前走，在干中摸索，在干中突破，坚定不移把兵团国资国企改革向纵深推进。

新时代深化兵团国资国企改革，不能就国资国企本身"单打一"地讲改革，必须放到党中央治疆方略和对兵团的定位要求中、放到党中央关于兵团深化改革决策部署对兵团体制机制的整体塑造中去把握和推进。

当前，自治区党委的坚强领导和地方各级各部门的大力支持，为兵团深化改革创造了良好条件。要进一步把思想和行动统一到党中央的部署要求上来，紧紧围绕新疆工作总目标，聚焦兵团职责使命，紧紧扭住增强组织优势和动员能力，深刻把握健全和转变"政"的职能的新形势，围绕确立"企"的市场主体地位，推进兵团国资国企改革取得新突破。

（2018 年 12 月 4 日 《兵团日报》 一版）

用"政"的思维和行为推进国资国企改革

《兵团日报》评论员

党的十九大报告强调，使市场在资源配置中起决定性作用，更好发挥政府作用。

兵团国资国企改革是处理好兵团特殊体制与市场机制关系的关键环节。深化兵团国资国企改革，要用"政"的思维和行为去推进，做到政企分开，规范行政管理，发挥市场在资源配置中的决定性作用，使企业成为真正的市场主体。

推进政企分开，需要搞清政府和企业是两类具有不同性质的组织系统。政府是国家政权机构的具体形式，它的主要任务是治理国家，发挥国家机器的经济管理职能，通过一定的方式制约和影响整个社会的经济活动；企业是经济组织，它的主要任务是组织经济活动，并拥有必要的经营管理自主权，建立独立的生产系统和经营管理系统，将职工的经济利益同企业的经济成果挂钩，使责权利三者结合起来。

显而易见，实行政企分开，可以减少政府对企业的干预，扩大企业经营管理自主权，使企业成为自主经营、自负盈亏、自我约束、自我发展的商品生产者和经营者。

过去很长一段时期，兵团普遍存在政企不分、以政代企，以及行政干预和行政依赖并存现象，阻碍了市场机制作用的有效发挥。兵团国资国企改革非改不可，政企分开必须动真格。

如果说过去兵团行政职能不健全、财政体制没有建立，单纯从国资国企角度落实政企分开存在很大难度，那么现在自治区授予兵团行政职能和行政执法权，兵团财务局和14个师的财务局已全部更名为财政局并参照地方建立财政管理体制，则为兵团深化国资国企改革提供了难得的机遇。

深化兵团国资国企改革，要强化依法行政意识。要深刻把握健全和转变"政"的职能、建立财政管理体制的新形势，抓住机遇，加快承接落实自治区授予的行政职能和行政执法权，完善兵师团三级行政部门权力清单和责任清单，严格依法依规处理与企业的关系，重点做好统筹规划、产业指导、政策扶持、公共服务。要结合财政体制改革，建立规范的国有资本经营预算制度，从源头上减轻企业公共负担。要落实企业法人财产权和经营自主权，推进所有权和经营权分离，减少企业对党政机关的依赖。

深化兵团国资国企改革，要遵循市场经济规律和企业发展规律。要摒弃传统思维，强化税收意识、税源意识，坚持"不求所有、但求所在"，加快转变行政机构职能。一方面，要把该放的有序放开，坚决推动企业管理人员在身份上与行政彻底脱钩，坚决去掉国有企业身上的行政色彩，坚决消除对企业的行政干预。另一方面，要把该管的科学管好，建立监管责任清单，调整完善监管方式手段，坚持高效协同形成合力，进一步依法依规加强国有资产监管。

深化兵团国资国企改革，要引导国有企业加快建立现代国有企业制度。国有企业要积极作为，充分发挥企业党组织的领导核心作用，切实落实和维护董事会依法行使重大决策、选人用人、薪酬分配等权利，保障经营层经营自主权，加快形成有效制衡的法人治理结构，真正成为独立市场主体。

（2018年12月5日　《兵团日报》　一版）

推进"四个一批" 优化国有资本布局

《兵团日报》评论员

兵团国资国企改革的根本目的是解放和发展生产力，更好服务兵团履行职责使命。

当前，兵团国有资本战线过"长"过"散"的问题比较突出，一些本来具有较强比较优势和较强竞争优势的产业，因体制机制等多种原因，存在明显的低水平重复，不少企业产能严重过剩，处于产业链的中低端。无论是国有企业自身的发展，还是国资国企改革的推进，都需要重视解决好国有企业布局结构问题。

要打好打赢国有企业"瘦身健体"硬仗。要按照"一企一策、因企施策"的原则，有针对性地提出每家企业的改革方式和路径，加快推进"四个一批"。要坚决推进低效无效资产出清，主动出清"僵尸企业"，坚决出清长期无收益、发展前景不佳的参股企业。要加大力度整合产业关联度高的企业和同质化资源，突出主业、砍掉枝蔓，形成一批有引领性的特色优势产业集团，打造有竞争力的市场主体。要改造提升传统产业，推动传统产业与现代科技结合，实现传统产业华丽蝶变。要积极培育生物医药、节能环保、新能源等新兴产业，大力发展旅游业、现代服务业，加快发展新动能。

深化供给侧结构性改革，兵团国有企业要转型升级，成为兵团经济高质量发展的中流砥柱。要把国资国企改革与"双创"结合起来，支持国有企业培养引进科技人才，加大科技研发投入力度，强化核心技术创新，实现由要素驱动型向创新驱动型转变。要引导国有企业苦练内功，减少企业管理层级，狠抓成本费用管控，加大一般性管理费用和非生产性开支的压降力度，严格执行工资效益联动机制，积极清理无效库存，提高资金管理水平和利用效率。各相关部门要大力清理涉企收费，降低企业制度性交易成本，让企业轻装上阵。

要在优化国有资本布局的同时，加快"三供一业"分离移交进度，推动国有企业实行退休人员社会化管理；健全以合同管理为核心、以岗位管理为基础的市场化用工和公开招聘制度，畅通员工正常流动和退出渠道；坚持多渠道妥善安置分流职工，用好兵团连队一线职工与国有企业职工社保相衔接的特殊优势，将更多符合条件的职工安置到农牧业生产一线。

过去兵团国资国企改革主要靠国有企业自身，现在要从健全和完善"政"的职能新背景下把握推进国资国企改革。要坚决出清与兵团履行职责使命无关的企业，坚定不移地推动国有资本向有利于增强兵团组织优势和动员能力、有利于推进兵团向南发展、有利于集聚人口的优势产业、重点行业、骨干企业集中，服务好兵团工作大局。

（2018 年 12 月 13 日 《兵团日报》 一版）

牢牢守住不发生系统性风险的底线

《兵团日报》评论员

习近平总书记多次强调，要善于运用"底线思维"的方法，凡事从坏处准备，努力争取最好的结果。

兵团国资国企改革是一项牵一发而动全身的系统性工程，必须善于运用底线思维，牢牢守住不发生系统性金融风险的底线。

由于历史和现实的种种原因，兵团国资国企普遍存在资产负债率较高等问题，这也是兵团国资国企改革的主要风险点。因此，要牢牢守住不发生系统性风险的底线，就必须增强预见性，做到心中有底、处变不惊，紧盯债务偿还和资产处置，围绕主要矛盾看问题、想办法、出对策。

一段时间以来，兵团政企不分、政资不分的现象普遍，"三角债"问题严重。防范系统性风险，必须注重化解"三角债"，突出加强对政府债务风险和金融风险的防控，全面加强政府债务管理，有序化解兵团存量金融债务。要把师团债务风险和企业债务风险结合起来治理，坚决扭转过度依赖银行贷款、借新还旧的做法，全力做好以债务偿还为主要任务的资产处置、股权转让、应收账款清收等工作。各师团应增强工作的主动性、创造性，结合实际制订扎实可行的债务偿还方案，确保加快清偿到期债务。

"千里之堤，毁于蚁穴。"系统性风险从产生、累积到爆发是一个复杂的演化过程。多数系统性金融风险不属于小概率、不可预测的"黑天鹅"事件，而是属于大概率、可预测的"灰犀牛"事件。因此，各师团必须认真贯彻落实兵团党委金融工作会议精神，树立监管全覆盖理念，建立健全重大风险监测、研判、预警机制，落实好各项防风险政策举措，切实做到早发现、早预警、早处置。特别是要善于抓主要矛盾，优先处理最可能影响全局、威胁整体的问题，坚决防止引发区域性系统性金融风险。

要治标更要治本。只有把"灰犀牛"彻底关进笼子里，才能从根本上守住底线、防范系统性风险。这个"笼子"就是制度。要抓紧建立兵团国有企业资产负债约束制度，就不同行业、企业类型设置资产负债率预警线和重点监控线，合理控制国有企业资产负债率。债务风险一旦得到合理控制，发生系统性风险的可能性就大大降低，兵团国资国企改革深入推进就减少了后顾之忧。

（2018 年 12 月 16 日　《兵团日报》　一版）

推进混合所有制改革　激发国企活力

《兵团日报》评论员

　　"一股独大"是兵团国有企业治理低效的重要原因，混合所有制改革则是解决这一问题的有效途径。要着眼股权多元化，坚定不移推进兵团国有企业混合所有制改革。

　　国有企业混合所有制改革不是为了混合而混合，而是为了让国有企业在改革中能够增强竞争力和活力。要彻底改变过去依靠财政补贴"输血"维持经营的模式，善于借力发展、开放发展。要认真借鉴近年来国内混合所有制改革方面的好经验好做法，充分利用自身区位优势、资源优势，拿出优势行业的优良资产，扩大与中央企业、援疆省市企业、地方企业、非公有制企业的合资合作，吸引各类资本，重整优化存量资源，用先进的技术、管理支持兵团国有企业做强做优做大，推动形成股权结构多元、股东行为规范、内部约束有效、运行高效灵活的经营机制，让国有资产动起来、活起来。

　　兵团民营经济发展不够，是制约国有企业改革和股权多元化的重要原因。要按照兵团民营企业座谈会部署要求，大力鼓励支持引导兵团民营企业加快发展壮大。要加快推进兵团深化改革和向南发展，健全和完善"政"的职能，为民营经济营造更好发展环境，帮助民营经济解决发展中的困难，支持民营企业改革发展，让民营经济创新源泉充分涌流，让民营经济创造活力充分迸发。要通过兵团民营经济的大发展，影响和带动混合所有制改革，实现各类所有制资本相互促进、共同发展。

推进混合所有制改革，要避免"改制不改治"的问题。要着眼规范国有企业管理，完善公司法人治理结构，有效划分国有企业各治理主体权责边界。要把加强党的领导和完善公司治理统一起来，健全董事会工作规则、运行机制、考评体系，更好发挥董事会在企业战略决策方面的中枢作用。要扎实抓好三项制度改革，充分调动企业经营管理人员和广大员工的积极性主动性创造性。要鼓励通过增资扩股、出资新设等方式，在企业关键技术岗位、管理岗位和业务岗位人员中开展混合所有制企业员工持股试点，形成资本所有者和劳动者利益共同体，共享改革发展成果，共担市场竞争风险。

推进混合所有制改革，要充分认识到，当前及今后很长一段时期，兵团国有企业的重要地位和作用尚无其他力量能够取代。推进混合所有制改革，不能一味地民营化和私有化，必须突出发挥国企优势、放大国资作用，不断提高兵团国有资本配置和运行效率，更好实现兵团国有企业的经济效益和社会效益，为兵团围绕总目标履行职责使命服务。

（2018 年 12 月 17 日 《兵团日报》 一版）

责任编辑：冯　瑶　王春玲
版式设计：周方亚
封面设计：林芝玉

图书在版编目（CIP）数据

改革百论 / 王瀚林主编 . —北京：人民出版社，2019.11
ISBN 978－7－01－021368－2

I.①改…　II.①王…　III.①新闻报道－作品集－中国－当代　IV.① I253

中国版本图书馆 CIP 数据核字（2019）第 215093 号

改革百论

GAIGE BAILUN

王瀚林　主编

人民出版社 出版发行
（100706　北京市东城区隆福寺街 99 号）

中煤（北京）印务有限公司印刷　新华书店经销

2019 年 11 月第 1 版　2019 年 11 月北京第 1 次印刷
开本：710 毫米 ×1000 毫米 1/16　印张：24.75
字数：335 千字

ISBN 978－7－01－021368－2　定价：78.00 元

邮购地址 100706　北京市东城区隆福寺街 99 号
人民东方图书销售中心　电话（010）65250042　65289539